曾道衡文集

曹道衡文集 卷二

曹道衡 著

中古文史丛稿

中州古籍出版社
·郑州·

本卷说明

《中古文史丛稿》是曹道衡先生具有代表性的论文集之一,为曹先生生前选编,收录了其自《汉魏六朝文学论文集》出版后至2002年发表的论文,其中关于南北朝学术、文艺与地域、家族关系问题的研究很有影响力。是书所引材料丰富、考订精详,但由于原书出版年代较早、所收论文著作时间不一、文中所引文献存在不同版本,难免出现地名变迁、引文不准确等,因此本次选编文集时在保留作品原貌的基础上做了个别修订。是书保留了原书的《自序》。《北朝文学六考》一篇由于篇目重复,见于卷三《汉魏六朝文学论文集》,而本书未收。特此说明。

中州古籍出版社
2017 年 12 月

自 序

自从1999年拙著《汉魏六朝文学论文集》在广西师范大学出版社出版以来，倏忽又逾三年。在这三年来，我又写了一些拙文，蒙河北大学出版社不弃，惠予结集出版，使我十分感激。尤其是詹福瑞先生的推荐和支持，更使我衷心感愧，谨在此致谢！

在这本小册子中所收的文章，有不少是讨论关于地域、家族等因素和学术、文艺关系的。这个问题我虽已考虑多年，却一直未敢笔之于书，原因是这问题颇为复杂，而我的学力有限，所以颇为犹豫。直到去年，才向社会科学院老干部局提出一个研究课题——"关陇与河朔"（北朝学术、文艺的地域差别）。这个课题在去年年底已初步完成，共包括六篇文章，有《秦汉统一与各地学术文化的发展》、《试论北朝河朔地区的学术和文艺》、《关中地区与汉代文学》、《西魏北周时代的关陇学术与文化》等。其中像北朝河朔地区学术文化的问题，曾在北京大学和安徽师范大学中文系部分研究生和本科生中试讲过，并得到了一些先生的鼓励。在对北朝学术文化的地域问题进行初步探讨之后，我又把目光移向南朝。关于南朝文化的地域问题，我在过去也曾想到过，如十几年前所作的《略论晋宋之际的江州文人集团》一文，已多少有所涉及，但未进一步探索。这次所收《略论南朝学术文艺的地域差别》、《论东晋南朝政权与士族的关系及其对文学的影响》二文，可以说是对这种研究的延续。但南朝的地域问题较诸北朝尤为复杂，因为南朝士人中有很多是北方的移民，如王、谢二族，分别是琅邪、陈郡的高门，南迁后又有时居建康、有时居会稽，两地文化也多少有别，因此这种探索，还只能是初步的。在进行这种研究时，我深感自己的学识有限，难于深入。今年夏天，有位先生从南方来京，顺便过访，我曾对他谈到：自感对音韵之学缺乏理解，因此对"永明体"的出现及律诗形成的问题很难进一步探讨。这种缺陷只能在今后去努力修补了。

除了对南北朝学术、文艺与地域、家族的关系问题研究外，近年来我又写了几篇关于先秦文学的文章。这是我退休以来早已想做的工作。因为我年青时曾做过一些关于先秦文学的研究，很想在退休后再在这方面做些努力。但退休以来，十多年了，一直没有付诸行动。从去年起由于某些工作的需要，才初步对《诗经》和《左传》做了一些研讨，但自觉荒疏已久，还只能是一些粗浅的认识。错误当较其他文章更多。

岁月如流，马齿日增，忽忽已年逾七十，精力日衰，但只要还有可能做些研究，我是不想搁笔的。希望在今后，仍能取得一些进步，更希望专家和读者指正。

曹道衡

二〇〇二年十月二十八日于北京

时年七十有四

目 录

南北文风之融合和唐代《文选》学之兴盛/1
从《文选》看齐梁文学思潮和演变/18
试论《文选》对作家顺序的编排/39
略论南朝学术文艺的地域差别/49
论东晋南朝政权与士族的关系及其对文学的影响/69
秦汉统一与各地学术文化的发展/88
试论北朝河朔地区的学术和文艺/104
"河表七州"和北朝文化/128
北朝黄河以南地区的学术与文化/141
关中地区与汉代文学/151
西魏北周时代的关陇学术与文化/168
南朝文学史上的王谢二族/183
南朝文学的衰落/193
陆机事迹杂考/204
关于杨衒之和《洛阳伽蓝记》的几个问题/220
论梁武帝与梁代的兴亡/239
魏太武帝和鲜卑拓跋氏的汉化/258

《文选》孙子荆《征西官属送于陟阳候作诗》臆考/269
关于应玚事迹的臆测/273
"五经"的排列次第及其形成过程/279
读战国楚竹书《孔子诗论》/290
关于《诗经》研究的几个问题/307
论《毛诗序》对几首诗的解释/328
《春秋》与"三传"说略/334

南北文风之融合和唐代
《文选》学之兴盛

　　萧统所主持编纂的《文选》,虽成书于梁代的中期,而自成书至陈、隋二代,似乎较少有人注意研究。即使在梁隋之间曾经出现过一个萧统之子萧詧所建立的后梁,而隋炀帝的皇后萧氏又是后梁明帝萧岿之女,即萧统的曾孙女,后梁子孙始终显贵于隋代,这些都没有改变《文选》不被注意的局面。唐初编订的《隋书·经籍志》,著录有关《文选》的研究著作只有萧该的《文选音》3卷。此后,情况就不同了,《旧唐书·经籍志》所载就有李善注60卷、公孙罗注60卷、萧该《文选音》10卷、公孙罗《文选音》10卷、释道淹《文选音义》10卷。此外,像《旧唐书·曹宪传》载,曹宪也曾撰《文选音义》,"甚为当时所重",却未被著录;又如迄今尚存的五臣注则直到《宋史·艺文志》中才见著录;至于日本所藏《文选集注》中保存的陆善经等人的注文更不见于各类书目。可见在唐代,研习《文选》并为之注释的人很多,只是留存至今者较少而已。

　　唐代人热衷为《文选》作注,正反映了此书在当时人心目中的重要地位。试看李善在《上〈文选注〉表》中所说:"后进英髦,咸资准的。"此表作于唐高宗显庆三年(658),距唐代的建立40年左右,可见对《文选》的重视是从唐初就开始的。根据现有的史料,可以看到唐初对《文选》的研读十分普遍。《新唐书·文艺·李邕传》载,邕父李善"居汴郑间讲授,诸生四远至,传其业,号'《文选》学'"(《旧唐书·儒林·李善传》略同)。又《太平广记》卷四百四十七引唐张鷟《朝野佥载》:"唐国子监助教张简,河南缑氏人也。曾为乡学讲《文选》。"这后一条史料虽属小说,却也说明《文选》之学已普及乡学中,可见读者之广。这种人人争读《文选》的风气是怎么形成的呢?一般的看法都认为是由于隋唐以来实行了科举制度,以诗赋取士的结果。这种说法有一定的道理,但并不能回答所有的问题。因为以诗赋取士只能使当时的士人致力于诗赋的写作,而未必都要去攻读《文选》。因为据《隋书·经籍志》记载,隋及唐初存在着许多诗、文和赋的总集,都可以供应举者取法,而大家却一致选择了《文选》,其原因显然和当时文坛的风尚及唐初君臣爱好有关。在这个问题上,笔者认为应该联系隋唐文风的形成、演变以及南北朝文风的融合来加以解释。

一、北朝文学的发展和南北文风的融合

当我们关注从南北朝直到唐初的文学史,就可以发现:在南北朝时期,绝大多数作家都出身于南方;到了隋代,北方籍作家在艺术成就上才赶上南方作家;而到了唐代建立之初,据两《唐书》的记载,南北方出身的作家人数已经相差不多了,稍后出现的"初唐四杰"中,北方籍作家占三人,只有骆宾王一人出身于南方。这说明北方文人的水平已赶上并在某种程度上超过南方。但这个赶上和超过的过程,正是北方文人努力学习南方文风的结果。

我们知道,从西晋灭亡以后,北中国长期遭到各少数民族军阀的

入侵,处于各方混战之中。北魏拓跋氏统一北方,虽然结束了割据和混战的局面,但由于鲜卑贵族与汉族士大夫之间存在着比较严重的隔阂,而北魏初年的统治者,对汉族文化也多少抱有歧视态度,因此在文学方面并没有出现什么起色。北魏初年的汉族士大夫,虽有一部分被征辟出任官吏,但和鲜卑贵族之间的关系颇不融洽。《魏书·崔逞传》载,崔逞向魏道武帝建议,用桑葚补充军粮,却说到了《诗经》中讲过鸱鸮食桑葚变音的事,意在讥刺鲜卑人,使道武帝怀恨在心,后来借故将其赐死。《宋书》卷五十九《张畅传》载,宋、魏在元嘉后期的战争中,李孝伯曾为魏使,在阵前对张畅说:"长史,我是中州人,久处北国,自隔华风,相去步武,不得致尽,边皆是北人听我语者,长史当深得我。"这也反映了北方士大夫们的心态。这时的北方士人即使到北魏做官,但心中向往的还是南朝所代表的汉族文化。但由于当时北方士族多数留居家乡,到平城做官的人不多。留在乡里的士大夫又很少交往,因此很少有"以文会友"的机会,大多数人处于"独学无友"的情况下,文学很难进步。在南方的颜延之、谢灵运和鲍照驰骋文坛、争奇斗胜之际,北方文学几乎是一片空白。

北朝文学的兴起始于魏孝文帝时代,当时的北方士族就颇为仰慕南朝文化。他们对南朝文人的创作很注意。《南齐书·王融传》载,齐武帝永明十一年(493),亦即魏孝文帝太和十七年,北魏派房景高、宋弁出使南齐,南齐派王融去接待。宋弁就向王融提到了王融在两年前所作的《三月三日曲水诗序》。房景高说:"在北闻主客此制,胜于颜延年,实愿一见。"宋弁说:"昔观(司马)相如《封禅》,以知汉武之德;今览王生《诗序》,用见齐王之盛。"这些话都表明北朝士人对南朝文学的衷心歆羡。他们这种心理是不难理解的。由于久居乡里,他们平素所能接触的只是汉魏西晋以前的作品,一旦见到像颜延之、王融等人那种辞藻绚丽、对仗工整而又注意声律的新体文章,不能不叹为奇观。这种心态决定了北朝作家在创作上必然要取法南朝。然而,他们要效法南朝人的文风,也不是轻而易举的事。因为北朝文学也有自己的传统。早在西晋灭亡之际,黄河以南的多数士人虽已随东晋南渡,而黄河以北的高门大族如崔、卢诸姓,仍留居北方。他们为了避免各少数民族军阀的侵扰,大抵聚族而居,结成"坞壁"以自保。这些"坞壁"中的人和外界虽很隔膜,但内部仍有父子兄弟相传的一定的文学活动。其中一些世家大族也各有若干藏书。他们的文学活动自然是以这些祖上遗留下来的典籍为范本。所以北方一些士人对西晋以前的作品有时也颇熟悉。例如《魏书·李彪传》载,李彪奉魏孝文帝之命出使南齐,曾向齐武帝背诵阮籍的《咏怀诗》,其中还有今本《咏怀诗》中已散失的逸句。这说明即使在十六国和北魏初年,北方广大地区的文学仍有其伏流。据《周书·王褒庾信传论》说,十六国和北魏初年一些人的文章"有永嘉之遗烈焉"。这就是说他们保留着西晋末年的文风。现在我们看到的像崔浩、高允等人之作,诗大抵为四言,文亦多质朴的散体,较之西晋末年的诗文已乏文采,更不要说南朝人之作了。到了魏孝文帝时,北朝文学号为复兴,其实只是长期冬眠之后的起步阶段。所以《魏书·文苑传》说这时北魏文人的情况是"学者如牛毛,成者如麟角",这大约不算过于贬抑。当时人的创作,像郑道昭的一些诗,显然有意模仿郭璞,但显得古奥拙朴,远不如郭诗之成熟;据说是魏孝文帝亲自执笔的《吊比干文》典雅朴茂,有一定特色,但与南朝人碑文相较则大异其趣。当时较有名的文人如常景、袁翻和稍后的温子昇则文风与南朝人的文风颇相接近,可以看得出是有意取法南朝。如常景《蜀四贤赞》之模拟颜延之、鲍照的诗,袁翻《思归赋》之仿效鲍照、江淹的赋,都属显而易见的事实。温子昇的文名比常、袁更盛,据《魏书》本传说,梁武帝见了他的作品,竟说是"曹植、陆机复生于北土"。其实细看他的《寒陵山寺碑》,其手法和词汇仍与江淹的《尚书符》、陆倕的《石阙铭》等一类骈文出于一辙。这三位作者所以受到称赞，是因为他们的文风比他人更接近南朝。这也不足怪。常景据《魏书》本传，祖上曾长期居住在凉州，深受十六国时代河西文化的熏陶；袁翻、温子昇则都是南方人的后代，所以接受南方文风较易。当时出身北方的文人如祖莹也写过一些较好的文章，如《洛阳伽蓝记》卷一所载他代元颢致魏孝庄帝的信，亦有骈俪气息，但文体似更近魏晋，与南朝文风有别。他虽能文，却未必擅长作诗。《魏书》本传载有他的《悲彭城》一首，全仿王肃的《悲平城》，此外并无诗作留传。他对当时人一味模仿南方文风似有不满。所以曾说："文章须自出机杼，成一家风骨，何能共人同生活也。"（见《魏书》本传）这种意见在当时文坛上，似乎影响不大。不过当时北方文人的作品，虽力图学习南方，而气质上终究不太一样。当时北人的文，在辞藻对仗等方面毕竟不如南人的华丽；诗更显得稚拙，如《魏书》所载韩显宗、李骞等人的一些诗，尤显稚拙，无法与南朝诗歌并论；至于赋的区别似乎更大，当时北人的赋如阳固《演赜赋》、李骞《释情赋》、李谐《述身赋》等，还可以看出他们受汉、晋作家如张衡、潘岳等人的影响，和南朝鲍照、江淹等人的赋有别，至于和同时的南人如萧纲、萧绎、徐陵、庾信的一些小赋更有显著区别。

此后的北方又因魏末高欢和宇文泰的争权而分裂为东魏与西魏，其后又变为北齐和北周。这时北方原有的文人，大抵留在东魏—北齐的区域；至于西魏—北周所占据的关陇地区，本来不是北魏时文化发达的地方，所以产生的文人甚少。正因为这样，两地的文学发展也走着不同的道路。

在东魏—北齐地区，由于拥有北魏以来产生的一些文人，所以文学的发展仍沿着魏末以来的轨迹。当时最著名的文人要算邢邵和魏收。据《颜氏家训》和《北齐书》记载，邢邵的诗文全仿梁代的沈约，魏收则纯学梁人任昉；两人还互不服气，各立门户，攻击对方。从他们现存的作品看来，两人的文风与沈约、任昉还有不小的差距。邢劭的诗，只学到了沈诗的平易，而远不如其清丽工巧；魏收的骈文也远没有像任昉之作那样丰富多彩，曲尽其妙。因此从现存的作品看，邢、魏二人都乏传诵之作。这是由于北朝文学的传统积累还不如南方深厚，也并非一朝一夕就能赶上南方。邢劭在《萧仁祖集序》中说："昔潘陆齐轨，不袭建安之风；颜谢同声，遂革太元之气。自汉逮晋，情赏犹自不谐；江北江南，意制本应相诡。"（见《全北齐文》卷三）这段话在理论上显然没有错，但具体到当时南北文风的差别，却更多地表现了北人学南而不及。

邢劭和魏收的晚年，南方的梁朝已遭侯景之乱。江陵陷落，有一些南方文人逃奔北齐，如颜之推、诸葛颖、萧悫等。他们的到来，使南北文风的融合进一步加强。这时南方出身的文人和北方文人的文学思想仍有差别。据《颜氏家训·文章》载，南方文人都欣赏梁王籍的《入若耶溪》诗中"蝉噪林逾静，鸟鸣山更幽"二句，而邺下文人如魏收、卢询祖等却认为"此不成语，何事于能"？萧悫有《秋诗》云"芙蓉露下落，杨柳月中疏"，颜之推和荀仲举、诸葛颖等南方文人都很赞赏，而卢思道却不满意。这一方面说明北方文人对诗已有自己的见解；另一方面也说明他们对南朝诗人以"奇"、"险"出新的手法还不太理解。其实王籍的两句正如颜之推所说出于《诗经》中的"萧萧马鸣，悠悠旆旌"，是以声响反衬其幽静。而萧悫的两句则不过以写景来衬托心情，在谢朓《冬绪羁怀示萧咨议虞田曹刘江二常侍》"风草不留霜，冰池共如月"及沈约《早发定山》"野棠开未落，山樱发欲然"等句中已肇其端。

邢劭和魏收之后，在北齐境内最著名的文人要算卢思道和薛道衡。他们都活到了北周灭齐及隋文帝代周之后，所以习惯上把他们当作隋代作家。卢思道是邢劭的学生,他的诗文成就似已超出前此的北朝作家。《朝野佥载》卷六记庾信出使东魏后南方人问他北方文士的情况,他除了称赞温子昇外,又说"薛道衡、卢思道少解把笔"。从年代来看,庾信到东魏时,卢、薛尚在童年,所以未必属实。但反映了唐人对他们的看法。从现在的北齐诗文看来,这种见解是对的。卢思道兼擅诗文,而诗名尤盛。唐代诗人卢照邻曾说:"北方重浊,独卢黄门往往高飞。"(见《南阳公集序》)近人刘师培也说:"卢思道长于歌词,发音刚劲,嗣建安之逸响。"(见《南北文学不同论》)他的创作有一个发展过程。早年在北齐时的诗文,大抵模仿齐梁,如骈文《辽阳山寺愿文》和《夜闻邻妓》、《赋得珠帘》等诗,尚未见特色。而最出色的作品则产生于晚年。如《听鸣蝉篇》,作于入周以后;《劳生论》作于隋代;《游梁城》诗,似亦从高颎伐陈途中作。薛道衡的年龄比卢思道小,他最有名的作品如《昔昔盐》、《人日思归》皆作于隋代。他的文风和卢思道不完全一样。大抵卢氏诗文接受汉魏以来传统较多,诗风爽迈劲挺;薛氏的诗更近南朝之绮丽柔靡,只有与杨素赠答的两首,稍显清刚,骈文《老氏碑》、《高祖文皇帝颂》尚略存古气。所以薛氏之作似更为南人所认同;而卢氏却较多地得到后人的推重。正当卢、薛等人在北方文坛初露头角之际,南方的文坛却日渐趋向衰落。这是因为当时南方的文学活动大抵集中在宫廷或一些将相大臣的邸宅之中,那些文人无非流连声色或写一些咏物诗,很少面对社会生活,只在字句的技巧上下功夫。这样,他们的作品题材不免窄狭,手法也欠多样。尽管这些诗也写得平稳妥帖,很少病累,却没有深切感人之处。所以宋严羽在《沧浪诗话》中对陈人张正见深表不满,清陈祚明《采菽堂古诗选》对陈叔宝也颇有疵议。在这种情况下,后代的读者转觉卢、薛等北人之作胜于南人。但在当时,北方籍的文人人数仍少于南方,其中有些人如刘逖等,仍一味地模仿南人,而南方文学毕竟有着长期的传统积累,因此总的趋势还是"南风北渐"。这种趋势表现在许多文化领域中,如经学、书法等都是如此。

至于割据在关陇地区的西魏和北周,情况又颇不同。这个地区虽然在汉代曾经是学术文化的中心之一,但经过西晋末年和十六国的战乱,更加上北魏时代政治中心的东移,原来关中的大族如韦、杜、皇甫诸姓中许多人亦已东迁。所以在宇文泰起兵割据之初,这里已没有什么可称道的文人。宇文泰出身武夫,且当时致力于政治和军事,无暇关心文学,他只强调文诰的实用性,所以叫苏绰作《大诰》,要求公文一律使用散体,甚至模仿《尚书》。但这种用行政手段来改变文体的办法,显然行不通。在他派兵攻克梁代的江陵之后,南方作家庾信、王褒等人先后来到长安,南方的文风很快地在关中流行起来。宇文泰的儿子宇文觉(周明帝)和赵王宇文招、滕王宇文迪都是庾信文风的追随者。宇文迪所作《庾信集序》,文体就毕肖庾信。当时关西一带就流行着类似南方梁后期的文风,与北齐旧境文风有别,而与陈代人反而相近。后来唐初史家如令狐德棻在《周书·王褒庾信传论》和魏征领衔的《隋书·文学传论》中对此颇有非议。当时那些关陇文人之作,多半散佚,现在已难详论。但把柔靡绮艳的文风归罪于庾信、王褒,未免有失公允。事实上庾、王在南方时的作品虽多近"宫体",而入北以后,由于处境的改变,文风亦与前大有不同。庾信入北以后那些思念乡关、自悲身世的诗赋,与萧纲辈之作,本不应等同看待。杜甫在《戏为六绝句》中称"庾信文章老更成,凌云健笔意纵横",可谓确当不易之论。至于王褒的《渡河北》诗、《与周弘让书》,亦非意浅文繁、纤弱轻巧的梁陈艳诗作者所可企及。关西文人当时倾倒于南朝的浮华文风,未必全部来自庾、王;而且他们缺乏庾、王的经历和体验,也容易得其皮毛而遗其神髓。事实上在北周至隋初,关中籍文人还没有创作出什么可以称道的作品。相对来说,同样是学习南方,北齐旧境的文人还能博采汉魏晋宋的传统,别具一些典雅遒劲的特点,视关西为胜。

隋文帝杨坚和宇文泰一样,出身于北魏末年的六镇军人,对文学也不重视,他同样只要求文学更便于为他的统治服务。他即位不久,便采纳了李谔的意见,禁止浮华的文风,曾将文体华丽的司马幼之治罪。这种手段自然同样不能奏效,甚至他的儿子们也没有照办。他的长子杨勇就喜爱庾信的作品,曾命魏澹为《庾信集》作注。另一个儿子杨广早年诗文学庾信,稍后则文风稍变古朴,据说是受了柳䛒的影响(见《隋书·柳䛒传》)。魏征的诗却又和梁陈"宫体"并无二致。这说明隋文帝在一段时间内文风稍有差别是出于政治的需要。在他即位之后,所宠信的文人多来自南方,说明他是梁陈文风的热烈追随者。

隋朝的统一使南北各地的文人聚集到了长安,促进了文风的融合,北方籍文人的诗仍保持着某些清刚的特色,除卢、薛二人外,像孙万寿、元行恭、尹式、杨素等的诗都是这样。但大多数人的诗仍未脱梁陈遗习。直到唐初,还没有太大变化。即使像唐太宗这样的英主,有时也受此影响。据《大唐新语》卷三云:"太宗谓侍臣曰:'朕戏作艳诗。'虞世南便谏曰:'圣作虽工,体制非雅。上之所好,下必随之。此文一行,恐致风靡。而今而后,请不奉诏。'"他的规谏得到唐太宗采纳。但在虞世南现存的诗中,近于梁陈诗风的作品也不少,有些还可归入艳诗之列。不过这些诗,有的作于隋代。在一种文风盛行之时,某些人即使知其弊端,也未必能完全摆脱其影响。

如果说唐太宗和虞世南虽曾染指"艳诗"写作而已深知其弊的话,唐初有些人的诗已挣脱了梁陈余习,给人以一些清新的感觉,如王仲荦先生在《隋唐五代史》中很称赞魏征的《出关》和王绩的《野望》。这样的作品当然还不止这两首。值得注意的是魏、王二人都出身北方,他们的这些诗,不能说和原来北齐旧境一些诗人的写作传统没有关系。尤其魏征是唐太宗时名臣,王绩又是唐初不少开国将相的老师王通之弟,他们的创作实践对后来唐初史家鼓吹南北文风融合应该有重大影响。

二、唐初君臣对南北文风的态度

历史的经验证明:大凡两个对峙的地区在政治上统一以后,总是文化落后的地区努力地效法先进地区,而不管是哪一方在军事上取得了胜利。所以隋唐统一以后和西晋的统一在文化方面有着相反的现象。二者虽都以北方战胜南方结束,而西晋的统一据《抱朴子》记载,是使南方人竭力地模仿北方;至于隋唐的统一则是使北方人全面地学习南方。举例来说,唐代经学根据朝廷规定:《周易》用魏王弼注,《尚书》用伪孔安国传,《诗经》用《毛传》,"三礼"用汉郑玄注,《春秋左传》用晋杜预注。这与南朝制度全同。而北朝的规定则《周易》、《尚书》用郑玄注,《左传》用汉服虔注。不但如此,孔颖达奉唐太宗之命所编撰的《五经正义》,也基本上全用南朝人的学说。尽管孔颖达本人是北方人,早年学的是北方流行的学说。在书法方面,唐太宗本人就是王羲之的崇拜者;唐初最流行的欧(阳询)、虞(世南)、褚(遂良)、薛(稷)四家,都出自王羲之,而欧、虞、褚三人都来自南方,薛年辈较晚,书体主要学褚。其他文化部门也与此类似。文学的情况更不必说,我们在上文已详述了当时南风北渐的情况。唐太宗和他的一些大臣如魏征、虞世南等都擅长诗文,对文学的发展趋势也有清楚的认识。作为帝王,唐太宗也和其他君主一样,主张文学须为他的政治服务。据《贞观政要·文史》载,他曾批评扬雄、司马相如和班固的赋"文体浮华,无益劝诫";有人表请为他编文集,他不同意,说:"若事不师古,乱政害物,虽有词藻,终贻后代笑,非所须也。只如梁武帝父子及陈后主、隋炀帝,亦大有文集,而所为多不法,宗社皆须臾倾覆。凡人主惟在德行,何必要事文章耶?"其实他自己能诗能文,为了表彰房玄龄勋绩曾作《威凤赋》以追思创业之难及群臣辅佐之功,并赐给房;为了悼念虞世南,他曾"为诗一篇,追思往古理乱之道"。(皆见《贞观政要·任贤》)他称赞虞世南的五大长处,其中有一条即"词藻"(同上)。可见他丝毫不轻视文学的作用。他也明知当时的文学趋势必然是以学习和继承南方文风为主潮。他所不赞成的只是梁后期"宫体"出现以后的浮华文风。但是,这种文风的影响当时已弥漫文坛,很难用强制手段来改变它。唐初君臣正是看清了这个形势,而没有重采周、隋的故技。

  唐太宗和他的大臣们知道,用行政命令来改变文风很难奏效,而放任自流亦非良策,较好的办法只能是利用一定的场合,因势利导,让士人们有分析地对待南朝文学的传统。在这方面,他们在纂修几部史书时,就对此颇有用心。例如以魏征领衔署名的《隋书》,在这些史书中有着特别重要的地位。因为此书虽记隋代史事,而其中"志"的部分,实际上兼综南北朝以来典章制度的沿革;而其《儒林》、《文学》诸传,也对南北朝的学术和文艺作了总结性的论述。《文学传》中写道:

> 自汉、魏以来,迄乎晋、宋,其体屡变,前哲论之详矣。暨永明、天监之际,太和、天保之间,洛阳、江左,文雅尤盛。于时作者,济阳江淹、吴郡沈约、乐安任昉、济阳温子昇、河间邢子才、巨鹿魏伯起等,并学穷书圃,思极人文,缛彩郁于云霞,逸响振于金石。英华秀发,波澜浩荡,笔有余力,词无竭源。方诸张、蔡、曹、王,亦各一时之选也。闻其风者,声驰景慕,然彼此好尚,互有异

同。江左宫商发越,贵于清绮;河朔词义贞刚,重乎气质。气质则理胜其词,清绮则文过其意。理深者便于时用,文华者宜于咏歌,此其南北词人得失之大较也。若能掇彼清音,简兹累句,各去所短,合其两长,则文质斌斌,尽善尽美矣。梁自大同以后,雅道沦缺,渐乖典则,争驰新巧。简文、湘东,启其淫放,徐陵、庾信,分路扬镳。其意浅而繁,其文匿而彩,词尚轻险,情多哀思。格以延陵之听,盖亦亡国之音乎!周氏吞并梁、荆,此风扇于关右,狂简斐然成俗,流宕忘反,无所取裁。

从这段话看来,这篇传的作者的用意是很清楚的。首先,此传作者对从汉魏迄晋宋的作家的评价全部认同"前哲"的意见,也就是说此传作者对前代已有定评的作家如汉代的司马相如、扬雄、班固、张衡、蔡邕,三国的曹植、王粲,晋代的潘岳、陆机,刘宋的颜延之、谢灵运等人都是肯定的。尤其是在评价江淹、沈约诸人时,把他们比于前代的"张、蔡、曹、王",这提法本出自沈约《宋书·谢灵运传论》,沈约原文将"张、蔡、曹、王"与"潘、陆、颜、谢"并提,把他们都当作一代文学的杰出代表。可见此传作者对齐及梁初文人评价甚高,而对梁后期及陈代的南方文学则持否定态度。这种态度和前面提到过的北朝后期某些北齐文人的观点颇有类似之处。这也不奇怪,因为唐初参加修史的人,有不少来自北齐旧境,连领衔的魏征本人也是如此。不过,到了唐初,人们对梁后期及陈代文学的批评,已不限于艺术风格,而主要在于内容,在这方面,甚至来自南方的人也是这样,像《大唐新语》卷三载虞世南批评"艳诗"时,就对梁简文帝萧纲颇有微词。这说明当时多数人对梁陈"宫体"之流弊已有较清楚的认识。其中对庾信、徐陵的批评,在今天看来,当然颇有偏激之弊。

至于《隋书·文学传》作家中被大加肯定的六位人物,表面上看似乎无所轩轾,其实都是重南轻北。因为所举北朝文人中的邢劭、魏收,不过是沈约、任昉的模仿者,正如《颜氏家训·文章》中记祖挺对他们的评语:"任、沈之是非,乃邢、魏之优劣也。"至于温子昇虽非专学一家,而其文风亦无非取法南朝。那么《隋书·文学传》此论是否在一味主张学南朝呢?倒也不然。此传提出北人长在"气质",南人长在"清绮",虽主要着眼于诗文之别,但显然不能说诗不需要气质清刚,文不必清绮华美。事实上后来的陈子昂、张九龄之诗以至历来被推为诗歌极则的"盛唐之音",又何尝不上继汉魏诗的刚劲之气,而与隋唐间的卢思道、魏征、王绩等人诗所保存的北朝诗传统有着血缘关系?"初唐四杰"和后来许多人的骈文名篇又何尝不效法南朝文人的声律辞藻等技巧?(如王勃《滕王阁序》之取法王巾《头陀寺碑》、骆宾王《讨武曌檄》之规模江淹《尚书符》、杨炯一些碑文之误入《庾信集》,就是适例)不过,从这篇《文学传》所举的代表作家中,却已流露出重南轻北的含意。这种主张在当时,不但为许多南方文人所接受,而且也为绝大多数北方文人所同意,因为他们长期以来,一直在学习南方的文风。

这种能为当时多数文人接受的主张,虽出于修史者之笔,而见于由朝廷主持、大臣魏征署名的一代正史之中,显然是得到唐太宗及其大臣们认可的,因此可以说是反映了当时朝廷对文学的要求。这种要求既顺应了广大文人普遍爱好南朝文化的心理,又注意到了南朝后期文学的弊病,提出补偏救弊的方针。这较之前代的宇文泰、隋文帝显然要高明得多。正如虞世南所说:"上之所好,下必随之。"此论一出,对后来的文学确有重大影响。

三、唐初文学政策和《文选》的盛行

《隋书·文学传》虽出自当时史臣之手,而反映的正是唐太宗和魏征等人的文学观。从这篇传对梁代文学的论述看来,唐初君臣对梁代前后的文学评价颇不同。大体上说,他们以梁武帝大同元年(535)作为分界线,对此前文风评价甚高;而对此后作家,基本持批判态度。他们就对现存的两部产生于梁代的总集——《文选》和《玉台新咏》有着完全不同的态度。因为《文选》的成书,最迟不晚于中大通元年(529)①,所选诗文的作者绝大多数卒于天监十二年(513)沈约逝世以前;只有三位作家例外,即:刘孝标(卒于普通二年,521)、徐悱(卒于普通五年,524)、陆倕(卒于普通七年,526),但他们入选的六篇作品,大抵作于天监年间②,正好是史传作者所认为的文学盛世。《玉台新咏》的成书时间,据今人考证多谓在中大通六年(534)③,次年即大同元年(535);而且徐陵在序中明确地说自己旨在"撰录艳歌",所以《大唐新语》记虞世南规劝唐太宗时曾以此书为反面的例子。这样不同的态度,正说明唐初君臣之反对浮华文风,与《文选》的盛行不但无矛盾,而且是很一致的。我们试看《隋书·文学传》中强调文学既要有"气质",又要能"清绮",并提倡"文质彬

---

① 详见曹道衡、沈玉成《有关〈文选〉编纂中几个问题的拟测》,载《昭明文选研究论文集》,吉林文史出版社版。
② 详见曹道衡《关于〈文选〉中六篇作品的写作年代》,载《文学遗产》1996年第2期。
③ 参看曹道衡、沈玉成《南北朝文学史》,人民文学出版社版。

彬"。这种要求就和萧统在《答湘东王求文集及〈诗苑英华〉书》中所提倡的文学观是完全一致的。萧统说:"夫文典则累野,丽则伤浮,能丽而不浮,典而不野,文质彬彬,有君子之致。"在这里,萧统说的"典"相当于史传所谓"贞刚"、"气质","丽"则相当于"清绮";所谓"丽而不浮,典而不野",其结果就是"各去所短,合其两长",因此萧统和史传作家对文学的要求都是"文质彬彬"。这样看来,《隋书·文学传》的基本观点,很可能即来自萧统。因为萧统的子孙不少贵显于隋、唐二代,他的文集显然是唐初君臣及其史官们所很容易读到的,再说据两《唐书》的《儒学传》,唐太宗很器重传《文选》之学的曹宪,因此对萧统有所了解也是可能的。即使不是这样,作为帝王的唐太宗和作为曾协理朝政多年的太子萧统,虽非同时,而思想上的相通也很自然。

我们再看《文选》所录作家和作品,也可以发现萧统的文学观与《隋书·文学传》十分相近。即以"永明、天监之际"的作家而论,《文选》选谢朓诗,都专取《暂使下都夜发新林至京邑赠西府同僚》、《晚登三山还望京邑》诸名篇,而《玉台新咏》所收的那些比较轻艳之作全部不录;沈约则专取其《早发定山》、《别范安成》诸作,而不取其《六忆》等艳诗。至如梁代的柳恽、何逊、吴均诸人,其卒年较刘孝标、徐悱、陆倕为早,《文选》却不选他们的作品,大约就因为这些诗人的作品不免"丽则伤浮"。这样的选录标准,和《隋书·文学传》的主张也相一致。

唐初君臣如虞世南之反对"艳诗",和萧统的观点也很类似。萧统在《陶渊明集序》中对陶渊明极为推崇,却不满意他的《闲情赋》。萧统说:"白璧微瑕者,惟在《闲情》一赋,扬雄所谓劝百而讽一者,卒无讽谏,何必摇其笔端?惜哉,亡是可也。"这段话在我们今天看来,不免迂腐,而唐初的君臣和史家显然是赞同的。萧统这一主张还贯彻到《文选》的编纂工作中。例如他选辞赋,虽列有"情"这一子目,而所选的只有宋玉的《高唐赋》、《神女赋》、《登徒子好色赋》和曹植《洛神赋》四篇,其他有关男女之情的赋一概不选。事实上宋玉历来被认为是辞赋的创始人之一,常被人们与屈原并提,而他的这几篇赋又一直被视为赋的典范之作。曹植《洛神赋》亦久被传诵,早在东晋已被王献之写成名帖。而且宋玉、曹植的作品,在当时已成为高文典册。这些赋的入选,自不妨碍萧统提倡典雅的主张。至于《文选》中诗歌一类,就不列情诗一目,萧统对此选录甚严,即使像张衡《同声歌》、繁钦《定情诗》亦未入选。这种选录标准,无疑亦与《隋书·文学传》之指斥梁陈"宫体"相一致。

我们再看《文选》所收历代作家的作品数量,以陆机为最多(61首,《拟连珠》50首作1首计),其次是谢灵运(41首),再次是曹植(38首,诗、文、赋皆有,从篇幅说可能比谢灵运所占比重要大)。这说明在萧统心目中,自三国迄晋宋的作家中,以这三人为最重要。这种观点与钟嵘《诗品》完全一致。因为钟嵘在《诗品》中曾说过"陈思为建安之杰","陆机为太康之英","谢客为元嘉之雄"的话。这种评价后来被南朝和北朝大多数人赞同。所以"曹王(粲)"、"潘(岳)陆"、"颜(延之)谢"一直成为各自时代的代表作家。① 这种观点甚至影响到像隋代王通这样的思想家。王通对许多文人都有非议,但在《文中子·事君篇》中对曹植、陆机却备极赞美。王通是唐太宗不少将相名臣的老师,他的思想自然会影响唐初君臣。所以唐太宗在唐修《晋书》中,亲自写了四篇论赞,除了《宣帝(司马懿)纪》、《武帝(司马炎)纪》外,只有《王羲之传》和《陆机传》。唐太宗极为欣赏王

---

① 《诗品》还认为建安以刘桢、王粲为辅,太康以潘岳、张协为辅,元嘉以颜延之为辅。

羲之的书法是人所尽知的,那么他为陆机写传赞的原因亦可推知。这篇传赞虽多论陆机的政治生活,但文中称他"文藻宏丽,独步当时","其词深而雅,其义博而显。故足远超枚(乘)、(司)马(相如),高蹑王(粲)、刘(桢),百代文宗,一人而已"。可见其评价之高。这说明唐太宗的文学爱好与萧统确实亦很相近。

还有一点亦颇值得思考。《隋书》的纪传两部分,完成于贞观十年(636),而李善的《上〈文选注〉表》作于高宗显庆三年(658),与此差不多同时,公孙罗、许淹之注也相继问世。所以李善在汴、郑间讲《文选》,有许多人去听,正说明当时"《文选》学"已臻极盛。这种情况的形成,恐怕和唐初君臣的文学爱好有关,而唐初君臣的这些文学观本身又是南北文风趋向融合的产物。

从《文选》看齐梁文学思潮和演变

早在70多年前,骆鸿凯先生在《文选学》一书中写道:

> 盖自江左文辞,稍崇华赡,下逮齐梁,骈丽之习成,声病之学盛,取青媲白,镂叶雕花,日趋于纤艳,而古初浑朴之意尽失。昭明芟次七代,荟萃群言,择其文之尤典雅者,勒为一书,用以切劘时趋,标指先正,迹其所录,高文典册十之七,清辞秀句十之五,纤靡之音,百不得一,以故班张潘陆颜谢之文,班班在列,而齐梁有名文士若吴均、柳恽之流,概从刊落,崇雅黜靡,昭然可见。(中华书局排印本第32页)

骆先生这段议论,曾对我有较大的启发。1988年我和沈玉成教授合作《有关〈文选〉编纂中几个问题的拟测》(见《昭明文选研究论文集》,吉林文史出版社版)一文中,对《文选》所收作品的作者进行过一些粗略的统计,结果是:被《文选》收录作品最多的是陆机,约61篇(其中诗52篇);其次为谢灵运,共41篇(全部是诗);再次为曹植,共38篇(其中诗24篇);再次为颜延之,共28篇(其中诗22篇);再次为谢朓,共24篇(其中诗23篇);再次为潘岳,共21篇(其中诗9

篇)。根据这个统计,我当时觉得《文选》的编者似乎更喜爱像陆机、谢灵运那些诗风比较典雅有古气的作家。但对于骆先生所说"若吴均、柳恽之流,概从刊落"一语,并未深入思考,只是认为吴卒于普通元年(520)而柳卒于天监十六年(517),而《文选》所录作品,其作家大多卒于天监十二年(513)沈约逝世以前。其实吴、柳二人的卒年显然早于有诗文收入《文选》的刘峻、徐悱和陆倕。当时我思想中似乎更强调萧统在《答湘东王求文集及〈诗苑英华〉书》中所说的"夫文典则累野,丽则伤浮,能丽而不浮,典而不野,文质彬彬,有君子之致"等语,认为萧统似乎对"典"和"丽"两途采取折中态度,而忽视了他不录柳恽、何逊和吴均等人之作,这些确实显示了他选录标准的一个重要方面。在这里,我想就这个问题,探索一下《文选》的取文标准及其与当时文风演变的关系,请大家指正。

一

《文选》中各种文体所占的比重,就充分地体现了南朝齐梁时代的特征。例如有韵之文和无韵之文的差别,大约在上古已经存在,但人们似乎并未严格区分,更没有认为二者有什么高下优劣。较早地注意到各种文体的不同者大约是三国时代的曹丕,他在《典论·论文》中说:

夫文本同而末异,盖奏议宜雅,书论宜理,铭诔尚实,诗赋欲丽。

在这里,奏议、书论自属无韵之文,铭诔、诗赋当为有韵之文。但在曹丕看来,即使有韵的铭诔之文,也只"尚实",而不"欲丽"。在同一篇文章中他说:"王粲长于辞赋,徐幹时有齐气,然粲之匹也。"在《与吴季重书》中又说刘桢"其五言诗之善者,妙绝时人"。但他并没有认为王粲、刘桢的成就高于其他几人。相反地,在曹丕心目中,他最看重的却是徐幹,认为他"著《中论》二十余篇,成一家之言,辞义典雅,足传于后,此子为不朽矣"(《与吴季重书》)。然而《中论》是一部子书,不但无韵,且非《文选》选录的范围。

从现在的文献看来,我国最早的文章总集当推西晋初年杜预的《善文》,此书久佚,据《隋书·经籍志》著录的情况看来,它当是一部应用文的选本。可见在那时人的心目中,无韵之文的地位绝不比有韵之文为低。稍后于杜预的陆机和挚虞,对文体的区分渐趋细密。陆机在《文赋》中把文章分作十类:

> 诗缘情而绮靡,赋体物而浏亮。碑披文以相质,诔缠绵而凄怆。铭博约而温润,箴顿挫而清壮。颂优游以彬蔚,论精微而朗畅。奏平彻以闲雅,说炜晔而谲诳。

这种分类不但比曹丕细密,且对每种文体都提出了艺术要求。可见当时还未出现"有韵"、"无韵"的高下之分。挚虞的《文章流别集》亦已散佚,从现在的佚文看来,其分类似比陆机更细,已多少与《文选》相近。此书现存佚文虽以论有韵之文为多,但亦难说明作者有轻视无韵之文的意思。直到东晋,李充作《翰林论》,其书亦久佚,所存佚文中既论到有韵之文,也论到无韵之文,却也看不出他对二者有所轩轾。

所谓的"文笔之分",大约出现于南朝。《文心雕龙·总术》云:"今之常言,有文有笔,以为无韵者笔也,有韵者文也。夫文以足言,理兼《诗》、《书》;别目两名,自近代耳。"看来刘勰并不完全赞成此说。但他在《文心雕龙》分论各文体的诸篇中,也显示出这种区分的做法。如《明诗》至《谐隐》十篇,论"文"(有韵);《史传》至《书记》十篇,说"笔"(无韵)。在当时人心目中,"笔"的地位比"文"要低。萧绎《金楼子·立言》:"至如不便为诗如阎纂,善为奏章如伯松,若此之流,泛谓之笔。吟咏风谣,流连哀思者谓之文。"萧绎对"笔"似不太看重,认为"笔退则非谓成篇,进则不云取义,神其巧惠,笔端而已"。这种看法似乎并非始于萧绎,至少在梁初已如此。《诗品》说任昉:"彦昇少年为诗不工,故世称'沈诗任笔',昉深恨之。"这种看法,对萧统恐亦不无影响。从《文选》的篇幅看来,"赋"、"诗"、"骚"、"七"四类,已占六十卷本的三十五卷半,再加上"设论"、"辞"、"颂"、"赞"、"史述赞"、"箴"、"铭"、"诔"诸类,几乎已占三分之二。可见也有重文轻笔的倾向。即使《文选序》中所说的"若其赞论之综辑辞采,序述之错比文华,事出于沉思,义归乎翰藻,故与夫篇什,杂而集之"一段话,其实也是南朝人重"文"轻"笔"的思想。后来人论《文选》,常以"事出于沉思,义归乎翰藻"二句为萧统取文标准;但也有人不同意,认为这只是针对"史论"和"史述赞"二类而言。其实此论虽具体对"史论"等而发,然其"辞采"、"文华"、"翰藻"等要求,实就文学作品而言。在当时人看来,史书和文学作品的要求有很大不同。《文心雕龙·史传》谈到史书,认为"立义选言,宜依经以树则;劝戒与夺,必附圣以居宗";"文非泛论,按实而书"。萧纲在《与湘东王书》中论到裴子野时说:"裴氏乃是良史之才,了无篇什之美。"裴子野在其《雕虫论》中,把作诗看作"雕虫"小技,斥颜谢为"箴绣鞶帨,无取庙堂"。所以范晔在《狱中与诸甥侄书》中对自己所作的《后汉书》,不谈其叙事部分而只自夸其"传论"部分,认为"笔势纵放,实天下之奇作",可见当时人确以文学作品视之。《文选》的"史论"一类,共收文九篇,而范晔《后汉书》独占四篇。我们只要读一下这些文章,就可以知道,萧统选录它们是由于其典雅详密,近于东汉末至三国西晋和南朝宋时的文风。这种文风不但和西汉以前盛行的散体不同,而且与齐梁以后成熟的骈体亦有较大差别。我们如果从这种情况来理解萧统所说的"典则累野,丽则伤浮"和刘孝绰在《昭明太子集序》中说的"能使典而不野,远而不放,丽而不淫,约而不俭"等语,似乎就能较正确地把握萧统的文学主张和《文选》的取文准则。

二

《文选》虽是一部通代的文学总集,但所录作品的数量,各代差别甚大。大致来说:先秦部分共录诗文23篇(这一部分年代难于确定,如果从相传为《毛诗序》的作者卜商算起,凡300年;但从屈原算起来则为70多年);西汉凡230年,共录诗文约52篇①;东汉173年②,共录诗文56篇;三国57年,共录诗文124篇;西晋51年,共录诗文157篇;东晋103年,共录诗文34篇;南朝宋58年,录诗文117篇;齐23年,录诗文32篇;梁到普通七年(526)陆倕逝世止凡25年③,共录诗文85篇。从这个统计看,《文选》所收诗文,实以西晋和南朝两个阶段的作品为多;而南朝三个皇朝中,如果把江淹作品按写作时间计入

---

① 其中包括"苏李诗"7篇、"班婕妤"诗1篇,共8篇,不少人认为当是东汉时无名氏作。
② 这里把献帝建安十三年(208)赤壁之战作为三国的开始。
③ 《文选》所收作品的作者,以陆倕卒年为最晚。

宋代，又以宋时作品为多①。这种情况和《文选》所收作品以陆机和谢灵运之作为最多显然有关，而萧统之特别着重选录陆、谢二人之作，实决定于他的文学观，而这种文学观，也正代表着梁中叶以前一部分南朝文人的思潮。

值得注意的是在萧统以前的不少论者对齐梁以前文学发展的几个阶段及其评价，基本上都和萧统相同或类似。例如沈约在《宋书·谢灵运传论》中，历叙自屈原、宋玉至宋初的发展，他认为"自汉至魏，四百余年，辞人才子，文体三变"。他列举这"三变"的代表人物道："相如巧为形似之言，班固长于情理之说，子建、仲宣以气质为体，并标能擅美，独映当时……"在这里，他把司马相如代表西汉，班固代表东汉，曹植和王粲代表三国。这和《文选》选录作品的情况完全符合。《文选》收司马相如作品 7 篇，在西汉一代为数最多；收班固作品 11 篇，居东汉一代之冠；收曹植作品 38 篇，王粲作品 14 篇，亦占三国作家中的第一、二位。这一情况说明了《文选》的取舍标准往往和一些齐梁文人相近。在论到三国以后的文学时，沈约认为"降及元康（晋惠帝年号，291~299），潘（岳）陆（机）特秀"，并且说他们的创作特色为"缛旨星稠，繁文绮合"。这和《文选》所收情况也完全符合，《文选》所收作品不但以陆机之作为最多，而且收西晋作家的作品也以潘岳为第二位（多出左思 6 篇）。如果说沈约和萧统对两汉三国作家的看法直到今天仍基本上可为多数人理解的话，他们对西晋作家的看法，则自宋严羽以来，就存在着不少异议。这更说明他们的见解具有齐梁时代的特征。

---

① 南朝宋、齐、梁三代的作品，统计较难精确。例如梁代的江淹，其作品实都作于宋；范云、任昉、丘迟和沈约的部分作品作于齐；而宋人颜延之的《北使洛》等诗则作于东晋末。不过，当时政权已落入刘裕手中，归之于宋也还可通。

在论及东晋文学时，沈约根本不提孙绰、许询之名，说当时文人"为学穷于柱下，博物止乎七篇"，并谓"遒丽之辞，无闻焉尔"。我们再看《文选》所录作品，在西汉以后各代中为数特少，如果再除去与当时主潮不同的卢谌、郭璞、殷仲文、谢混和被沈约看作南朝宋人的陶渊明，那么东晋一代仅取6篇，其中诗、赋各1篇，其他都非纯文学作品。在论及南朝宋的作家时，沈约特别推崇颜谢，他说："灵运之兴会标举，延年之体裁明密，并方轨前秀，垂范后昆。"再看《文选》所录谢灵运作品，在刘宋位居第一，在全书中占第二位，仅次于陆机，而所录颜延之作品亦在全书中占第四位，在刘宋一代，亦仅次于谢灵运，多出鲍照8篇。综观沈约之论，和《文选》的情况几出一辙，说明了齐梁时代文人对历代文学的看法具有比较一致的看法。

年辈稍晚于沈约而略早于萧统的刘勰和钟嵘，其观点和沈、萧二人各有细微的不同，但总的来说还是很接近的。刘勰的《文心雕龙》是一部全面论述各种文体的著作，其《时序》一篇，叙述历代文学的演变，而且对每一朝代都列举较多的作家。刘勰对这些作者似乎并不作明显的抑扬，说到每一阶段的情况时，仍可以看出他的评价，例如他谈到建安曹氏父子时，说他们"并体貌英逸，故俊才云蒸"，并谓"观其时文，雅好慷慨，良由世积乱离，风衰俗怨，并志深而笔长，故梗概而多气也"。在谈到西晋作家时，说他们"并结藻清英，流韵绮靡"，还说"前史以为运涉季世，人未尽才，诚哉斯谈，可为叹息"。在论到东晋时则谓"世极迍邅，而辞意夷泰，诗必柱下之旨归，赋乃添园之义疏"。尤可注意的是《文心雕龙》一般很少谈论永初元年(420)刘裕代晋以后的情况，而此篇则云："自宋武爱文，文帝彬雅，秉文之德，孝武多才，英采云构。自明帝以下，文理替矣。"从这些议论中可以看出，刘勰在此书中亦以为建安以后的文学，以三国、西晋和宋初为三个高峰，而东晋为低谷，宋明帝以后又稍趋衰落。这种估计可能与沈约稍有差别,但其与《文选》选录作品的状况则颇符合。可见这三人的见解,由于时代相近而大同小异。

和刘勰差不多同时的钟嵘作《诗品》,专论五言诗一体。他论五言诗的兴衰,也以三国、西晋和宋初为三个繁荣时期,以东晋为衰落时期;并且认为"大明(457~464)泰始(465~471)中,文章殆同书钞"。他对宋初以前文学的看法,和沈约、刘勰的看法及《文选》的选录做法完全一致;对刘宋中后期文学的看法虽沈约未论及,而且亦未必为他所同意;但与刘勰的见解及《文选》的收录情况亦基本上颇相类似。

当然,由于诸人编撰作品性质的不同,论述的范围有广狭,个人的爱好也有区别,在具体论点上也必然有差异。例如钟嵘说:

> 故知陈思为建安之杰,公幹、仲宣为辅;陆机为太康之英,安仁、景阳为辅;谢客为元嘉之雄,颜延年为辅……

这段话尽管和《文选》所述的情况尚无大矛盾,但和沈约、刘勰看法就不一样。沈约把"子建、仲宣"并提,并谓晋人"体变曹王",却没有提刘桢;刘勰在《文心雕龙·明诗》中说:"若夫四言正体,则雅润为本;五言流调,则清丽居宗;华实异用,惟才所安。故平子(张衡)得其雅,叔夜(嵇康)含其润,茂先(张华)凝其清,景阳(张协)振其丽;兼善则子建仲宣,偏美则太冲公幹。"在同书《才略》中又说:"仲宣溢才,捷而能密,文多兼善,辞少瑕累,摘其诗赋,则七子之冠冕乎。"这与钟嵘之把刘桢与曹植并称"殆文章之圣","自陈思已下,桢称独步"的说法很不一样。事实上关于王粲、刘桢的高下,在南朝早有争议。例如江淹的《杂体诗序》,可能作于宋末,已有"及公幹仲宣之论,家有曲直"之语。这也许涉及个人的艺术趣味,不必去定其是非。

沈约、刘勰和钟嵘对西晋文学的看法也各自不同。沈约在西晋作家中独推潘陆；刘勰对潘陆和左思、张协似无抑扬，从《明诗》中的话看来他对左、张的称赞似过于潘、陆。钟嵘的观点似乎存在矛盾，他除了推崇陆机外，对左、潘、张三人各有褒贬，认为左思"深于潘岳"，而张协"雄于潘岳，靡于太冲"。照这样说，应该是左、张优于潘岳。如果联系到他说刘桢胜过王粲的话，那么"其源出于公幹"的左思，亦当优于"其源出于王粲"的潘岳和张协。看来这种矛盾大约是由于传统的影响，因为自东晋的李充、孙绰和谢混以来，就存在着潘陆优劣之争①，直到江淹《杂体诗序》还说"安仁、士衡之评，人立矫抗"，似乎较少人注意左、张，所以沈约亦谓"潘陆特秀"。从《诗品》全书看来，根据钟嵘的文学观似未必认为潘陆胜于左张。

至于《文选》对三国、西晋作品的选录，似乎已充分考虑过沈、刘、钟三家的观点。例如对建安作家，除曹植外，收王粲之作为多，这合乎沈约的看法，但其中包含了三种体裁：赋1篇，四言诗3篇，五言诗10篇。这一做法，既符合三国以来"王粲长于辞赋"（曹丕语）的传统看法，又适应于刘勰认为王粲兼善四言诗和五言诗之说；而在五言诗方面正好选了10篇，和所收刘桢之作的篇数相等，显得在沈之崇王和钟之尊刘间无所偏袒。同样地，在对待西晋的潘、陆、左、张四家时，萧统亦颇能斟酌前人之说。事实是《文选》作为兼收各种文体的总集，理应更多地接受《文心雕龙》这样通论各体的著作。现在看来萧统是充分吸取了刘勰等人的意见的。例如对左思，《文心雕龙·才略》云："左思奇才，业深覃思，尽锐于《三都》，拔萃于《咏史》，无遗力

---

① 孙绰的意见见《世说新语·文学》；谢混之论见《诗品》（原话与孙绰语略同，可能乃引用孙说）；李充评潘岳语见于《诗品》及《初学记》卷二十一。但李充认为他不及陆机的话已佚，仅据《诗品》所说"《翰林》笃论，故叹陆为深"判断。

矣。"《文选》录左思之作,《三都赋》和《咏史诗》8篇全已收入,只多出《招隐》2篇和《杂诗》1篇。对张协,除录其《七命》外,收诗11篇(《杂诗》10篇,《咏史》1篇),诗的篇数和左思相等,这和《文心雕龙·明诗》之表彰左、张正相一致,而"太冲《咏史》"和"景阳苦雨"(指《杂诗》第10篇)亦正是钟嵘所指为"五言之警策者也"。对潘岳,《文心雕龙·才略》说:"潘岳敏给,辞自和畅,钟美于《西征》,贾余于哀诔,非自外也。"《文选》中"诔"和"哀"二类,共收文11篇,而潘岳一人独占5篇。潘岳的《西征赋》本为名篇,《文选》已加收录,而且书中收潘赋凡8篇,在各家中为数最多。这大约因为其中不少久为名作,如《世说新语·言语》载,桓玄篡晋后,曾问及虎贲中郎官署应在何处,有人据《秋兴赋》答谓无署,而在"散骑之省",说明《秋兴赋》亦为传诵名篇。又如他的《在怀县作》,即钟嵘所谓"安仁倦暑";其《悼亡诗》即江淹《杂体诗》中《潘黄门·述哀》所拟,《文选》均已收入。至于陆机的情况,与潘、左和张不太一样。他原集的篇幅本较别人为大(《隋书·经籍志》载梁代时有47卷之多,而潘仅10卷,左、张仅5卷和4卷),他的作品中虽很难说有一体远过他人,却也可说不专一能,兼擅众体。再加上自南朝以来,人们似乎久已公认他为西晋最重要的作家。直到唐朝修《晋书》,唐太宗特亲自为《陆机传》作论赞。《文选》编于梁代,其选录作品以陆机为最多就不足怪①。不过《文选》之选录陆机作品,似亦多数参照过前人的意见。如"诗"这一类,取乐府17篇,为数最多,这大约由于《文心雕龙·乐府》中有"子建士衡,咸有佳篇"之语;"行旅"中收《赴洛》二者,可能由于江淹《杂体

---

① 萧统之大量选录陆机诗文,也许受了其父梁武帝影响,据《魏书·文苑·温子昇传》载,梁武帝称赞温子昇时曾说过"曹植、陆机复生于北土"的话,可见梁武帝对陆机评价极高。

诗》中《陆平原·羁宦》即仿此作①;"拟古"中取陆机《拟古诗》十二首,似由于钟嵘《诗品》认为"士衡《拟古》"是名作。其他如《文心雕龙·论说》认为"陆机《辨亡》,效《过秦》而不及,然亦其美矣";《哀吊》说"陆机之《吊魏武》,序巧而文繁";又如《事类》评陆机《园葵诗》用典不当,而《文选》所收,仅为"种葵北园中"那首,而有此缺点的"翩翩晚雕葵"一首未予收入,仅见于《艺文类聚》卷八十二。可见《文选》收录作品,往往是符合其前辈如沈约、刘勰和钟嵘等人的观点。

　　这一情况说明了时代相近的人们,其观点总会有一些相同或类似之处。不过《文选》选录之同于沈、刘、钟之处,也完全可能由于萧统及其合作者见过他们的著作。因为《宋书·谢灵运传论》既已收入《文选》,而沈约曾任"太子詹事"(见《梁书》本传),刘勰也做过"东宫通事舍人"(见同书《文学》本传),与萧统都有交往。至于钟嵘,虽未在东宫任职,却曾为萧统所仰慕的何胤作过《瑞室颂》(见同书《文学》、《处士》二传),萧统可能了解他。再说从《诗品》看来,钟嵘和刘孝绰之父刘绘似颇有交往,而刘孝绰又曾参与《文选》的编纂。(见《文镜秘府论·集论》引唐元兢说)那么萧统和刘孝绰参考过钟嵘《诗品》是完全可能的。

三

　　《文选》选录作品,虽与其前辈沈约、刘勰和钟嵘多相同之处,但

---

① 《赴洛》在宋初已颇为人传诵。《宋书·宗室传》载刘裕弟道怜子义綦封营道侯,文帝义隆的次子刘浚以陆诗"营道无烈心"戏之,义綦不知,被视为"庸塞可笑",足见此诗在当时已为名篇。

有一点却不一样,沈约、刘勰对两汉和三国的作品评价甚高;钟嵘《诗品》只论五言诗,所以主要讲建安以后的诗人,但他说"昔曹刘殆文章之圣,陆谢为体贰之才",似认为三国诗人的成就比西晋和刘宋要高。然而《文选》所录三国作品显然少于西晋,并且如把江淹作品按实际写作时间论,也少于刘宋。这种现象的出现,首先是由于各个时代产生典籍的数量本有不同。先秦两汉由于年代久远,典籍留存的数量本较魏晋以后的要少。再加上当时的著述,大抵可归入"经"、"史"、"子"等部,为《文选》所不录。我们试看《隋书·经籍志》著录的情况,先秦、西汉的"集"部书为数甚少,而且一般卷帙尤少,其中卷数最多的《刘向集》,也仅6卷。东汉稍有增加,但仍远少于三国,而且卷帙最大的《班固集》,亦仅17卷,尚不足与后来的《曹植集》(30卷)、《陆机集》(梁47卷)、《颜延之集》(梁30卷)和《沈约集》(101卷)相比。加之先秦两汉之作多为辞赋(包括《楚辞》和"七"、"设论"等)和散文,这些文章一般较长,而后来占主要地位的诗歌则一般较短,所以三国以后作品的篇数,远多于先秦两汉,这也是一个因素。在这里我们不妨对《文选》所录历代诗赋的篇数做一些统计(其中"赋"包括"骚"、"七"、"设论"):

先秦　诗1　　赋20
西汉　诗11　　赋12
东汉　诗24　　赋17
三国　诗82　　赋5
西晋　诗120　赋16
东晋　诗25　　赋2
宋　　诗91　　赋5(加上江淹之作为诗123赋7)
齐　　诗23　　赋0
梁　　诗54　　赋2(减去江淹之作为诗22赋0)

从上面的统计可以看出,《文选》所收作品以西晋和南朝宋二代为多,实由于入选的诗歌大大增加。至于其他文体则情况各异。赋的篇数,除西晋比三国有较大增加外,基本上呈减退的趋势,越向后入选之数越少。文则以三国文入选为多,其次为梁文,但其中江淹文1篇作于宋、沈约文4篇作于齐、任昉文10篇左右(其中《百辟劝进今上笺》如入齐文,则为11篇),那么齐、梁二代之文,篇数相仿。这样自西晋以后,各代入选之文除了东晋外,基本上为15至22篇,比较平均。只有"诗"这一体,是以西晋和刘宋二代为重点,而到了齐梁又有所减少。这基本上是符合萧统本人及其前辈刘勰、钟嵘的观点的。因为萧统提倡诗文应当"丽而不浮,典而不野",而建安诗人能达到这种要求的,主要只有王粲、刘桢和曹植,至于曹操、曹丕,钟嵘已讥其"古直"和"鄙质如偶语",所以在《诗品》中也只有王、刘和曹植被列入上品。其余诗人大抵能"典"而不能"丽",即如正始诗人阮籍,虽被钟嵘列入上品,而刘勰仍认为其文采不如西晋①。再说三国时代出现的诗人确较西晋和南朝为少,所以《文选》所录三国诗少于西晋、刘宋诸代,亦可理解。至于入选的齐梁诗少于宋诗,则由于齐代出现了"永明体",谢朓、沈约诸人的诗风追求平易和流畅,往往只求"丽"而不求"典"。尤其是《玉台新咏》中所收的一些艳诗和咏物诗②,已陷于"丽则伤浮"的情况。至于任昉等人作诗,又"动辄用事",未免"典则累野"之讥(如《文选》所录《出郡传舍哭范仆射》诗,在一篇之中竟出现三个"情"字,两个"生"字,而且都在韵脚部位)。所以《文心雕龙·时序》认为刘宋"自明帝以下,文理替矣",钟嵘亦

---

① 《文心雕龙·明诗》谓西晋"采缛于正始"。
② 齐梁的某些咏物诗寓有寄托,自不可轻易否定,但当时的咏物之作,全无感情,仅搬弄辞藻者亦不在少数。

批评"大明、泰始中,文章殆同书钞",而且在《诗品》中,凡"大明、泰始"以后的作家,无一人被列入上品。这可见《文选》选录诗歌,其实也和刘勰、钟嵘之见相似。其实《文选》选录赋和文的情况亦与萧统录诗的旨趣一样。以赋而论,《文选》所收多为晋以前之作,我们习惯称之为"古赋",入宋以后的辞赋仅取7篇,其中颜延之《赭白马赋》、谢惠连《雪赋》和鲍照《舞鹤赋》都典雅而富有古气;鲍照《芜城赋》和谢庄《月赋》稍见华丽尚少俳气,所以竭力反对俳赋的清人姚鼐对前者亦颇赞赏;真正可称为俳赋或骈赋的仅江淹的《恨赋》和《别赋》。这种做法虽和我们的看法不同,却也不可否认他有"崇雅黜靡"的倾向。我们虽然不能完全同意他那种"崇雅黜靡",但亦不可否认,萧统还是具有很高的鉴赏能力的。因为南朝以后,并非没有人去写典雅的大赋,如谢灵运《山居赋》、沈约《郊居赋》等,不但作者名望高,而且当时称赏者亦不少,而萧统一概不录,亦说明他识见甚高。在选录文的时候,萧统也颇具卓识。《文选》所录主要是带骈气的文章,但他也选了诸葛亮《出师表》、李密《陈情表》这样纯用白描以真情感人的文章。其他,如潘岳《马汧督诔》这样情绪激愤、文字典丽的文章,在历代文章中实为少见的佳作之一;王俭的《褚渊碑文》、任昉的《王文宪集序》辞义典雅,亦为名作;刘峻的《广绝交论》深刻揭露世态;王巾《头陀寺碑》以骈文阐述深奥的佛理。以上皆可谓极尽文章之能事。这些文章虽然也是骈体文的典范,较之后来一些只讲究骈四俪六,而内容空洞的文章,亦远为优越!

四

《文选》选录诗歌多取西晋及刘宋初年之作,其实也体现了南朝文人学诗的途径。大抵齐梁诗文,多取法刘宋。《文心雕龙·通变》云:"今才颖之士,刻意学文,多略汉篇,师范宋集。"此说当属事实。据萧子显《南齐书·文学传论》说,当时诗风分为三体:一体学谢灵运,一体学鲍照,还有一体则"缉事比类,非对不发","或全借古语,用申今情",这显然指的是颜延之一派的诗风。同书《高祖十二王·武陵昭王晔传》载萧晔作诗学谢灵运体,把诗给萧道成看,萧道成回信说:"康乐放荡,作体不辨有首尾,安仁、士衡深可宗尚,颜延之抑其次也。"在这里不但萧晔在学谢,而且萧道成叫他学潘陆,实际上也是学颜。因为据《诗品》,颜延之其源出于陆机;而且在论谢超宗等人时提出了"颜陆体"的概念,可见"师范宋集",实为当时普遍现象。

不过,刘宋诗人之作,实多取法西晋。《诗品》论宋时诗人,以为颜延之出于陆机,鲍照出于张华、张协,只有谢灵运,据云"其源出于陈思",但又云"杂有景阳之体",可见亦不否认他取法西晋作家。钟嵘认为谢灵运诗出于曹植是不错的。因为在他看来,后来的"怀铅吮墨者,抱篇章而景慕,映余辉以自烛",即无不受其影响。具体到谢灵运,据钟嵘看来,他和陆机一样,是"体贰之才",即希慕曹植和刘桢两位"文章之圣"的。谢灵运是否崇拜刘桢,并无确切材料,但他景仰曹植却无可否认。据宋代无名氏《释常谈》载,谢灵运曾认为:天下才共一石,曹植独得八斗,谢自己得一斗,天下人共分一斗。这段记载出现虽晚,却必有根据,因为唐代李商隐在《可叹》一诗中,就有"用尽陈王八斗才"之语。谢灵运学习曹植,不是句句仿效,而是通过晋人作品来继承曹植的传统,因为照刘宋人檀道鸾说,"潘陆之徒",与建安诗人"宗归不异也"(见《世说新语·文学》注引《续晋阳秋》)。后来明人许学夷在《诗源辨体》中亦云:"士衡乐府五言,体制声调与子建相类。"(卷五)《文心雕龙·乐府》以"子建士衡"并提,《文选》录陆机乐府达17篇,可能亦由于此。现在我们来看曹植或其他建安诗人之作,类似谢灵运那样的写景之句并不多,倒是晋人张协的《杂诗》和潘岳在河阳和怀县所作的几首颇有写景的佳句。所以钟嵘认为谢诗"杂有景阳之体",谢自己也认为"左太冲诗、潘安仁诗,古今难比"。谢推崇左思,他在《述祖德诗》其一中明显学左;他推崇潘岳,自然也会去取法潘岳(在今天读者看来,潘岳的代表作为《悼亡诗》,但这种诗自不可任意仿作)。至于谢灵运的乐府,显然多学陆机,尽管《文选》所录谢的乐府诗仅《会吟行》一首,而此诗之模仿陆机《吴趋行》,则毫无疑问。和谢灵运一样,鲍照的乐府诗亦主要学陆机,当无疑问。至于颜延之作诗主要学陆机,亦几成定论,但他的哀诔之文颇取法潘岳,亦人所共知的事实。所以我们可以说,自刘宋以降,诗文多以西晋文人为典范,而且取法潘岳的情况似更普遍。尤其是颜谢二人,俱不长于乐府,故其诗风距曹植及汉谣魏什已多变异。相对来说,倒是年辈稍晚的鲍照的《代出自蓟北门行》和《文选》未收的《代陈思王白马篇》,还稍近曹植的豪迈昂扬之气,而《代白头吟》诸篇,更保存着汉乐府那种高古朴质的气息。所以后来论者较多称赞其骨力之遒劲。

自刘宋迄于齐梁,诗人们所以多取法潘陆之辈而很少上模汉魏,是有其原因的。因为五言诗的兴起,大约在东汉。最早的作者多半是无名氏。这些无主名的"古诗",其实和汉乐府很难区别。例如《文选》所录《古诗十九首》中的《驱车上东门》、《冉冉孤生竹》、《迢迢牵牛星》以及《玉台新咏》所载《上山采蘼芜》也被一些典籍引为乐府①;著名的《古诗为焦仲卿妻作》,从吴韦昭以来就被认为是古诗②,

---

① 《玉台新咏》卷一所录枚乘《杂诗·兰若生春阳》、陆机《拟古诗》亦作"古诗"看待,而《文选》所录张平子《两京赋》李注为"枚乘乐府诗"。
② 见《史记·刺客列传》、《正义》及《索引》引。

而后人多以乐府视之。到了三国时代，乐府与古诗仍难截然区别。钟嵘论无名氏古诗时说《去者日以疏》等，"旧疑是建安中曹、王所制"。现在我们看建安曹氏父子之作，如曹操之诗，全属乐府，其中如《塘上行》，见于《宋书·乐志》，沈约此书作于齐永明间，系以何承天、山谦之、孙冲之、苏宝生、徐爰的著述为依据①，当较可从，但其内容和曹操性格、生平全无相似处；曹丕《杂诗》其二，亦与作者身份迥异，倒颇似东汉中叶以后，关中等地遭羌族起义战乱，汉人大批流亡江南者的口吻；曹植《怨歌行》，历来有争议，有人以为是古辞，笔者亦曾因此诗主旨与《成王汉昭论》不同而疑非曹植作。现在看来，这些诗或许本为乐府古辞，经他们润饰加工，或有意模仿古辞所作，故与其生平、思想不甚一致。② 正因为建安诗人之作，脱胎于汉乐府，尚多民间作品的刚健清新之气，所以刘勰评这些诗人的共同风格为"造怀指事，不求纤密之巧，驱辞逐貌，唯取昭晰之能"（《文心雕龙·明诗》）。曹操、曹丕之质朴是人所共知的。曹植的诗虽"辞采华茂"，但其胜处亦不多用典，如"惊风飘白日"、"高台多悲风"皆直接写即目所见。七子中成就最高的王粲、刘桢，亦多直抒胸臆。王粲最被传诵的《七哀》其一，仅用"下泉人"一典；刘桢名作《赠徐幹》、《赠从弟》其二，全不用典。这种作品虽然辞采气骨俱有过人处，而一般人较难学步。因此到东晋末刘宋初的诗人在摆脱玄言诗的影响之后，人们为了克服"淡乎寡味"、"平典似道德论"的诗风，显然更容易取法"采缛于正始，力柔于建安"的西晋诗人。尤其是开始转变风气的殷仲文、谢混二人，据钟嵘说谢混已经"才力苦弱"，而殷仲文更不如谢混，自然更难上窥建安，不得不退而求诸张华了。不过，张华在西

---

① 详见《宋书·自序》及刘知几《史通·古今正史》。
② 《玉台新咏》所录陈琳《饮马长城窟行》可能也是如此。

晋诗坛的地位似乎不及稍后的潘陆左张等人。所以《文心雕龙·明诗》和《诗品》都只提潘岳、陆机、左思、张协(所谓"三张二陆两潘一左"不过是因他们而附带提到其兄弟、侄儿)。在这四人中潘岳和陆机的影响最大,这大约和他们的社会地位有关。在四人中,据《晋书·贾充附贾谧传》,张协并未加入贾氏"二十四友"之列,左思虽预其列而官位很低,两人均未卷入当时的政治旋涡,由此得免于杀身之祸,而其名声也因此不如潘、陆之高。檀道鸾、沈约仅举潘、陆为西晋作家代表,盖亦由此。

《诗品》论东晋南朝诗人时说他们的诗出于潘、陆的并不多,似只有郭璞出于潘岳,颜延之出于陆机。其实这种判定某甲之诗出于某乙之说并不确切,因为历代有成就的诗人,总要"转益多师",未必拘守一家。其实潘岳之诗今存者不多,他对后代的影响已难详论,但陆机的影响却很广泛。他对颜延之的深刻影响,已无须多谈。就是对其他诗人,亦多启迪作用。如他的《赠从兄车骑》中"孤兽思故薮,离鸟悲旧林"句,显然为陶渊明《归园田居》(其一)中"羁鸟恋旧林,池鱼思故渊"二句所本。《为顾彦先赠妇》(其一)中"京洛多风尘,素衣化为缁"二句则为谢朓《酬王晋安德元诗》中"谁能久京洛,缁尘染素衣"所从出。《赠弟士龙》中"我若西流水,子为东峙岳"则化用者更多,萧统《示徐州弟诗》中"予若西岳,尔譬东流"即出于此,南朝民歌《子夜歌》第二十二"不见东流水,何时复西归",疑亦受此影响,而何逊《临行与故游夜别》中"复如东注水,未有西归日"二句又出自《子夜歌》。陆机诗的成就是多方面的,他的乐府《从军行》、《饮马长城窟行》,上继曹植,下开鲍照,颇以骨力取胜。他的《拟古诗》亦多警句,《拟明月何皎皎》中"照之有余晖,揽之不盈手"二句,历来传诵,明何良俊《四友斋丛说》卷二十四载,黄省曾激赏之,而何本人则说"余谓此二句有神助"。当然,陆机诗后来曾受到不少人疵议,亦非无故。先师余冠英先生曾指出:"陆机诗的语言过于雕琢,有时强作对偶,流于拙滞,例如《折杨柳》篇中的'邈矣垂天景,壮哉奋地雷'就是呆板无味的对句。"(见中国社会科学院文学研究所编《中国文学史》第215至216页)

陆机本人则对此似颇得意,如《长歌行》中的"逝矣经天日,悲哉带地川"与此如出一辙;《赴洛》其一的"南望泣玄渚,北迈涉长林"和《赴洛道中作》其一的"永叹遵北渚,遗思结南津"亦有类似情况。所以谢灵运之推崇左思、潘岳而不提陆机,大约亦由于此。其实钟嵘也深知陆机的缺点,但又说"然其咀嚼英华,厌饫膏泽,文章之渊泉也"。同样地,潘岳之被南朝人推崇,亦因为辞藻的华美,就如钟嵘引李充语:"翩翩然如翔禽之有羽毛,衣服之有绡縠。"这种诗风被当时人视为纠正"淡而无味"的玄言诗之良药,其被推崇过于左、张盖亦由此。

南朝文人在效法西晋诗人的创作实践中,也在不断地总结其成败得失。例如后来严羽等人认为颜延之不如鲍、谢的看法,他们也未始没有认识。《诗品》载汤惠休(《南史》作鲍照)说"谢(灵运)诗如芙蓉出水,颜如错采镂金"之语就是明证。的确谢灵运的许多名句,显然精工而臻于自然,有时几可追上建安,就由于他能兼取潘、陆、左、张诸家之长,而颜则主要学陆,虽能做到"体裁明密",多少避免了陆诗繁芜之弊,但用典过多、雕琢太过的缺点亦很显著。所以齐梁以后诗人成就较高者大抵取法谢、鲍,而像钟宪、颜测等固执不移地仿"颜陆体"的人不但为数甚少,其作品亦绝少留传。钟嵘作《诗品》,对陆机虽评价甚高,而对颜则已多批评。他在《诗品》序中反对用典,事实上亦针对学陆颜者而发。在这一点上,萧统的态度似不如钟嵘明朗。《文选》所录颜诗仅次于陆机、谢灵运和曹植,比谢朓仅少1首,比鲍照则多出4首。这大约和萧统自己的诗风有关。试看今存的《昭明太子集》,其诗可称为"典",而"丽"则颇为不足。这一倾向多少也说明骆鸿凯先生谓《文选》"崇雅黜靡"的看法。

从《文心雕龙》和《诗品》看来,齐梁间的文论家似乎都同时在反对两种倾向。一种是萧子显所谓"全借古语"、"非对不发"之风,亦即钟嵘所谓"句无虚语,语无虚字,拘挛补衲,蠹文已甚"的文风。萧统对这种文风批评不算强烈,却也指出了"典则累野"之弊。至于另一种倾向,也就是所谓"丽则伤浮"的倾向,似乎更需要进一步探讨。如果光从原则来说,"丽则伤浮"的倾向确有反对的必要。事实上从"永明诗人"开始,已有一部分咏物诗不过是玩弄辞藻,而缺乏真实感情的作品,很难以肯定。但是像刘勰那样断言"自(宋)明帝以下,文理替矣"和钟嵘那样竭力反对"声病说"和对鲍照、谢朓均仅列中品的做法,则未必妥当。因为文学的发展,诚如萧子显在《南齐书·文学传论》所说:"习玩为理,事久则渎,在乎文章,弥患凡旧。若无新变,不能代雄。"南朝诗风自晋宋间始变玄言之体,迄于大明、泰始,已历半个世纪,文风不能不有所变化。事实上鲍照、谢庄等人,已有采用杂言新体的尝试。加以士大夫们南渡日久,原来流行的汉魏旧曲,由于"情变听移,稍复销落,十数年间,亡者将半",人们变得"家竞新哇,人尚谣俗"(见《南齐书·王僧虔传》)。这也会影响人们对诗歌的爱好。于是到了刘宋后期,鲍照就不但模仿原来被人视为"疏拙"的《行路难》等曲,还试作南方的"吴声"和"西曲";汤惠休则完全模仿南方民歌,以致颜延之认为"委巷中歌谣耳"(《南史·颜延之传》)。这一倾向其实已开谢朓、沈约等永明诗人之先声。"永明体"的出现,其实是诗歌史上的一大进步。"声病说"的创立为近体的形成奠定了基础;谢朓的"好诗圆美流转如弹丸"的论点和沈约的"三易说"("易见事"、"易识字"、"易读诵",见《颜氏家训·文章》),避免了艰涩呆滞之弊,为唐代诗歌的繁荣准备了充分条件。但萧统的做法,多少和刘勰、钟嵘相近。他对鲍照只取其五言名篇及辞赋,却遗其《拟行路难》、《梅花落》及《吴歌》、《采菱》诸篇,似未能显示其全貌。《文选》对谢朓专取其《暂使下都夜发新林至京邑赠西府同僚》、《晚登三山远望京邑》等名篇和《敬亭山诗》、《和伏武昌登孙权故城》、《和王著作八公山》等典雅而略带古气的诗;至于不收《玉台新咏》所录《听妓》、《杂咏》五首,不为无见,但不取《玉阶怨》、《王孙游》及《同王主簿有所思》就未必确当。对王融不收其《咏幔》之类,自然不错,但不录王诗一首,连《古意》二首也不收入,则《文镜秘府论》引元兢的批评实极中肯。对沈约取其《宿东园》、《早发定山》、《新安江至清浅深见底贻京邑游好》等作也是有见解的,不收沈的《杂咏》五首也无不妥,但遗其《八咏》、《六忆》则未必合理。① 《文选》的这种得失,都和萧统的文学观有关,而萧统的文学观虽不全同于其前辈刘勰和钟嵘,却有不少地方反映了齐及梁初大多数人的看法。这种观点和后来"宫体诗"的倡导者萧纲就有很大差别。萧纲在《与湘东王书》中对谢朓、沈约极为推崇,而论谢灵运则谓"时有不拘,是其糟粕",和钟嵘、萧统已有明显不同。从诗歌艺术的发展过程看来,萧纲确实代表着诗的新潮流,他个人的创作成就从某些方面来说,也确比萧统胜出一筹。至于萧纲所提倡的新体后来发展为陈代陈叔宝、张正见辈之作,则又一次陷入低谷。然而这有种种复杂的社会原因。笔者在《南朝文学的衰落》(见《文史知识》,1998 年第 12 期)已有论述。如果以此责备萧纲,恐怕就像因"大明泰始中,文章殆同书钞"而归罪潘陆颜谢一样有欠公允。

---

① 《六忆》是艳诗,描写妇女姿态,已近萧纲之作。这些作品其实是扩展了文学描写的领域和技巧,如果不用"道学"眼光去看,它们毕竟不同于那些咏竹火龙、幔和乌皮木几之类作品。

试论《文选》对作家顺序的编排

《文选》一书,据萧统在《序》末说:"凡次文之体,各以汇聚。诗赋体既不一,又以类分,类分之中,各以时代相次。"据此,《文选》除了按文体与内容分类外,对作家和作品是按时代顺序编排的。从今本《文选》来看,其编排作家先后的顺序,当以卒年为准。因为像李善注本卷二十把谢灵运放在颜延之的前面,丘迟放在沈约的前面,卷二十二把谢惠连放在谢灵运前面,谢朓放在江淹和沈约前面,卷三十六把王融放在任昉前面等,都是明显的例子。因为颜延之生年比谢灵运早1年,而卒年又比谢晚23年;丘迟比沈约晚生23年而早死5年;谢惠连比谢灵运晚生12年而同一年卒;谢朓比江淹小20岁,比沈约小23岁,而比江早死6年,比沈早死14年;王融则比任昉小7岁却早死15年。这种编排次序,在稍后的五臣注本中基本上也一样,尽管李善注分为六十卷而五臣注则保存萧统原貌作三十卷,就是日本所藏唐写本《文选集注》中现存的第五十九卷,大致相当于李善注的第三十卷,其篇目次第亦无不同。看来萧统所谓"各以时代相次",应是以作家的卒年为次第。这种办法在当时似较流行,例如稍后徐陵所编《玉台新咏》,其前六卷所收都是已故作者,编排次第亦以卒年为准。但以两书相较,《玉台新咏》若据明赵均覆宋本看来,似乎比较严格地贯彻了"以时代相次"的原则,而《文选》却并不是这样。现在看来,《玉台新咏》中小小的疏误也是有的,如第三卷谢惠连(卒于元嘉十年,433)在王微(卒于元嘉三十年,453)之后,第四卷王僧达(卒于大明二年,458)在颜延之(卒于孝建三年,456)之前,但绝大多数是对的。至于《文选》的情况就不同了,在不少卷中作家时代的误例颇为突出,其中最突出的也许要算李善注本第四十一卷,把东汉初年朱浮的《为幽州牧与彭宠书》放在东汉末孔融的《论盛孝章书》之后。按:朱浮此文作于光武帝建武二年(26),而孔融那篇文章作于汉献帝建安九年(204),比朱文晚了178年。这个明显的疏误,曾引起胡克家等人的注意,他们在《文选考异》卷七中说:"案:此书(孔融《论盛孝章书》)当在后,下《与彭宠书》当在前。今乃季汉之文,越居建武以上,必非善旧甚明。各本皆同,卷首子目亦然,未知其误始自何时也。"胡克家等人看出了次第的颠倒,但不相信李善原本会有这错误。但从现有的材料来看,这个疏误恐怕出现得很早,有可能还在李善以前。因为现在我们还没有发现一部李善注本把朱浮此文列于孔融之前,不但如此,连迄今所见的五臣注本,似亦无此例(台湾藏南宋陈八郎本目录倒是朱浮在前,而原文却还是孔融在前,因此多数学者认为目录为后人所加)。值得注意的是胡克家等人所见到的袁褧刊本六家注《文选》,系覆刻宋广都裴氏本,而这个本子又和韩国奎章阁本相近。从奎章阁本看来,其李善注基本上同于北宋国子监本;五臣注出于平昌孟氏本,孟本则出于五代毋昭裔本。北宋国子监本李善注和毋昭裔刻本五臣注时代都很早,它们所据当为唐写本。但迄今所见的各种六家或六臣注本,也都没有将朱文列孔文前者,说明这个疏误,至晚在唐代已然。

唐人为《文选》作注者并不限于李善和五臣两家,但其他的注本均已散佚。不过就现存的材料看,至少在唐末五代到北宋初年,通行的李善注本和五臣注本都是孔文在朱前,也就是说次序业已颠倒。

但李善和五臣同样有此错误,就很需要深入思考。我们知道,李善和五臣注本是两个不同的注本。五臣注的出现后于李善注60年,吕延祚在《进五臣集注文选表》中提到了李善注。但他们的注释,绝非仅据李善,而是参考了别家的注本的。例如周勋初先生在《〈文选〉所载〈奏弹刘整〉一文诸注本之分析》(见中国文选学研究会、郑州大学古籍研究所编《文选学新论》第358至369页)中曾考明"五臣注沿用公孙罗的成果甚多"。笔者本人在《读〈资暇录〉兼论〈文选〉李善注与五臣注异同》(见《汉魏六朝文学论文集》第115至138页)中也曾通过比勘证明五臣注与李善注的文字不同是由于所据底本不同,例如李善注本的司马相如《子虚赋》、《上林赋》多同于《汉书》,而五臣注本则多同于《史记》。又如班固《西都赋》:"度宏规而大起",李善注:"《小(尔)雅》曰:'羌,发声也。''度'与'羌'古字通。'度'或为'庆'也。"胡克家《文选考异》卷一云:"'度'当作'庆',必善'庆'五臣'度'。袁、茶陵二本所载五臣铣注云:'度,大规矩',作'度'无疑。各本失著校语,尤以之乱善也。"《考异》后文又云:"此赋作'庆',或本为'度',如今《后汉书》之作'度'也。五臣因此改'庆'为'度'。"从这个例子看来,五臣不同于李善处,亦往往有其根据。但像孔融居朱浮之前这样的错误,五臣和李善如出一辙,这说明即使唐时的各本,恐怕都是如此。由此笔者颇疑此误或非始于李善或五臣,而是在他们之前,甚至可能是《文选》原貌如此。因为如果确有朱在孔前的五臣本,毋昭裔当会据以改误本,而如有朱文在孔文前的李善注本,则宋国子监的人也会据以纠正误本,更能说明问题的则是最早的五臣注刻本和最早的李善注刻本不是一人一时所刻,却有着同样的错误,这至少说明此误恐非始自李善和五臣。

如果我们设想这个错误为《文选》原本所有,当然没有确切的证据,但从情理而论,则颇有可能。因为《文选》的篇目次第,时代颠倒的例子甚多,即以同卷而论,末篇为陈琳《为曹洪与魏文帝书》,而下一卷即第四十二卷第一篇为阮瑀《为曹公作书与孙权》。按:阮瑀卒于建安十七年(212),而陈琳卒年为建安二十二年(217),比阮晚5年,当是阮居陈前。当然,阮、陈同为"七子"中人物,即使误倒,关系还不大。但如李善注本第二十九卷的情况,则时代次序更为混乱。例如该卷后半对西晋作家的安排为:傅玄、张华、陆机、曹摅、何劭、王赞、枣据、左思、张翰、张协。这里傅玄卒年最早,放最前面是对的;左思、张翰与张协卒年不详,放后面似亦可通。但其他诸人次第则颇可疑,如何劭卒于惠帝永宁元年(301),见《晋书·何曾附劭传》,比张华晚1年,比陆机早2年,所以卷二十四把他放在张华之后、陆机之前是正确的。但在这一卷中,他不但放在卒于太安二年(303)的陆机之后,而且还在卒于怀帝永嘉二年(308)的曹摅(见《晋书·良吏》本传)之后,就完全错了。又如枣据,据《晋书·文苑》本传,卒于太康中(289以前),仅晚于傅玄(卒于咸宁五年,279),比张华还早,更不用说何劭和陆机。至于王赞,据《晋书·苟晞传》及《石勒载记》,于永嘉四年(310)为石勒所俘,而据《通鉴》卷八十七于次年(311)被石勒所杀,比枣据晚死20多年,却被放在枣据之前。又如第二十四卷末为潘尼,据《晋书》本传,是永嘉之乱后卒于坞壁之中,大约卒于永嘉五年(311)。但第二十五卷第一人为傅咸,据《晋书·傅玄附子咸传》,卒于元康四年(294),早于潘尼7年而反居其后。第二十四和二十五卷同属"赠答诗",可见编排次第是错误的。

其实《文选》中关于作家年代的编排,前后失当处甚多,如:第十六卷(赋·哀伤)陆机在潘岳前,实则潘比陆早死3年。第十八卷(赋·音乐下)成公绥居潘岳之后,其实他比潘大20岁,早死27年。第二十卷(诗·公宴)应贞在陆机、陆云之后,其实应贞卒于晋武帝泰始五年(269),比二陆早死24年。范晔在谢灵运前,其实范死于宋文帝元嘉二十二年(445),比谢晚死12年。卷二十三(诗·哀伤)张载在潘岳前,其实张载据《晋书》本传在长沙王司马乂执政时尚在做官,后见朝政混乱,才称病辞官,卒于家,至早死于晋惠帝后期,比潘岳晚死好几年。第二十四卷(诗·赠答二)司马彪居张华、何劭、陆机、潘岳之前,其实据《晋书》本传,卒于惠帝末,比张、潘晚死6年,比何劭晚5年,比陆机亦晚3年。卷三十九(同上书)司马相如在枚乘前,其实枚乘据《汉书》本传卒于汉武帝即位初年,而司马相如据《汉书》本传卒于汉武帝在泰山行"封禅"礼前8年,即元狩五年(前118)。可见枚乘比司马相如早死20多年。卷四十("笺")前三位作家是杨修(卒于建安二十四年,219)、繁钦(卒于建安二十三年,218)和陈琳(卒于建安二十二年,217),顺序正好相反。卷四十二(书)曹植在吴质之前,其实吴质死于魏明帝太和四年(230),比曹植先死2年。卷四十五(序),杜预在皇甫谧前,其实杜预卒于太康五年(284),皇甫谧卒于太康三年(282),应在杜前。卷五十二和五十三(论二与论三),把曹冏和韦昭放在卷五十二末,嵇康居卷五十三之首,其次才是李康。应该承认,根据现有资料来判断这几个作家的先后有一定的困难,但即使如此,也不是全无线索。因为嵇康的卒年虽有争议,不过是魏元帝景元三年(262)或四年(263)之别。韦昭据《三国志·吴志》本传,卒于孙皓凤凰二年即晋武帝泰始九年(273)。那么韦昭应在嵇康之后,并无疑问。至于曹冏、李康,虽然史传不载,亦非全无材料可据。据《文选》李善注引《集林》:"李康字萧远,中山人也。性介立,不能和俗,著《游山九吟》。魏明帝异其文,遂起家为浔阳长,政有美绩,病卒。"据此可知李康成名在魏明帝时。据《文选注》引《魏氏春秋》:"曹冏字元首,少帝族祖也。是时天子幼稚,冏冀以此感悟曹爽,爽不能纳。为弘农太守。"李善云:"少帝,齐王芳也。"齐王芳是魏明帝养子,明帝死后继位,可知李、曹二人时代较近,在卒年无法考定的条件下,一般应据李康成名较早而列于曹冏之前。至于把李康列在嵇康甚至韦昭之后,显然是不妥的。

上述情况还只是讲到了《文选》中一些比较显而易见的编排次序问题。至于自李善以来就被人们注意到各卷排列不同的问题,如有的卷曹植在前,有的卷却是王粲、刘桢在前,还有像陆机有时在潘岳或左思之前,有时又在潘、左之后的情形。因为涉及《文选》编纂的工作方式问题,留待后面再谈。至于像第二十三卷(《诗·咏怀》)把欧阳建放在谢惠连之后,(《诗·哀伤》)把嵇康放在曹植之前,第四十三卷把刘歆放在刘峻之后,第四十四卷把司马相如放在钟会之后,则可以考定为今本类目有误,所以不予论列。

至于有些作家的前后次序在各卷中存在不同的问题,在李善作注时已注意及之,可见这种抵牾在李善之前已存在。李善《上〈文选〉注表》作于唐高宗显庆三年(658),上距萧统卒年(531)仅127年,李善之学出于曹宪。曹宪据《新唐书·儒学》本传卒于唐太宗贞观(627~649)年间,"卒年百余岁",距萧统甚近,可见这种疏误很可能为《文选》所原有。在这些相互矛盾的例子中以曹丕、曹植兄弟与"七子"中的王粲、刘桢等人的先后问题为最突出。从《文选》全书看来,如卷二十(《诗·公宴》)曹植在王粲、刘桢、应场前;卷二十一(《诗·咏史》)王粲在曹植前;卷二十三(《诗·哀伤》)曹植在王粲前;卷二十三和二十四(《诗·赠答》)王粲、刘桢在前,曹植居后;卷二十九(《诗·杂诗》)王粲、刘桢在前,曹丕、曹植居后;卷四十一和四十二(《书》),陈琳、阮瑀在前,曹丕、曹植居后。对这种现象,李善认为应以王粲等人在前,曹氏兄弟居后为是。如第二十卷曹植《公宴诗》注云:"赠答、杂诗子建在仲宣之后,而此在前,疑误。"此外,陆机和潘岳的先后,各卷亦不同,卷十六(《赋·哀伤》)和卷二十四(《诗·赠答》)都是陆前潘后,而卷二十六(《诗·行旅》)则为潘前陆后。另外陆机和左思的先后,亦有这情况,如第二十二卷(《诗·招隐》)是左前陆后,而第二十九卷(诗·杂诗)则为陆前左后。关于潘陆的先后问题,李善认为"哀伤、赠答皆潘居陆后,而此在前疑误也"。其实潘岳生年和卒年都早于陆机,李善的看法是不对的。关于这一点,王立群先生在《〈文选〉成书考辨》中亦指出。看来陆前潘后的做法,只能说是安排上的疏误。至于"七子"与曹氏兄弟的先后问题,则值得研究。因为在古代对作家的先后排列,经常采用的有两种方式。一种是按各人的卒年排列,例如前面提到的《玉台新咏》,就是采用这种办法,《文选》各卷在多数场合亦取此法。但除此之外,也不是没有第二种办法,那就是把帝王和皇室成员放在最前面,而把其他的人列于其后,再按时代排列。像《隋书·经籍志》著录历代文集就是这样,讲到每一朝代,总是帝王在前。这种方式可能尚非《隋书》首创,而是沿自南朝梁阮孝绪《七录》等书。我们再看南北朝到唐初某些史书,如《魏书》、《南史》、《北史》等也都是帝纪之后,接着就是后妃、宗室及藩王传,亦与此是一个意思。所以《文选》以前的总集如杜预《善文》、挚虞《文章流别集》和李充《翰林论》等书虽均散佚,无从论其体例。但恐怕也难于排除这些总集中有采用类似《隋书·经籍志》的那种方式的可能性。这就不能不使人想到另一个问题,即《文选》是据前人所编总集再加编选而成的问题。此说发自日本学者冈村繁先生,我国学者如王立群先生亦主此说。笔者认为,王先生在《〈文选〉成书考辨》中提出此说是有道理的,因为从李善注看来,《文选》所载作品,其文字与李善所见作家本集已有不少不同,很有可能《文选》所录并非采自本集而取自当时的一些选本。特别像《文选》所录文章,有的作者恐怕本来并无集子。如卷五十二的曹冏《六代论》,据《晋书·曹志传》载:"(晋武)帝尝阅《六代论》,问志曰:'是卿先王(曹植)所作邪?'志对曰:'先王有手所作目录,请归寻按。'还奏曰:'按录无此。'帝曰:'谁作?'志曰:'以臣所闻,是臣族父冏所作。以先王文高名著,欲令书传于后,是以假托。'帝曰:'古来亦多有是。'顾谓公卿曰:'父子证明,足以为审。自今已后,可无复疑。'"关于《六代论》作者,近代仍有争议。但这段记载至少说明直到晋初,尚无曹冏的文集出现。后来像《隋书·经籍志》亦无著录。《隋书·经籍志》虽成于唐初,在萧绎焚书以后,但当时阮孝绪《七录》等梁代书目俱存,凡梁有而隋无之书,均有记载,这说明本无《曹冏集》存在,才会引起晋武帝的发问。又如:卷四十三的赵至《与嵇茂齐书》,据李善注载,本有赵至《与嵇蕃书》和吕安《与嵇康书》二说。检《隋书·经籍志》,梁时有《吕安集》二卷而无《赵至集》。今《文选》所载,题为赵作,当非采自《吕安集》,当亦取自当时的总集。

如果说《文选》取材多半录自当时已有的总集和选本的话,那么像曹氏兄弟和"七子"的先后次第问题就比较好理解了。我们可以设想:萧统和刘孝绰未必每卷都亲自去编选,而是让一些人分头去选录,有的卷采自某一部总集是以卒年为准的,就把"七子"放在前面,有的卷采自另一部总集是以帝王、诸王放在前面的,就又把曹氏兄弟提到前面,才出现了那种矛盾。

当然,像潘岳、左思与陆机的先后问题,尽管不能说明《文选》取材于总集,却也说明了此书出于众手。因为潘岳本无居陆机之后的道理,左思生年虽早于陆机[1],但卒年在后却无疑问。从现存的典籍看来,不但古代,至今为止尚无以生年为准来排列作家的总集和选

---

[1] 根据《左棻(芬)墓志》,左芬卒于惠帝永康元年(300),又《晋书·后妃传》说左芬于武帝泰始八年(272)拜为修仪,设使此年她16岁,则其当生于魏高贵乡公甘露二年(257)。何况她以"善缀文,名亚于思"为晋武帝所知,当不止16岁。那么她至少比陆机大4岁。左思为左芬兄,生年当更早。

本。所以这两个例子也可说明《文选》的确出于众手,且可看出编者们似亦未真正贯彻萧统所说的"各以时代相次"的原则。如果把《文选》和《玉台新咏》相比较,这个问题就显得尤为明显。因为从《玉台新咏》第一至六卷看来,虽篇幅大小不同,而所涵盖的时间基本上差不多,都是由汉迄梁这一历史时期。但《玉台新咏》的疏误,仅有上面所提到的两处,而《文选》则显然要多得多,而且还有不少自相矛盾之处。这就更使人怀疑《文选》系出于众手而不像《玉台新咏》那样是由徐陵独力编成的。

本来,萧统、刘孝绰和徐陵都是南朝杰出的文学家。我们很难设想这种现象的根源在于萧、刘二人的学识不及徐陵。其根本原因恐怕在于《文选》的编纂过于匆促。《文选》的编成时间不可能早于梁武帝普通七年(526),因为书中最后的一位作家陆倕是这一年死的。但《文选》的编选也不可能始于这年,因为这一年十一月,萧统之母丁贵嫔卒,按礼制萧统父在丧母应服丧一年。那么《文选》的编纂工作最早当在大通元年(527)底才能开始。但这里还有一个情况,即萧统的合作者刘孝绰也丁母忧(《梁书·刘孝绰传》:"后为太子仆,母忧去职"),其丁忧时间据《梁书·刘潜(孝绰胞弟)传》:"晋安王纲出镇襄阳,引为安北功曹史,以母忧去职。王立为皇太子,孝仪服阕,仍补洗马。"按:萧纲从襄阳调回建康是中大通二年(530)正月;被立为太子是三年七月。据《刘潜传》,刘孝绰、刘潜丧母应在中大通二年正月萧纲还建康以前,而服阕则为中大通三年七月萧纲为太子以后。按照当时的礼制,刘孝绰之父刘绘死于齐末,父没后丁母忧,应服丧27个月,即以此推测,刘氏兄弟丁忧时间当在中大通元年(529)前后。那么萧纲和刘孝绰能共同编纂《文选》的时间不过两年左右(这一点笔者和亡友沈玉成先生在1988年已经说过)。由于时间短,而且下距萧统之死(中大通三年四月)已经很近。此时萧统身负"监抚"重任,又由于丁贵嫔死后所发生的"埋鹅事件"(详见《南史·梁武帝诸子传》),心情很坏,已无太多精力投入《文选》的编纂工作。因此他和刘孝绰大概对吩咐众人去编纂的书稿,未能进一步审核修订,才出现了这些矛盾和疏误。否则以萧、刘之博学而能误置孔融于朱浮之前是不可想象的。[1]

2001年7月27日
挥汗草成于北京

---

[1] 关于这个问题,笔者认为萧统身边的"学士"恐怕不会连东汉初人和东汉末人也分不清。很可能因为朱浮毕竟不是有名作家,他亦无文集,此文很可能录自范晔或前此的几部《后汉书》(今《文选》所载文字,与《后汉书》出入甚少,尤其五臣注本几乎无区别),可能初选时并未收录,而是经考虑后补入的。因为后加,插错位置,而萧统、刘孝绰因匆促未加审核,才有此误。

略论南朝学术文艺的地域差别

  历来研究南北朝学术文化的人,大抵着重探讨南朝文化而较少注意北朝。这是由南北朝时期的历史事实决定的。但即以南朝而论,其境内各地的发展情况也很不平衡。大体而论,从东晋迄于齐梁,学术和文学活动基本上盛行于长江沿岸,特别是下游地区。至于长江上游及今广东、福建和湘、赣二省的南部则兴起较晚。这种情况的产生有其深刻的社会、政治原因。在这方面,笔者有一些初步的想法,提出来请大家指正。

一

  传统的史学在论及我国古代文化时,往往将黄河流域的中原文化视为中心。其实近年来的考古发现证明了上古时代的长江流域不论上游的巴蜀地区、中游的荆楚地区还是下游的吴越地区,都早已有了各自的灿烂文化。在这三个地区中,受中原文化影响最早的大约是在今湖北一带的楚文化。① 据《史记·楚世家》记载,周文王时,楚国的祖先鬻熊,曾"事文王"。《汉书·艺文志》"道家类"著录有《鬻子》22篇,云:"名熊,为周师,自文王以下问焉,周封为楚祖。"此说虽不一定可靠,但《诗经·商颂·殷武》有"挞彼殷武,奋伐荆楚","维女荆楚,居国南乡"等语,说明楚人早在殷商时代,就与中原有频繁的接触。到了西周时代,楚国已逐渐强大起来,成为周朝南方的强敌。尤其是春秋时代,更成了晋楚争霸的主角之一。值得注意的是在和中原诸侯的不断交往中,到春秋中后期时,人们已不再把楚人看作"蛮夷"了。现在我们从《左传》、《国语》等典籍中看来,春秋时代楚国一些人士对中原文化的理解,亦绝不在黄河流域诸国人士之下。进入战国以后,楚在关东六国中占有极重要的地位,有所谓"横则秦帝,纵则楚王"的说法。尤其在文化方面,楚人对中原文化的继承在某些方面甚至超过了中原诸国。这是因为鲁昭公二十六年(前516)周朝内乱,"王子朝及召氏之族、毛伯得、尹氏固、南宫嚣奉周之典籍以奔楚"(见《左传》本年)。秦昭王五十二年(前255),楚国又灭亡了中原诸侯中保存周代典籍最丰富的鲁国,此时秦国推行商鞅等人的学说,以传统的《诗》、《书》等古代文化为富国强兵之大害,加以禁止,因此使其兵力所及的三晋等地的儒、道诸家学派的影响受到削弱。这样,当时的齐、楚二国就成了保存古代文化最完整的地区。近年来的考古发现中,大量竹简、帛书本的儒家经典和其他诸子著作均出于这些地区。这充分证明了楚国当时的文化不但较中原毫无逊色,而且所保存的古代典籍还可能超过中原某些地方。

从上述情况看来,至少在春秋战国时代的长江流域,文化最为发

---

① 据一些典籍记载,周文王的伯父泰伯、虞仲因为要把王位让给其弟季历,就避位到吴地,带去了中原文化。但总的来说,吴地对中原文化的接受似迟于楚国。

达的当为中游地区的楚国。至于上游的巴蜀和下游的吴越的兴盛,则似较楚地为晚。下游的吴越最后都并入了楚的版图;上游的巴蜀虽为秦所灭,但从《左传》的记载看,巴人在春秋初年已与楚国有交往,而据《水经注·江水》所载杜宇和鳖令的神话看来,巴蜀文化的兴起实亦受了楚文化的影响。如果再从屈原、宋玉的出现来看,楚国实为当时最发达的文化中心之一。但是这个文化中心到了战国后期却遭到了严重的破坏,由白起率领的秦兵一举攻克楚国的郢都(今湖北江陵),甚至野蛮地发掘楚王的祖坟,焚烧尸骨。战败了的楚顷襄王不得不东迁于陈(今河南淮阳),其后又为秦所迫,再迁寿春(今安徽寿县),以至灭亡。从楚国的两次迁都均选择在淮河流域看来,当时长江下游一些地区的发达程度还赶不上离中原较近的淮河流域。尽管楚王将其政权迁出了长江流域,仍有不少楚国的贵族和士人为了避秦东迁而来到了江南的吴越旧地,例如为抗击王翦所领秦兵而战死的项燕之子孙就迁到了吴(今江苏苏州),后来项羽所率领的八千"江东子弟"就成了推翻秦王朝的主力之一。这些楚遗民的东迁,为吴地带来了楚文化。例如汉代仿作《楚辞》的严忌、严助父子及其同邑的朱买臣皆吴人①,《汉书·朱买臣传》载,朱买臣出仕是由于严助的举荐,据云他被汉武帝所召见,"说《春秋》,言《楚辞》,帝甚说之"。这说明汉代《楚辞》之学的兴起,实始于长江下游。② 从西汉一代的情况看来,长江流域的学术和文艺似以上游的巴蜀和下游的吴越地区为盛,相反地原来楚文化的发源地中游一带反而稍见逊色。如果联系到秦末起兵反秦的首领大抵出身于今苏皖北部及吴地的事实,

---

① 严忌本姓庄,因避汉明帝讳改为"严",故《汉书·艺文志》摘自刘歆《七略》,有《庄夫子赋》24篇,云:"名忌,吴人。"《楚辞》中的《哀时命》即忌所作。

② 严氏父子较之南郡宜城(今属湖北)人王逸即《楚辞章句》作者要早200余年。

可以推想为楚遗民东徙的结果。楚遗民的东徙加快了吴越地区经济的发展。《尚书·禹贡》把这一地区划入"扬州",说"厥土惟涂泥,厥田惟下下,厥赋下上,上错",说明经济比其他地区较落后。现代多数学者均以为《禹贡》作于战国时代,可见反映的是战国状况。但到了汉代,情况发生了变化。《史记·货殖列传》云:"夫吴自阖庐、春申、王濞(指吴王刘濞)三人招致天下之喜游子弟,东有海盐之饶,章山之铜,三江、五湖之利,亦江东一都会也。"(后几句亦见《汉书·地理志》)。西汉朝廷更对民众移居长江流域采取支持和鼓励的政策。《史记·平准书》:"是时山东被河菑,及岁不登数年,人或相食,方一二千里。天子(汉武帝)怜之,诏曰:'江南火耕水耨,令饥民得流就食江淮间,欲留,留处。'遣使冠盖相属于道,护之,下巴蜀粟以振之。"(《汉书·食货志》略同,惟"方一二千里"作"二三千里")流民迁入长江流域,不但促使当地生产发展,也大大地促进了当地的学术和文艺发展。从史籍的记载看来,北方士人的南迁在西汉已较普遍。《汉书·梅福传》载,梅福在成帝时就上书直谏,不被采纳,"至(平帝)元始中,王莽颛政,福一朝弃妻子去九江,至今传以为仙。其后,人有见福于会稽地,变姓名,为吴市门卒云"。东汉著名思想家王充的祖上本亦北人,后迁江南。《论衡·自纪篇》:"王充者,会稽上虞人也,字仲任。其先本魏郡元城,一姓孙。一几世尝从军有功,封会稽阳亭。一岁仓卒国绝,因家焉。"王充生于汉光武帝建武三年(27),在会稽已三四代,说明其家族南迁时间当早于梅福。如果说西汉士人南迁吴越的例子还不算太多的话,到了东汉就很多了。东汉初年著名的隐士会稽余姚人严光傲视光武帝,历来传为美谈。东汉士人中避地吴中的人以梁鸿为最有名,他是扶风平陵(今陕西咸阳)西北人,早在东汉比较承平的章帝时代,他已经看出了社会的矛盾,率妻子远适吴地,"为人赁舂",并"著书十余篇",最后死葬于吴。(见《后汉书·逸民·梁鸿传》)从梁鸿开始,东汉士人遭遇世难逃向吴地的人较多,其中最著名的要算蔡邕。《后汉书·蔡邕传》载,蔡邕因得罪权阉王甫之弟王智,"虑卒不免,乃亡命江海,远迹吴会。往来依太山羊氏,积十二年,在吴"。蔡邕在吴地亦颇得益于吴越学者的著作。《后汉书·王充传》李贤注引袁山松《书》(按:指晋袁山松《后汉书》)曰:"(王)充所作《论衡》,中土未有传者,蔡邕入吴始得之,恒秘玩以为谈助。其后王朗为会稽太守,又得其书,及还许下,时人称其才进……"又引《抱朴子》曰:"时人嫌蔡邕得异书,或搜求其帐中隐处,果得《论衡》,抱数卷持去。邕丁宁之曰:'唯我与尔共之,勿广也。'"可见当时吴越地区学者的著作,已得到中原士人的推崇。东汉末年的战乱中,中原士人避地江南者亦不少,除了孙吴政权的名臣如周瑜、鲁肃、张昭诸人外,魏国官员像王朗、华歆等,都曾居吴地。《文选》所载孔融《论盛孝章书》是他因会稽名士盛宪受孙策迫害而致书曹操要求援救之作。此文的出现说明在三国鼎立的局面出现以前,吴越人士中已不乏闻名海内的人。

东汉一代是中原居民大批迁入江南的时代。据《汉书·地理志》和《续汉书·郡国志》记载,在西汉到东汉,江南一些郡的人口增长很快。如丹阳郡西汉时"户十万七千五百四十一,口四十万五千一百七十",东汉时"户十三万六千五百一十八,口六十三万五百四十五";会稽郡西汉时"户二十二万三千三十八,口百三万二千六百四",东汉时这里分为会稽和吴二郡,会稽户十二万三千九十,口四十八万一千一百九十六,吴郡户十六万四千一百六十四,口七十万七百八十二,合计户二十八万七千二百五十四,口一百十八万一千九百七十八,增长均较明显。但最典型的也许是豫章郡,西汉时"户六万七千四百六十二,口三十五万一千九百六十五",东汉时"户四十万六千四百九十六,口百六十六万八千九百六",增长数量都在四五倍左右。与此同时,长江中游的诸郡人口也有增长,尤其是今湖南省境的零陵、长沙(西汉为国)等郡的增长亦在四五倍甚至七倍以上。相反地,当时北方诸郡特别是以长安为中心的"三辅"一带却人口锐减。这一情况的出现,显然和东汉中叶的"羌乱"有关。由于汉族地主、官僚对被征服的羌族进行残酷的压迫和奴役,激起他们的反抗,在六七十年间,此起彼伏,诚如《后汉书·西羌传》所说:"觳马扬埃,陆梁于三辅;建号称制,恣睢于北地。东犯赵、魏之郊,南入汉、蜀之鄙,塞湟中,断陇道,烧陵园,剽城市,伤败踵系,羽书日闻。并、凉之士,特冲残毙,壮悍则委身于兵场,女妇则徽缧而为虏,发冢露胔,死生涂炭。自西戎作逆,未有陵斥上国若斯其炽也。"在这种浩劫面前,北方许多地方的居民不得不大批地逃亡到长江流域,而且由于吴越一带距羌乱发生地尤远,所以投奔这里的人更多。汉乐府《相和歌辞·瑟调曲》有《门有车马客行》和《门有万里客行》二题(见《乐府诗集》卷四十)①,当即其时民歌,古辞虽已亡佚,但从魏晋文人的拟作中尚可见其大概。如曹植《门有万里客行》云:"门有万里客,问君何乡人。褰裳起从之,果得心所亲。挽裳对我泣,太息前自陈。本是朔方士,今为吴越民。行行将复行,去去适西秦。"这后二句恐出曹植想象,以突出那位流亡者的到处漂泊。其实当时自北方避难南逃的人是决不肯"适西秦"的,因为那里正是羌乱最严重之地。陆机的《门有车马客行》的基调与曹作相近,但写得更细致。诗中说的也是"念君久不归,濡迹涉江湘"的从北方南来的人,诗中还有"借问邦族间,恻怆论存亡。亲友多零落,旧齿皆凋丧。市朝互迁易,城阙或丘荒"等句,多少透露出这种逃亡和羌乱中的兵燹有关。即使曹丕的《杂诗·西北有浮云》中"吹我东南行,南行至吴会。吴会非我乡,安能久留滞。弃置勿复

---

① 二题内容相似而异名,疑即同一曲调的不同名称。

陈,客子常畏人"等句,其情调与曹丕生平不符,很可能亦有拟古成分,受前述的民歌影响,反映了流亡者内心的悲苦。

当然,那些从中原迁徙到江南的人,也不完全都为了避难,也有不少是由于游宦或其他原因就留居该地,例如前面所说王充祖上的情况就是如此。我们再看六朝时代今江浙一带的不少世家大族,有不少家的祖先也都是从北方迁去的。如会稽的贺氏,据《晋书·贺循传》:"贺循字彦先,会稽山阴人也。其先庆普,汉世传《礼》,世所谓庆氏学。族高祖纯,博学有重名,汉安帝时为侍中,避安帝父讳,改为贺氏。"(《三国志·吴书·贺齐传》注引虞预《晋书》略同)而庆普据《汉书·儒林传》本为沛人。吴地的著姓朱、张、顾、陆四族,被陆机《吴趋行》自诩为"四姓实名家"。在这四姓中其实只有顾氏是真正的江南土著。朱姓本有两支,一支居吴郡,一支居钱塘。据《元和姓纂》卷二载,吴郡一支为朱买臣之后,亦吴人;钱塘一支则为汉槐里侯朱云之后。朱云据《汉书》本传云"鲁人也,徙平陵"。据《新唐书·宰相世系表下》张氏乃西汉初张良七世孙张睦之后,张睦在后汉时曾任蜀郡太守,"始居吴郡"。众所周知,张良祖上本韩(今属河南)人。陆氏据《元和姓纂》卷十云:"齐宣王田氏之后。宣王封少子通于平原陆乡,因氏焉。汉大中大夫陆贾,子孙过江,居吴郡吴县。"陆贾据《史记》本传说他是"楚人也"。但战国时楚地范围极广,北至今苏北鲁南以及河南的一部分皆属楚。从《史记》说陆贾"以客从高祖定天下"一语来推测,他大约也是今苏皖鲁豫交界一带人,所以仍可谓北人而说他的"子孙过江"。这些家族南迁以后,逐渐和当地居民相融合,有的就成了那里的高门著姓,在地方上拥有很大的经济和政治势力。在汉末群雄割据的条件下,那里的孙吴政权又有意识地加以扶植和拉拢。例如吴国丞相陆逊,世为"江东大族",孙权"以兄策女配逊,数访世务"(《三国志·吴书·陆逊传》)。这种婚姻自然含有很大的政治因素。这些"江东大族"在吴国极为显贵。左思《吴都赋》描写他们说:"其居则高门鼎贵,魁岸豪杰,虞魏之昆,顾陆之裔。歧嶷继体,老成弈世。跃马叠迹,朱轮累辙。陈兵而归,兰锜内设。冠盖云荫,闾阎阗噎。"《吴都赋》对这些高门显然采取歌颂态度。事实上这些高门人士对孙吴政权的建立和巩固确曾起过重大作用。所以陆机在他的《辨亡论》中对他祖父陆逊、父亲陆抗的功业竭力宣扬。当然,陆逊、陆抗对孙吴政权所做的贡献是无可否认的,但这些豪门大族的骄奢和弄权横行亦极严重。据《抱朴子·吴失》载,当时吴国"贡举以厚货者在前,官人以党强者为右",这些人"以毁誉为蚕织,以威福代稼穑","叱咤迅于雷霆,祸福速于鬼神,势利倾于邦君,储积富乎公室"。他们的"僮仆成军,闭门为市,牛羊掩原隰,田池布千里","金玉满堂,伎妾溢房,商贩千艘,腐谷万庾,园囿拟上林,馆第偕太极,梁肉余于犬马,积珍陷于帑藏"。这种情况连陆逊、陆抗亦所难免。如《世说新语·政事》:"贺太傅(贺邵)作吴郡,初不出门,吴中诸强族轻之,乃题府门云:'会稽鸡,不能啼。'贺闻,故出行,至门反顾,索笔足之曰:'不可啼,杀吴儿。'于是至诸屯邸,检校诸顾、陆役使官兵及藏逋亡,悉以事言上,罪者甚众。陆抗时为江陵都督,故下请孙皓,然后得释。"现代一些研究者认为孙吴政权对江东世族采取扶植态度,使之有很大的发展。① 这种政策被后来平定江南的西晋政权所沿用。在西晋平吴以后不久即征召吴地大姓的顾荣、陆机和陆云等入洛,任以官职。这些人物也转而支持西晋,如吴人周处就为晋朝效忠,在平氐人齐万年之乱中英勇献身,陆机、陆云亦尽忠于晋成都王司马颖而被谗而死,顾荣后来回到吴中,对东晋的建立起了重大

---

① 参看邹云涛《试论三国时期南北均势的形成及其破坏》,见四川社科院出版社版《魏晋南北朝史研究》第 139 页。

作用。西晋末年长江中游的荆州地区发生了张昌之乱,其部下石冰也侵入下游,在平息这次扰乱中大族周玘、贺循等都出了不少力。其后在镇压石冰的战役中立功的陈敏,又据吴地作乱,胁迫这些大族服从他。但贺循并不服他,《三国志·吴书·贺邵附贺循传》注引虞预《晋书》:"陈敏作乱,以循为丹杨内史,循称疾固辞,敏不敢逼。于时江东豪右无不受敏爵位,惟循与同郡朱诞不挂贼网。"顾荣、周玘虽表面顺从,其实暗中打算除掉陈敏,并和晋征东大将军刘准秘密联系,后来在平定陈敏之乱中起了很大作用。洛阳陷落前夕,琅邪王司马睿逃奔建邺,着手建立东晋偏安政权。《晋书·王导传》记载当时形势云:"及(晋元帝)徙镇建康,吴人不附,居月余,士庶莫有至者,导患之。会(王)敦来朝,导谓之曰:'琅邪王仁德虽厚,而名论犹轻。兄威风已振,宜有以匡济者。'会三月上巳,帝亲观禊,乘肩舆,具威仪,敦、导及诸名胜皆骑从。吴人纪瞻、顾荣皆江南之望,窃觇之,见其如此,咸惊惧,乃相率拜于道左。导因进计曰:'古之王者,莫不宾礼故老,存问风俗,虚己倾心,以招俊义。况天下丧乱,九州分裂,大业草创,急于得人者乎!顾荣、贺循,此土之望,未若引之以结人心。二子既至,则无不来矣。'帝乃使导躬造循、荣,二人皆应命而至,由是吴会风靡,百姓归心焉。自此之后,渐相崇奉,君臣之礼始定。"同传又载王导在洛阳失守以后,更劝司马睿优礼"南土之秀",除贺、顾二人外,又加上纪瞻和周玘。这些人物对待东晋的态度不完全一样。纪瞻、贺循和顾荣都是积极支持东晋朝廷的,其中顾荣尤为明显。《世说新语·言语》曰:"元帝始过江,谓顾骠骑(顾荣)曰:'寄人国土,心常怀惭。'荣跪对曰:'臣闻王者以天下为家,是以耿、亳无定处,九鼎迁洛邑,愿陛下勿以迁都为念!'"同书又载:"顾司空(顾荣族人顾和)未知名,诣王丞相(王导)。丞相小极,对之疲睡。顾思所以叩会之,因谓同坐曰:'昔每闻元公(顾荣)

道公协赞中宗(元帝),保全江表。体小不安,令人喘息。'丞相因觉,谓顾曰:'此子珪璋特达,机警有锋。'"从顾和把顾荣之功与王导并列而王导亦表赞同看来,顾荣对东晋的建立确有卓越贡献。大约正因为如此,他也为一些南士所怨恨。《南齐书·文学·丘灵鞠传》载,南齐文学家丘灵鞠曾说:"我应东还掘顾荣冢。江南地方数千里,士子风流,皆出此中。顾荣忽引诸伧渡,妨我辈涂辙,死有余罪。"至于周玘虽历次起义兵帮朝廷平乱立有大功,但后来和北人颇有矛盾。《晋书·周处附周玘传》:"玘宗族强盛,人情所归,(元)帝疑惮之。于时中州人士佐佑王业,而玘自以为不得调,内怀怨望,复为刁协轻之,耻恚愈甚。时镇东将军祭酒东莱王恢亦为周顗所侮,乃与玘阴谋诛诸执政,推玘及戴若思与诸南士共奉帝以经纬世事。"这个密谋后来并未得逞,但周玘对此耿耿于怀,直到临死还对儿子周勰说:"杀我者诸伧子,能复之,乃吾子也。"大抵周玘在南人中这种情绪最为强烈,其他大族虽崇奉晋朝,但和中原来的士人仍有隔阂。如《世说新语·方正》记载:"王丞相初在江左,欲结援吴人,请婚陆太尉(陆玩)。对曰:'培塿无松柏,薰莸不同器。玩虽不才,义不为乱伦之始。'"同书《排调》还记载陆玩在王导处食酪,回家生病,次日写信给王导说:"民虽吴人,几为伧鬼。"这虽属玩笑,却也显示出吴人对北方人士的看法。但总的来说,由于历史上的政治、经济和文化中心曾长期在黄河流域,三国时的孙吴又为西晋所灭,因此南方人士对中原士人仍有一种盲目的崇仰,以致在很多习俗及语言和书法等方面,都效法北人。在这方面,《抱朴子·讥惑》已有详细的诘论。至于中原南迁的士族,除王导等少数有识之士外,对南士仍有轻视。所以《晋书·周处附周勰传》云:"时中国亡官失守之士避乱来者,多居显位,驾御吴人,吴人颇怨。"当时东晋朝廷虽然也想笼络南士,但真正加以重用的大约限于较早和北人合作的顾陆贺纪诸族,至如吴郡的朱张二族及义兴的周氏在东晋时官位都不高。据周一良先生在《南朝境内之各种人及政府对待之政策》(见《魏晋南北朝史论集》)一文中统计,东晋一代的尚书令北人占22人,南人仅4人;仆射一职,北人31人,南人10人;中书监令,北人20人,南人仅贺循一人,还未就任;侍中,北人55人,南人17人;吏部尚书,北人24人,南人5人;领军和护军将军,北人计44人,南人为10人。从这个统计数字可以看出南北方士人在当时地位的不平等。这是因为东晋南渡之初,其政权的建立实以一些流亡江南的中原士人为基础,尤其是以历任扬州、江州等刺史的王敦所掌握的兵力为支柱,所以有"王与马,共天下"(见《晋书·王敦传》)之语。《晋书·王导传》载,晋元帝登上皇位时,竟要"命(王)导升御床共坐",王导固辞乃止,这种在封建社会极不合"礼法"的事却反映了当时东晋政权的实况。

东晋偏安政权虽然建立起来,其形势实极孤弱。当时它所能控制的范围不过是长江下游的吴越之地,至于称为江州的今江西及湖北东部则掌握在军阀王敦手中,中游的荆州则有着西晋所任命的刺史第五猗及流民武装杜弢、杜曾等势力与东晋所任命的陶侃、周访等作战,尚未平定。所以《晋书·王导传》记载:"桓彝初过江,见朝廷微弱,谓周颛曰:'我以中州多故,来此求全活,而寡弱如此,将何以济!'忧惧不乐。"这说明东晋朝廷除了依靠中原高门外,还必须争取南方大族的支持。但东晋政权建立后,北方诸高门之间的争权斗争不断发生,有不少人因此丧失了性命。南方士族像顾、陆、贺、纪诸族都较有政治经验,大抵不愿介入,只有义兴周氏的周札卷入旋涡,竟遭杀身之祸。后来终东晋南朝时期,顾、陆等族历世不乏知名之士而义兴周氏比较寂寞,很可能与此有关。值得注意的是,从东晋到南朝,经过多次的争权斗争,北方高门中如太原王氏、颍川鄢陵庾氏等均趋衰落,琅邪王氏和陈郡谢氏也有许多人被杀,而南方诸大族却很少遇祸,这与他们的远离政治斗争不无关系。

二

东晋偏安政权之所以选择长江下游的建康作为都城,当然是因为在那时全国的形势只有这里还比较太平,而且又有过去孙吴政权留下的一定基础。所以当时中原的一些高门如太原王氏、琅邪王氏、诸葛氏、济阳江氏、鄢陵庾氏等大族都来到这里,陈郡谢氏在起初地位稍低,迁入豫章(今江西境),后来也来到这里。这些家族在中原时就具有很高的社会地位,也是当时在学术和文艺上影响最大的家族。至于吴越地区的高门,其文化修养也很高,但他们在学术和文艺方面似较着重仿效北人,因此当时较著名的经学家、清谈家和文人仍多为北人。

江南士人在经历两汉的长期发展中已经产生了不少本地的学者和文人。如《论衡·超奇篇》说到前代南方文人时就说:"前世有严夫子(严忌),后有吴君高,末有周长生。"但他又说:"长生家在会稽,生在今世,文章虽奇,论者犹谓稚于前人。"也许正是这种原因使不少南方文人努力模仿中原之作。如孙吴时代韦昭作《吴鼓吹曲》,显然模仿魏缪袭之作;西晋著名作家陆机之作,历来认为出于曹植,但陆机入洛之年已30岁左右,可以设想他的学习曹植之作,亦应在入洛以前。进入东晋以后,情况似未有重大改变,再加上当时中原士人对南人怀有一定的轻视,所以现存典籍如《晋书》及《世说新语》等所载东晋一代文人,大多数为中原士族,而像顾恺之这样的画家兼作家毕竟人数不多。到了南朝情况有所变化,刘宋时吴人张岱治《老子》

(见《南齐书·王僧虔传》)已为中原南渡士族所推重。但像吴郡的陆、顾和张氏,吴兴的沈氏和丘氏,会稽的虞氏和孔氏都出现过不少学者和文人,则大抵在南齐以后。宋齐二代的南方籍学者和文人主要还限于长江下游的今江浙一带,至于中游的荆襄一带的学术和文艺兴起得更晚,大约要到梁代。① 这一方面是由于东晋中叶以前,东晋朝廷对长江中游的统治还不很巩固,这一地区长期处于王敦、桓温等军阀控制之下。所以王羲之在《与会稽王笺》中谈到北伐中原的困难时说:"以区区吴越经纬天下十分之九,不亡何待?"并不把荆州估计在内。事实上中游一些地方因为西晋末到东晋初的长期战乱,残破极为严重。《晋书·宗室·谯王承(司马承)传》载,晋元帝任司马承为湘州刺史,司马承说:"然湘州蜀寇(指杜弢)之余,人物凋尽。"后来王敦叛乱,他出兵征讨,自知无望,说:"吾其死矣!地荒人鲜,势孤援绝。"即使后来号称殷实的荆州,情况也好不了多少。如咸康八年(342)时,荆州刺史庾翼想从武昌(今湖北鄂城)移镇乐乡(今湖北江陵西南),王述反对,认为乐乡应"兴立城壁",而且"江州当溯流数千,供继军府,力役增倍,疲曳道路",而且乐乡"远在西陲,一朝江渚有虞,不相接救"(见《晋书·王湛附王述传》)。此时上距东晋建立已25年,朝廷势力在中游仍颇微弱,自然不能成为文人学士治学和写作的好地方。

---

① 东晋时代学者和文人中并非没有荆州或长江中游一带人,如《穀梁传》注的作者范宁为南阳顺阳(今河南淅川)人,但他曾祖晷已侨居清河(今属河北),而至亲父范汪,则6岁已迁至江南。《翰林论》作者李充是江夏(今河南信阳)人,但他为王导及褚裒所辟,又曾为剡令,长期生活于吴越地区。祖籍在长江中流而又久居他地的文人大约只有《湘中记》的作者罗含,他是耒阳(今属湖南)人,但毕竟是个别的例子。

东晋对长江中游的荆州一带始终未能有效地加以控制，只是在平定桓玄之后，才牢牢地掌握于朝廷手中。但那时东晋的实权已经为刘裕所操纵，晋安帝司马德宗不过是一个傀儡而已。不久东晋即被刘宋所替代。

刘裕代晋不仅是王朝的更迭，也意味着江南政权的社会基础发生了一定的变化，而这种变化对当时的学术和文艺也有重大的影响。原来东晋政权始终缺乏一支自己的武装力量，例如建立之初，依靠王敦支持；王敦叛乱，又靠从北方来的苏峻等人去平定；到苏峻叛乱时，又不得不借重荆州陶侃的力量。在这种情况下，朝廷显得软弱无能。后来他们终于组织起一支精锐的武装力量，这就是在西晋末年以来从今鲁南苏北一带避乱迁居今江苏镇江（当时叫"京口"）一带的移民（其中也有部分吴人参加，如吴兴沈氏等）组成的"北府兵"。正是依靠这支军队，谢安、谢玄在淝水之战中击溃了前秦苻坚的大举入侵，也正是依靠这支军队，朝廷多次击退了孙恩、卢循之乱。这样，东晋政权的各派力量在争权中都想借重"北府兵"的力量，而"北府兵"的地位既然如此重要，最后就很自然地觊觎起政权来。宋武帝刘裕本是"北府兵"的一位军官，他凭借这支军队推翻桓玄，恢复晋朝，进而灭南燕、后秦，收复中原许多地方，又彻底消灭了卢循的势力，终于代晋自立。刘裕本人出身贫苦农民，但他的部下和亲戚中有一部分是门第稍低的士族。当"北府兵"将领显贵以后，其子孙大抵弃武从文，以显其"清贵"①。如刘宋将领到彦之，出身贫寒，"以担粪自给"，

---

① 东晋、南北朝的士族，大抵自命"清流"，而视武将为"浊"。如《世说新语·方正》载，王述不愿与桓温结亲戚是因为"兵，那可嫁女与之"！又如沈庆之之子沈文季讳言出身将门（见《南齐书》本传）；张兴世之子张欣泰亦自称"性怯畏马，无力牵弓"，不愿当武官（见《南齐书》本传）。

他的子孙到沆、到溉和到洽均为梁代文人,所以任昉说他家"宋得其武,梁得其文"(《南史·到彦之传》)。这样,南朝自宋开始就出现了一些"北府兵"出身的学者和文人,如临川王刘义庆即其一例。齐梁以后此例更多,如宋将刘勔之后有刘孝绰、刘孝仪、刘孝威兄弟;兰陵萧氏更有着梁武帝萧衍及其子萧统、萧纲和萧绎,在文学史上均占有不容忽视的地位。这些人物及其作品的数量在梁代已超过了原来的中原高门如王、谢诸族及吴地世家顾、陆诸姓。与此同时,由东晋至齐梁,历经种种争权斗争,中原高门多趋败落,如太原王氏入宋后即默默无闻;陈郡谢氏在东晋后期至宋代,人才辈出几乎占了当时著名作家的半数,但到齐代就仅有谢朓、谢超宗二人,至于梁代这一家族则基本上已不再产生有影响的学者或作家;琅邪王氏维持得较长,直到梁后期还有着王筠、王籍等作家。但梁武帝末年的侯景之乱对长江下游的士族打击甚大,他们中有些人不得不逃奔北方或投向萧绎控制下的江陵。不久江陵又被西魏攻克,这部分人亦随之北迁。因此到了陈代,像王、刘和萧姓作家,虽在北方不乏其人,而在南朝陈境内几已无学界和文坛的知名人物。

陈代的情况和宋、齐、梁三代颇有不同,它的版图远较前代为小,当时长江上游已落入北周,中游的江陵一带又有一个附属于周隋的后梁政权,因此其西境不过今湖北中部。由于侯景之乱,原来的王、谢、刘、萧诸族在学术和文艺方面已不占重要地位。据《陈书·儒林传》,当时重要的学者大多为南人,尤以吴郡顾氏和吴兴沈氏为多,说明南方士族因为是土著,有宗族为依靠,遭到战乱时所受损失比聚居建康等城市的北方士族为轻。文学界的情况稍有不同,还出现过一些出身中原士族的作家如徐陵、江总等。但值得注意的是这些作家中多数人的成名是在梁代,如徐陵、阴铿(他的情况下面再谈)等,其实像顾野王的文字学名著《玉篇》亦成于梁时,江总较传诵之作一部分作于梁末,另一部分则在入隋以后。陈代出身中原士族的作家如徐陵在侯景之乱时,正出使北齐,留在邺城,江总则辗转流亡于今湘、粤诸地,乱事平定后才回到建康,只有周弘正留在建康,后来逃了出来。这些家族在梁时虽称名门,官位尚不显赫,故得以保存。此外江南望族如顾、陆、沈氏亦仍能维持其学术、文艺传统。陈代作家中还出现了一些原来社会地位较低的南方人如杜之伟、岑之敬以及陈后主陈叔宝等①,甚至当时的武将如侯安都亦"工隶书,能鼓琴,涉猎书传,为五言诗,亦颇清靡"(《陈书》本传)。侯是始兴曲江(今广东韶关南)人。这些人物的出现不但标志着学术和文艺逐渐脱离了高门士族独占的局面,而且在作家籍贯及作品描写的景色方面也有所扩大。例如像谢灵运的山水诗写到的不过是今浙江、江西一带,至齐代谢朓等人也不过扩大到湖北及湖南等地,而到梁陈之间的江总的有些诗则作于今广东等地,可见文学创作的活动范围在南朝亦有较大扩展。

三

上面所论,主要是长江下游的情况。至于上游和中游地区则与此颇有不同。上游的巴蜀地区,本是汉代的文化发达地区,西汉至东汉初,产生了司马相如、王褒、扬雄和严君平这些学者作家,号为"蜀四贤",南北朝作家曾竭力歌颂他们②。从东汉至西晋初,这里的学

---

① 南方人中门第较低的作家也许以梁代诗人吴均为较早,他是吴兴故鄣(今浙江安吉)人,但这样的例子不多。
② 如鲍照作《蜀四贤咏》、北魏常景作《赞四君诗》等。

术与文艺人才也不乏,据《后汉书》、《三国志》和《华阳国志》中的《先贤士女总赞》和《后贤志》看来,人才还很不少。只是西晋中期以后,巴蜀地区发生战乱,巴氏李氏割据此地号称"成"国,直到东晋永和三年(347)才为桓温所灭。巴蜀虽重入晋朝版图,但远离京城建康,高门士族较少愿入蜀而蜀地士人亦颇受排挤,所以直到西魏尉迟迥平蜀时,在文学创作方面稍有成就的仅梁武陵王萧纪和后来入北的萧㧑等少数人,而且二人皆为兰陵萧氏,并非蜀人。

长江中游地区的情况与上游不同,这里自大兴二年(319)周访平杜曾以后,尽管长期控制于一些权臣手中,但名义上仍属晋朝。镇守这一地区的官员有时也能招致一些文士,如桓温幕下就有着袁宏、伏滔等文人,他们虽非本地人,但在那里确曾进行过创作和讨论过作品(如《世说新语·文学》载,桓温曾命袁宏作《北征赋》,并且王珣对此赋提出意见)。桓温、桓玄父子虽是军阀,亦颇具文才。桓温的《荐谯元彦表》被收入《文选》。据《世说新语·文学》注引《晋安帝纪》云:"玄文翰之美,高于一世。"桓玄的文集至唐初作《隋书·经籍志》时犹存。

如果说上述那些人物还非荆州土著的话,那么荆州本地的学术文化传统本亦极深厚。前面讲过荆州在东汉时就出过不少学者和文人。在汉末的大乱中,许多士人亦多逃亡到荆州依附荆州牧刘表。这些人物中还包括著名作家王粲以及被黄祖所杀的文人祢衡。刘表本人亦属名士,他在荆州设立学校,请经学家宋衷主持,王粲为此曾作《荆州文学记官志》,形成了一个"荆州学派"。王粲的名作《登楼赋》和《七哀诗》中一些篇章即作于此地。可见这里本是学术文化繁荣之地。只是在曹操攻克荆州以后,把大批士人迁到北方,而荆州此后又成了魏蜀吴三国争夺的战场,文化上自难与北方及吴蜀相比。西晋统一不久,就发生了张昌之乱,地方上很不安定,因此中原士族中多数学者和文人大抵都选择长江下游作为安身之所。不过,在东晋时代的荆州,亦非全无学者和文人。其中最著名的当推《汉晋春秋》的作者襄阳人习凿齿,还有曾被陶渊明所提到的隐士刘驎之(《晋书》本传云"南阳人")。晋末因反对刘裕而逃奔后秦最终入魏的韩延之是南阳堵阳(今河南方城)人,本是晋荆州刺史司马休之的幕僚。他那封回复刘裕的信见《魏书》本传,其文亦颇富文采。至于刘宋时的宗炳(其为南阳涅阳即今河南邓州东北镇平人),不但是画家和诗人,亦擅长玄理。这些人物原籍均在今河南西南部,虽在当时属荆州所辖,但也可能是西晋末年战乱中南迁襄阳、江陵一带的。因为当时这一带士人徙居荆襄者不乏其例。如庾信《哀江南赋》自述其祖上"值五马之南奔,逢三星之东聚",因此"诛茅宋玉之宅,穿径临江之府"。不过这些南迁的士人,其社会地位往往不如迁到下游诸族。如庾信家族为新野庾氏,其地位就不及鄢陵庾氏。也许正因为这样,他们才多有隐逸思想,如刘驎之、宗炳等皆为隐士,庾信之祖庾易亦属隐士。此外,荆襄地区又增加过另一些移民,那就是宋武帝刘裕平后秦时迁来的一些关中及凉州居民。如《梁书·阴子春传》云:"阴子春字幼文,武威姑臧(今甘肃武威)人也。晋义熙末,曾祖袭随宋高祖南迁,至南平(今湖北公安一带),因家焉。"阴子春即陈代诗人阴铿之父。这些家族的社会地位似亦不高。阴子春虽因与梁武帝早年友善,曾官至梁、秦二州刺史,但阴铿在梁时仅为萧绎的幕僚,入陈以后得徐陵举荐才为陈文帝所知。大抵当时士族的门第,往往要看过江的先后。《宋书·杜骥传》载,杜骥对宋文帝说:"臣本中华高族,亡曾祖晋氏丧乱,播迁凉土,世叶相承,不殒其旧。直以南度不早,便以荒伧赐隔。"杜氏为晋杜预之后,他尚且如此,其他家族更可想而知。但后来的情况逐渐发生了变化,由于荆襄地区经过东晋到宋初的发展,地位日益重要。首先是这里的粮食产量较下游为丰足。《南史·

孔琳之附孔觊传》载,孔觊之弟孔道存派人送米五百斛给孔觊,孔觊叫人把它运还去,人们说:"自古以来无有载米上水者,都下米贵,乞于此贷之。"梁郡陵王萧纶在下游抗击侯景,其失败原因之一就是在荆州的萧绎不予支持,军粮不继。荆襄地区日益显得重要,还因为襄阳一带是南朝精兵集中之地。原来襄阳一带自苻坚败亡后,许多关中及今山西的移民都聚居于此。东晋孝武帝特地在襄阳设立了雍州。这些移民有些虽为北方大族,但流亡到南方后亦颇贫苦。《南史·柳元景传》载,柳元景"少时贫苦",有人说他将来"位至三公",他不信,自云"人生免饥寒幸甚,岂望富贵"。不过他后来因军功确实官至司空、尚书令。这是因为襄阳一带的军队英勇善战,在元嘉二十七年(450)宋魏交兵中,这支军队战功卓著。在刘宋后期,原来的"北府兵"将领大抵成了高官,而北朝自太武帝、文成帝以后,渐趋汉化,徐兖地区居民不再大批南迁,因此"北府兵"已失去前日的威力,朝廷所能依仗的主要是襄阳一带的军队。齐高帝萧道成早年曾在襄阳,深知此地的重要。《南齐书·文惠太子传》载,萧道成在代宋前夕"以襄阳兵马重镇,不欲处他族,出(文惠)太子(萧长懋)为持节、都督雍梁二州郢州之竟陵司州之随郡军事、左中郎将、宁蛮校尉、雍州刺史"。与此同时,又任命自己的次子豫章王萧嶷为荆州刺史(同书《豫章文献王传》)。梁武帝萧衍更是从襄阳起兵夺取了政权。所以齐梁二代的雍州刺史和荆州刺史大抵为帝王的儿孙或最亲信的人。由于统治者重视荆襄,把自己的亲属派去镇守,这些贵族有不少爱好学术和文艺,如南齐随王萧子隆为荆州刺史,幕下就有谢朓这样的作家。梁萧纲长期为雍州刺史,萧绎为荆州刺史,幕下文人更多,使这里的学术和文化很快繁荣起来。由于朝廷和藩王来到荆襄,他们和荆襄士人渐渐熟识,并加以重用。这些士人中本不乏才学之士,于是像庾肩吾、庾信父子以及刘之遴诸人均蜚声文坛。至于本为武将的家族,在显贵之后亦和当年"北府兵"将领一样,子孙渐次弃武从文。如柳元景本为军人,其侄儿柳世隆虽仍善用马矟,而已喜弹琴和清谈(见《南齐书·柳世隆传》),到他儿子柳惔、柳恽时,都成了文人。柳惔"著《仁政传》及诸诗赋,粗有辞义"(《南史·柳元景附柳惔传》);柳恽则为梁代著名诗人之一,他的不少名句,至今为人们所传诵。这说明从晋宋迄于齐梁,荆襄地区的学术文艺都有极大的发展,到了梁后期已基本上可与下游并驾齐驱。尤其是侯景之乱发生后,许多学者、文人纷纷逃奔江陵,使荆州一度成为文化中心。可惜的是在承圣三年(554)西魏克江陵时,萧绎竟把南朝历来积聚的藏书付之一炬,真可谓千古罪人!不过,江陵被西魏攻克之后,成立了以萧统之子萧詧为君主的后梁。萧詧及其子萧岿、孙萧琮并善文学,萧詧、萧岿还著有关于佛学及儒学的著作。其臣如蔡大宝、甄玄成、岑善方、傅准、宗如周、萧欣、沈君游等皆博学有文才,可见其时荆州的学术和文艺未曾衰歇。

除了长江沿岸以外,在更南边的今广东、福建一带,由于离建康更远,学术文艺发展得要更晚些,但到梁陈时代,江总等人曾避乱至广州;更早一些时候,著名作家江淹曾于宋末被贬为建安吴兴(今福建浦城)令,在贬地写过不少诗赋;陈代文人虞寄(隋唐间著名作家虞世基、虞世南之叔)梁末避侯景之乱逃到晋安(今福建福州),后为陈宝应所留,至陈文帝平陈宝应后才回到建康。这些人留处闽粤,也加速了当地学术文艺的发展,使唐以后两地都出现了不少卓越的学者和文人。所以东晋南朝长期的分裂虽然在当时给民众带来不少灾难,但战乱中的居民迁徙也对不少地方的发展带来很大的推动作用。

2002 年 7 月挥汗作于京寓

论东晋南朝政权与士族的关系
及其对文学的影响

　　人们经常认为：魏晋南北朝门阀制度盛行，高门士族不但在社会上和仕途中享有特权，而且在学术、文艺等方面也起着主导作用。这样说似乎没有什么不妥。但如果详加考察，则不但南朝和北朝的情况颇有差别，而且东晋和后来的宋、齐、梁、陈等朝也各有其一定的不同。所谓的"士族"本来不是一个统一而凝固的社会集团。他们中还由于种种原因被分为若干高低不等的阶层以及代表不同利益的派系。但是这些人物的社会地位并不是一成不变的，在不断的政治斗争中，一些家族受到了打击而趋于衰落甚至毁灭；一些家族则因缘时机而地位得以上升。这种门第的升降同时也会影响到这些家族在学术和文艺方面的成就。因此对文学史研究者来说，这种社会情况的变化，也是值得注意的。在这里笔者想提出一些初步的看法，希望得到指正。

一

东晋偏安政权建立之初,其形势就十分孤弱。晋元帝司马睿虽为司马懿曾孙,但在西晋末诸藩王中地位不高,更无实权。他起初大约未必有称帝的奢望。只是在永嘉初(307)"用王导计,始镇建邺"(《晋书·元帝纪》)。这时他在江南并无多大威望。《晋书·王导传》载:"及(元帝)徙镇建康,吴人不附,居月余,士庶莫有至者,导患之。会(王)敦来朝,导谓之曰:'琅邪王仁德虽厚,而名论犹轻。兄威风已振,宜有以匡济者。'会三月上巳,帝亲观禊,乘肩舆,具威仪,敦、导及诸名胜皆骑从。吴人纪瞻、顾荣皆江南之望,窃觇之,见其如此,咸惊惧,乃相率拜于道左。导因进计曰:'古之王者,莫不宾礼故老,存问风俗,虚己倾心,以招俊义。况天下丧乱,九州分裂,大业草创,急于得人者乎!顾荣、贺循,此土之望,未若引之以结人心。二子既至,则无不来矣。'帝乃使导躬造循、荣,二人皆应命而至,由是吴会风靡,百姓归心焉。自此之后,渐相崇奉,君臣之礼始定。"从这段文字看来,东晋政权的建立似乎王导是主谋,而司马睿在某种程度上说还略显被动。这也是合乎情理的。因为当时王氏家族在朝廷中颇有势力,王衍官至司徒,"乃以弟澄为荆州(刺史),族弟敦为青州"(《晋书·王戎附王衍传》。王敦之任青州刺史,早在惠帝时代。《晋书》本传载,永嘉初,他被征为中书监时,"敦悉以公主时侍婢百余人配给将士,金银宝物散之于众,单车还洛"。这说明他当时已拥有兵权。所以吴人对司马睿并不拥戴,而见王敦骑马随从他时却马上改变了态度。王导本人当时虽尚未居显职,但有家族的势力可资凭借,正需要利用司马睿的藩王身份,以便在江南建立政权,以展其抱负。从某种程度上说,东晋政权之建立,王导的作用实超过司马睿。这一点不仅当时的舆论如此认为,司马睿本人也很清楚,所以《晋书·王敦传》载:"时人为之语曰:'王与马,共天下。'"《世说新语·宠礼》甚至记载:"元帝正会,引王丞相(导)登御床,王公固辞,中宗引之弥苦。"这种大大地有悖于封建"名分"的动议,如果从当时的情势来考察,其实并不足怪。因为司马睿的处境,多少类似傀儡,如果不是得到那些高门士族的支持,他很难安居帝位。正是由于这样,他才会对顾荣说出"寄人国土,心常怀惭"(见《世说新语·言语》)的话。不过他所倚仗的王导等人,其实力亦很弱,主要是因为他们并没有一支强有力的军队作为后盾。所以王导在东晋初年的朝廷中,多少还可依靠其从兄王敦的势力而比较稳定,及至王敦逐渐跋扈起来最终发动叛乱而趋灭亡之后,王导的处境亦颇危殆,一些手握兵权的人物如陶侃、庾亮等人都有过废黜他的企图,幸赖郗鉴诸人反对得以无事。综观王导一生的行事,其主要业绩就在调和各派政治力量来维持东晋的偏安政权。这是因为东晋政权草创之际,并无强大的军队作支柱,开始时镇压荆州一带的叛乱,只能依赖王敦手中的兵力;王敦叛乱时,又不能不靠从北方流亡到江淮间的流民武装如祖约、苏峻等人来镇压;及至庾亮怀疑苏峻有作乱意图而加以征召,激起叛变后,又只能靠上游的荆州刺史陶侃之力来平定。苏峻之乱后,王导对苏峻旧部匡术等仍加任用而不予惩办,激起孔群不满。(见《世说新语·方正》)甚至当郭默袭杀江州刺史刘胤自领其地时,王导亦予默认,而被陶侃讥刺:"杀方州,即用为方州;害宰相,便为宰相乎?"甚至说这是"遵养时贼"。(见《晋书·陶侃传》)这种事例看来显然是陶侃有理,但王导确实亦有其苦衷。因为他并无兵权,根本没有力量去制服苏峻、郭默这些拥兵自强的人。他也明知这种政策会导致法纪废弛,但亦无可奈何。《世说新语·雅量》:"有往来者云:'庾公(亮)有东下意。'

或谓王公(导):'可潜稍严,以备不虞。'王公曰:'我与元规虽俱王臣,本怀布衣之好。若其欲来,吾角巾径还乌衣,何所稍严!'"这未必说明他真的对相位毫无留恋,倒是因为当时朝廷的实权全在庾亮手中,他即使戒备亦无所用。他既然自身地位难保,更无暇去约束别人。尤其到了晚年,他对东晋的形势颇有点悲观,早年对周𫖮等说"当共勠力王室,克复神州"(见《世说新语·言语》)时的气概消失了,《世说新语·政事》云:"丞相末年,略不复省事,正封箓诺之。自叹曰:'人言我愦愦,后人当思此愦愦。'"这句话体现了他屡经变故之后对当时形势的灰心。王导其人被温峤、桓彝称作"江左管夷吾",当非无能之辈,其最后不得不自甘"愦愦",显然是限于具体形势。

如果说像王导这样的人物在政治上尚显得较少建树的话,那么如司马睿以及继之而起的那些母后弱主,对当时局势更是无能为力。因此直到穆帝永和年间,东晋建国已30多年,而朝廷所能控制的还限于扬州一隅之地,所以王羲之在《与会稽王笺》中有"以区区吴越经纬天下十分之九,不亡何待"(见《晋书》本传)。当时东晋名义上的疆域显然远不止此,但长江上游的广大地区则处于大军阀荆州刺史桓温的势力范围。至于朝廷中一些要职,一般都由中原南迁的高门士族如琅邪和太原的王氏、庐江何氏、汝南周氏、鄢陵庾氏、济阳江氏和陈郡谢氏等先后充任,其中虽也曾有个别吴地望族如顾、陆诸氏人物,但为数甚少。故《晋书·周处附周勰传》云:"时中国亡官失守之士避乱来者,多居显位,驾御吴人,吴人颇怨。"但朝廷即使对这些吴地士族,也不敢过于得罪。如周勰因怨恨中原高门而阴谋作乱,事败之后,"元帝以周氏奕世豪望,吴人所宗,故不穷治,抚之如旧"(同上)。至于中原那些高门在朝廷中更占极大优势,他们不但占有绝大多数的要职,而且对某些本不算低的官职也不屑为。《世说新语·方正》:"王中郎(坦之)年少时,江𫟹为仆射,领选,欲拟之为尚书郎。

有语王者,王曰:'自过江来,尚书郎正用第二人,何得拟我!'江闻而止。"刘注引《王彪之别传》曰:"彪之从伯导谓彪之曰:'选曹举汝为尚书郎,幸可作诸王佐邪!'"因此认为"郎官寒素之品也"。王坦之是太原王氏,王彪之则为琅邪王氏,两家均为中原高门都不愿居此官。他们还造成了某些要职很少任用南人的惯例。如《南史·张裕附张绪传》载,齐高帝萧道成欲用张绪为右仆射,遭王俭反对,认为"南士由来少居此职"。褚渊说:"俭少年或未忆耳,江左用陆玩、顾和,皆南人也。"王俭反驳云:"晋氏衰政,不可为则。"结果终究未加任用。其实东晋之用顾、陆等人正是东晋初年朝廷立脚未稳、比较注意团结南人之时。但就东晋一代而论,南人贵显者不多,朝廷的主要部门还是控制在几个中原高门手中。如东晋初年主要是王导等人执政,后来庾亮以外戚(明帝庾皇后兄)身份专断朝政,其权力已驾王导而上之。庾氏兄弟死后,朝政由太原王氏的王坦之和陈郡谢氏的谢安主持,但常为拥兵跋扈的荆州刺史桓温所牵制。直到桓温死后,朝廷方面在京口(今江苏镇江)一带组织起一支以徐州(今苏北鲁南地区)移民为主干的武装——"北府兵",才使中央政权稍显振作,并取得了抗击前秦苻坚南侵的淝水之战的胜利。但好景不长,孝武帝司马曜任用会稽王司马道子,对谢安颇猜忌。《晋书·桓宣附桓伊传》:"时谢安女婿王国宝(太原王氏)专利无检行,安恶其为人,每抑制之。及孝武末年,嗜酒好内,而会稽王道子昏醟尤甚,惟狎昵谄邪,于是国宝谗谀之计稍行于主相之间。而好利险诐之徒,以安功名极盛,而构会之,嫌隙遂成。"谢安不久去世,朝政落入会稽王道子及其子元显手中,朝政益趋昏乱,于是各地刺史如王恭、殷仲堪、桓玄诸人以讨元显、王国宝为名纷纷起兵。最后王国宝和司马道子父子先后被杀,但东晋政权亦为桓玄所篡,而"北府兵"出身的刘裕又起兵消灭桓玄,一度恢复晋朝,不久又代晋建宋,东晋就此灭亡。

在这一系列的政治斗争中，一些中原的高门遭受了重大的打击。如安成周氏的周颛被王敦所杀害，使这个家族的势力终晋宋二代未得恢复；庾冰、庾翼死后，桓温黜免了庾翼两个儿子，又杀死了庾冰几乎全部子孙（据《晋书·庾亮附庾冰传》，庾冰七子，只剩庾友及庾蕴诸子获全），鄢陵庾氏从此在政坛销声匿迹；太原王氏本西晋以来高门，但这个家族不但和其他高门不睦（如王述与王羲之互不服气、王国宝谗害谢安），而且本族之间也互相残杀（如王恭与王国宝互相残杀），最后王愉因为曾轻侮刘裕，在刘裕得势后以谋乱被杀，"子孙十余人皆伏法"（《晋书·王湛附王愉传》），太原王氏在江南亦几乎绝迹，只有王慧龙逃到了后秦，后又到北魏，自称是王愉之孙，但据《魏书·王慧龙传》载，当时又有"慧龙是王愉家竖"的说法。这样自东晋迄南朝宋初，在朝廷中和社会上仍有较大势力的只剩下琅邪王氏和陈郡谢氏二族，所以人们谈到东晋南朝高门，常以王谢二氏并称。但这两个家族的情况亦颇不同。王氏的南迁恐怕和王导早已预见西晋乱亡想要在江南找一个立足点有关。他们的家乡琅邪临沂距江南亦较近，所以从《晋书》和《南史》等书看来王氏族人南迁者甚多，而王导又是创建东晋政权的主要策划者，其实力当强于其他家族。王导作为宰相，据《世说新语·政事》注引徐广《历纪》说他"政务宽恕，事从简易，故垂遗爱之誉也"。王导对和他一同执政的人都能较好地团结，得到温峤、郗鉴诸人支持，得以保持其地位。王导死后他的几个儿子有的"不拘礼法"（如王恬），有的"恬虚守靖，不竞荣利"（如王洽、王荟），所以未掌权要，和皇室及权臣们不致产生尖锐矛盾。只有王洽之子王珣在东晋后期官至尚书令，却对王国宝乱政无所匡正，被王恭讥为"比来视君，一似胡广"（见《晋书·王导附王珣传》）。王导的另一个孙子王谧在政治上并无建树，但他在早年就觉察到刘裕的才能，曾对刘裕说："卿当为一代英雄。"（《晋书·王导附王谧传》）据

《南史·宋本纪上》载,刘裕早年欠刁逵社钱三万,"被逵执,谧密以己钱代偿,由是得释"。正因为这样,王谧虽曾受任桓玄官职,但刘裕始终庇护他。谢氏情况与此迥异。谢家在西晋时代社会地位本不如琅邪、太原二王氏及鄢陵庾氏显贵。东晋初年,谢鲲仅在王敦手下,曾为豫章太守,家也居豫章,后来才迁到建康。至谢尚时,因为是康帝褚皇后的舅父,谢家才贵盛起来,但当时有些士人仍看不起他们。如诸葛恢就不愿与谢家做亲戚,韩康伯甚至把谢氏比作王莽(指靠亲戚关系贵显。二事均见《世说新语·方正》)。不过谢家确实出了许多人才,如谢安、谢玄等都在东晋历史上建立了卓越功勋,而后来谢灵运、谢惠连、谢庄、谢朓在文学上的贡献尤为杰出。《世说新语·贤媛》:"王凝之谢夫人既往王氏,大薄凝之。既还谢家,意大不说。太傅(谢安)慰释之曰:'王郎,逸少之子,人身亦不恶,汝何以恨乃尔?'答曰:"一门叔父,则有阿大、中郎;群从兄弟,则有封、胡、遏、末、不意天壤之中,乃有王郎。"如果说他们对王氏人物尚且看不上,对其他家族自然更为轻视。尤其是谢安、谢玄在淝水之战中所建立的功业,更非其他家族可比。谢氏人物亦往往引以为自豪,如谢灵运的《述祖德诗》和谢朓的《和王著作八公山》都充分流露了这种思想。因此像谢灵运那样"既自以名辈,才能应参时政"的想法,恐非他一人独有。但谢氏人物之热衷于政治,却易遭刘裕及其后人之忌。因为刘裕出身贫寒,本是"北府兵"中一个下级军官,而谢氏和其他家族不同处正是谢安、谢玄都曾指挥过这支军队,甚至东晋末年谢安之子谢琰还曾率领这支军队和孙恩作战,在"北府兵"中有一定影响。所以刘裕对谢氏就不太放心。总的说来,刘裕对王谢等高门还是要团结利用的,然而必须以不反对他的统治为前提。如谢安孙子谢混,就因为依附刘裕的政敌刘毅而被杀。据《晋书·谢安附谢混传》云:"及宋受禅,谢晦谓刘裕曰:'陛下应天受命,登坛日恨不得谢益寿奉玺绂。'裕亦叹曰：'吾甚恨之，使后生不得见其风流！'益寿，混小字也。"不过刘裕代晋时还是用谢安另一个孙子谢澹"持节奉册禅宋"（《晋书·谢安传》），可见他还是要利用谢氏的声望。刘裕也任用谢氏人物，如谢晦在刘穆之死后一直是他所倚重的人。但刘裕在任用他时，对他并不放心。《宋书·武帝纪下》："上（刘裕）疾甚，召太子诫之曰：'檀道济虽有干略，而无远志，非如兄韶有难御之气也。徐羡之、傅亮当无异图。谢晦数从征伐，颇识机变，若有同异，必此人也。'"可见从晋迄宋，王谢二氏虽都能保持其地位，但帝王对他们的态度并不一样。

二

刘裕代晋建宋后不过三年就去世了，太子刘义符继位，实权全在徐羡之、傅亮和谢晦三人手中，刘义符在位不到两年即被废杀。徐羡之等迎立文帝刘义隆即位。当徐、傅、谢等实行废立前，王珣的儿子王弘已位至卫将军、开府仪同三司，但非顾命大臣，自无权过问，他也只求自保，徐羡之等废立之际曾"召弘入朝"，事后亦被"进位司空"，徐等被治罪时他"既非首谋"，又由于其弟王昙首为文帝刘义隆所亲任，所以不但未受牵连，反而升了官。（见《宋书·王弘传》）王弘的弟弟王昙首及从兄弟王华都竭力赞成宋文帝入居帝位，被比作汉代的宋昌，后来诛徐羡之等又是他们出力居多，以至文帝"拊御床曰：'此坐非卿兄弟，无复今日'"（见《宋书》及《南史·王昙首传》和《王华传》）。据《宋书》和《南史》载，王昙首死后，宋文帝极为伤心，有人说是"王家欲衰"，他竟说"直是我家衰耳"，可见其宠任之重。王氏人物虽居要职，但善于处理和帝王及其他官员的关系。如王弘志存谦退，把权位让给文帝弟刘义康。《宋书》本传说他虽"留心庶事"，却"每存优允",例如有一次在议论对士族和寒门出身的官员犯赃的处理办法时,他提议对寒门出身的人既要治罪,对士人亦不宜置之不问,但办法是"罪其奴客","无奴客,可令输赎"。这样表面上似乎对士人也做了处理,而实际上又没有加以惩处。这种做法在当时自然使寒人和士人对他都不会有太大怨恨。正是由于这样,使琅邪王氏在刘宋一代,未遭太大的打击。当然,这一家族中也有个别人被杀,如王弘之子王僧达是因侮辱孝武帝刘骏之母路太后的侄孙路琼之,得罪路太后而被诬与高阇谋反被杀。然而孝武帝对他侮辱路琼之事曾认为:"僧达贵公子,岂可以此加罪乎?"后来王僧达虽被赐死,但孝武帝还引以为恨,下诏对王弘的"门爵国姻,一不贬绝"(见《南史·王弘附王僧达传》)。这说明朝廷对这个家族还是不想绝情。又如王昙首子王僧绰,曾力主宋文帝废太子刘劭,当刘劭弑文帝时,王僧绰曾受任吏部尚书之职,只是后来刘劭发现了他上文帝的书疏,才加杀害。孝武帝即位后,对他追赠官职,他家的地位未受严重影响。

陈郡谢氏的情况与此大不相同。如果说王谧、王昙首、王华有功于宋武帝、文帝二代而王僧绰又因为文帝被刘劭所杀的话;谢氏则谢混既被武帝所杀,而谢晦又废杀少帝被文帝所诛,他们在刘宋帝王眼中,自然与王氏截然不同。但谢氏一些人却自恃才地,不以为意。例如宋文帝在杀了徐、傅和谢晦时,把辞官在家的谢灵运召来建康,任以秘书监之职。这本是对谢家的安抚,未必真对灵运的才能表示赏识。但谢灵运起初则"再召不起",后来到了京城见到宋文帝却又不顾忌讳地谈到自己的《庐陵王墓下作》一诗。在任秘书监期间,"既自以名辈,才能应参时政",又认为"王昙首、王华、殷景仁等名位素不逾之,并见任遇"而感到不平,就辞官归乡。还乡后又争回踵湖而与临海太守孟𫖮闹翻。孟𫖮竟诬告他谋反。宋文帝明知不实,却不愿让他留在始宁旧居,调他为临川太守。但到临川后,又被人按上谋反罪名,流放广州并被杀。谢灵运死后,他儿子谢凤随父流放岭南,早卒。灵运的孙子谢超宗在元嘉末年得回建康,但家境已没落,曾自称为"悬磬之室"(《南史·谢灵运附谢超宗传》)。在这种情况下,他不得不和齐高帝萧道成的功臣张敬儿结为儿女亲家。张出身微贱,谢氏如不遭变故,是绝无与之结亲之理的。但和张家结亲并未给他带来好处,张敬儿被齐武帝所杀,谢超宗又流露不满,结果下狱流放,在途中赐死,使这一支受到了又一次沉重的打击。

　　陈郡谢氏中,功业最盛的莫如谢安和谢玄,而他们的直系子孙,在刘宋建立后不过十几年就先后遭到打击。其他各支的命运也好不了多少。谢安之弟谢铁的孙子谢方明有二子:谢惠连及弟惠宣。谢惠连文学才能甚高,得到谢灵运称赏,但在仕途上很不顺利,曾在临川王刘义庆幕下任职,因作诗调笑同列被贬为曾城(今江西都昌)令,卒年仅37岁[①],无子。其弟惠宣官至临川太守,不论政治或文学均无可称。谢安兄谢据的孙子谢述,有三子:谢综、谢约和谢纬。谢综、谢约都因参与范晔、孔熙先谋反案被杀,谢纬因是宋文帝女婿,且为两个哥哥所憎恶,得免死,徙广州,直到孝武帝孝建中才还建康。谢纬子谢朓是南齐杰出诗人,他是谢纬返都后才出生的。这时他家遭遇变故之后,境况自非昔比。谢朓成年时已是宋齐之交。他也和谢超宗一样,为了依附新贵,娶萧道成另一功臣王敬则女为妻。王敬则是一个女巫的儿子,早年以"屠狗商贩"为业(见《宋书》及《南史》本传)。显然,谢朓如果不是因为家庭没落是不可能认这样的岳丈的。所以到了刘宋中期以后,陈郡谢氏只有谢安弟万的曾孙谢弘微及其子谢庄一支没有遭受打击。谢弘微其人早年就被谢混所看重,其实是欣赏他的"志在素宦,畏忌权宠","口不言人短"和不贪钱财,是一

---

① 一作"二十七",今从《南史》。

个能保持家业的人。但他在政治和学术、文艺上都无所成就。他的儿子谢庄倒是位优秀的文学家,然而他在仕途上亦少作为,曾任吏部尚书,却以多病为由,"不愿居选部"(见《南史》本传)。这大约是因为吏部尚书要选拔官员,难免得罪人。这一支所以能维持较久,大约和琅邪王氏一些人一样是由于谦退和不得罪别人。

三

到了齐代,王谢二族的情况又与宋代有别。齐高帝萧道成代宋时,王俭和褚渊是佐命功臣,很受重用,尤其到武帝萧赜时,褚渊已死,王俭自比谢安,以"风流宰相"自命(见《南史·王昙首附王俭传》)。谢家当时仅谢庄子谢朏曾为萧道成的长史,萧道成曾暗示他要他帮助自己夺取政权,他不干。后来萧受禅时,要他解宋顺帝玺授萧,他又不肯。这自然引起萧道成不满。有人建议杀他,萧却说:"杀之则成其名,正应容之度外。"(《南史·谢弘微附谢朏传》)这是因为萧道成明知谢朏这样的士人,不过是不愿有违封建"名节",却不会危及自己的统治。事实正是这样,谢朏和他弟弟谢瀹仍在南齐做官,他告诫谢瀹的只是要他多喝酒,"勿豫人事"(同上)。所以这一支在入齐后仍能免遭打击。

除了谢朏、谢瀹外,和他们同族的谢朓虽力求保全自身,却仍不免杀身之祸。从谢朓的生平看来,他家自伯父谢综、谢约被杀以来,已受重大打击,所以早年起处世已很谨慎。早在永明末至建武间,他写的一些诗就常有忧逑畏讥的情绪,如:"常恐鹰隼击,时菊委严霜;寄言罻罗者,廖廓已高翔"(《暂使下都夜发新林至京邑赠西府同僚》),"敕躬每局蹐,瞻恩唯震荡"(《京路夜发》),"虽无玄豹姿,终隐南山雾"(《之宣城出新林浦向板桥》)等,都表现了他在仕途中的恐惧及向往归隐的心情。但像他这样的名门士人要弃官亦非易事,难免引起朝廷猜忌。然而留在官场中,又免不了有险恶的风波。先是王敬则起兵反对朝廷,事先约他响应,他却向齐明帝告发了这密谋,结果王敬则败死,而谢朓因功被任为尚书吏部郎。王敬则的起兵是由于齐明帝篡夺齐武帝子孙的帝位后,大肆屠杀高帝、武帝子孙,使王敬则等人惶恐不安才采取的行动。谢朓作为他的女婿,所以事先就被告知。但谢朓为了保全自己,就出卖了岳父。为此,谢朓的妻子常怀刀欲报复朓,朓不敢相见,(《南齐书》本传)谢朓自己也内疚于心,"及当拜吏部,谦挹尤甚"(《南史》本传),后来谢朓临死,还悔恨说:"我不杀王公,王公由我而死。"(《南齐书》本传)他这种做法,正反映了那种极度贪生者的矛盾心理。但这种态度并没有能保全他的性命。不久,齐明帝死,齐始安王萧遥光阴谋夺取东昏侯萧宝卷的帝位,派江祀去联络谢朓,谢朓又把密谋告知左兴盛及刘暄,而刘暄本遥光同党,遂将谢朓下狱杀害。谢朓死后,他的儿子谢谟,本与梁武帝女永世公主订婚,至此梁武帝也悔婚不予承认,仅用谢谟为一个县令以示抚慰。这样,谢氏除谢弘微一支外,均归败落。

当谢氏中多数已趋没落之时,琅邪王氏的处境亦远不如前。琅邪王氏和南齐皇朝的关系自难与刘宋并论。王俭在齐初虽居显位,但萧道成之代宋,本非由于他的力量,而只是借助于其门第及声望,这和王谧对宋武帝的旧恩及王昙首、王华对宋文帝的拥戴之功迥然不同。所以南齐君主对王氏的看法本与谢氏及其他中原高门并无差别。再加上王氏自宋以后,最显贵的当数王弘、王昙首及王华诸人。王弘长子王锡自视甚高,当着执政的江夏王刘义恭"箕踞大坐,殆无推敬"(《南史·王弘附王锡传》),在仕途上自然不可能得到重用;少子王僧达又因轻侮外戚被杀。宋孝武帝虽说不取消其"门爵国姻",

但其子道琰亦受连累,所以终刘宋一代,这一支未产生有影响的人物。王华子孙亦无事迹可称。只有王昙首的少子王僧虔及长子僧绰之子王俭在宋末居显位,并且亦受南齐皇朝重用。但王僧虔、王俭叔侄先后于齐武帝永明三年(485)和七年(489)去世,他们的儿子们似亦少出众才能。如王僧虔长子王慈,卒于永明九年(491),官位不高;次子王泰和少子王志成名又都在齐末及梁初。王俭长子王骞,"惰于接物",亦不留心政事;次子王暕官位较高,据说:"不能留心寒素,颇称刻薄"(《南史·王昙首附王暕传》),故声望亦受损。

王氏家族在宋时既未遭受太大的打击,所以一些人物在入齐之后显得躁进。例如王僧达的孙子王融,"以父官(《南史》作'宦')不通,弱年便欲绍兴家业",甚至"自恃人地,三十内望为公辅"(《南史》本传)。无可否认的是王融不但是一个优秀的文学家,在政治上亦不乏一定的见识。他后来因齐武帝病重时想废太孙昭业而立竟陵王萧子良而被杀。关于他这一举动究竟出于什么原因颇可研究。因为他当时只是个中书郎,官职不高,即使热衷官位,也不能盲目介入皇位问题,而且从他"招集江西伧楚数百人"(《南齐书》本传)来看,亦非有帝王命令是办不到的,只能如他自己所说是奉了纪僧真所传齐武帝敕旨。不过,王融所以积极去执行,显然是和他热衷于"绍兴家业"有关。后来沈约在哀悼他的诗中说他"眷言怀祖武,一篑望成峰;途艰行易跌,命舛志难逢",只是伤其命运不济,并未作什么责备。王氏在齐代所受打击并不少,除王融外,还有王奂和王晏。王奂在宋末已在仕途上取得重任,当宋后废帝刘昱初立时,齐高帝萧道成刚参与朝廷大政,江州刺史桂阳王刘休范密谋叛乱,朝廷认为郢州地处江州上游,任命年仅四岁的晋熙王刘燮为刺史而以王奂为长史,总管府州事务,配以雄厚兵力。后来刘休范举兵时,郢州方面就派兵进攻刘休范的治所浔阳,迫使留守该地的毛惠连等投降。(见《宋书·文九王·晋熙王昶附燮传》及《通鉴》卷一百三十三)因此颇得萧道成信任。武帝永明时,王俭去世,武帝曾考虑让王奂为尚书令,由于王晏反对作罢,但仍任他为雍州刺史。王奂在雍州和宁蛮长史刘兴祖不合,竟诬称刘兴祖挑动"蛮"人作乱,后又擅加杀害,谎报朝廷说是自杀。于是齐武帝派兵讨伐,而王奂子王彪又进行抗拒,因此父子均被杀,只有另一个儿子王肃逃亡北魏,成了向北朝传播南方文化的重要人物。从王奂被杀一事看来,他的死可谓咎由自取,这很可能和他居功自傲及自恃门第有关。王晏在宋末,曾与齐武帝一起任职于郢州、江州,特为武帝所亲任。齐武帝即位后,更是对其言听计从,连王俭和豫章王萧嶷也不能不"降意接之"。据《南齐书》本传,他为吏部尚书,齐武帝想叫明帝萧鸾代他,他说"鸾清干有余,然不谙百氏,恐不可居此职",就因此作罢。明帝夺取政权后听了萧遥光的意见把他杀死。据说明帝"料简世祖(武帝)中诏,得与晏手敕三百余纸,皆是论国家事",由此"愈猜薄之"。这说明当时士族热衷于权势者,往往会招致杀身之祸。

其实到南齐时代,士族的处境和过去已颇不同。这时"北府兵"出身的皇族已经统治了南方六七十年,地位业已巩固,再不像宋初那样还想利用士族的影响力。再说那些士族本身从东晋南渡以来已经170年左右,由于长期的优裕生活和仕途上享有的特权,造成他们中多数人的浮华、疏懒及缺乏从政能力的情况。正如《颜氏家训·涉务》中所说:"吾见世中文学之士,品藻古今,若指诸掌,及有试用,多无所堪。居承平之世,不知有丧乱之祸;处庙堂之下,不知有战陈之急;保俸禄之资,不知有耕稼之苦;肆吏民之上,不知有劳役之勤,故难可以应世经务也。晋朝南渡,优借士族。故江南冠带有才干者,擢为令仆已下尚书郎中书舍人已上,典掌机要。其余文义之士,多迂诞浮华,不涉世务;纤微过失,又惜行捶楚,所以处于清高,盖护其短也。"这种情况有一个发展过程,如果说这些高门士族,在东晋时因经历西晋灭亡之痛,还有收复中原至少也要保持半壁河山的愿望,所以尚能关心政事,出现了王导、谢安等政治家的话,入宋以后,已少杰出人才,像王弘之"博练治体,留心庶事"(《宋书》本传),王昙首之"沈毅有器度"为宋文帝巩固统治出力已不多见,然较之先辈已见逊色。王弘兄弟死后,王谢二族在政治上已少才俊。齐初的王俭虽居高位,其实他的贡献主要在学术方面,齐高帝和武帝也并不在政事上倚重他。至于王谢二族其他人物,虽也有官位甚高者,却很难说有什么建树。这时朝廷所真正倚重者反而是一些寒门出身的人物。这种情况大约始于宋文帝时,据《南齐书·幸臣传》载,宋文帝重用的秋当、周纠"并出寒门";孝武帝任用寒人巢尚之,江夏王刘义恭不赞成,但试用之后,却使刘义恭叹服,认为"人主诚知人"。入齐以后,情况更为明显,齐武帝亲任的纪僧真、刘系宗、茹法亮、吕文显、吕文度均出身寒微。《南史·恩幸·刘系宗传》载,齐武帝曾云:"学士辈不堪经国,唯大读书耳。经国,一刘系宗足矣。沈约、王融数百人,于事何用?"《南齐书·幸臣传》亦有类似记载,但以为是明帝语。不过齐武帝和明帝二人都是重吏事、轻学术的人,看来两人对士人的态度不会有多大区别。不过,南齐帝王虽不甚任用士族,却也无法削弱他们在社会上的地位。《南史·江夷附江敩传》载,纪僧真曾对齐武帝说:"臣小人,出自本县武吏,邀逢圣时,阶荣至此。为儿昏,得荀昭光女,即时无复所须,唯就陛下乞作士大夫。"齐武帝却说:"由江敩、谢瀹,我不得措此意,可自诣之。""僧真承旨诣敩,登榻坐定,敩便命左右曰:'移吾床让客。'僧真丧气而退,告武帝曰:'士大夫故非天子所命。'"这件事在当时士人中竟得到赞许。至于清初顾炎武在《日知录》卷十三"流品"条亦加肯定,大约是有感于明末一些人谄事宦官而发。值得注意的是江敩当时官位仅为都官尚书,不算高官,谢瀹为吏部尚书,比他稍高,亦非极品,而在士族中的影响,竟在帝王之上。所以齐梁以后的君主对士族虽不重用却也不会轻易得罪他们。

四

高门士族到梁陈时代,在朝廷中已不起主要作用,例如王谢二族中有些人虽然名义上官位不低,却在政治上并无多大作用。梁武帝一代基本上没有杀过士人,这未必是由于他信佛而变得仁慈,主要是当时的士族对他已不能构成什么威胁。不过他也不愿意他们参与政治。例如《南史·王诞附王亮传》载,范缜曾向梁武帝进言:"司徒谢朏本有虚名,陛下擢之如此;前尚书令王亮颇有政体,陛下弃之如彼。愚臣所不知。"其实王亮在梁武帝进兵建康时,虽非主动却参与了张稷等人杀萧宝卷迎降梁武帝事;谢朏则在梁武帝即位之初即被征召,他不肯到,并未对梁武帝夺取政权表示支持。这大约是由于新皇朝的君主为了提倡"忠"而往往尊重那些忠于前朝的人。但梁武帝之憎恶王亮还有一个原因,就是王亮在朝会时对他不敬。《南史·王诞附王亮传》载,天监二年(503)"元日朝会,亮辞疾不登殿,设馔别省,语笑自若。数日,诏公卿问讯,亮无病色"。此事曾有人主张该处死,后来以"废为庶人"了事。此事显然触怒了梁武帝。因为梁武帝出身"北府兵"将领的兰陵萧氏,门第显然不如这些高门,所以更要求士人对他敬畏。与王亮类似的还有一位张稷,他出身吴地望族,又曾与王亮一起杀萧宝卷迎降,却因喝了酒提起旧事,言语冲撞了梁武帝。他"既惧且恨,乃求出",做了青冀二州刺史,被州人所杀(见《南史·张裕附张稷传》),死后梁武帝谈起他还记恨不忘(见《梁书·沈约传》)。梁武帝这种心理是可以理解的,他和南齐武、明二帝不同,那些人只关心"吏事",可以让士族维持特殊地位;而梁武帝却是个精通儒道佛三家经典、又擅长文学的人,在文化上较之"大读书"的士族毫无逊色,然而当时的士族在社会上的地位仍很牢固,在不少人看来,那些王谢高门、吴地旧姓仍高于军人出身的兰陵萧氏。此风甚至至唐犹存,唐太宗命高廉定族姓,仍以崔民幹为第一,引起太宗大怒,而晚唐的郑颢还宁娶卢氏女,不愿娶公主。这情况自然更促使他一方面就如颜之推说的那样疏远士大夫,另一方面更不容许他们对自己有所不敬。然而梁武帝本人在内心里也有着根深蒂固的门阀观念。例如他为几个儿子择偶,选的都是中原望族。他自己原配郗氏在他称帝前已死去,他即位后贵嫔丁氏实际上就是正妻,而他除郗氏外不立皇后。其实就因为高平郗氏乃中原高门,东晋时曾与琅邪王氏等结为亲戚。至于后来侯景曾要求娶于王谢时,梁武帝说:"王、谢门高非偶,可于朱、张以下访之。"(《南史·贼臣·侯景传》)所以尽管他疏远士大夫,却仍要用陈郡谢举、庐江何敬容等人为尚书仆射、尚书令等高官以为点缀,却又不予真正任用。这些人对当时的政局自然也起不了多少作用。

那些高门士族在入陈以后,情况与齐梁又不相同。这一方面是由于南朝自经"侯景之乱"后,王谢等中原高门受到极大打击,政治和社会地位已大为衰落。另一方面,陈霸先是南方寒门出身,这些人自东晋以来,颇受中原高门压抑,对那些北方士族并不像前代那样重视。所以陈代帝王除废帝陈伯宗的皇后出于琅邪王氏外,一般均为南人或在南朝不被视为高门的河东柳氏。陈代朝廷中也任用过一些中原旧姓人物如徐陵、江总等,但只是利用其文才,而实权则掌握在一些位居中书舍人的寒人手里。所以高门士族的政治地位业已衰歇,其中琅邪王氏虽有王冲、王通、王固诸人,但在社会上无太大影响;陈郡谢氏入陈以后更少知名之士,只有一个孝子谢贞,却未任显职,生活亦甚贫困,其诗亦仅存《陈书·孝行》本传中所录的"风定花犹落"一句。至此南朝的中原高门可以说是完全丧失了当年的显赫地位。

五

这些高门士族地位的升降,对文学显然有不小的影响。即以《隋书·经籍志》所著录的文集情况而论,大体上当一个家族鼎盛之际,其族人的文集往往著录较多,而当其衰败之后则趋于减少甚至消失。例如:东晋一代,太原王氏颇显贵,王氏族人在东晋时颇贵盛,其中有文集者8人,凡55卷,而自宋以后即不见有一人有集,显然是由于刘裕对这一家族的诛杀。同样地,鄢陵庾氏在东晋一代贵显,计11人有集,共140卷。入宋后仅庾蔚有集20卷。琅邪王氏最盛,东晋时凡12人有集,共148卷;入宋后则凡11人,共140卷;至齐为4人,82卷;梁代则为6人,94卷。陈以后不见著录。陈郡谢氏在东晋凡9人,60卷;宋代为7人,60卷;齐代仅3人,29卷;梁代为3人(谢瑱、谢琛和谢郁,其中可能有会稽谢氏人物),18卷。这种统计显示了文人和文集出现的数量显然和这一家族的盛衰有着密切的关系。尤其令人感兴趣的是像济阳江氏,在东晋初由于江彪、江逌有较高社会地位,他们也各有集著录(江彪5卷,江逌9卷)。他们死后,江氏人物有一个时期不见有文集著录,而至宋由于江湛贵显,就有集4卷,其族人在宋代还有江玄叔有集4卷,江智深有集9卷。可见随着江氏的复兴,又有文集问世。同样地,汝南周氏在东晋初,周颉有集2卷,周嵩有集3卷,两人被杀后,周氏归于沉寂,经宋入齐,这家族又有名人出现,于是齐有《周颙集》16卷;梁有《周舍集》20卷;陈代更有《周弘正集》20卷,《周弘让集》9卷,又《后集》12卷。这种现象亦不难理解。大抵一个家族在兴盛的时候,更能为子弟创造研习学术和文艺的条件,例如《世说新语·文学》中所载太原王氏的王恭、王爽兄弟论"古诗中何句最胜",谢安、谢玄叔侄论《毛诗》何句最佳以及《世说新语·言语》载谢安与谢朗、谢道韫咏雪等事,皆在这些家族盛时。及时至败落以后,人们往往流离四散,也不会有此闲情逸致。再说家族衰落之后,其子弟从师、交友及接触图籍的条件也必然会受限制,使之较难取得成就。一些兴盛的家族由于社会地位高,其作品易于传播和留存,相反地,衰败的家族由于贫贱而作品亦难于得到人们重视,纵有鲍照之"才秀",而由于"人微",不免"取湮当代"。他们的文集自亦难于流传和得到著录。

当然,一个人在文学史上的地位并不决定于其门第的贵贱兴衰,而决定于其本人的创作成就。即如前面提到的几个中原高门而言,即使同属兴盛之时,所产生的作家数量亦各有不同,其中陈郡谢氏最为突出,他们的作品入选《文选》和《玉台新咏》的亦远过王氏等诸族。这自然有复杂的原因,除了谢灵运、谢惠连和谢朓个人的才华出众之外,也与各家家学不同有关。如陈郡谢氏一般擅长文学而琅邪王氏则多擅玄谈及书法。其他如河东裴氏之家世精于史学,会稽贺氏之精于礼学,亦各自体现其家族的特色。

秦汉统一与各地学术文化的发展

秦始皇并吞六国,从一时的情况来说确实对学术和文化的发展起了很大的破坏作用。首先,随着秦的统一,原来六国的几个文化中心如楚之郢及后来的陈和寿春、齐之临淄等归于消歇,而秦代统治者又一贯奉行的是法家的"明主之国,无书简之文,以法为教;无先王之语,以吏为师"(《韩非子·五蠹》)的政策,尤其是焚书坑儒之举,更使学术文化遭受了重大损失。但是,从长远来看,统一帝国的出现还是起着很大的推动作用。这主要是由于"车同轨,书同文"和削平割据、修筑驰道的措施为交流创造了有利条件。这些作用由于秦代时间短促还显示不出来,而到了汉代就日益明显。这只要看从西汉到东汉学者和文人的籍贯和活动场所就很清楚。在这里我们不妨对两汉及以后的学者和文人的情况做一些考察。

一

周代自平王东迁以后,原来由王官掌握的各种学术,逐渐地散入各诸侯国。其中鲁国保存得最多。《左传·昭公二年》载晋韩宣子聘鲁,见《易象》与《鲁春秋》,曾有"周礼尽在鲁矣"之语。但随着鲁国的衰落,其人才亦渐渐散入各诸侯国。《论语·微子》:"大师挚适齐,亚饭干适楚,三饭缭适蔡,四饭缺适秦,鼓方叔入于河,播鼗武人于汉,少师阳、击磬襄入于海。"尽管如此,鲁国一带仍是当时学术和文化最发达的地区。所以当时最有名的思想家如孔子是鲁人,墨子为宋之大夫(一说亦鲁人),老子是楚苦县(今河南鹿邑)人,大致不外乎今山东西南部和河南东部这个范围。进入战国中期后,情况有较大的变化,例如大诗人屈原是楚人,思想家荀况和公孙龙是赵人,而法家的集大成者韩非是韩之诸公子,纵横家如张仪是魏人、苏秦是洛阳人。相对来说,只有秦国似乎并未出现过重要的学者和文人。秦国的富强和最后统一中国,确如李斯在《谏逐客书》中所说是得力于不少客卿之助。至于其他六国,亦曾招致士人以自辅,一些国家的都城往往成了士人云集之地,并成为一定程度上的学术文化中心。如齐都临淄的"稷下"诸学士是当时著名的学术家群体;楚国自屈原起,继之者有宋玉、唐勒、景差直到荀况,一直是辞赋创作的中心(此时楚都已由郢而陈而寿春);此外像赵、魏、燕诸国都曾有养士之事,并且亦曾有著述(如《魏公子兵法》等)。秦始皇并吞六国之后,那些文化中心亦随之消失。但各地学术文化的伏流依然存在,尤其像鲁地这样的儒家发源地,仍有不少人在传习古代的礼乐文化;江南的会稽(今苏南和浙江一带)也仍有人在研习《楚辞》等楚文化的传统。

  秦亡汉兴使学术文化得到了复兴的机会。汉高祖刘邦出身楚地,尤重楚文化。《汉书·礼乐志》:"高祖乐楚声。"《史记·留侯世家》载汉高祖自作的《鸿鹄歌》,亦为楚歌。所以汉初第一位著作家陆贾据《史记》、《汉书》本传,都说是"楚人",《元和姓纂》卷十以为陆姓是"齐宣王田氏之后","汉大中大夫陆贾,子孙过江,居吴郡吴县"。据此推测,陆贾似为今鲁南苏北一带人,这些地方战国时属楚,故称"楚人"。除了陆贾以外,汉高祖身边还有一位儒者叔孙通,据《史记》、《汉书》本传,他是"薛(今山东枣庄薛城)人",他曾为汉高祖定朝仪。《史记·刘敬叔孙通列传》载,他在定朝仪前曾赴鲁招诸儒生协助,遭到拒绝,说明当时儒学的中心仍在鲁地。这说明当时东部地区的学术文化还是比都城所在的关中要发达。这是因为关中地区长期在秦统治下缺乏这方面的传统。

汉初的朝廷面临着一系列严峻而迫切的问题。如经济上在长期战乱之后,国计民生极度凋敝;在政治上则异姓诸侯王虽已消灭,但同姓诸侯王的气焰仍极嚣张,他们还在酝酿着叛乱。这使文景二帝忙于应付而无暇顾及对学术和文艺的提倡。当时朝廷中并非没有这方面的人才。如贾谊不但是杰出的政论家、思想家,也是文学家;晁错不但是政论家,而且曾从伏胜受《尚书》。相比于长安的中央政权,有些藩国却比较注意招致一些学术和文艺的人才。如吴王刘濞(都广陵,今江苏扬州)曾招致邹阳(齐人)、枚乘(淮阴人,淮阴今属江苏)等人,但他们因为反对刘濞的叛乱阴谋,又离吴游梁,去到梁孝王刘武(都睢阳,今河南商丘南)那里。直到汉武帝前期还有淮南王刘安(都寿春,今安徽寿县)"招四方游士,山东儒墨咸聚于江、淮之间,讲议集论,著书数十篇"(《盐铁论·晁错》)。从上述情况看,那些招致学者文人的藩国,大抵在战国时楚的旧境,梁国则在今河南东南角,而那些学者文人亦出身齐楚旧地,可见汉初的学术文化还是东部比西部发达。这是由春秋战国以来的情况决定的。

汉武帝以后,情况发生了变化,这时诸侯王的势力已随着"七国之乱"的平定和朝廷实行削弱藩国的政策而削减,朝廷使"诸侯惟得衣食租税,不与政事"(《汉书·诸侯王表》),诸侯不再有养士之事。由于中央集权的加强,士人的命运完全决定于皇帝的爱憎,士人们又只有谋求官职唯一出路,这样,一些学者和文人不得不集中到长安。从此各种学术和文艺活动,几乎都集中于长安。汉武帝一方面采纳了董仲舒"罢黜百家,独尊儒术"的建议,"立五经博士,开弟子员,设科射策,劝以官禄",由此"传业者浸盛"(《汉书·儒林传》);另一方面又下令广开献书之路,使全国的许多书籍都集中于长安。他本人又爱好辞赋,以安车蒲轮征召枚乘(因年老,道卒),还曾称赏司马相如的《子虚赋》,并据杨得意的举荐而招致了他。他的这些措施更促使都城长安的学术文化得以繁荣发展。

不过,以长安为中心的关中地区学术文化之繁荣,实多半得力于出生于东部齐鲁和楚地的学者和文人。在这里,我们不妨以儒学为例,据《汉书·儒林传》,当时传经诸人的情况是:

传《易》诸家均出于田何,他受学于东武(今山东诸城)的孙虞子乘,据云:"子乘授齐田何子装,及秦禁学,《易》为筮卜之书,独不禁,故传受者不绝也。汉兴,田何以齐徙杜陵。"说明在汉兴以前,他已学成。他的学生是梁治(今安徽砀山)人丁宽,丁宽传砀(河南永城)人田王孙,田王孙传沛(今属江苏)人施雠、东海兰陵(今属山东)人孟喜和琅邪诸(今山东诸城)人梁丘贺。此后还有京房,其学出于孟氏,他是东郡顿丘(今河南浚县)人。其他传《易》者还有东莱(今山东龙口一带)人费直,沛人高相。

传《书》的始于伏胜,他曾为秦博士,济南人。他传济南张生和千乘(今山东滨州)人欧阳生;张生传夏侯都尉,夏侯都尉传族子始昌,始昌传夏侯胜,这就是"大夏侯《尚书》";夏侯胜又传从兄子建。夏侯始昌据《汉书》卷七十五本传为鲁人。汉代传今文《尚书》的一般称欧阳及大小夏侯三家。至于古文《尚书》,出孔氏壁中,传之者孔安国乃孔子直系子孙,当然为鲁人。

传《诗》的凡四家:申公是鲁人,称"鲁《诗》";辕固生是齐人,称"齐《诗》";韩婴是燕(今河北北部。有可能为涿)人,称"韩《诗》";毛公是赵(今河北南部)人,称"毛《诗》"。

传《礼》的始于鲁高堂生,传《士礼》(即《仪礼》十七篇)又有鲁徐生善为颂(容),传子至孙延、襄二人。徐氏门人萧奋,瑕丘(今山东兖州西)人,传其学于东海(今山东郯城一带)孟卿。后来传《礼》的戴德、戴圣为梁(今砀山)人,庆普为沛人。

传《春秋》的凡三家:左氏、公羊和穀梁。《左传》出于"鲁君子左丘明(孔子同时人)";《公羊传》据云出于齐人公羊高;《穀梁传》据云出于鲁人穀梁赤。《左传》是古文家,最初只在民间传授,未列学官,《汉书·儒林传》所载传人房凤是琅邪不其(今山东青岛北)人,那已是西汉哀帝(前6~前1)时人。至于《公羊传》的传人见于《汉书·儒林传》的以齐人胡母子都为最早(景帝时),和他同时稍后的是董仲舒。董仲舒是广川(今河北枣强)人,他传东平(今属山东)嬴公等人。嬴公传东海(今山东郯城一带)人孟卿和鲁人睦孟。汉代的公羊学派分为严氏和颜氏两支,严氏指严彭祖,东海下邳(今江苏宿迁境)人;颜氏指颜安乐,鲁国薛(今山东枣庄薛城)人。《穀梁传》一书在陆贾《新语》中已见称引,其学据云出于鲁《诗》的传人申公。至汉武帝时,为申公弟子瑕丘(今山东)江公。

此外,汉代的公卿中,如倪宽是千乘(见前)人,从欧阳生学《尚书》,官至御史大夫;公孙弘是菑川薛(今枣庄薛城)人。可见当时在长安传授儒家五经的人绝大多数为齐、鲁、楚地人。至于文学家的情况也与此类似,据《汉书·艺文志》,把辞赋家分为"屈原赋"、"陆贾赋"、"荀卿赋"及"杂赋"四类。其中"杂赋"无作者姓名,而"荀卿赋"的作者其籍贯亦不可考知,至于"屈原赋"、"陆贾赋"二类,其作者情况有不少可以考知。如"屈原赋"一类的作者,从汉初到武帝时情况如下:庄夫子赋24篇,名忌,吴人。贾谊(洛阳人)赋7篇。枚乘(淮阴人)赋9篇。司马相如(蜀人)赋29篇。淮南王(即刘安,都寿春,今安徽寿县)赋82篇。淮南王群臣赋44篇。太常蓼侯孔臧(鲁人)赋20篇。阳丘侯刘郾赋19篇。吾丘寿王(赵人)赋15篇。蔡甲赋1篇。上(汉武帝)所自造赋2篇。倪宽(见前)赋2篇。在这12家中除蔡甲、刘郾情况不明外,楚地人5人(吴、鲁战国时属楚,齐人1人)。"陆贾赋"一类有陆贾(楚人)3篇。枚皋(淮阴人)赋120篇。朱建赋2篇。常侍郎庄忽奇(吴人)赋11篇。严助(吴人)赋35篇。朱买臣(吴人)赋3篇。宗正刘辟彊赋8篇。司马迁(左冯翊夏阳,今陕西韩城人)赋8篇。这里凡8人,楚地人占5人,情况与儒学相类。除儒学和辞赋外,当时的政论家(主要是纵横家),如蒯子(名通,齐人)5篇;邹阳(齐人)7篇;主父偃(齐临淄人)28篇;徐乐(燕无终,今天津蓟县人)1篇;庄安(临淄人)1篇。5人中齐人占4人。

当然,西汉一代关中也出现了司马迁这样伟大的学者和作家,但司马迁的学问和才能有其家庭影响和师门传授。司马迁的父亲司马谈"学天官于唐都,受《易》于杨何,习道论于黄子"(《史记·太史公自序》)。其中杨何乃淄川人,乃田何的再传弟子;黄子籍贯不明,但据《元和姓纂》卷五,黄姓是"陆终之后,受封守黄,为楚所灭,以国为氏"。"道论"即道家学说,创始者老子即楚人,今所见竹简《老子》与帛书《老子》都出楚地,联系《元和姓纂》之说,"黄子"亦可能是楚人。至于司马迁本人曾受董仲舒影响,还"从(孔)安国问故"(《汉书·儒林传》),可见这位大学者、大作家也是在齐、楚诸地学术、文艺的影响下产生的,所以他的赋也被《汉书·艺文志》归入"陆贾赋"一类。

二

关中地区的学术和文化虽基本上承袭齐、鲁、楚等地,但到了汉代,它毕竟是全国学术和文化的中心。随着国家的统一、中央集权制的加强、交通的发达、文字的划一以及版图的扩大,长安这个学术文化中心的作用,就远非昔日的郢都、临淄、大梁、邯郸等一国都城能比。由于"天下平均,合为一家,动发举事,犹运之掌"(东方朔《答客难》),朝廷的意志对全国士人的影响亦大为加强。由于汉武帝实行"罢黜百家,独尊儒术"之后,士人要求得官职必须通晓儒家的经典,禄利之途一开,士人们自然趋之若鹜。这种情况虽然削弱了百家争鸣的学术气氛,但也促使了不少人去从事学术和文艺事业。例如公孙弘、董仲舒、倪宽之以通经得官、司马相如以《子虚赋》得到汉武帝赏识就是最有力的榜样。

由于长安这个强大的政治文化中心的出现,随着秦汉以来版图的扩大,使传统的学术和文化迅速地辐射到全国许多地方。王充《论衡·恢国篇》云:

> 方今哀牢、鄯善、诺羌降附归德,匈奴时扰,遣将攘讨,获虏生口千万数。夏禹倮入吴国,太伯采药,断发文身。唐、虞国界,吴为荒服,越在九夷,蹈衣关头,今皆夏服、襃衣、履舄。巴、蜀、越隽、郁林、日南、辽东、乐浪,周时被发椎髻,今戴皮弁;周时重译,今吟《诗》、《书》。

这段话形象地写出了秦汉以后中原文化在各地广泛传布的情况。不过王充在这里是把西周初和他生活的东汉时代作比较。其实他所提到的那些地区,接受中原文化的先后颇有不同。例如他提到的"吴"和"越"(指今浙江一带而非《史记》所谓"南越"、"东越")二地,其接受中原文化远在秦汉以前。从现有的史料看,早在春秋中后期,吴国已经与晋、楚诸国有来往,越稍迟,在春秋后期。吴、越争霸,结果鲁哀公二十二年（前473）越灭吴，其后越又被楚所灭，约在战国中期（前333年左右），从此吴越之地遂入楚。战国后期曾封春申君于吴。楚国在春秋初期虽被视为"蛮夷"，但到后期，已很少有人这样提，战国以后更无这种看法。当然，由于自然环境的不同，在生活习俗方面，吴、越的人和中原人的不同大约还存在。《庄子·逍遥游》："宋人资章甫而适诸越，越人断发文身，无所用之。"庄子是战国中期人，其书多有寓言，且可能是追述前代情况，即使是当时实况，亦不妨有另一些人成为学术文化的优秀人才。尤其是秦灭楚时，楚国士人随着都城的东迁，亦不断避秦东来，有不少人流寓于吴、越。这样，吴、越就成了战国楚文化的人才集中之地。前面提到西汉的辞赋家中像庄忌、庄忽奇、庄(严)助、朱买臣等皆为吴人。到了东汉，情况尤为明显，汉光武帝所礼敬的名士严光就是会稽余姚（今属浙江）人。北方名士如西汉的梅福，后来就隐居吴地，东汉的梁鸿亦移居于吴，蔡邕亦曾避仇至吴。吴越一带也出现了许多杰出的思想家、文学家。其中最著名的自然是会稽上虞（今属浙江）人王充。王充的《论衡》历来受人推重，据《后汉书·王充传》注引袁山松《(后汉)书》云："充所作《论衡》，中土未有传者，蔡邕入吴始得之，恒秘玩以为谈助。其后王朗为会稽太守，又得其书，及还许下，时人称其才进。或曰：不见异人，当得异书。问之，果以《论衡》之益，由是遂见传焉。"可见当时人对此书评价之高。但据王充自己说，越地人才远不止他一人。如《论衡·超奇篇》云："古昔之远，四方辟匿，文墨之士，难得纪录。且近自以会稽言之，周长生者，文士之雄也……长生之才，非徒锐于牒牍也，作《洞历》十篇，上自黄帝，下至汉朝，锋芒毛发之事，莫不纪载，与太史公《表》、《纪》相似类也。上通下达，故曰'洞历'。然则长生非徒文人，所谓鸿儒者也。前有严夫子(庄忌)，后有吴君商，末有周长生。白雉贡于越，畅草献于宛，雍州出玉，荆扬生金。珍物产于四远幽辽之地,未可言无奇人也。"吴、越学术文化的繁荣显然为后来三国时吴国及东晋南朝学术文艺的发展奠定了基础。

吴越之外,巴蜀亦为学术文化的繁荣地区。"巴"和"蜀"即今重庆和四川一带,这里本是一块盆地,所以《华阳国志·蜀志》云:"蜀之为国……与巴同囿。"这一带与中原早有交通。《尚书·牧誓》载,周武王伐纣时有"庸蜀羌髳、微卢彭濮人"参加。《华阳国志·巴志》云:"周武王伐纣,实得巴、蜀之师,著乎《尚书》。巴师勇锐,歌舞以凌殷人,前徒倒戈,故世称之曰'武王伐纣,前歌后舞'也。武王既克殷,以其宗姬封于巴,爵之以子。"后来巴国与南方的楚国亦有交通。《左传·桓公二年》载巴子想通过楚国与邓国交好,结果邓国人杀了巴国使者,引起楚、巴与邓国间的一次战争。此后巴国与楚之间亦曾有战争。但在当时中原诸国眼里,巴和蜀仍被视为"蛮夷"。直到秦惠文王灭蜀时,秦臣司马错和张仪仍认为"今夫蜀,西辟之国,而戎狄之长也"(《战国策·秦策一》)。秦惠文王灭蜀据《史记》的《秦本纪》及《六国表》在其更元九年(前316);据《华阳国志·巴志》载,张仪"贪巴、苴之富,因取巴,执王以归",则巴之亡大致与蜀差不多同时。巴蜀虽在战国时已并入秦版图,但到楚汉之际,项羽封汉高祖于汉中(今陕西南部),韩信仍认为"是迁也"(《汉书·高帝纪》),颜注引如淳曰:"秦法,有罪迁徙之于蜀汉。"可见当时巴蜀的学术文化尚很落后。

巴蜀学术文化之繁荣,实始于汉景帝末年的蜀郡守文翁。《汉书·循吏·文翁传》:"见蜀地辟陋有蛮夷风,文翁欲诱进之,乃选郡县小吏开敏有材者张叔等十余人,亲自饬厉,遣诸京师,受业博士,或学律令","又修起学官于成都市中,招下县子弟以为学官弟子,为除更繇,高者以补郡县吏,次为孝弟力田"。在他的这种措施下,据云"至今巴蜀好文雅,文翁之化也"(《汉书·高帝纪》)。《三国志·蜀志·秦宓传》载秦宓《答王商书》云:"蜀本无学士,文翁遣相如东受七经，还教吏民，于是蜀学比于齐、鲁。故《(汉书)地理志》曰：'文翁倡其教，相如为之师。'"似乎司马相如曾奉文翁命去学过儒家经典，未知确否。① 但从现有的材料看来，蜀地学术文化之盛，主要似不在儒学而在辞赋和黄老之学。《汉书·地理志》所称赞的司马相如、王褒、严遵和扬雄，被后人称为"蜀四贤"［左思《蜀都赋》云："蔚若相如，皭若君平(严遵)；王褒晔晔而秀发，扬雄含章而挺生。"后来鲍照作《蜀四贤咏》、常景作《蜀四贤赞》均指此四人］。辞赋和道家思想均与楚国的文化有关。《水经注·江水一》引三国蜀人来敏《本蜀论》曰："荆人鳖令死，其尸随水上，荆人求之不得，令至汶山下，复生，起见望帝。……望帝立以为相。时巫山峡而蜀水不流，帝使令凿巫峡通水，蜀得陆处。望帝自以德不若，遂以国禅。"这则故事虽带神话色彩，但反映了早在秦惠文王灭蜀以前，巴蜀与楚已有交流，受过楚文化影响。从《左传》所载春秋初年楚、巴已有交往看来，这是完全可能的。至于东汉以后，东汉一代的学者文人，数量亦很多，已成为一个学术文艺颇发达之地。

地处长江中游的今湖北等地，以郢(今江陵)为中心，本是春秋战国时楚文化的发源地，现今出土的楚国文物，亦以这一带为多。但西汉时代这一带出现的学者和文人却较少。这可能和秦灭楚时楚地士人大批东逃有关。不过到了东汉，这里的学术和文艺也明显地复盛，《楚辞章句》的作者王逸及其子《鲁灵光殿赋》作者王延寿就是杰出

---

① 按：《史记》、《汉书》、《司马相如传》均记司马相如在景帝时为武骑常侍，及游梁事，梁孝王卒，乃归蜀，及娶卓文君，居临邛及成都。梁孝王卒于景帝中元六年(前144)，下距景帝卒年(前141)仅三年。文翁派县小吏到长安就学乃景帝末，即后元时代，此时相如正贫居成都及开酒肆于临邛，恐无奉命至长安学"七经"事，姑存疑。

的代表。尤其是到了东汉后期,刘表出任荆州牧时,中原士人很多避乱来此,其中最著名的就是"七子之冠冕"王粲。《艺文类聚》卷三十八载有王粲所作《荆州文学记官志》,记刘表命"五业从事宋衷新作文学,延朋徒焉","耆德故老綦母闿等负书荷器自远而至者,三百有余人","遂训六经,讲礼物,谐八音,协律吕,修纪历,理刑法,六路咸秩,百氏备矣",亦可谓一时之盛。

上面说的还仅限于长江流域,其实北方和其他地区的情况亦有很大的发展。以黄河流域而论,西汉的学者主要集中于今山东及其附近一带,其次是都城长安及号称居天下之中的洛阳等地,至于黄河以北的广大地区则除了韩婴和毛苌外,似乎还没有出现过什么重要人物。至于今甘肃中西部及内蒙古、宁夏等地,在汉武帝时代,还处于汉与匈奴争战之地,更谈不上什么学术。但到了西汉末,黄河以北就出现了涿郡安平(今属河北)人崔篆,他不但是位学者也是位作家①。他的孙子是东汉著名作家崔骃,从崔骃以后,其子崔瑗、孙崔寔都是学者和文人。崔寔从兄子崔钧,亦有文才,"所著诗、书、教、颂等凡四篇"(《后汉书·崔骃传》)。崔氏族人崔琦,亦为作家。崔骃的家族就是后来魏晋以后的博陵安平崔氏,直到唐以后仍为名门望族。和崔氏齐名的还有范阳涿卢氏。卢氏的兴起似较崔氏为晚,始于东汉后期的卢植,他和郑玄俱师事马融,成为河朔的大儒,三国西晋时代,卢氏出了不少名人,西晋末诗人卢谌即卢植的直系子孙。这个家族也是直到唐代仍为高门,以至唐文宗有"我家二百年天子,顾不及崔卢耶"(《新唐书·杜兼附子中立传》)之叹。崔卢二氏直到唐代,还产生过不少作家。河朔学者中比较著名的学者还有东汉初著名的

---

① 《后汉书·崔骃传》谓崔篆作《周易林》64篇,近代学者疑今本《焦氏易林》即崔篆所作。崔篆还作有《慰志》,见《后汉书·崔骃传》。

今文经学家范升(代郡人,今河北蔚县人)、《易》学家觟阳鸿(中山人,今河北定州);文人则还有范阳(今河北定兴)人郦炎、河间鄚(今河北任丘)人张超等。

在西北部,东汉时代长安虽然已经不是都城,但直到羌乱发生前,仍产生了许多著名的学者和文人,如杜林(扶风,今属陕西)、贾逵(扶风平陵,今陕西咸阳西北)、马融(扶风茂陵,今陕西兴平东北)、班彪、班固和班昭(扶风安陵,今陕西咸阳东北)、傅毅(扶风茂陵)、冯衍(扶风杜陵,今陕西西安东南)、杜笃(扶风安陵)、赵岐(京兆长陵,今陕西咸阳东北)、苏顺(京兆霸陵,今陕西西安东北)等,名声稍次的还有《易》学家杨政(京兆,今属陕西)、经学家李育(扶风漆,今陕西彬县)等。这说明东汉时代关中的学者和文人有许多都生于本地,不像西汉时多来自东部,而且这些关中学者如班固、傅毅和马融等,更是东汉一代学术和文艺方面的杰出代表。同时,随着汉代版图的扩大,一些在西汉时尚较僻远之地,也产生了比较重要的学者和文人,如与王充齐名的重要思想家王符,是安定临泾(今甘肃镇原)人。安定在西汉时学术文化本较落后,宣帝时人杨恽在《报孙会宗书》中称"安定山谷之间,昆戎旧壤,子弟贪鄙",但到东汉时,不但产生了王符这样的思想家,也出现了安定朝那(今宁夏固原东南)皇甫氏。这个家族始于东汉顺帝时的皇甫规(99~166),他明《易》、《书》,兼善文学,有集五卷。其兄子皇甫嵩,亦"好《诗》、《书》",其族人皇甫谧是魏晋间著名隐士。到了十六国时代又有皇甫岌、皇甫真兄弟,仕前燕,亦为当时有名的文人。至于《刺世嫉邪赋》的作者赵壹(汉阳西县,今甘肃天水人)亦为重要作家。甚至今甘肃西端的敦煌,也产生了文人侯瑾,这种情况更非西汉时所能出现。这说明秦汉统一以后,随着中央集权的建立和版图的扩大,学术文化已在全国许多地方兴起,与秦汉初年的情况大有区别。

三

从西汉到东汉，学术和文艺家的情况确实发生了很大的变化。首先，从人数方面而论，《后汉书·儒林传》所载东汉儒学家有60余人之多，单从数量上说，已超过《汉书·儒林传》中的人数。文学方面的情况亦如此，以《隋书·经籍志》所著录的文集（包括梁代尚存，至隋已亡的文集）数来看，西汉仅25家，而东汉则有60多家（还不包括陈琳、王粲、刘桢、阮瑀、徐幹、应玚等被有些算作魏人的作家）。这当然和文集的编纂大致始于三国，因此到人们开始辑录前代人文集时，东汉人的作品自较西汉人作品为易得有关。但学术和文学的分工始自东汉大约是事实，因为正史中设立《文苑传》就始自《后汉书》。这说明东汉的学术和文艺确较西汉有较大的进步。

如果从那些学者和文人的籍贯而论，两汉的情况也有较大差别。西汉的儒学家大抵出生于以今山东为中心的地区，包括今江苏、安徽北部及河南东部等地，其他地区则很少；至于他们的活动范围，主要是都城长安。东汉的情况与此不同，学者分布的范围较广，不光东部的山东一带学术仍然繁荣，陕西一带已出现了本地的经学大师，而且由于都城迁到洛阳后，今河南的中西部和南部均出现了学者。长江流域的今四川、湖北、江西和江浙一带均有著名学者。特别值得指出的是在西汉时学术不发达的地区也出现了学者，如今甘肃、宁夏等地，还有像今河北北端的蔚县地区有名儒范升，而广西苍梧则有陈元，这更是西汉所未有的。文艺方面的情况和经学大同小异，不过西汉文学家大都集中于今江苏（苏北的淮阴和苏南的吴）及四川一带。这大约是由于辞赋出于《楚辞》，而屈原、宋玉为楚人之故。到了东汉则文人的分布亦远较西汉时为广,不但黄河、长江两岸都出现了作家,连"河西四郡"中最远的敦煌也出现了作家。学者和文人们籍贯的这种变化,反映了各地文化的普遍提高。在这里,特别要指出的是河朔和江浙两个地区的情况。在河朔地区出现了崔卢两姓这样的学术文化世家,这是西汉未曾有过的。西汉时代也出现过某些世代仕宦为大族,如左思《咏史诗》所说的"金(金日磾)张(张安世)藉旧业,七叶珥汉貂",但金氏和张氏在西汉时并未产生学者和文人,只到了东汉初,才有了"在朝历世,明习故事"的张纯,但并非经师亦非文人。崔氏则不然,从崔篆起直到东汉末的崔寔、崔钧都在学术和文化上有较多建树。卢氏兴起虽较晚,但也代不乏人。这种世家也出现于江浙。如会稽余姚(今属浙江)人虞翻为《易》学名家,其后余姚虞氏直到南朝和隋唐一直是学术文化世家;会稽山阴贺氏,本西汉《礼》学家庆普(沛,今属江苏)之后,后迁居山阴,世传《礼》学,直到南朝的贺玚、贺革和贺琛家世以《礼》学闻名。其实不光河朔和江南,就是关中和今山东、河南以及苏北、皖北等地都有出现。关中的名门以韦、杜为最著,韦姓出于西汉初年的韦孟,为楚元王刘交傅,移居于邹(今属山东),其五世孙贤,相汉宣帝,迁于扶风平陵(今陕西咸阳西北),子玄成元帝时亦为丞相。平陵韦氏遂为关中望族。东汉时有韦彪,著《韦卿子》12篇;三国时有大书法家韦诞;十六国时有韦謏,仕后赵;北魏时有韦阆;北齐时有文人韦道逊;北周时有名士韦敻及名将韦孝宽;直到唐代还有诗人韦应物。杜氏始自汉武帝时的杜周,本南阳杜衍(今河南南阳西南)人,他和儿子杜延年均官至御史大夫,迁茂陵(今陕西兴平东北),后世又迁杜陵(今陕西西安东南)。东汉初出现了文学家杜笃、学者杜林,三国时魏国名臣杜畿、杜恕父子,恕子杜预不但是晋平吴的大功臣,而且是《春秋经传集解》的作者,还曾编过一部《善文》,是应用文的选本。北魏时有杜铨,其子孙有一支移居中山曲阳(今属河北),北齐的学者杜弼及子隋代的杜台卿就是这一支的人物。至于唐代的杜审言和孙子杜甫,亦杜陵杜氏,是晋杜预的后人。韦、杜二族在唐代颇贵盛,有"城南韦杜,去天尺五"之语。像韦、杜二族虽贵盛于西汉,而到东汉时,他们的官位往往不高,而在学术文化方面的传统却能继承下来,时断时续地出现一些人才。这和河朔地区的崔、卢诸族,情况颇为类似,他们的学术和文化传统,在后来长期的战乱中所以能保持下去,端赖家门中的父子兄弟世代传授。

另外一些地区亦颇有一些名门望族,如东汉的汝南袁氏(袁安等)和弘农杨氏(杨震等)都曾出现过不少高官,他们亦有较好的学术文化传统,可惜在汉末至西晋的一系列政治斗争中先后遭严重打击,以致到北魏时弘农杨播家族被魏收称为"自云恒农华阴人也"(魏收作《魏书》颇遭时人非议,而当时曾受杨愔庇护,杨愔是杨播弟津之子,因此他的志疑当有根据)。至于汝南应氏和颍川荀氏亦在学术文化上都出过一些名人,但在西晋末年的战乱中南渡以后,亦趋衰落。大体中原高门南渡过江的家族,只有琅邪王氏与南朝相终始①,而入唐后尚有人官至宰相,其他各族先后衰落。例如吴地的顾、陆诸族,入唐后仍为当地望族。这说明当时的大族,多半以留居家乡,聚族而居为较能保持其社会地位。但对学术和文艺来说,南北情况不同。南方的朱、张、顾、陆诸姓,由于和南渡的王、谢诸族交往较多,在学术、文艺上出了不少人才;北方的崔、卢则自卢谌死后,有一段时间很少出现学术与文艺人才,这显然和长期生活于坞壁中缺乏交流有关。但北方的学术和文艺传统,主要是靠这些家族保存下来。不论在河朔或关中地区等都是如此。

---

① 人们习惯把东晋南朝的王、谢二氏并称,其实谢氏的兴盛比王氏要晚,而其衰落则在梁代,入陈后就没有出现什么士人。

不过,北方各地的学术和文艺的发展情况颇不平衡。在西汉时代,关中一带本为都城所在,是学术文化中心,直到东汉中叶以前,这里出现的学者和文人很多。至于今河北一带特别是其北部,《汉书·地理志》称其"地广民希,数被胡寇","其俗愚悍少虑,轻薄无威",应该说是较欠发达的地方。但到东汉以后,情况就有所不同。光武帝统一全国,河北被平定较早,因此成了他的后方,他称帝于鄗(今河北高邑),其功臣中如寇恂(上谷昌平,今属北京)、盖延(渔阳要阳,今河北滦平)、王梁(同上)、邳肜(信都,今河北枣强西北)、刘植(钜鹿昌城,今河北辛集南)、耿纯(钜鹿宋子,今河北赵县东北)、耿弇(祖籍钜鹿,后迁扶风茂陵,却随父况在昌平,以上谷郡归光武帝)均来自河北地区。河北在东汉初虽也发生过光武帝对王朗、彭宠及一些农民军的战争,但经历时间较短,战争的规模不大。较之关中地区经王莽、更始(刘玄)、赤眉等几度易手,以致"三辅大饥,人相食,城郭皆空,白骨蔽野"(《后汉书·刘玄刘盆子传》)的情况好很多。到东汉中叶以后,羌族叛乱,经常侵及关中,虽曾有"寇钞赵魏"之事,但只是个别情况,尤其未波及今河北北部。东汉末年,河朔并未遭董卓之乱,不像关中那样再度出现"谷一斛五十万,豆麦二十万,人相食啖,白骨委积,臭秽满路"(《后汉书·董卓传》)的情况。自曹操平袁绍后,河朔一直较安定,而关中却经历多次战争,后来魏蜀之战,战区亦与此相近。直到西晋统一后,关中又发生氐人齐万年之乱和前赵灭晋愍帝之战。十六国时代,前秦末年发生了氐族苻氏、羌族姚氏和鲜卑族慕容冲的混战,尤其是东晋灭后秦,关中大批士人随刘裕去南方等情况,使关中的学术和文艺日趋衰落。到了北朝后期,北方主要的学者和文人,多出生于河朔地区,相反地,在关中却并未产生重要的学者和文人。甚至隋及唐初的许多名臣,亦多来自河朔。这说明学术和文艺的发展和繁荣,亦颇有赖于一个和平、安定的社会环境。

试论北朝河朔地区的学术和文艺

北朝魏、齐、周三代甚至到隋代凡是著名的学术家和文学家,大多数为今河北及山东北部一带人,还有一部分则籍贯虽非此地,也多曾在此居住或深受此地人的影响。因此在北朝的学术史和文学史上,这个地区实有其特殊的重要地位。这种情况的形成有着长期的历史原因。在这里,笔者想就此略谈浅见,请大家指正。

一

从关于上古的传说和考古发现来看,现华北的河北、山西以及内蒙古、辽宁等地,很早就有先民在此生活,留下了许多文化遗址。尤其是"黄帝战涿鹿而擒蚩尤"、尧都平阳、舜都蒲阪、"禹平治水土从冀州出发"等说法看来,黄河以北的广大地区,其文明绝不比黄河以南为晚。但是到了周代,文化的中心似乎集中于今陕西、河南、山东及山西南部一些地方。《诗经》中的《雅》、《颂》和"十五国风"大抵都产生在这个地区。春秋时代的列国,除南方的楚、吴、越三国外,也基本上在这个范围之中。春秋中期以后,晋楚诸国的疆域有所扩大。

到了战国,燕国列为七雄之一,而从"三家分晋"后出现的赵国也以邯郸为都城。这时候,今河北一带才成了人们不断关注的重要地区。

燕、赵两国的兴起,虽然使这个地区在政治上显得十分重要,但在文化方面,似仍较黄河以南逊色。例如当时著名的儒家学派,多数出现于今山东南部的邹鲁;道家和墨家亦多生于鲁、宋和楚地;以游说为事的纵横家以洛阳一带为多;而以屈原、宋玉为首的《楚辞》作家则出现于南方的楚国。至于今河北一带则只有大儒荀况和游说之士蔡泽最为有名。但荀况后来终老于楚,蔡泽亦仕于秦。

秦汉以后的经学家多数为齐人和鲁人;文学家亦以齐楚及洛阳一带的人物较多。燕赵之地只有《韩诗》的传授者韩婴和《毛诗》的传授者毛亨、毛苌。西汉一代由于建都长安,朝廷为了加强中央集权,大力削弱藩国,所以到武帝以后,诸侯王已经只能"衣租食税",无力养士。这时的学术和文学创作已基本上集中于都城长安。因此河朔一带的学术和文艺,在西汉一代,似乎亦无重要发展。

但河朔一带本是一个经济上比较富庶之地,《尚书·禹贡》说冀州虽"厥田惟中中",但又云"厥赋惟上上"。在战国时代,据《史记·货殖列传》说,赵地"丈夫相聚游戏,悲歌慷慨,起则相随椎剽,休则掘冢作巧奸冶,多美物,为倡优。女子则鼓鸣瑟,跕屣,游媚贵富,入后宫,偏诸侯"。这种生活方式,显然要有较富裕的经济基础。在秦并吞六国的过程中,只有在赵国,曾遭遇有力的抵抗,所以秦始皇灭赵后,曾把当地居民大批迁往蜀地。《史记·货殖列传》:"蜀卓氏之先,赵人也,用铁冶富。"可见赵地的冶金业本来就在全国处于领先地位(《史记·刺客列传》载,荆轲行刺秦始皇前,曾求得"赵人徐夫人匕首"可为例证)。所以邯郸在西汉仍不失为一重要都会。

从西汉到东汉,河朔一带的人口和经济从《汉书·地理志》和《续汉书·郡国志》所载户口数看来,并不见有太大变化,但不等于说没有什么发展。因为在东汉光武帝镇压"赤眉"和削平各割据势力时,实以河北与河内(今河南黄河以北地区)为根本之地。这个地区被平定较早,虽然后来发生过彭宠之乱,但很快就被平定,不像有些地区之几经反复。到了东汉中叶以后,西部地区频繁地发生"羌乱"。当时关中及陇西一带,被害最烈,今河北一带,则离羌族居地较远,虽曾一度"东犯赵、魏之郊",但战乱最烈的地方主要还是关陇地区,即使最严重的时候,亦不过"入寇河东,至河内",在上党羊头山作战。汉朝所调发的军队,主要也来自"三河、三辅、汝南、南阳、颍川、太原、上党",对河朔的影响较小。《续汉书·郡国志》载关中地区户口之数以京兆、左冯翊、右扶风为例。京兆:据《汉书·地理志》凡户十九万五千七百零二,口六十八万二千四百六十八;而《续汉书·郡国志》则户五万三千二百九十九,口二十八万五千五百七十四。左冯翊:据《汉书》户二十三万五千一百零一,口九十一万七千八百二十二;《续汉书》户三万七千零九十,口十四万五千一百九十五;右扶风:据《汉书》户二十一万六千三百七十七,口八十三万六千七百一十;《续汉书》户一万七千三百五十二,口九万三千零九十一。相反地,在河朔地区,由于行政区划的变化,虽较难作精确的统计和比较,总的来说,有些郡略有增加,有些郡略有减少,总数似无太大变化。这说明河朔地区人们生活尚较安定。关中人口的锐减,除了东汉迁都洛阳的原因外,战乱频繁实为主要因素。

　　经过东汉近二百年的演变,总的形势是南方的经济比北方发展得快,北方不少人向江南迁移。关中人口的减少,就主要是流向南方。在这大迁徙中,河朔地区基本上没有大变化,这就使这一地区在中原显得十分重要。《三国志·魏书·武帝纪》:"初,(袁)绍与公(曹操)共起兵,绍问公曰:'若事不辑,则方面何所可据?'公曰:'足下意以为何如?'绍曰:'吾南据河,北阻燕代,兼戎狄之众,南向以争天下,庶可以济乎!'公曰:'吾任天下之智力,以道御之,无所不可。'"袁绍说的倒是实话,曹操则未免自诩。事实上正如同书注引《英雄记》所云:"于时冀州民人殷盛,兵粮优足。"曹操当时苦于无力取得河朔之地,而当官渡之战后,他和袁绍一样,也把邺城视为根本重地。三国时代魏与吴蜀间的战争多在江淮间或今陕甘南部进行,并未波及河朔。在东汉末年"伊洛榛旷,崤函荒芜,临淄牢落,鄢郢丘墟"(左思《魏都赋》语)之际,河朔地区所遭战乱确较各地为少。曹操之平袁绍,其主要战斗仅在官渡一役,此后则基本上势如破竹,不像有些地区则经历过好几种势力的反复争夺。

河朔地区自春秋战国迄于西汉,出现的学者和文人较少,经过西汉一代,情况就有了很大变化,其中最值得注意的是出现了学术文化的世家,例如涿郡安平(今属河北),自王莽时的崔篆,作《周易林》六十四篇,又作辞赋《慰志》。崔篆的孙子崔骃和班固、傅毅同时齐名,他卒于和帝永元四年(92),《后汉书》本传称:"所著诗、赋、铭、颂、书、记、表、《七依》、《婚礼结言》、《达旨》、《酒警》合二十一篇。"(《隋书·经籍志》著录为十卷)崔骃之子崔瑗曾从贾逵学习经学,并和马融、张衡"特相友好"。他卒于顺帝汉安年间(142~144)。《后汉书·崔骃附崔瑗传》称:"瑗高于文辞,尤善为书、记、箴、铭,所著赋、碑、铭、箴、颂、《七苏》、《南阳文学官志》、《叹辞》、《移社文》、《悔祈》、《草书势》、七言凡五十七篇。"(《隋书·经籍志》著录《崔瑗集》六卷)崔瑗之子崔寔生活于桓、灵时代,卒于灵帝建宁中(170年左右)。《后汉书·崔骃附崔寔传》称:"所著碑、论、箴、铭、答、七言、祠、文、表、记、书凡十五篇。"(《隋书·经籍志》载,梁代有《崔寔集》二卷,录一卷;又著录其《正论》六卷、《四人月令》一卷)这个学术文化世家几乎与东汉一代相终始。这个家族的出现,很值得注意。因为从西汉以来,父子两代为著名学者或文人之例虽不少见,而像崔氏那样五世相传,各有文集或著作的情况实无先例。即使在东汉,奕世鼎盛的家族不少,像弘农杨氏、汝南袁氏等大抵是显宦;而安平崔氏则不同,崔篆在王莽时虽一度出仕,而官职不算高,崔毅终身不仕,崔骃、崔瑗均无高官,崔骃只做到小县长岑之长;崔瑗到四十多岁方为郡吏,到晚年才被任命为济北相,不久即病卒;崔寔曾任五原太守,但史称"初,寔父卒,剽卖田宅,起冢茔,立碑颂。葬讫,资产竭,盖因穷困,以酤酿贩鬻为业。时人多以此讥之,寔终不改。亦取足而已,不致盈余。及仕宦,历位边郡,而愈贫薄"(《后汉书·崔骃附崔寔传》),死后"家徒四壁立,无以殡敛",还是杨赐、袁逢、段颎帮助其家属经理丧事。这说明这种学术和文化世家,有时并不依赖官职,而崔氏家族经历整个魏晋南北朝,直到唐代,还保持着很高的社会声望,经常出现某些名士。《南史·王昙首附王筠传》载,王筠曾说:"史传称安平崔氏及汝南应氏并累叶有文才,所以范蔚宗云崔氏雕龙。然不过父子两三世耳。"其实崔氏官职虽不及王氏,而家世的学术文化传统绵延不绝。在十六国时代各族军阀混战,直到北朝初年学术文化衰落之际,在北方能靠着父子兄弟相传以维持其传统,实有赖于这些家族。当然,除了安平崔氏外,尚有清河东武城崔氏、范阳涿卢氏等族,但兴起似较晚。清河崔氏最著者始于建安的崔琰,范阳卢氏始终汉末的卢植,均比安平崔氏为晚。但正是崔、卢和其他一些河朔士族,构成了北朝至隋唐的高门。北魏和北齐两代的不少学者和文人甚至政治家,大多为这些家族的人物。河朔士族在北朝学术文化上所以能做出重要贡献,其历史原因很值得研究。在笔者看来,这恐怕与西晋末年的政治形势有密切关系。

二

西晋是一个短暂的统一王朝，从晋武帝代魏（265）至愍帝被俘（316），前后总共52年。晋之代魏是用"禅让"或"篡位"的形式完成的，并未使用武力，而在魏代，河朔一带是其根本重地，经过曹操抑制豪强、平均租赋的政策的执行，使生产有所发展。左思《魏都赋》写的地区虽以邺城（今河北临漳）为主，但实际上兼及河朔广大地区，所谓"尔其疆域，则旁极齐秦，结凑冀道，开胸殷卫，跨蹑燕赵"。左思说这里"水澍粳稌，陆莳稷黍，黝黝桑柘，油油麻纻，均田画畴，蕃庐错列，姜芋充茂，桃李荫翳，家安其所，而服美自悦"。这些话虽可能有所夸张，也不会全无事实。西晋一代承平的时间很短，早在平吴以前，关陇一带的氐羌等族，就已不断起兵反抗。今山西一带则有匈奴族与汉人杂居，形势亦不稳定。早在三国时代，司马懿就说过"并州近胡"的话，因为那里存在着匈奴刘氏势力，早在董卓之乱时，已使"汾晋之郊萧然矣"(《晋书·刘元海载记》)。羯族首领石勒，是上党武乡羯人。据《晋书·郭璞传》看来，郭璞通过卜筮，预知"黔黎将湮于异类，桑梓其翦为龙荒乎"！其实在晋惠帝中期以后，天下将乱，而太原、河东诸地必然首当其冲，这已是显而易见的事实。至于黄河以南的广大地区，在晋惠帝时代，正处于"八王之乱"的纷争之中；南方的荆、扬等州，又有石冰、陈敏之乱，所以也不太平。

以幽、冀二州为主的河朔地区，情况就不同了，幽州一带虽有一些鲜卑族段氏及丁零等族与汉人杂居，但基本上和汉族政权还能相安无事。幽州在惠帝永康年间，就处于王浚统治下，后来又兼领冀州，兵力强盛。后赵石勒初起时，侵掠冀州，曾被王浚击败。因此相对来说，幽、冀二州局势还较安定。所以在"八王之乱"及后来刘聪、石勒进攻洛阳时，河朔士族如清河、安平之崔及范阳之卢等大族，均无迁徙的必要。相反地，由于这里离洛阳较远，战争影响较小。直到刘宋时代谢灵运上表请伐河北，尚云："久证冀州口数，百万有余，田赋之沃，著自《贡》典，先才经创，基趾犹存，澄流引源，桑麻蔽野，强富之实，昭然可知。"一些中原的士人，还到这里避乱，如著名作家张载、张协，他们本是安平人，见天下方乱，就告归，终于家。左思本齐国临淄（今属山东）人，据《晋书·文苑》本传，亦"举家适冀州"。北魏《中书令秘书监兖州刺史郑羲碑》载郑羲的高祖郑略"值有晋弗竟，君道陵夷，聪曜虐刘，避地冀方"。当时士人因乱而迁到幽州一带的人数更多。其中一部分本在并州刘琨那里，并州失陷后，又随刘琨投奔鲜卑人段匹䃅于幽州，段匹䃅被石勒所败，这些人就被送到襄国（今河北邢台），后又到邺。在这些人中有著名诗人卢谌，还有刘群、崔悦等，据温峤说都有文才（见《晋书·刘琨传》）。更多的士人则投奔了前燕的创立者慕容廆。慕容廆本鲜卑族，西晋初年曾得张华称赏，后来对晋朝时叛时服，刘聪、石勒攻陷洛阳后，他却转而打起忠于晋朝的旗帜，得到许多汉族士人的归附。《晋书·慕容廆载记》云：

> 时二京倾覆，幽冀沦陷，廆刑政修明，虚怀引纳，流亡士庶多襁负归之。廆乃立郡以统流人，冀州人为冀阳郡，豫州人为成周郡，青州人为营丘郡，并州人为唐国郡。于是推举贤才，委以庶政，以河东裴嶷、代郡鲁昌、北平阳耽为谋主，北海逢羡、广平游邃、北平西方虔、勃海封抽、西河宋奭、河东裴开为股肱，勃海封弈、平原宋该、安定皇甫岌、兰陵缪恺以文章才俊任居枢要，会稽朱左车、太山胡毋冀、鲁国孔纂以旧德清重引为宾友，平原刘赞儒学该通，引为东庠祭酒，其世子皝率国胄束脩受业焉。廆览政

之暇,亲临听之,于是路有颂声,礼让兴矣。

这些士人如北平阳氏、广平游氏、勃海封氏、西河宋氏、河东裴氏等后来都是北朝的著名世家。所以北朝河朔文化的兴盛,虽以汉代的崔篆、崔骃、卢植等人为肇始,而慕容氏政权的出现,却真正为之奠定基础。慕容廆的孙子慕容儁后来攻入中原,统治了北中国东部的广大地区,至儁子慕容暐时,其政权为前秦苻坚所灭。但淝水之战后,苻坚失败,慕容皝子慕容垂又在故地建立后燕,但只经十几年就被北魏所灭。后燕的那部分士族,由此先后归附北魏。

三

北魏统一北中国,首先是从灭后燕开始。当魏太武帝初灭后燕时,在关中和洛阳一带还存在着羌族姚氏建立的后秦政权;在今山东的黄河以南地区有鲜卑慕容氏的南燕政权;在今宁夏一带有匈奴赫连氏的夏政权;在今辽宁西部及河北东北部还有一个后燕旧臣汉族冯氏所建的北燕。当时北魏太武帝拓跋珪对汉族士大夫们的态度颇为矛盾,一方面他占领了汉族地区,需要汉族士人帮助他进行统治,另一方面他对那些人又存在着猜忌。如清河崔氏的崔逞,曾历仕前燕、前秦和后燕,拓跋珪伐后燕,"逞携妻子亡归太祖(拓跋珪),张衮先称美逞,及见,礼遇甚重。拜为尚书,任以政事,录三十六曹,别给吏属,居门下省。寻除御史中丞"。对他的任用甚重,但只因为拓跋珪攻中山时军中乏粮,崔逞建议"取椹可以助粮"时,说了"故飞鸮食椹而改音,《诗》称其事"的话,使拓跋珪含怒,后来珪借口崔逞起草答晋将郗恢书中称晋帝为"贤主",将其赐死。其后晋朝的司马休之等人本想投奔北魏,中途分别投了后秦和南燕,因听到崔逞被杀而改变了主意,拓跋珪对此颇为后悔。(《魏书·崔逞传》)另一个士人封懿,为后燕慕容宝中书令,后燕战败,封懿归魏,"太祖数引见,问以慕容旧事。懿应对疏慢,废还家"。他的儿子封玄之、堂侄封恺等都因被疑与司马国璠谋乱被杀。(《魏书·封懿传》)不过总的来说,拓跋珪对这些士大夫还是要任用的,如《魏书·高湖传》载,高湖见后燕衰乱,"遂率户三千归国。太祖赐爵东阿侯,加右将军,总代东诸部"。《宋隐传》:"太祖平中山,拜隐尚书吏部郎。车驾还北,诏隐以本官辅卫王仪镇中山。"《王宪传》:"皇始中,舆驾次赵郡之高邑,宪乃归诚。太祖见之,曰:'此王猛孙也。'厚礼待之,以为本州中正,领选曹事,兼掌门下。"《张蒲传》:"太祖定中山,(慕容)宝之官司叙用者,多降品秩。既素闻蒲名,仍拜为尚书左丞。"《张济传》载张济父千秋,仕西燕,西燕亡投奔拓跋氏。"太祖善之,拜建节将军,赐爵成纪侯。"《李先传》载,李先在皇始年间归拓跋氏,拓跋氏接见他问以祖贯及祖父官职,用为丞相卫王府左长史,又为尚书右中兵郎。后为博士、定州大中正。"太祖问先曰:'天下何书最善,可以益人神智?'先对曰:'唯有经书。三皇五帝治化之典,可以补王者神智。'"正是他向拓跋珪提出了搜集典籍的建议,"太祖于是班制天下,经籍稍集"。这样的例子不少。当然在这些士人中,最著名的要数清河崔氏的崔宏、崔浩父子。《魏书·崔玄伯(宏)传》载,崔宏本为慕容宝的高阳内史,"太祖征慕容宝,次于常山,玄伯弃郡东走海滨。太祖素闻其名,遣骑追求,执送于军门,引见与语,悦之,以为黄门侍郎,与张衮对总机要,草创制度"。崔宏本来有南奔之计,前秦亡时,"欲避地江南,于泰山为张愿所获,本图不遂,乃作诗以自伤,而不行于时,盖惧罪也。及(崔)浩诛,中书侍郎高允受敕收浩家,始见此诗"。这说明仕魏非其本志,所以魏兵来时他要逃亡。崔宏之子崔浩因善书法,常在拓跋珪左右。据《魏书·崔浩传》云:"太祖季年,威严颇峻,宫省左右多以微过得罪,莫不逃隐,避目下之变,浩独恭勤不怠,或终日不归"。又载崔浩善于书法,为人写《急就章》,"必称'冯代强',以示不敢犯国,其谨也如此"。这说明了他也是小心翼翼,唯恐得罪拓跋珪。这是因为拓跋氏虽任用汉人,但对汉族文化多少有歧视,不准本族人学习。《魏书·贺狄干传》载,贺狄干奉拓跋珪之命出使后秦,被扣留,"狄干在长安幽闭,因习读书史,通《论语》、《尚书》诸经,举止风流,有似儒者。初,太祖普封功臣,狄干虽为姚兴所留,遥赐爵襄武侯,加秦兵将军。及狄干至,太祖见其言语衣服,有类羌俗(《北史》作'帝见其言语衣服类中国'),以为慕而习之,故忿焉,既而杀之。弟归,亦刚直方雅,与狄干俱死"。这里所谓"羌俗",其实是指汉族文化,因为后秦的汉化程度远过于拓跋氏。狄干因为学汉族文化而被杀,还连累其弟,可见珪疑虑之深。在这种情况下,汉族士人仕魏者自然顾虑重重,还不敢大力推广其学术和文艺。所以魏初很少有著名的经学家和文学家,即使朝廷公文,都用质朴的散文,较诸十六国时代的文字,更少文采。在这种环境里,学术和文艺创作,自难得到发展。

但历史的发展总是无法阻止的,文化较低的民族在征服文化较高的民族后,他们自身也会不可避免地接受被征服者的文化。北魏拓跋氏的情况也不例外。拓跋珪的儿子明元帝拓跋嗣就开始学习汉族的典籍。《魏书·崔浩传》载,明元帝初年,崔浩"常授太宗(即明元帝)经书"。又云:"太宗好阴阳术数,闻浩说《易》及《洪范》五行,善之,因命浩筮吉凶,参观天文,考定疑惑。"又《魏书·李先传》载,拓跋嗣即位后,召见李先,"太宗曰:'卿试言旧事。'先对曰:'臣闻尧舜之教,化民如子;三王任贤,天下怀服。今陛下躬秉劳谦,六合归德,士女能言,莫不庆抃。'俄而召先读《韩子连珠》①二十二篇、《太公

---

① 《韩子连珠》,当即《韩非子》中的"内、外储说"诸篇。

兵法》十一事"。李先据《魏书》本传为中山卢奴人,而他自称"臣本赵郡平棘人"。由此可见,较早推动拓跋族统治者接受汉化的,就是崔浩、李先这些河朔地区的高门士族人物。

北魏之统一北中国,实际上完成于太武帝拓跋焘时代,焘先后灭了夏、北燕和北凉,占领了今陕西、甘肃、青海、宁夏以及冀东、辽宁等地,只有今山东省的一部分尚在南朝手里,直到献文帝拓跋弘之时,才收归版图。拓跋焘既然占领了广大的汉族地区,当时的形势就使他不能不接受汉化。在他推行汉化的政策时,其主要的助手就是崔浩。在他即位的第三年即始光三年(426),就"起太学于城东,祀孔子,以颜渊配"。到了神䴥四年(431),他又下诏说自己平定了夏赫连氏等强敌,"方将偃武修文,遵太平之化,理废职,举逸民,拔起幽穷,延登俊乂",提到"范阳卢玄、博陵崔绰、赵郡李灵、河间邢颖、勃海高允、广平游雅、太原张伟"等人,说他们"皆贤俊之胄,冠冕州邦,有羽仪之用","尽敕州郡以礼发遣"。(见《魏书·世祖纪上》)这次所征召的士人,其实不止诏书所说之数。据《魏书·高允传》载高允晚年作《征士颂》,追述当年同时被征的人有范阳卢玄、博陵崔绰、广宁燕崇、广宁常陟、勃海高毗、勃海李钦、博陵许堪、京兆杜铨、京兆韦阆、赵郡李诜、赵郡李灵、赵郡李遐、太原张伟、范阳祖迈、范阳祖侃、中山刘策、常山许琛、西河宋宣、燕郡刘遐、河间邢颖、勃海高济、雁门李熙、广平游雅、博陵崔建、西河宋愔、长乐潘天符、长乐杜熙、中山张纲、上谷张诞、雁门王道雅、雁门闵弼、中山郎苗、上谷侯辩、趄郡吕季才。以上共34人,加上高允本人为35人。值得注意的是在这35人中,有28人的籍贯为今河北(包括京津)省人,都是河朔人士。其他7人中两位西河宋氏(宋宣、宋愔)亦应为久居河朔的人,因为西河宋氏在慕容廆时,就有宋奭仕前燕。至于杜铨的祖籍虽为京兆,但据《魏书》本传,他父亲杜嶷为慕容垂秘书监,"仍侨居赵郡"。韦阆据

《魏书》本传:"祖楷,晋建威将军、长乐清河二郡太守。父遗,慕容垂吏部郎、大长秋卿。阆少有器望,值慕容氏政乱,避地于蓟城。"这说明拓跋焘这次征聘的士大夫,基本上为河朔人士。这也不足怪,因为这时的关陇等地,刚归入版图不久,北魏朝廷对那里还不太了解,而且经长期战乱之后,这一地区的人才也确较河朔为少。至于黄河以南地区,还处于南北方争夺之际,更难进行这种征聘。

当拓跋焘任用崔浩推行汉化时,曾遭到一些鲜卑贵族的反对。香港牟润孙先生在《崔浩及其政敌》(《注史斋丛稿》第 80 至 93 页,中华书局 1987 年版)中认为是长孙嵩和太子拓跋晃等人。的确,长孙嵩在政治上对汉族士大夫是有歧视心理的。牟先生引证了《魏书·王慧龙传》中的一段记载:王慧龙从江南逃亡到北魏,崔浩之弟崔恬听说王慧龙为太原王氏子弟,便把女儿嫁给他。崔浩见了王慧龙,认为他鼻上长红疱,而过江的太原王氏都有此病,因此说"真贵种矣"。这句话引起长孙嵩不满,"以其叹服南人,则有讪鄙国化之意",引起拓跋焘发怒,使崔浩不得不"免冠陈谢"。不过,据《魏书·世祖纪上》,长孙嵩卒于太延三年(437),下距崔浩被杀还有 14 年之久。这 14 年正是拓跋焘对崔浩言听计从之时,所以他恐非主要政敌。拓跋晃比崔浩后死,且系拓跋焘的太子,他在对待佛教的态度上与崔浩相反,在其他政事上也有过争执。然而拓跋晃似乎并不反对汉族士人,在崔浩被杀时,他竭力保护高允,而高允和崔浩不但同在史职,也同样是当时汉族文化的代表人物。其实反对汉化的力量确实是存在的,却不必确指为某个具体的人,而是多数鲜卑贵族。据《魏书·崔浩传》,早在拓跋焘即位之初,反对他的力量已经出现。据云:"世祖即位,左右忌浩正直,共排毁之。世祖虽知其能,不免群议,故出浩,以公归第。"但拓跋焘仍不免听取他的意见。所以"及有疑议,召而问焉"。拓跋焘多次当众表彰崔浩的才能,其实是要平息鲜卑贵族对他的非议。崔浩对鲜卑族大约确有轻蔑之意。《魏书》本传云:"初,郄标等立石铭刊《国记》,浩尽述国事,备而不典。而石铭显在衢路,往来行者咸以为言,事遂闻发。"崔浩之被杀,大约并非拓跋焘的本意,他也是迫于众怒,不能得罪多数鲜卑贵族。据《魏书·世祖纪下》载:"司徒崔浩既死之后,帝北伐,时宣城公李孝伯疾笃,传者以为卒也。帝闻而悼之,谓左右曰:'李宣城可惜。'又曰:'朕向失言。崔司徒可惜,李宣城可哀。'"由于鲜卑贵族的反对,汉化的进程确遭重大打击,据《魏书·崔浩传》,崔浩被杀时,"清河崔氏无远近,范阳卢氏、太原郭氏、河东柳氏,皆浩之姻亲,尽夷其族"。其实此案连累的人远不止此数,一些汉族士人如魏灭北凉时被迁向平城的文人像宗钦、段承根等人,只因与崔浩有来往,亦被赐死。这种强大的政治高压对未被杀害的人,也有影响。《魏书·高允传》载高允《征士颂》,有"不为文二十年矣"一语。我的学生吴先宁博士云:"考高允写《征士颂》,是在皇兴三年(469),以此上推二十年,则正为太平真君十一年(450),即太武帝拓跋焘把崔浩一门无近远尽皆族诛的那个可怕岁月。一句'不为文二十年矣',包含着高氏多少惊惧战栗、忍气吞声、小心谨慎以练就心如枯井的情感历程"。(《北朝文学研究》第69页,台湾文津出版社1993年版)其他文人的心态,大致亦不会与高允有太大不同。

然而历史的潮流并不是某些人的意志所能长期阻挡的。从拓跋焘时代起,汉族文化在北方的复兴之势已经形成,到了献文帝拓跋弘时,文人作赋颂以歌颂朝廷之事已不少见,如高允作《代都赋》(已佚,事见《魏书》本传)、《鹿苑赋》(见《广弘明集》)。献文帝传位于孝文帝时,高闾上表称颂(原文载《魏书》本传)。值得注意的是据《魏书·程骏传》云:"显祖(献文帝拓跋弘)屡引骏与论《易》《老》之意,顾谓群臣曰:'朕与此人言,意甚开畅。'"按:《易》、《老》是魏晋玄学经常谈论的内容,南朝士人多好之,北朝则很少有人重视。这说明此时拓跋弘不但已接受汉化,且已深受南朝影响。以上情况说明孝文帝元宏之大力推行汉化,并非他个人一时想到,而是顺应历史潮流,已属水到渠成之事。

北朝的汉化,不但是拓跋族统治者的意愿,更反映了当时河朔地区广大汉族的要求。正如谢灵运在《劝伐河北表》中说的:"或惩关西之败,而谓河北难守。二境形势,表里不同。关西杂居,种类不一。……河北悉是旧户,差无杂人。"(《宋书·谢灵运传》)当地汉人对鲜卑拓跋氏的统治存在不满。《宋书》卷五十九《张畅传》载,张畅在元嘉二十七年(450)宋魏交兵时在阵前和李孝伯对话,李孝伯对张畅说:"长史,我是中州人,久处北国,自隔华风,相去步武,不得致尽,边皆是北人,听我语者,长史当深得我。"①这反映了留在北方的士族们的心态。在他们目睹南朝北伐无望后,仍竭力保持汉族旧的礼俗。《南齐书·王融传》载,王融上疏齐武帝,说到拓跋氏入主中原之初对汉人的镇压:"前中原士庶,虽沦慑殊俗,至于婚葬之晨,犹巾褠为礼。而禁令苛刻,动加诛镬。"因此当北魏向南齐借书时,王融建议借给他们,以激发汉族士大夫和鲜卑贵族的矛盾。王融说北魏朝廷"师保则后族冯晋国,总录则邦姓直勒渴侯,台鼎则丘颓、苟仁端,执政则目凌、钳耳。至于东都羽仪,西京簪带,崔孝伯、程虬虬久在著作,李元和、郭季祐上于中书,李思冲饰虏清官,游明根泛居显职。今经典远被,诗史北流,冯李之徒,必欲遵尚;直勒等类,居致乖阻"。这种估计有一定根据,因为北方士族,确实向往汉化,直到北朝后期仍然如此。

---

① 《宋书》卷四十六和卷五十九均有《张畅传》,但卷四十六和《魏书·李孝伯传》对此事均无记载。李孝伯仕魏颇受任用,或许此语出误传,但这种情绪在北方士族中当不乏其例。

《北齐书·杜弼传》载,高欢曾对杜弼说:"江东复有一吴儿老翁萧衍者,专事衣冠礼乐,中原士大夫望之以为正朔所在。"因此唯恐"士子悉奔萧衍"。由此可见当时中原特别是河朔的士大夫在政治上有颇大的潜势力。元宏之大力推行汉化,其实也有争取他们支持的用意。所以元宏在推行汉化的同时,也颇重门阀。《魏书·韩麒麟附韩显宗传》载元宏与李冲、李彪、韩显宗争论门第问题时说:"然君子之门,假使无当世之用者,要自德行纯笃,朕是以用之。"其实高门士族出身的人,未必真能"德行纯笃",这一点元宏未必了解①,他重门第,其实正为拉拢汉族士大夫,因此他为几个弟弟选择配偶时,也主要和范阳卢氏、荥阳郑氏和陇西李氏联姻。这也可以看出高门士族的社会影响。

四

魏孝文帝元宏推行汉化,一方面有其历史的必然性,另一方面也有其本人的若干原因。元宏的父系虽属鲜卑族,但他的高祖母、祖母及生母均为汉族,对他影响尤深的是被文成帝拓跋濬立为皇后的文明太后冯氏。她作为元宏的嫡祖母,从小把他教养长大。她是北燕冯氏之女,有较高的文化教养。《魏书·皇后列传》说她为了教育元

---

① 这些高门士族,是否"德行纯笃"?其实元宏应该很清楚:陇西李氏的李冲"为文明太后所幸,恩宠日盛","始冲之见私宠也,兄子韶恒有忧色,虑致倾败"(见《魏书·李冲传》);荥阳郑氏的郑羲,死后议谥,元宏下诏说:"羲虽宿有文业,而治阙廉清。稽古之效,未光于朝策,昧货之谈,已形于民听。"(《魏书·郑羲传》)可见元宏对他的品德了如指掌。

宏"乃作《劝戒歌》三百余章,又作《皇诰》十八篇"。《太平御览》卷一百七十八还录有她的《青台歌》一首。

元宏自己受汉族文化的熏陶甚深。《魏书·高祖纪下》说他:"雅好读书,手不释卷。'五经'之义,览之便讲,学不师受,探其精奥。史传百家,无不该涉。善谈《庄》、《老》,尤精释义。才藻富赡,好为文章,诗赋铭颂,任兴而作。有大文笔,马上口授,及其成也,不改一字。自太和十年已后诏册,皆帝之文也。自余文章,百有余篇。"《隋书·经籍志》著录有"《后魏孝文帝集》三十九卷"。他的诗文现大多散佚,从现存的作品来看,他的诗似未见出色,但文的方面如《吊殷比干墓文》(见《全后魏文》卷七),文气雄浑朴茂,颇具特色。《魏书·文苑传》称赞他"盖以颉颃汉彻,掩踔曹丕,气韵高艳,才藻独构",不免颂扬失当,但在北朝学术和文学创作的复兴方面,元宏提倡之功,实不可没。

北方的学术文化所以到元宏时代才得以兴起,一方面是由于上面讲到的一些鲜卑贵族对汉族文化怀有敌视,另一方面也由于这时北方的学者吸收凉州和江南的文化成果需要一段较长的时间。原来北方各族军事首领入主中原之际,汉族人民为了求生存,不得不聚族而居,结成"坞壁"。生活于"坞壁"中的人们往往与外界隔绝,很难交流,学术与创作亦只能以父子相传的方式存在。(详见拙著《南朝文学与北朝文学研究》,江苏古籍出版社1998年版)学术和文化的发展陷于停滞。魏太武帝灭北凉后,大批凉州文人东迁,曾一度推动了北魏学术文化的发展(如宗钦和高允曾有诗相赠答;崔浩注《周易》常和张湛、宗钦、段承根讨论)。但好景不长,崔浩被杀,宗钦、段承根也连累被杀;张湛和高允亦只能噤若寒蝉。到了孝文帝时代,情况不同了,北朝学者文人不但受到凉州文化影响,而且随着献文帝派慕容白曜夺取了原属南朝的今山东一带地方,许多"平齐民"的来到(如北朝著名学者刘芳就是一位"平齐民"），带来了大量南朝学术和文艺成果。再加上南朝内乱中逃奔北朝的人也有精于学术的，如南齐时入北的王肃。北朝原有的文化与凉州及南朝文化本来是大不相同的。原来在三国中期开始，以玄学为特色的魏晋学风在洛阳及黄河以南兴起，这时黄河以北和江南流行的还是汉儒的学风。（参看唐长孺先生《读〈抱朴子〉推论南北学风的异同》，见中华书局版《魏晋南北朝史论丛》）西晋末年洛阳沦陷时，黄河以南学者和文人大部分逃向江南，少部分投向凉州。他们带去的是魏晋的新学风、新文风，并且在凉州和江南长期发展之后，二者已有不同，和河朔地区坚持的汉末旧学风、旧文风更有显著差别。到这时，三种不同的学风和文风在北方汇合，互相争鸣和交流，势必大大地推动这里学术和文艺的繁荣和发展。

但是当时北中国虽然具备了学术和文艺本身的条件，然而由于各种原因，各地的发展水平仍很不平衡。例如在西汉时曾经一度成为全国文化中心的关中地区，经东汉一代的"羌乱"和多个少数民族入居以后，至西晋时，江统已对氐、羌二族杂居此地深感忧虑。十六国时代，这里先后为氐、羌、匈奴等族占领。所以刘宋时谢灵运有"关西杂居，种类不一"之语；魏太帝也说"氐、羌死，正减关中贼"（《宋书·臧质传》）。汉族士大夫留居此地者不多，且长期战乱之后，很少有从事学术研究和文艺创作的机会。以洛阳为中心的黄河以南地区，直到魏太武帝时，还在和南朝争夺，长期交战，士庶流亡，直到献文帝攻克今山东一带后，才稍趋安定，所以那里的士人也很难从事学术和文艺工作。东边的山东一带，至献文帝时方入北魏版图。这里本属南朝，学术、文艺的基础较为深厚，像刘芳、崔光诸人，皆出于此地，他们对北朝的学术文化，贡献甚大。但北魏对他们多少有些歧视。《魏书·李彪传》载，李彪上表孝文帝云："臣又闻前代明主，皆务怀远人,礼贤引滞。故汉高过赵,求乐毅之胄,晋武廓定,旌吴蜀之彦。臣谓宜于河表七州人中,擢其门才,引令赴阙,依中州官比,随能序之。一可以广圣朝均新旧之义,二可以怀江汉归有道之情。"这段话证明,在当时,这里的人士在仕途上得不到平等对待。《洛阳伽蓝记》卷二载清河崔叔仁诋毁"齐士大夫"为"慕势诸郎",实为这种心理的反映。其实齐地的学术文艺并不在河朔之下,除刘芳、崔光等外,可能还有一些颇有成就的人,因为受歧视而被埋没不传,亦未始不可能。地处北魏的都城平城(今山西大同)以南的太原、河东诸郡(今山西中部和南部),距北魏根本重地较近,被征服的时间亦较早,所以这里的士人也很早被征聘,如太武帝征聘的士人中就有太原张伟,雁门李熙、王道雅和闵弼诸人,但人数显然远不如河朔地区多。这是因为此地在汉魏以来,就杂居有大量匈奴族人,在西晋末年,成了前赵的统治区,遭兵燹尤甚。这里的高门如太原王氏、孙氏皆在洛阳做官,"永嘉之乱"中随晋朝南迁;河东的柳氏和太原的郭氏,亦在崔浩事件中遭屠杀。因此裴、柳二姓亦多南逃,贵显于南朝。

在这种种因素的作用下,河朔地区的士族就成了北魏统治者所最能征聘任用到的汉族士人。值得注意的是太武帝时代所征聘的35位士人在当时虽未被委以重任,但他们的家族在北朝不论在仕途上、学术上或文艺创作上都出了不少有名人物,如崔、卢诸族,到唐代仍被视为第一流高门,可见这些文人所以被拓跋焘所重视,与这些家族在社会上的地位是分不开的。

这些家族在学术文化方面所以能占有重要地位,是和他们家世的传统分不开的,如清河崔氏可以上追到曹魏时的崔琰,博陵安平崔氏可以上追到东汉的崔骃,范阳卢氏可以上追到东汉的卢植和晋代的卢谌。这些家族往往有其世传的家学。如《魏书·卢玄附卢渊传》云:"初,(卢)谌父志法钟繇书,传业累世,世有能名。至邈以上,兼善草迹。渊习家法,代京宫殿多渊所题。白马公崔亦善书,世传卫瓘体。魏初工书者,崔卢二门。"这种家世相传的学术,在河朔尤为盛行,即使地位略次于崔卢的人,亦有此例。如《魏书·儒林·孙惠蔚传》:"孙惠蔚,字叔炳,武邑武遂人也,小字陀罗。自言六世祖道恭为晋长秋卿,自道恭至惠蔚世以儒学相传。"孙惠蔚的族曾孙为北齐儒者孙灵晖(《北齐书·儒林传》),灵晖子万寿为隋代诗人(《隋书·文学传》)。这种家世相传的学术传统,是和北朝人久居坞壁之中无法外出从师有关的。这种方式虽对学术发展有一定不利,但在当时确维持了当地学术和文艺的一线命脉。就是在这种坞壁中父子相传的学术和文艺,在北魏初年也是不为统治者所重视的。从《魏书》中看,魏初从道武帝登国元年(386)至太武帝正平元年(451)的 60 多年间,除了崔浩和高允写了些学术著作和诗文外,其他如刘昞、阚骃的著作实成于北凉,张渊的《观象赋》(见《魏书·术艺》本传。其曾仕后秦及夏,本传仅云其"尝著《观象赋》")亦未必入魏后作,宗钦、段承根来自北凉,其诗亦四言,亦乏文采。《儒林传》记北魏儒者 15 人,其中最早的 3 人梁越、卢丑和张伟,都无著作,亦无专精某经的记载,如梁越,只说他"博综经传";卢丑则谓"以笃学博闻入授世祖经"。只有从梁祚开始的 13 人才有自己的专长和著作。在这 13 人中,河朔人竟占 8 人:平恒(燕国蓟)、陈奇(河北)、刘献之(博陵饶阳)、张吾贵(中山)、刘兰(武邑)、孙惠蔚(武邑武遂)、刁柔(勃海饶安)、卢景裕(范阳涿)、李同轨(赵郡高邑);还有如梁祚虽为北地泥阳人,而久居赵郡,徐遵明虽华阴人,而随乡人诣山东求学。由此可见北魏一代儒学的中心实在河朔。再看《文苑传》,《魏书·文苑传》所载人物是从北魏后期的袁跃开始的。由于魏收对北魏文人很轻视,说他们"学者如牛毛,成者如麟角",所以只列了 8 人。其中袁跃虽为陈郡人,但其父袁宣随沈文秀入魏。卢观(范阳涿)、封肃(勃海)、邢臧(河间)、邢昕(河间)等 4 人为河朔人。裴敬宪、裴伯茂为河东人;温子昇自称太原人,为温峤之后,未必可信。但他"家于济阴冤句",此地在献文帝平齐前属南朝。这样《文苑传》8 人中,北人仅 6 人,而河朔占 4 人,居三分之二。当然,《儒林传》和《文苑传》并不能概括一代的学者和文人。但我们如果从《魏书》中单独立传和附见于父祖传中的人物来进行一番考察,就可以发现北魏一代在学术和文艺上有成就的人中如果除去刘芳、袁翻、崔光、崔鸿等由南入北的人或南人后裔,常爽、常景父子和江式(文字学家、书法家,见《术艺传》)等凉州入魏者的后裔以及部分汉化鲜卑人(如元宏及《任城王传》所附的元顺等)外,河朔人亦占大多数,如崔浩(清河)、高允(勃海)、甄琛(中山)、祖莹(范阳)、李骞(赵郡)、李谧(赵郡)、阳固(右北平)、阳尼(右北平)、卢元明(范阳)、郦道元(范阳)、韩显宗(昌黎)等,而其他地区的士人也许只有郑懿、郑道昭兄弟及《述身赋》作者李谐(附见于《李平传》)成就较高,而荥阳郑氏正如上面所说早年亦曾避难于冀州。还应该指出的是《隋书·经籍志》所著录北人著作甚少,而在经学方面,崔浩的《周易注》10 卷,至隋犹存;集部录北魏人集 8 部,除《孝文帝集》外,《高允集》、《卢元明集》、《韩显宗集》和《阳固集》,皆河朔人作,温子昇和袁跃乃入北南人;北方其他地区作者亦仅《李谐集》一部。这则事实更说明了北魏一代的学者和文人,主要为河朔人。

到了北齐,由于南朝遭侯景之乱,南方人逃奔北方的较多,在一定程度上改变了河朔人士在文学创作中所占的比例,但在学术领域里就未必如此。《北齐书·儒林传》录学者 15 人,其中李铉(勃海)、刁柔(勃海)、冯伟(中山)、张买奴(平原)、刘轨思(勃海)、鲍季详(勃海)、邢峙(河间)、刘书(勃海)、马敬德(河间)、张景仁(济北)、权会(河间)、张思伯(河间)、张雕(中山)、孙灵晖(长乐)、石曜(中山)。这里有 13 人今属河北,2 人今属山东的黄河以北地区,因此可以说全系河朔人。《文苑传》情况不同,所录14人中有8人是由南入北的,剩下6人中,樊逊是河东人,古道子是河内人,而祖鸿勋(涿郡)、李广(范阳)、荀士逊(广平)、睦豫(赵郡)4人为河朔人。足见河朔人在北方人中仍占多数。这个数字还没有涵盖河朔学者文人的全部,如果再加上《北齐书》中单独立传和没有立传的著名人物,像北齐文学的代表人物邢劭(河间鄚)、魏收(巨鹿下曲阳)、祖珽(范阳遒)以及入隋的阳休之(右北平无终)、卢思道(范阳涿)和《洛阳伽蓝记》的作者杨衒之①,那么当时北方籍学者和文人中成就最高、人数最多的仍为河朔人。

即使地处关中的北周,其学术和文艺创作远不如北齐,而在学术上也任用河朔人士。例如为《大戴礼记》作注的卢辩,就是范阳涿人,他不但是学者,还为宇文泰定官制。《周书·卢辩传》载,宇文泰要仿《周礼》定官制,命苏绰专掌,但苏绰不久即死,"乃令辩成之"。《周书》无《文学传》,著名文人如王褒、庾信皆入北的南人。《儒林传》所载儒者凡6人,其中卢诞、卢光皆范阳涿人,熊安生乃长乐阜城人,皆河朔人氏。其余3人中沈重乃吴兴武康人,是由梁入周的;樊深和乐逊皆河东猗氏人,亦非关陇籍。这说明北周的学术和文化除了任用由梁入周的南方人外,在北方人中,仍以河朔籍人士为多。这种情况甚至入隋后亦无太大变化,即今所知隋代的学者和文人,很多人来自南方外,其北方籍人士中,仍以河朔人占多数。

---

① 杨衒之历来算东魏人,《洛阳伽蓝记》记事,提到孝静帝武定五年(547),下距北齐文宣帝代魏(550)仅3年。清严可均《全北齐文》卷二说他"齐天保中卒于官",不知何据。但从情理说,这也很可能,姑从之。

五

河朔的学术文化所以独高于北方,其原因大致不外以下几点:一是在东汉至十六国这一阶段遭受战火的破坏较少,使那里的学术文化的积累比较深厚。二是北魏在统一北方时,首先占领的就是这个地区,使这里较早得到一个安定的环境。正因为这里最早被征服,北魏朝廷首先征聘的汉族士大夫也就都出于此地。这些河朔士人因为首先被征聘任用,因此生活显然要较优裕。如《魏书·崔浩传》载,崔浩自称他做官后"牛羊盖泽,资累巨万,衣则重锦,食则粱肉",与过去"馐蔬糊口,不能具其物用"自然大不相同。崔浩的官位甚高,其他人当然难有这条件。但出仕之后,生活毕竟得到改善,更有利于从事学术文化工作。更重要的是一个人的学术或文艺成就,被广为传播,往往和他的社会地位有很大关系。高官名士之作,称誉者多,往往更易流行和保存,相反地,贫苦士人之作,却易被忽视,亦较难保存。再一个也是最重要的原因是河朔长期处于政治中心附近,较之河南,不会有那样多战乱,较之关中,则和南朝的政治文化中心较近,易于接受和引进南方的文化。北魏出使南朝的使者,往往是富于才识的人,《南齐书·王融传》载齐武帝永明十一年(493)北魏派房景高、宋弁使齐,他们向王融求看王融的《三月三日曲水诗序》,并说"在北闻主客此制,胜于颜延年,实愿一见"。他们求看这些作品,意在向南朝文人学习。《郑羲碑》记郑羲在宋末曾到南朝,并和南人谈论音乐。他那次出使亦有可能带回了某些南方典籍。他的儿子郑道昭作《登云峰山观海岛》诗,末二句"秦皇非徒驾,汉武岂空嗟",明为模拟郭璞《游仙诗》:"燕昭无灵气,汉武非仙才。"《游仙诗》作于郭璞到江南以后,有可能为郑羲这些使者携还北方①。稍后的李骞,据唐段成式《酉阳杂俎》载,作"飒飒风帘举"之句,深受南人明少遐称赏。此句诗风,实近齐梁,可见是向南朝学习的结果。李骞又作诗赠友人卢元明、魏收,诗中连用古人自比,似有意学谢灵运的《初去郡》诸作。值得注意的是他作《释情赋》,其中"延胶船而越水,若朽索而乘奔",与庾信《哀江南赋》"乘渍水以胶船,驭奔驹以朽索"十分相像。李骞在庾信前,庾信曾出使东魏,可能受他的影响。李骞此赋和李谐《述身赋》皆长篇叙事之赋,此种文体在南方自齐梁以后极少见,后来庾信、颜之推之作,很可能是从李骞等北方作家那里受到启发。至于文的方面,像《水经注》的文体显然受东晋罗含、刘宋盛弘之,亦兼受梁吴均等人影响;《洛阳伽蓝记》亦兼取骈散,华丽而不繁缛,说明河朔文士,确实善于吸取南人之长,推动了北朝文学的发展。在学术方面,由于隋炀帝偏爱南方文化,因此所搜"经部"书几乎全是南人著作②;唐孔颖达、贾公彦作《五经正义》,又以南人著作为正宗,所以北方人著作多散佚。但我们从李骞《释情赋》中"朽索乘奔"的典故看来,河朔士大夫在北魏时已看到东晋出现的伪古文《尚书》③,说明孔颖达说伪古文《尚书》"近至隋初,始流河朔"的话有误。河朔人士其实在学术上也是较早接受南方学说的。即以孔颖达而论,他就是冀州衡水人,早年受学于同郡刘焯,所学《尚书》还是郑玄注,那是因为北朝传统盛行郑玄《尚书》注,并非北魏时河

---

① 这当然是猜测,但在魏初及崔浩被杀后一段时间,北魏似很少有人学习和提倡南方文化。
② 《隋书·经籍志》所据,即隋炀帝在洛阳的藏书。
③ "朽索"一典,出自伪古文《尚书·五子之歌》。

朔人尚未见伪古文。其实北朝人的学术著作，至唐还有存者，如《隋书·经籍志》有《春秋丛林》12卷，不著撰人，而《旧唐书·经籍志》作"李谧撰"，乃北魏隐逸之士，乃赵郡李氏。隋代河朔学者刘炫治《左传》主服虔说，不同意杜预注，作《春秋规过》3卷，见《旧唐书·经籍志》，又作《春秋左传杜预序集解》1卷，可见他对南方学术，亦有较深研究。这些事实更说明河朔士人在北朝学术文化的发展中，做出了巨大的贡献。

"河表七州"和北朝文化

一

所谓"河表七州"指的是北魏献文帝于天安元年至皇兴三年(即宋明帝泰始二至五年,466~469)乘刘宋内乱,夺取了南朝从黄河至淮河间的大片土地所设立的光、青、南青、齐、济、兖、徐七州,也就是南朝所谓的"淮北四州"(冀、青、兖、徐)。这片土地的范围大约相当于今天山东省黄河以南的地区和江苏、安徽北部及河南东部的若干地方。在这里,除了徐州一带本属东晋外,大部分地方是东晋末年刘裕平南燕时,才收归南朝版图的。这个地区在当时南北对峙的形势下,战略地位十分重要,不但是南朝都城建康的屏障,而且是自少帝景平元年(423)时魏兵南下,洛阳等地相继失守之后南朝所能较巩固地保有的黄河岸边的仅存据点。从这里渡过黄河就可以进入冀州,也就是现在的华北大平原,这是一块易攻难守的地方。所以"河表七州"保留在南朝手里,不免成为北魏的心腹之患。当南朝国力尚强时,谢灵运曾上表劝伐河北,他认为由此北上进入冀州后,形势与当年攻入关中时大不相同。因为"关西杂居,种类不一",而"河北悉是旧户,差无杂人",更重要的是,河北地形为"连岭判阻,三关作隘",

完全可以阻止从漠南北地区进犯的鲜卑骑兵,而且宋军"若游骑长驱,则沙漠风靡,若严兵守塞,则冀方山固"(见《宋书》本传)。谢灵运当时对北魏骑兵在大平原上作战的能力虽估计不足,但他对河北地形及社会状况的看法显然不无见地。后来刘宋朝廷限于实力,并未组织过有效的北伐,然而在宋魏几次战争中,宋方在历城(今山东济南)、东阳(今山东青州)、彭城(今江苏徐州)等地的据城坚守,确也牵制了魏军的兵力,大大地减轻了长江沿岸所受的威胁。因此南北双方都对这个地区十分重视。南朝方面派去驻守这些地方的,大多为朝廷的"信臣精卒"。即使是宋明帝初年那次战争,导火线实由于皇位的争夺。如薛安都、沈文秀和崔道固等人所以起兵反对朝廷,都由于他们不满意明帝之杀前废帝子业而自立。他们虽都曾向北魏表示归降乞援,但明帝削平了南方的晋安王子勋等反对势力后,旋即表示重新归附朝廷。如果明帝措施得当(不要派沈攸之、张永率兵迎接,引起疑虑),徐州的薛安都就不会投向北魏;至于沈文秀和崔道固,更是竭力抵抗魏将慕容白曜的进攻。据《宋书·沈文秀传》载,他归附明帝后,"乃乘虏(指魏军)无备,纵兵掩击,杀伤甚多。虏乃进军围城,文秀善于抚御,将士咸为尽力,每与虏战辄摧破之,掩击营砦,往无不捷"。这样从泰始三年(467)二月一直到五年(469)正月才力竭被俘。崔道固据《宋书》本传:"虏既至,固守距之,因被围逼。虏每进,辄为道固所摧。"尽管历城距江南更远,声气不接,在泰始三年即被攻陷,但也作了顽强抵抗。所以北魏对他们的态度也与其他降将不同,据《宋书》本传说,沈被"锁送桑乾",崔"被送桑乾"。《魏书·沈文秀传》说他被送桑乾后"面缚数罪,宥死,待为下客,给以粗衣蔬食",后来魏献文帝"重其节义",才稍改善其待遇。至于沈文秀的部下,据《宋书》说,多为乱兵所杀,死者甚众。这说明北魏的官员和士兵对"河表七州"特别是历城、东阳等地的宋方官兵颇敌视。北魏政府对那些地方的士人亦有歧视。据《魏书·李彪传》载，李彪曾上表魏孝文帝，中间谈道：

> 臣又闻前代明主，皆务怀远人，礼贤引滞。故汉高过赵，求乐毅之胄；晋武廓定，旌吴蜀之彦。臣谓宜于河表七州人中，擢其门才，引令赴阙，依中州官比，随能序之。一可以广圣朝均新旧之义，二可以怀江汉归有道之情。

此表作年本传，虽无明确记载，但《通鉴》卷一百三十六系于永明六年（太和十二年，488）。从表中有"自太和建号，逾于一纪"之语及李彪建议"国史"改从纪传体（太和十一年，487）之后及文明太后冯氏死去（太和十四年，490）之前，当属可信。这时上距北魏之攻克"河表七州"已20年左右，但其待遇仍与归入北魏版图较早地区的人不同。至于在那次北魏夺取历城、东阳诸地时入魏的一些士人，则被称为"平齐民"。"平齐民"不一定是齐地居民，而是指"平齐"时所得的人。这些人照例均得迁往桑乾即北魏当时的都城平城（今山西大同）附近，而且社会地位很低，生活亦颇困苦。如《魏书·刘芳传》：

> 刘芳，字伯文，彭城人也……父邕，刘骏兖州长史。芳出后伯父逊之，逊之，刘骏东平太守也。邕同刘义宣之事，身死彭城。芳随伯母房逃窜青州，会赦免。舅元庆，为刘子业青州刺史沈文秀建威府司马，为文秀所杀。芳母子入梁邹城。慕容白曜南讨青齐，梁邹降，芳北徙为平齐民，时年十六。南部尚书李敷妻，司徒崔浩之弟女，芳祖母，浩之姑也。芳至京师，诣敷门，崔耻芳流播，拒不见之。芳虽处穷窘之中，而业尚贞固，聪敏过人，笃志坟典。昼则佣书，以自资给，夜则读诵，终夕不寝，至有易衣并日之

弊,而澹然自守……

又同书《崔亮传》:

> 崔亮,字敬儒,清河东武城人也,父元孙,刘骏尚书郎。刘彧之僭立也,彧青州刺史沈文秀阻兵叛之。彧使元孙讨文秀,为文秀所害。亮母房氏,携亮依冀州刺史崔道固于历城,道固即亮之叔祖也,及慕容白曜之平三齐,内徙桑乾,为平齐民。时年十岁,常依季父幼孙,居家贫,佣书自业。时陇西李冲当朝任事,亮从兄光往依之,谓亮曰:"安能久事笔砚,而不往托李氏也?彼家饶书,因可得学。"亮曰:"弟妹饥寒,岂可独饱?自可观书于市,安能看人眉睫乎!"

这二人是《魏书》本传明确指出为"平齐民"的,至于有些人,虽未提"平齐民"之标,实亦此身份,如同书《崔光传》:

> 崔光,本名孝伯,字长仁,高祖赐名焉,东清河鄃人也,祖旷,从慕容德南渡河,居青州之时水。慕容氏灭,仕刘义隆为乐陵太守,父灵延,刘骏龙骧将军、长广太守,与刘彧冀州刺史崔道固共拒国军。慕容白曜之平三齐,光年十七,随父徙代。家贫好学,昼耕夜诵,佣书以养父母。

又,同书《袁翻传》:

> 袁翻,字景翔,陈郡项人也。父宣,有才笔,为刘彧青州刺史沈文秀府主簿。皇兴中,东阳平,随文秀入国。而大将军刘昶每

提引之,言是其外祖淑之近亲,令与其府咨议参军袁济为宗。宣时孤寒,甚相依附。

又,同书《刘休宾传》记刘休宾曾为宋明帝虎贲中郎将,稍迁幽州刺史,镇梁邹,曾据其地抗魏,后力竭乃降,被送代都,"及立平齐郡,乃以梁邹民为怀宁县,休宾为县令"。刘休宾的叔父刘旋之,"其妻许氏,二子法凤、法武……东阳平,许氏携二子入国,孤贫不自立……太和中,高祖选尽物望,河南人士,才学之徒,咸见申擢。法凤兄弟无可收用,不蒙选授。后俱南奔。法武后改名孝标云"。其实这位刘孝标乃梁代杰出的文学家,《文选》中的《辨命论》、《广绝交论》等名篇均出自其手笔。《梁书·文学》本传记其早年事迹云:

> 刘峻,字孝标,平原平原人。父斑①,宋始兴内史。峻生期月,母携还乡里。宋泰始初,青州陷魏,峻年八岁,为人所略至中山,中山富人刘实愍峻,以束帛赎之,教以书学。魏人闻其江南有戚属,更徙之桑乾。峻好学,家贫,寄人庑下,自课读书,常燎麻炬,从夕达旦,时或昏睡,热其发,既觉复读,终夜不寐,其精力如此。齐永明中,从桑乾得还……

这些"平齐民"大抵生活贫困,多数要佣书自给,如果得不到如李冲、刘昶等达官的荐举,在仕途上亦很难有希望。

也许由于历城、东阳的坚守不下,才造成北魏对"河表七州"人士的歧视。可能也由于这一原因,北魏统治集团即使对较早归降的七州人士,亦较轻视。如《魏书·文苑·温子昇传》:

---

① "斑"字,《南史》作"琁之",与《魏书》"旋之"形近。中华书局标点本已校出。

温子昇,字鹏举,自云太原人,晋大将军峤之后也。世居江左。祖恭之,刘义隆彭城王义康户曹,避难归国,家于济阴冤句,因为其郡县人焉。家世寒素。父晖,兖州左将军府长史。行济阴郡事。子昇初受学于崔灵恩、刘兰,精勤,以夜继昼,昼夜不倦。长乃博览百家,文章清婉。为广阳王渊贱客,在马坊教诸奴子书。作《侯山祠堂碑文》,常景见而善之,故诣渊谢之。景曰:"顷见温生。"渊怪问之,景曰:"温生是大才士。"渊由是稍知之。

像温子昇之父,既然为左将军府长史行济阴郡事,据《魏书·官氏志》,至少亦应为从五品至第六品,其子去做藩王门客,亦不致成为教奴子书的贱客,这里可能就有对"河表七州"人歧视的因素。北魏统治集团对"河表"人士的歧视,似尤以齐州(治历城)和青州(治东阳)为甚。这大约和沈文秀、崔道固之一度表示归降,后来又顽强抵抗有关。我们常读的《洛阳伽蓝记》一书中,记北魏君臣一次对话,大约就是这种情绪的反映:

太傅李延寔者,庄帝舅也。永安年中除青州刺史,临去奉辞。帝谓寔曰:"怀砖之俗,世号难治,舅宜好用心,副朝廷所委。"……时黄门侍郎杨宽在帝侧,不晓"怀砖"之义,私问舍人温子昇。子昇曰:"吾闻至尊兄彭城王作青州刺史,问其宾客从至青州者云:齐土之民,风俗浅薄,虚论高谈,专在荣利。太守初欲入境,皆怀砖叩首,以美其意;及其代下还家,以砖击之。言其向背速于反掌……"

这段话显然带着成见,因为趋附权势的人,各地皆有,不独齐地为然。

更重要的倒是在当时社会里的官员大抵清廉者少,贪暴者多。他们上任之初,民众抱有某些希望去欢迎他们,而到任之后大多使人失望,而去任时遭到反对,几同驱逐,也是完全可以理解的。问题在于"向背速于反掌"一语,正好像指沈文秀、崔道固而言。这种偏见起初大约仅限于南迁较早的一部分人,所以像杨宽这样在恒州一带任职的官员还不懂得"怀砖"之语。但后来,又渐渐影响到那些原来居住于北部边境的所谓六镇军人。如《魏书·朱瑞传》载,朱瑞本是"代郡桑乾人","瑞启乞三从之内并属沧州乐陵郡,诏许之,仍转沧州大中正。瑞始以青州乐陵有朱氏,意欲归之,故求为青州中正;又以沧州乐陵亦有朱氏,而心好河北,遂乞移属焉"。他为什么已经做了"青州中正",仍"心好河北",还要移到沧州去?这可能和青州属齐,而沧州已是河朔地区有关。这种成见也影响过北齐创建者高欢,他在给侯渊的信中也有"齐人浇薄,唯利是从"(见《魏书·侯渊传》)句,足见成见之深。

二

不管北魏统治者对"河表七州"特别是齐地人士有多深的成见,但对北朝文化特别是经学和文学的复兴,这些人士的杰出贡献实不可没。我们知道,北魏学术和文艺的振兴,是在孝文帝太和(477~499)时期,这时上距"河表七州"的入魏不过十几年,当时主要的学者和文人,大多由这些地区入魏,是无可否认的事实。如《魏书·房法寿附房景先传》云:"时太常刘芳、侍中崔光当世儒宗,叹其精博,光遂奏兼著作佐郎,修国史。"在这里,刘芳、崔光均为"平齐民",前面已经说过,房景先是清河绎幕(治今山东平原县西北)人,且据同卷

《房景伯(房景先兄)传》,其父爱亲也是在"三齐平"时,"随例内徙,为平齐民"。据云:"景伯生于桑乾,少丧父,以孝闻。家贫,佣书自给,养母甚谨。"《房景先传》亦云:"景先,字光胄。幼孤贫,无资从师,其母自授《毛诗》、《曲礼》,年十二,请其母曰:'岂可使兄佣赁以供景先也?请自求衣,然后就学。'母哀其小,不许。苦请,从之。遂得一羊裘,忻然自足。昼则樵苏,夜诵经史,自是精勤,遂大通赡。"这种经历亦与多数"平齐民"相似。在这些"平齐民"中,经学方面声誉最高的是刘芳。据《魏书》本传云:

> 芳才思深敏,特精经义,博闻强记,兼览《苍》、《雅》,尤长音训,辨析无疑……王肃之来奔也,高祖雅相器重,朝野属目。芳未及相见。高祖宴群臣于华林,肃语次云:"古者唯妇人有笄,男子则无。"芳曰:"推经《礼》正文,古者男子妇人俱有笄。"肃曰:"《丧服》称男子免而妇人髽,男子冠而妇人笄。如此,则男子不应有笄。"芳曰:"此专谓凶事也。《礼》:初遭丧,男子免,时则妇人髽;男子冠,时则妇人笄。言俱时变,而男子妇人免髽、冠笄之不同也。又冠尊,故夺其笄称。且互言也,非谓男子无笄。又《礼·内则》称:'子事父母,鸡初鸣,栉纚笄总。'以兹而言,男子有笄明矣。"高祖称善者久之。肃亦以芳言为然,曰:"此非刘石经邪?"昔汉世造三字石经于太学,学者文字不正,多往质焉。芳言义明辨,疑者皆往询访,故时人号为刘石经。酒阑,芳与肃俱出,肃执芳手曰:"吾少来留意《三礼》,在南诸儒,亟共讨论,皆谓此义如吾向言,今闻往释。顿祛平生之惑。"芳理义精通,类皆如是。

当时北魏尚未迁都洛阳,在学术和文艺方面与南朝差距甚远,而刘芳在议礼时,其精识已超过从江南来的王肃,自然更使北魏朝廷重视。

后来他议学校、郊社及金石乐的奏章，无不引起朝野推崇。据《魏书》本传，刘芳一生著述甚多，多为解经之作，其中有一部分还涉及东晋及南朝人著作，如干宝所注《周官音》、范宁所注《穀梁音》，还有范晔《后汉书音》、《徐州人地录》等，这对促进南北方的学术交流起了很大作用。这些南方人的著作，在北魏统治区本不易见，而在原属南朝的"河表七州"却不难见到。所以刘芳等"平齐民"的到来，实在为北魏的学术大大地扩展了眼界。刘芳本人虽不以文学闻名，但他的子孙能文者亦不乏。如其次子刘廞，曾奉灵太后命以诗赋授太后弟胡元吉。廞弟忄咸之子即北齐著名诗人刘逖，其作品至今犹存，诗风酷似齐梁。

据《房景先传》，崔光与刘芳并称"当世儒宗"，但从《魏书》本传看，他的文学才能似胜于经学，也许由于他官位显达，较少有时间从事著述，所以本传并未讲到他有什么经学著作，却说到他"每为沙门朝贵请讲《维摩（诘）》、《十地经》，听者常数百人，即为二经义疏三十余卷"，据云"识者知其疏略"，此外，"凡所为诗、赋、铭、赞、咏、颂、表、启数百篇，五十余篇，别有集"，但未保存，《隋书·经籍志》中无著录。他之所以以文闻名，大约和他长期参加修史有关。据《魏书》本传载，他自太和六年（482）参加史职起，直到正光四年（523）去世，仍未离史职。《魏书》本传载，魏孝文帝常称赞他说："孝伯之才，浩浩如黄河东注，固今日之文宗也。"又《韩麒麟附韩显宗传》："高祖曾谓显宗及程灵虬曰：'著作之任，国书是司，卿等之文，朕自委悉，中省之品，卿等所闻。若欲取况古人，班马之徒，固自辽阔，若求之当世，文学之能，卿等应推崔孝伯。'"据《魏书》本传，崔光不光能文，亦能诗，"以本官兼侍中、使持节，为陕西大使，巡方省察，所经述叙古事，因而赋诗三十八篇"。又云："初，光太和中，依宫商角徵羽本音而为五韵诗，以赠李彪，彪为十二次诗以报光。光又为百三郡国诗以答之,国别为卷,为百三卷焉。"看来崔光这些诗还是以炫耀学问为主,未必有太大文学价值,故不能留传至今。但崔光及其家族对北朝的史学却有较大的贡献。例如记载十六国时代史事的名著《十六国春秋》的作者崔鸿,就是崔光之弟崔敬友之子。《魏书·崔光附崔鸿传》:"鸿弱冠便有著述之志,见晋魏前史皆成一家,无所措意。以刘渊、石勒、慕容儁、苻健、慕容垂、姚苌、慕容德、赫连速屈子、张轨、李雄、吕光、乞伏国仁、秃发乌孤、李暠、沮渠蒙逊、冯跋等,并因世故,跨僭一方,各有国书,未有统一,鸿乃撰为《十六国春秋》,勒成百卷,因其旧记,时有增损褒贬焉。"这十六国中除李雄据蜀外,多在北方。据《魏书》本传,崔鸿曾上表魏宣武帝,说到"唯常璩所撰李雄父子据蜀时书,寻访不获",要求"敕缘边求采"。他所访求的大约是指《史通·古今正史》所提到的《蜀李书》(《魏书》载鸿子子元上书称"李雄《蜀书》"),《隋书·经籍志》称"《汉之书》"和《华阳国志》。但即使北方一些割据政权的历史,如赵整、车频所修前秦史,即完成于南朝宋境内,后来又有裴景仁删为《秦记》11篇,裴亦南朝宋人。《宋书·氏胡·沮渠茂虔传》载,北凉亦曾向宋进献过《凉书》10卷,《敦煌实录》10卷均"刘昞撰",前者乃记前凉张轨事。南朝史学本较北朝发达,早在高允修史时,其助手刘模,已到过南朝境内。《魏书·高允传》:"初,允所引刘模者,长乐信都人也。少时窃游河表,遂至河南,寻复潜归。颇涉经籍,微有注疏之用。允领秘书、典著作,选为校书郎。允修撰《国记》,与俱缉著。常令模持管籥,每日同入史阁,接膝对筵,属述时事,允年已九十,目手稍衰,多遣模执笔而指授裁断之。如此者五六岁,允所成篇卷,著论上下,模预有功焉。"高允修史,已选一位到过南朝的人协助。高允死于太和十一年(487)正月,据《魏书·高祖纪》,其年十二月,"诏秘书丞李彪、著作郎崔光改析国记,依纪传之体"。其实崔光在太和六年已参加修史工作,说明这位"平齐民"对北魏史书的改体起了重要的作用。《魏书·李彪传》说到北魏国史的编著,自崔浩、高允以来,沿用编年体,"遗落时事,三无一存",而改用"纪传表志"之目,显然使史籍更趋完备,这是一大进步。

在南北对峙的局面下,南朝所藏典籍远多于北朝。《隋书·牛弘传》所载牛弘上表隋文帝,已详谈双方藏书情况。《南齐书·王融传》还记载魏孝文帝曾想向南齐借书,而南齐朝廷诸臣未予同意。即如东晋时出现的伪《古文尚书》,据孔颖达说,是到隋统一中国后才传入北方的,事实并非如此。孔颖达大约是说当时北方一般士人的情况,至于北魏孝文帝以后直到齐周二代,一些皇室成员、显官和高门士族早已多次引用,笔者在《读贾岱宗〈大狗赋〉兼论伪〈古文尚书〉流行北朝时间》(见《中古文学史论文续集》,台湾文津出版社版)一文已有论证。这部伪《古文尚书》之传入北方,与"平齐民"有极大关系,其中房景先的作用尤可注意。据《魏书·房法寿附房景先传》,他作《五经疑问》百余篇,其中有一条是关于《尚书·胤征》的,这一篇正是东晋出现的伪古文。尤可注意的是北魏后期的君主学习儒家经典,有些已改从南方学风。据《隋书·儒林传》,南朝人读《左传》,用晋杜预注,北朝则用汉服虔注。北方一般士人中,《左传》的杜注仍不流行。《梁书·儒林·崔灵恩传》:"灵恩先习《左传》服解,不为江东所行,及改说杜义,每文句常申服以难杜,遂著《左氏条义》以明之。"但北魏孝明帝元诩,已习杜注。《魏书·贾思伯传》:"时太保崔光疾甚,表荐思伯为侍讲,中书舍人冯元兴为侍读。思伯遂入授肃宗《杜氏春秋》。"贾思伯乃"齐郡益都人也",可见亦齐地人士,正因为齐地原属南朝,故流行《左传》杜注。贾思伯之弟思同,亦曾授魏孝静帝元善见"《杜氏春秋》"。《贾思伯传》还讲到:"思同之侍讲也,国子博士辽西卫冀隆为服氏之学,上书难《杜氏春秋》六十三事。思同复驳冀隆乖错者十一条。互相是非,积成十卷。"这说明齐地人士的学术观点,和北朝旧境颇不同,而仍流行南朝学风。但北朝的上层人物已渐渐对南方学术认同,所以孝明帝、静帝等人学《左传》,已用杜注,且选齐地人士来教他们。这种变化说明后来孔颖达编《五经正义》,全从南朝,这一变化与齐地人士有很大关系。还应该提到的是《齐民要术》的作者贾思勰,当与贾思伯、贾思同是兄弟,可见齐地人对北朝的影响不限于经学和文史,也涉及一些应用科学。

齐地对北朝学术和文艺的影响还必须提到《水经注》的作者郦道元,他虽是范阳涿(今河北涿州)人,但和齐地有十分密切的关系。他的父亲郦范早年曾随慕容白曜攻占三齐,两度出任青州刺史,郦道元早年就随父在青州。《水经注·淄水》记青州城附近的石井水及"礛头山"称:"余生长东齐,极游其下,于中阔绝,乃积绵载。后因王事,复出海岱。郭金紫惠同石井,赋诗言意,弥日嬉娱,尤慰羁心。"他对齐地情况较熟悉,如《济水注》中,他通过实地考察,纠正了《水经》说济水入河和郭璞说济水自荥阳至乐安博昌入海的错误,指出"然河水于济、漯之北,别流注海。今所辍流者,惟漯水耳,郭或以为济注之,即实非也"。正因为他生长在齐地,所以得见许多东晋、南朝人的著作。像《济水注》中讲到太山朗公谷时,还引证车频《秦书》,而此书据《史通》实作于商洛山中,该地当时属宋,曾得到宋梁州刺史吉翰资助,从元嘉九年(432)至二十八年(451)方完成,则此书盖流传于南朝,郦道元很可能是在青州这南朝旧境访得此书的。《水经注》在文学上以写景著称,书中一些片段实采自罗含《湘州记》、盛弘之《荆州记》(如《江水注》关于长江三峡的描写)等书。他自己的文字,亦深受这些南方文人的影响,这种影响恐与其早年"生长东齐"有关。

从青州入魏的袁翻,对北魏文学的兴起亦起了重要作用。袁翻早年与祖莹齐名,《魏书·祖莹传》载,当时人有"京师楚楚,袁与祖;洛中翩翩,祖与袁"之语,但又认为祖莹"制裁之体,减于袁、常(景)

焉"。从《魏书》本传看来，袁翻似不仅擅长文学，亦对经学有较深造诣，例如他议"明堂辟雍"的制度时，引征广博，旁及子史及薛综《东京赋注》等。最值得注意的也许是他的《思归赋》。这篇赋和当时北朝的诗赋很不一样，风格颇近于南朝鲍照、江淹之作。如云：

> 俯镜兮白水，水流兮漫漫。异色兮纵横，奇光兮烂烂。下对兮碧沙，上睹兮青岸。岸上兮氤氲，驳霞兮绛氛。风摇枝而为弄，日照水以成文。行复行兮川之畔，望复望兮望夫君。

如果把这篇赋和差不多同时人阳固的《演赜赋》（见《魏书·阳尼附阳固传》）相比较，就更明显。《演赜赋》全仿汉张衡《思玄赋》，仍为汉赋体制，而《思归赋》则已是宋齐抒情小赋的气象，连晋代尚少此种作品。

北朝著名作家温子昇虽在其祖父时已入魏，但居济阴冤句，属兖州，其地在"河表七州"范围，虽可能较早落入北魏手中，但与宋境接壤，因此他受南朝文化影响甚多。现在我们试看他所作《司徒元树墓志铭》，与北魏碑志文体迥然有别，已全为骈体。他的《韩陵山寺碑》据说甚得庾信欣赏。他的《捣衣》一诗亦已有唐诗气象。温子昇和邢劭、魏收合称"三才"，而年辈较邢、魏为早，但邢、魏传世之诗，尚未能成熟到此诗水平。这说明"河表七州"人士，因该地曾为南朝疆土，在学术、文艺上都近于南朝，入魏以后对北魏学术和文艺的兴起，有着极大的推动作用。

北朝黄河以南地区的学术与文化

黄河以南包括今河南大部及山东南部、安徽北部的一些地区，是汉代农业很发达的地方。《盐铁论·通有》云："宋、卫、韩、梁好本稼穑，编户齐民，无不家衍人给。"这话未免夸大，但在古代以农业为主的社会里，这里是全国的富庶之区则似无疑问。尤其是东汉建都洛阳，正在这范围之内，因此在文化上亦颇占优势，东汉一代许多著名的名士和高门大族，亦都出现于这个地区。例如明帝时名臣袁安，是汝南汝阳（今属河南）人，他的后人世代仕宦有名，几与东汉一代相终始。其后又有颍川颍阴（今河南许昌）的荀淑，他有子八人，号"八龙"，其中荀爽最有名，《后汉书·荀淑附荀爽传》说他"著《礼》、《易传》、《诗传》、《尚书正经》、《春秋条例》，又集汉事成败可为鉴戒者，谓之《汉语》。又作《公羊问》及《辩谶》，并它所论叙，题为《新书》"。著名学者荀悦及曹操的辅佐者荀彧均为其兄子。荀悦著有《申鉴》及《汉纪》，皆为传世名著。汝南南顿（今河南项城）应氏人物中，较早的应奉生活于顺帝、桓帝时代，著有《汉书后序》、《汉事》、《洞历》诸书，又作《感骚》30篇。其子应劭著有《汉官仪》、《风俗通义》、《汉书集解》诸书，又有集四卷。应劭弟珣之子应场、应璩皆汉魏间著名文人。应璩子贞，亦以文才有名晋世。应氏的官职虽不及荀氏高，但在学术文化上的贡献却毫不逊色。到汉末曾发生过汝南、颍川士人优劣的争论,孔融主张汝南士人为胜,颍川陈群作《汝颍士论》加以驳难,孔融又作《汝颍优劣论》,坚持己见。这种争论虽无太大意义,但说明了汝南、颍川士人在当时的地位甚高,二郡出现的名士也较多。当然,那时今山东、河南二省黄河以南及其附近地区都出了不少有名士人。即以《后汉书》所记的情况而论,《儒林传》载学者 61 人,其籍贯为本地区的有 32 人,占二分之一以上;《文苑传》载文人 22 人,籍贯为本地区者 6 人,不足三分之一,占四分之一强,仍较黄河以北及关陇、南方等地的人为多。①《党锢传》所载共 21 人,籍贯为本地区的有 14 人,正好是全体的三分之二。可见这个地区的士人不但在学术、文艺方面处全国领先的地位,而且政治上的影响也不容忽视。三国时代魏国许多有名官员和名士都是这个地区的人。至于学术文化方面,所谓"建安七子"中仅陈琳一人为广陵射阳(今江苏宝应)人,其余六人皆今河南及山东南部人;"竹林七贤"中除山涛、向秀为河内怀(今河南武陟西,即黄河以北)人,其余亦属这一地区,并且怀县就在黄河边上,文化与南岸相同。其他如哲学家何晏、王弼,经学家王朗、王肃,书法家钟繇,作家潘勖、繁钦、缪袭亦属这一地区的人士,说明东汉三国时代,这里一直是学术文化最发达的地方。进入西晋以后,由于全国的统一,各地士人都到洛阳做官。这时出现的作家甚多,也确有许多著名的学者、作家来自外地,如张华为范阳方城(今河北固安)、张载、张协为安平武邑(今属河北),孙楚为太原中都(今山西平遥),木华为广川(今河北枣强),陆机、陆云和张翰则为吴郡吴

---

① 这里个别人的籍贯,也可用别的方式处理,如《儒林传》的谢该为"南阳章陵"(今湖北枣阳东)、《文苑传》的刘珍为"南阳蔡阳"(今湖北枣阳西),不过,汉代这些地方属南阳郡,离今南阳市不远,所以姑作这一区域的人。

(今江苏苏州)①。但他们的创作活动,主要还是在洛阳及其附近地区进行,所以这个区域的文化中心地位仍未改变。

黄河以南地区的学术文化在西晋灭亡后一度衰落,主要是由于战乱。西晋皇朝之亡,虽由于匈奴族刘聪和羯族石勒的进攻,而历来的论者又往往归咎于玄学家们的清谈误国。② 其实西晋之亡,一方面由于诸王弄权,互相残杀,朝廷和各地大臣亦互相争夺,使国力消耗殆尽。另一方面,西晋的腐朽统治造成民不聊生,变乱蜂起。前赵政权正是利用了这种形势,所以几乎毫不费力地攻克了洛阳和长安。例如刘聪、石勒进攻洛阳时,中原各地区几乎都有民变,如洛阳以东今山东及豫东等地有王弥、曹嶷等人,洛阳西南有王如,都聚众反对朝廷,归附前赵。羯人石勒虽起兵于河北,而渡过黄河后竟长驱直入,转战各地,如入无人之境,一直打到葛陂(今河南平舆东),只因久雨而被迫北撤。当时黄河以南各地,几乎到处都有大小不等的战争。这里的士人和一般居民,有许多逃到了江南,如琅邪王氏(王导等)、济阳江氏(江彪)、鄢陵庾氏(庾亮)、陈郡谢氏(谢鲲)、汝南周氏(周颛)等中原望族,都渡过长江,拥立司马睿(晋元帝)于建康。除了这部分士族首领外,还有一些次等士族或平民也避难过江。如彭城刘氏中刘裕那一支以及齐梁二代的皇族兰陵萧氏也都过江,居于今江

---

① 二陆籍贯有二说,笔者不同意上海松江一区的说法,详见拙作《陆机事迹杂考》(《文史》2002年第2期)。
② 此论始自清谈名士王衍。《晋书·王戎附王衍传》,载王衍被石勒所俘,将死时说:"呜呼! 吾曹虽不如古人,向若不祖尚浮虚,戮力以匡天下,犹可不至今日!"又同书《桓温传》载桓温北伐时眺望中原,慨叹云:"遂使神州陆沈,百年丘墟,王夷甫(衍)诸人不得不任其责!"当时袁宏就不同意此说,但后人大抵信桓温的见解。

苏镇江、丹阳及常州一带,东晋特为他们设立了南徐州,治京口(今镇江),后来著名的"北府兵",就以这部分南迁的北方人为主干。也有一部分人不是南渡,而是向北到幽、冀等州的,如左思晚年,见天下已乱,就避难去了冀州;《魏中书令秘书监兖州刺史郑羲碑》载,荥阳郑氏在永嘉之乱中,也避难去了冀州。还有远奔今辽宁西部的鲜卑族首领慕容廆。《晋书·慕容廆载记》载,慕容廆信任的士人中有兰陵缪恺,当为三国魏作家缪袭族人;太山胡毋翼,当为西晋狂放的名士胡毋辅之族人;鲁国孔纂,当即孔子后裔。这些人应为高门,但也有一般民众,据《慕容廆载记》,当时慕容氏那里"流人"甚多,"冀州人为冀阳郡,豫州为成周郡,青州人为营丘郡,并州人为唐国郡"。这里所谓豫州和青州,基本上即黄河以南地区。此外,还有一些人避难去了凉州,如北魏著名的文字学家兼书法家江式,据《魏书·术艺》本传云:"江式,字法安,陈留济阳人。六世祖琼,字孟琚,晋冯翊太守,善虫篆、诂训。永嘉大乱,琼弃官西投张轨,子孙因居凉土,世传家业。祖强,字文威,太延五年(439),凉州平,内徙代京。上书三十余法,各有体例,又献经史诸子千余卷……式少专家学……式篆体尤工,洛京宫殿诸门板题,皆式书也。"又《魏书·儒林·常爽传》:"常爽字仕明,河内温人,魏太常卿林六世孙也。祖珍,苻坚南安太守,因世乱遂居凉州。……爽少而聪敏……笃志好学,博闻强识,明习纬候,"五经"百家多所研综。州郡礼命皆不就。世祖西征凉土,爽与兄仕国归款军门。"常爽的孙子,就是著名文人常景。又《程骏传》:"程骏字骐驹,本广平曲安人也。六世祖良,晋都水使者,坐事流于凉州。……骏少孤贫,居丧以孝闻。师事刘昞,性机敏好学,昼夜无倦……太延五年,世祖平凉,迁于京师,为司徒崔浩所知。"程骏的侄儿程灵虬也是北魏有名的文人。常爽和程骏其祖籍虽非黄河以南,但只要在永嘉之乱时有西逃可能的,也有不少人投奔了凉州。这部分人大抵能在凉州传其家学，回到东部后成了北朝学术和文艺重新兴起的重要力量。至于留在中原各地的士人，一般都遭到不幸。如《文章流别集》的编者挚虞，本京兆长安人，一直在洛阳做官。《晋书》本传云："后历秘书监、卫尉卿，从惠帝幸长安。及东军来迎，百官奔散，遂流离鄠杜之间，转入南山中，粮绝饥甚，拾橡实而食之。后得还洛，历光禄勋、太常卿。时怀帝亲郊。自元康以来，不亲郊祀，礼仪弛废。虞考正旧典，法物粲然。及洛京荒乱，盗窃纵横，人饥相食。虞素清贫，遂以馁卒。"从这段记载看来，挚虞之死大约就在洛阳陷落的前夕，《晋书·怀帝纪》记当时洛阳形势："至是饥甚，人相食，百官流亡者十八九。"那时黄河以南许多地方都有战争，即使逃出洛阳，也很难免祸。《晋书·潘岳附潘尼传》载，潘尼"永嘉中，迁太常卿。洛阳将没，携家属东出成皋，欲还乡里。道遇贼，不得前，病卒于坞壁，年六十余"。成皋在今河南荥阳的西北，而潘尼的家乡荥阳在今址东北，两处相距不过60里左右，竟也无法到达，可见当时战乱之频繁。事实上在黄河两岸及以南地区，正是斗争最激烈的地方。当地的汉人在那里结集了不少坞壁，还有北方一些避前、后赵而南逃的人士也在这里结为坞壁和石勒作战。这些坞壁的组成人员相当复杂，其中有些是坚决抵抗石勒的，如著名的民族英雄范阳人祖逖，还有魏郡人邵续、平阳人李矩、东郡人魏浚和鲜卑族人段匹䃅等，但也有些人则对东晋和石勒均叛服无常，如张平、樊雅、陈川之流（见《晋书·祖逖传》）；也有起初归附前赵，后又反正的赵固。总之，这些坞壁大抵不相统率，又有时互相厮杀，所以战乱十分频繁。在这种情况下，东晋如果有足够的力量，派出一支军队北伐，联合这些坞壁，至少是可以收复黄河以南的不少地方的。但偏安江左的东晋政权既无实力，也没有这种意图，遂使石勒把他们各个击破，使这里的广大地区一度落入了后赵的版图。后赵乱亡以后，前秦和前燕在北中国形成了东西对峙的局面。当时东晋朝廷虽无北伐之实力,但在荆州的权臣桓温乘灭成蜀之余威,曾一度攻入洛阳,并建议东晋还都洛阳,这时玄言诗人孙绰上疏反对,他说:"自丧乱已来六十余年,苍生殄灭,百不遗一,河洛丘墟,函夏萧条,井堙木刊,阡陌夷灭,生理茫茫,永无依归。"他反对迁回洛阳,一方面有留恋江南和不愿让朝廷落入桓温手掌之中的用意,另一方面洛阳不但残破,而且邻近燕、秦两个强敌,实亦难于安居。当时东晋朝廷亦非全无北伐的打算,但正如王羲之在《与会稽王笺》中所分析的,如果攻入洛阳,就要依靠那里的民众和粮食,但当时"遗黎歼尽,万不余一";要从江南运粮,"西输许洛,北入黄河,虽秦政之弊未至于此,而十室之忧便以交,至今运无还期,征求日重。以区区吴越经纬天下十分之九,不亡何待!"(见《晋书·王羲之传》)后来前秦灭前燕,经淝水之战后,前秦乱亡。这里东晋乘机收复了洛阳,但那时洛阳的形势仍很孤危。《魏书·张济传》载,东晋安帝初年,后秦姚兴进攻洛阳,东晋雍州刺史杨佺期派人向北魏常山王拓跋遵求救,北魏派张济去见杨佺期,杨佺期说:"晋魏通和,乃在往昔,非惟今日。羌寇狡猾,频侵河洛,夙夜忧危。今此寡弱,仓库空竭,与君便为一家,义无所讳。洛城救援,仰恃于魏,若获保全,当必厚报。如其为羌所乘,宁使魏取。"从这段话看来,洛阳当时确实岌岌可危。但东晋末年情况有了改变,宋武帝刘裕率领"北府兵"北征,灭南燕,平后秦,使洛阳重入晋朝版图。但当时的洛阳已是一片荒芜。著名诗人颜延之曾于晋义熙十二年(416)到过洛阳,作《北使洛》诗,有"伊瀍绝津济,台馆无尺椽;宫陛多巢穴,城阙生云烟"之句。他又有《还至梁城作》一诗,有"故国多乔木,空城凝寒云;丘垄填郛郭,铭志灭无文"之语。"梁城"即今河南商丘,可见黄河以南广大地区在长期战乱之后,一片荒芜。即使这样,南朝对这一带的统治还不巩固。就在宋武帝去世那年(422)冬天,北魏南侵,宋滑台(今河南滑县东)

守将阳瓒坚守战死。从此黄河以南逐渐又为北魏所占领。宋文帝刘义隆即位后，便有收复河南之志，曾派人告诉北魏太武帝拓跋焘说："河南旧是宋土，中为彼所侵，今当修复旧境，不关河北。"太武帝大怒，说："我生头发未燥，便闻河南是我家地，此岂可得河南？必进军，今权当敛戍相避，须冬行地净，河冰合，自更取之。"从此宋魏之间不断发生冲突，终于在元嘉二十七年（450）爆发了全面战争，结果宋军大败，北魏太武帝攻到长江边上的瓜步洲（今属江苏）。《宋书·索虏传》说此役"既而虏纵归师，奸累邦邑，剪我淮州，俘我江县，喋喋黔首，局高天，蹐厚地，而无所控告，强者为转尸，弱者为系虏。自江、淮至于清、济，户口数十万，自免湖泽者，百不一焉。村井空荒，无复鸣鸡吠犬"。南朝遭此重创后，再没有力量轻言北伐。但北魏却并不停止南进，献文帝拓跋弘时，趁刘宋内乱，攻占了今山东一带地方，一直进至淮河边上。从此黄河以南就牢固地掌握在北魏之手。到了魏孝文帝元宏太和十九年（495），他为了推行汉化，把都城从平城（今山西大同）迁到了洛阳。这时的洛阳又成了北朝的政治文化中心。孝文帝是汉族文化的积极提倡者，他自己就身体力行地学习汉文写作，据《魏书·高祖纪》说，太和十年（486）以后的诏册文告，都出于他的手笔。据《隋书·经籍志》载，隋时有《后魏孝文帝集》39卷。《魏书·文苑传》对他的诗文作了极高的评价。现在看来，他尚存的诗文不多，其诗似无太高价值，但文章古朴典雅，还足称道。《魏书·韩麒麟附韩显宗传》载，他曾对他一些臣子的文章作过评论，认为由南入北的文人崔光最优，韩显宗次之，程灵虬又次之。这些人的文章现在存者不多，我们很难对他的意见作出判断。不过这一事实至少说明他很注意文章的写作。《魏书·文苑传》称，在他的提倡下，"衣冠仰止，咸慕新风"，不过由于北朝的学术文艺长期处于停滞之后，一时还难与南朝比拟。因此直到他孙子孝明帝元诩时，还是"学者如牛毛，成者如麟角"。这也不难理解。

当北朝学术和文艺走上复兴道路时,黄河以南地区的学者和文人也开始活跃起来,例如北朝较早的诗人郑懿、郑道昭兄弟,均为荥阳开封(今属河南)人,他们祖上虽曾一度避难至冀州,但还是较早地回到家乡。郑道昭不但是诗人,而且还是书法家,据说《郑羲碑》就是他所书。除郑氏以外,弘农华阴的杨氏亦颇具士族的特色。关于这个家族是否是东汉杨震的后裔,《魏书·杨播传》对此取怀疑态度。这个家族祖上亦曾流亡河朔,仕慕容氏,后来亦已迁回河南。从《魏书》的记载来看,他们家族几世不分家,家中礼制十分严格,大约亦属士大夫家庭所特有。杨播兄弟虽不以学术和诗文见称,但从他们治家的方式看,应有较高的文化修养。他们的子孙却颇以学术和文艺见长,如北齐的杨愔,《北史》本传称"所著诗赋表奏书论甚多,诛后散失,门生鸠集所得者万余言"。《洛阳伽蓝记》卷二记弘农杨元慎戏弄梁将陈庆之的话,虽属戏谑,而出口成章。《洛阳伽蓝记》又说杨元慎"博识文渊,清言入神,造次应对,莫有称者。读《老》、《庄》,善言玄理。性嗜酒,饮至一日,神不乱常。慷慨叹不得与阮籍同时生"。这完全是魏晋名士的风度。这说明黄河以南的广大地区自从归入北魏以后,经过一个较长时间的休养生息,当地士人得到较安定的生活,再加上孝文帝迁都洛阳后,北方士人云集洛阳一带,使这个地区的学术和文艺又得以兴起。从现有的史料来看,黄河以南这一带学术和文艺的复兴,似乎较关中地区为快。这是因为孝文帝迁都洛阳比西魏文帝建都长安要早40年左右,而当时的洛阳是整个北朝的首都,有着二三十年的承平局面。据《洛阳伽蓝记》卷四载,直到六镇军人暴动前夕,"于时国家殷富,库藏盈溢,钱绢露积于廊者,不可较数"。有一次,执政的胡太后竟让百官自取,数量不限。这虽说明了统治者挥霍财富,但也说明了从孝文帝迁洛以后国力的充裕。在这种承平局面下,学术、文艺的发展自然是比较迅速的。这和魏孝武帝被高欢所迫,仓惶西逃,在残破的关中托庇于宇文泰的情况自不可同日而语。再加上洛阳一带距江南与河朔都较近。北魏迁都洛阳后,河朔学者和文人都来黄河以南做官,而南方士人在政治上失败后,也往往北逃。加上北魏在对南朝历次战争中,不断夺取今山东及淮北许多地方,使南朝不少富有文化教养的士族来到了北朝,如刘芳、崔光、袁翻、袁跃、温子昇等人,祖籍虽在北方,实则迁居南方已好几代,他们的北返,给北朝学术和文化带来了南人的成果,提高了北朝人的学术和艺术水平,也推进了南朝文化在北方的传播。如《魏书·刘芳传》称刘芳"才思深敏,特精经义,博闻强记,兼览《苍》、《雅》,尤长音训,辨析无疑"。因此被人称为"刘石经"。《崔光传》载崔光被孝文帝称为"孝伯之才,浩浩如黄河东注,固今日之文宗也"。又说他"凡所为诗、赋、铭、赞、咏、颂、表、启数百篇,五十余卷,别有集"。袁翻、袁跃是当时著名文人。袁翻作《思归赋》,酷似鲍照、江淹之作;袁跃的集子是《隋书·经籍志》中著录的少数北魏人文集之一。温子昇被常景称为"大才士",他的诗文被流传到南方,得到梁武帝称赏。这些学者和作家的到来,大大提高了北朝的学术、文艺水平。但令人遗憾的是北朝的学术和文艺的主干力量,除了那些来自南方的人外,主要是河朔地区的人士,而黄河以南地区的人则绝少有名的。这种现象直到北齐时代仍然如此,《北齐书·文苑传》载,北齐后主时,召集文人编纂《修文殿御览》,前后参加者有六七十人之多,但绝大多数为入北的南人、河朔人及少数汉化了的鲜卑族人。其中只有郑公超、郑子信和郑元礼三人可能为荥阳郑氏,但史无记载,仅属推测;还有一位羊肃,是太山钜平人,当是西晋羊祜的族人,但羊氏在南朝初,亦有南迁者,如刘宋时的羊玄保。这位羊肃不知是否曾居南方,亦难确考。

黄河以南地区学术和文艺的发展有一个颇可注意的问题,那就是出现了一些汉化鲜卑族的作家。如果说北魏后期的元顺作《蝇赋》尚显得古朴而缺乏文采的话,到了魏齐之间就出现了元文遥、元行恭父子,他们文章已趋于成熟。《北齐书·元文遥传》载,元文遥是魏昭成帝六世孙,北魏济阴王晖业"尝大会宾客,有人将《何逊集》初入洛,诸贤皆赞赏之,河间邢劭试命文遥,诵之几遍可得?文遥一览便诵,时年十余岁。济阴王曰:'我家千里驹,今定如何?'邢云:'此殆古所未有'"。元文遥的儿子元行恭由齐历周入隋,曾和薛道衡及南朝入隋的江总游昆明池作诗,其诗在艺术上丝毫不逊薛、江作。后来江总还南,作《南还寻草市宅诗》,其中"见桐犹识井,看柳尚知门"二句,实受元行恭《过故宅诗》中"唯余一废井,尚夹两株桐"的影响,可见其文才已不在汉族文人之下。至于洛阳一带的汉族士人,其文化教养也迅速地提高。《洛阳伽蓝记》卷二载梁将陈庆之自洛阳南返后对人说:"自晋宋以来,号洛阳为荒土,此中谓长江以北尽是夷狄。昨至洛阳,始知衣冠士族并在中原,礼仪富盛,人物殷阜……"这话虽不免夸大,但至少反映了晋宋间的洛阳和孝文帝迁洛后的洛阳有很大不同,黄河以南地区的文化复兴,北魏孝文帝的功绩实不可没。

关中地区与汉代文学

在长期的封建社会中,帝王建都之地往往就是当时的学术文化中心。这是很自然的,因为在那个时代,学者和文人的谋生之道无非是做官。他们的学术和文艺工作,显然也是为帝王及其贵族大臣服务的。这种情况沿自上古,因为古代的学术和文化都是由官府的专职人员掌握的。所以商代的甲骨文等文献,主要发现于今河南安阳等商朝建都之地。到了东周以后,学术和文化虽已流入民间,但集中地保存这些学术与文化典籍的,大抵仍为一些诸侯国的都城,其中最著名的自然是鲁国。《左传·襄公二十九年》记吴公子季札在鲁观周乐及《昭公二年》晋韩起聘鲁,观书于太史氏,见《易象》与《鲁春秋》的记载,说明掌握这部分典籍的,仍为大夫或士这些阶层。所以像孔子这样的人物诞生于鲁国,绝不是偶然的。

到了战国时代,由于得士者昌,失士者亡,各国的统治者都竭力礼贤下士,召集各种人才,齐国的孟尝君、赵国的平原君、魏国的信陵君和楚国的春申君,都以善于养士闻名。至于雄踞关中的秦国,由于从秦孝公时代起,就任用了法家人物商鞅,他把"礼、乐"及《诗》、《书》"都归入危害国家的"六虱"之列。不过商鞅本人就是自魏入秦的客卿,后来秦国历代君主所任用的人物如张仪、范雎、蔡泽、吕不韦和李斯,也都是从六国招来的客卿,只是这些人物大抵只重视"耕战",富国强兵,对学术和文艺不加提倡,甚至采取敌视态度。但其中吕不韦比较特殊,他曾经招致许多门客,撰著了《吕氏春秋》一书,而且在思想上与商鞅等人有很大区别。但总的来说,在整个战国时代,秦国在学术文化方面的贡献还是较之齐、楚等国颇见逊色。即以《史记·太史公自序》中所载司马谈所评论的先秦六大主要学派而论:儒家的创始者孔子为鲁人,这一学派的两位重要代表人物孟子为邹人,荀况为赵人;墨家的代表人物墨翟为宋人,一说鲁人;名家代表人物公孙龙是赵人;法家代表人物商鞅是卫人,申不害和韩非皆韩人;阴阳家的代表人物邹衍是齐人;道家的代表人物老子是楚人,庄周是宋人。大文学家屈原、宋玉皆楚人,以游说诸侯闻名的纵横之士张仪是魏人,苏秦是洛阳人。这情况多少说明在战国时代,秦国所在的关中一带,并非学术文化的发达地区。但秦亡汉兴之后,情况发生了变化,西汉初期,关中地区虽未出现过多少重要的学者和作家,但许多重要的文学作品及学术著作均在这一带写成,而到了西汉后期,这里开始出现本地的著名学者和作家(如刘向、刘歆父子)。这种盛况一直维持到东汉初期。光武帝迁都洛阳,多少对关中文化的繁盛有一定的消极影响,是造成关中文化衰落的主要原因。这种衰落,对魏晋南北朝的学术和文学格局产生了较大影响。研究这个问题,对了解我国历史上文化发展的不平衡性也有较大的意义。在这里笔者准备略谈自己的一些浅见,请大家指正。

一

关中一带本为周族发祥之地,据说周族祖先后稷,居有邰(今陕西武功一带),后来曾迁徙到豳(今陕西彬县一带),至古公亶父(周文王的祖父)时迁到岐山下面一带,文王居丰,武王居镐(皆在今陕西西安之西)。周武王灭殷以后,镐京就成了西周朝的都城,直到周幽王为犬戎所杀,平王东迁洛阳为止,在整个西周时代,关中曾为当时的政治中心和文化中心。现今我们所能见到的文学作品如《诗经》中的《周颂》、《大雅》和《小雅》部分以及《尚书·周书》中的多数篇章,均产生于这个地区。在现存的文献中,这一时期产生于其他地区的为数甚少。这充分说明了此地在文化史上的重要地位。

西周灭亡,平王东迁时,封护送有功的秦襄公于岐山以西的地方,居今甘肃天水一带,并且说:"戎无道,侵夺我岐、丰之地,秦能攻逐戎,即有其地。"(见《史记·秦本纪》)此后秦就逐步扩展其势力范围,占据了整个关中地区的西周故地,成为春秋时代与晋楚齐等并列的大国。今本《诗经》中的《秦风》和《尚书》中的《秦誓》,就是这一时期的产物。从《秦誓》的文章看来,其行文基本上承袭了周代誓命之文的体制,可见秦不但占有西周故地,也继承了西周的文化传统。在这方面,最昂著的例子是产生于春秋战国之交的《石鼓文》[①]。《石鼓文》很多句子与《诗经·小雅》中的《车攻》、《吉日》十分相似,显属有意模仿,所以唐代的韩愈曾认为它们是周宣王时的作品。不但如此,《石鼓文》的字体可谓典型的"籀书",而据许慎《说文解字序》云:"及(周)宣王太史籀,著大篆十五篇。"可见秦的文化与西周十分类似。近年有人说秦刻石的文体继承了《雅》、《颂》的传统,大约也是这个原因。

春秋时代的秦国虽亦属大国之列,但其实力较之晋楚本有逊色,

[①] 《石鼓文》的年代,各家有不同的说法,唐立厂师以为刻于秦灵公时代,各家虽有异说,但大致不离这一时期。

在战国初期又发生过多次内乱,三晋乘机夺取了秦河西地,一度出现"诸侯卑秦"的局面。秦孝公即位以后,发愤图强,任用法家人物商鞅实行变法,"内立法度,务耕织,修守战之备。外连衡而斗诸侯"(贾谊《过秦论》)。从此以后,秦国日益富强,为统一全国奠定了基础。但商鞅虽然使秦国趋于强盛,而其文化政策,却使学术和文艺的发展多少陷于停滞。因为他把《诗》《书》《礼》《乐》、修善、孝悌、诚信、真廉、仁义等都作为危害国家的"六虱"来反对。这种政策一直为秦国统治者所继承。所以当时六国许多人都把秦看作"虎狼之国"。秦国的统治者确也轻视学术。《荀子·儒效》:"秦昭王问孙卿子曰:'儒无益于人之国。'"儒者也对秦人的风俗颇有不满。《荀子·性恶》:"天非私齐、鲁之民而外秦人也,然而于父子之义,夫妇之别,不如齐、鲁之孝具敬父者,何也?以秦人之从情性,安恣睢,慢于礼义故也,岂其性异哉!"荀况作为儒家的代表人物,其不满秦人自然可以理解,但其他各家除法家外大约对秦也没有多少好感。

值得注意的是,在当时争鸣的诸子百家中,几乎没有秦人。《吕氏春秋》是当时秦地产生的唯一子书。但主持其事的吕不韦就是阳翟(今河南禹州)人,他那些门客中有无秦人亦难确考。至于战国那些游说之士,亦多非秦人。《战国策》中的《秦策》虽然篇幅较大,作者却基本上均为六国人。现今所见秦代文章,主要是李斯的某些奏议和秦并吞六国在各地所立颂秦功德的刻石。李斯本楚上蔡(今属河南)人,曾为荀子弟子。他那篇著名的《谏逐客书》文体华美,近于六国游说之士的文风,言辞亦较坦率,此文作于秦始皇十年(前237),当时吕不韦刚被黜职,对文化的控制还不像后来那样严,君臣间的关系也还不如后来那样悬隔。《韩非子·存韩》末所附李斯对韩非的驳难则犀利峭刻,纯为法家文风。至于秦二世即位后他所上的《论督责书》则正如司马迁所说"乃阿二世意,欲求容"(《史记·李斯列传》),因此未必尽为由衷之言,文辞更乏精彩。秦始皇统一全国后曾多次巡视各地,立石颂秦功德。这些刻石多属四言韵文,不少是三句一韵,也有两句一韵的。这些刻石有人说亦为李斯所撰,但无确据。秦石刻的文风确如有些人说的那样有点像《诗经》中的《雅》、《颂》。但较之《雅》、《颂》似更注重写实,而更缺乏夸饰与辞采。

不过秦代并非没有艺术。据李斯《谏逐客书》载,秦不但有"击瓮叩缶,弹筝搏髀,而歌呼呜呜"的本地乐歌,还有"《郑》、《卫》、《桑间》、《韶虞》、《武象》"这些"异国之乐"。秦时亦非绝无文学创作,《史记·秦始皇本纪》载,始皇三十六年,有陨石落在东郡,有人刻上"始皇帝死而地分"字样,"始皇不乐,使博士为《仙真人诗》,及行所游天下,传令乐人歌弦之"。《汉书·艺文志》载"孙卿赋"一类有"秦时杂赋"9篇;"歌诗"类有《左冯翊秦歌诗》3篇、《京兆尹秦歌诗》5篇。这里所谓"秦歌诗"是就地域而言,但不能排除其中有作于秦代的歌诗。不过秦代歌诗并未留存下来,连梁刘勰所谓"秦皇灭典,亦造《仙诗》"(《文心雕龙·明诗》)当亦据《史记》而言①。

秦代的统一从当时来说,对学术和文化似乎并无多大促进作用,尤其是焚书坑儒之举,更有不小的破坏作用。但从历史上看,亦有其不可忽视的功绩。许慎《说文解字序》说战国时代"田畴异亩,车涂异轨,律令异法,衣冠异制,言语异声,文字异形。秦始皇帝初兼天下,丞相李斯乃奏同之,罢其不与秦文合者"。这一措施造成了"车同轨,书同文,行同伦"的局面,这为推动各地的学术和文化的交流和传播提供了方便,为汉代学术文化的繁荣创造了一定条件。

---

① 秦时民歌留存至今的如《水经注·河水》引自杨泉《物理论》所载"生男慎勿举,生女哺用餔,不见长城下,尸骸相支拄"之句,但非关中地区的歌。

二

秦代的统治虽然短促,却开创了中央集权帝国的先例。秦统一以后大规模的移民(参看《史记·货殖列传》)也加强了各个地区文化的交流。秦代虽然实行法家"明主之国,无书简之文,以法为教;无先王之语,以吏为师"(《韩非子·五蠹》)的主张。但它对图书的禁令,仅限于民间。据《史记·秦始皇本纪》所载李斯建议焚书的话:"臣请史官非秦记皆烧之。非博士官所职,天下敢有藏《诗》、《书》、百家语者,悉诣守尉杂烧之。"这里说明,凡"博士官"所藏,还是不烧的。《汉书·百官公卿表》:"博士,秦官,掌通古今。"秦始皇本人也曾向这些博士征询过前朝掌故。由此可见焚书并未把官府所藏的典籍全部烧毁。不过,近代有些人据此断言"六经"在秦焚书时并未残缺,则亦属武断。因为秦在战国时代本非学术和文化发达之地,当时的儒、道、墨等学派活动范围主要在齐、鲁、宋、楚等地,他们的著作亦多保存在那些地方。即以近年考古发现而论,许多著名的帛书和竹简,亦多出土于此。至于汉初的学者文人多数亦产生在那些地方。

秦末起兵反秦的领袖人物如陈胜、吴广、项籍和刘邦均为楚人。代秦而兴的汉代,不仅其创建者刘邦,而且他的许多将相功臣如萧何、曹参、韩信、樊哙、周勃等都出生于楚国旧地,张良虽家世相韩,而韩亡后因谋刺秦始皇亡命下邳等地亦属楚境。所以西汉初年虽建都长安,居关中之地,但朝廷上下大多为楚人。刘邦还沛时所作《大风歌》显然为楚歌;《史记·留侯世家》所载的《鸿鹄歌》,刘邦亦自称是"楚歌"。《汉书·礼乐志》载有汉高祖唐山夫人所作《安世房中歌》,并云:"凡乐,乐其所生,礼不忘本。高祖乐楚声,故《房中乐》楚声也。"汉初不但歌诗为楚声,就连早期的学术和散文著作《新语》及《楚汉春秋》的作者陆贾,亦为楚人。除了这些上层人物及士大夫外,刘邦还采纳娄敬的建议:"徙齐诸田,楚昭、屈、景、燕、赵、韩、魏后,及豪杰名家居关中。无事,可以备胡,诸侯有变,亦足率以东伐。"(《史记·刘敬叔孙通列传》)这一措施不但使关中人口大增,也加速了文化上的融合。从这方面说,汉代的文化并非秦文化的简单继承,而是融合了各种文化的成分而成,其中楚文化尤占有重要的地位。

汉朝建立之初,正如司马迁在《史记·平准书》中所说:"汉兴,接秦之弊,丈夫从军旅,老弱转粮饷,作业剧而财匮,自天子不能具钧驷,而将相或乘牛车,齐民无盖藏。"在这样的经济条件下,不但民间的学术与文化无法繁荣,就连朝廷亦无暇顾及这些问题。再加汉初内有异姓诸侯王叛乱的事件,外有匈奴的侵扰,朝廷实无余力来提倡学术和文化。经过几十年的休养生息,到文帝、景帝时代,经济虽有所恢复与发展,但以吴、楚等国为代表的同姓诸侯王又在阴谋发动叛乱。景帝时削平了"七国之乱",但诸侯王与汉朝中央政府的矛盾并未就此结束。在景帝和武帝初年,像抗击吴楚七国时曾有功的梁王刘武也曾谋求做景帝的皇位继承人,并派人刺杀了反对此议的袁盎;(见《史记·袁盎晁错列传》)淮南王刘安也因谋反被诛。《盐铁论·晁错》:"日者,淮南、衡山修文学,招四方游士,山东儒墨咸聚于江淮之间,讲议集论,著书数十篇。然卒于背义,谋叛逆,诛及宗族。"大抵这些诸侯王要与朝廷对抗,势必效法战国君主,招致士人来辅佐自己。这不光是淮南、衡山如此,早在"七国之乱"前吴楚诸国已有这种情况,所以《盐铁论·错币》有"山东奸猾咸聚吴国"之语。汉代著名的散文和辞赋家邹阳和枚乘都曾游过吴国上书吴王,劝阻其谋反,著名的《七发》,就是枚乘讽谏吴王之作。枚乘和邹阳都是反对叛乱的,但吴王左右显然也有主张叛乱的士人。邹阳和枚乘后来还到过梁孝王刘武那里。当时梁孝王正和左右羊胜、公孙诡等谋求皇位继承人地位,邹阳曾加谏阻,遂为羊胜、公孙诡所谮下狱。他作了著名的《狱中上书自明》,得释。梁孝王的群臣中如羊胜、公孙诡等大约都能文,《西京杂记》和《古文苑》等书所载枚乘、邹阳的赋,也有羊胜、公孙诡和公孙乘、路乔如诸人之作,尽管历来学者对这些作品的真伪存在争议,但当时梁国的文人当不止邹阳、枚乘和庄忌这些人。至于淮南王刘安能文,他的左右曾有不少学术和文艺家更为无可争议的事实。今本《淮南子》及《楚辞》中"淮南小山"的《招隐士》就是明证。刘安自己能文,如《史记·屈原贾生列传》中"《国风》好色而不淫"等语,据《文心雕龙·辨骚》云,出于刘安所为《离骚传》(安作《离骚传》,事见《汉书·淮南王传》);又《汉书·严助传》载他上汉武帝的《谏伐闽越书》,当亦出于他自作。这种情况说明汉代的文学在东方诸藩国中兴起得比地处关中的中央政权还早。所以鲁迅作《汉文学史纲要》,颇重视当时藩国的文学。

汉初藩国文学和学术的兴盛是一个颇可研究的对象。从文化传统方面说,自东周以来,东部各地的文化水平本来高于西部,所以韩起有"周礼尽在鲁矣"之叹。到了战国,这种情况基本没有改变。《庄子·天下》说到古代学术时称"其在于《诗》、《书》、《礼》、《乐》者,邹鲁之士、搢绅先生多能明之"。这里所谓"邹鲁之士"主要指儒家学派,但当时的几个主要学派的创始人也多诞生于今鲁西豫东一带,距离甚近,说明这些地区实为春秋战国时代文化和学术最发达的地方。尤其可注意的是鲁国后来为楚国所灭,鲁地文化对楚人影响甚深。早在楚国灭鲁以前,儒家思想已广被楚地。《孟子·滕文公上》:"陈良,楚产也,悦周公、仲尼之道,北学于中国。北方之学者,未能或之先也。"陈良的时代至晚亦与孟子同时,故孟子称之。近年发现的郭店楚简中就有儒家的著作,也有《老子》。这说明儒、道诸家学说至迟在战国中期已流行于楚国。楚在秦所兼并的六国中,抵抗最为有力。试看秦在灭其他各国时,差不多攻下其都城,就等于占领其全境。楚国则不然,秦昭王时攻下了楚都郢城,使楚顷襄王被迫东迁于陈,后来陈失陷又迁都寿春,楚虽步步东迁,毕竟做了较多的抵抗。《史记·白起王翦列传》载,秦攻楚时,起初用李信、蒙恬为将,结果为楚军所败,后来起用老将王翦,用了大量兵力才取得胜利。即使这样,楚人的反抗情绪并未衰歇。《史记·项羽本纪》载范增对项梁说:"夫秦灭六国,楚最无罪。自怀王入秦不反,楚人怜之至今,故楚南公曰:'楚虽三户,亡秦必楚也。'"所以陈胜起兵之际自号"张楚",而反秦诸军中也以楚地的刘邦、项羽为最强。更可注意的是在反秦的斗争中,也得到了鲁地儒生的支持。《史记·孔子世家》载,孔子的后人子慎就"为陈王涉博士,死于陈下"。其他学派的态度史籍无记载,但大约未有反对者。

　　楚国旧地人的反秦尤以东部为烈。这大约和战国时秦灭楚的过程有关,当秦兵步步紧逼之际,楚国原有的贵族和士人多数不愿降秦而逐步东逃,当他们退到滨海地区时已无法再走,所以楚亡以后,就聚居于这些地区。如刘邦的家乡丰沛、项羽早年所居的吴都属这个地区。古籍中多次记载秦时在东南有"天子气",《史记·高祖本纪》:"秦始皇帝尝曰'东南有天子气',于是因东游以厌之。"(《汉书·高帝纪》同)《三国志·吴志·张纮传》注引《江表传》载,张纮对孙权说:"秣陵(今南京),楚武王所置,名为金陵。地势冈阜连石头,访问故老,云昔秦始皇东巡会稽经此县,望气者云金陵地形有王者都邑之气,故掘断连冈,改名秣陵。"这虽属迷信传说,但也反映了当地居民中有着一种反秦和反对统一的情绪。这种情绪甚至在秦亡汉兴以后,也未完全消失。《汉书·荆燕吴传》载,汉高祖封刘濞为王时,"因拊其背,曰:'汉后五十年东南有乱,岂若邪?'"这也反映了这种习惯势力的顽固性。《盐铁论》中提到吴王濞和淮南王、衡山王的事例，其地皆在楚国旧境，他们所以能招致不少宾客作叛乱的图谋，恐怕也和他们利用了当地某些人的这种情绪有关。

当然，楚地的士人们在秦末时就不完全一样，其中有人归附刘邦，也有人依靠项羽。入汉以后，这种分化益加显著。例如前面提到的陆贾、邹阳、枚乘、庄忌等都支持统一，反对叛乱。但《盐铁论》所讲到的刘安招致的"山东儒墨"似倾向于叛乱阴谋。不过姑不问他们的政治倾向如何，在汉初几十年的学术和文艺方面实以楚人的贡献为多。

这些出身于楚地的学者和文人，其写作的地点有些虽在吴楚诸地，但也有作于关中的，例如陆贾《新语》，据《汉书》本传就是奉汉高祖之命所作，"每奏一篇，高帝未尝不称善，左右呼万岁"，可见作于长安。陆贾不但是散文家，而且也是当时著名的辞赋家。《汉书·艺文志》把辞赋分为四类："屈原赋"、"陆贾赋"、"荀卿赋"和"杂赋"。"陆贾赋"作为单独的一类存在，说明他在当时的赋家中还占有很重要的地位，可惜他的赋作均已散佚，无从考知其体制。《汉书·艺文志》对辞赋作这种分类的用意已难确知，因为陆贾是汉代人而置于屈原与荀卿之间已颇费解；至于将司马相如列入"屈原赋"一类而把以模仿司马相如闻名的扬雄列入"陆贾赋"一类，就更难解释。不过《汉书·艺文志》采自刘向《七略》，这种分类当据刘向的意见，而《艺文志》中把刘向之祖刘辟彊赋归入"陆贾赋"一类，把向父刘德和刘向自己的赋归入"屈原赋"一类，当有其一定理由。也许这种分类与赋的风格、音调有关。屈原、唐勒、宋玉等均为楚人，一直生活于楚国，其赋保持的楚地特色最纯粹；陆贾虽为楚人，因长期跟随刘邦征战，最后又定居长安，受其他地区文化影响较多，其赋作已与纯粹的楚风有别；荀卿为赵人，又在齐国居住较久，最后才到楚国，他的赋在文体上与屈宋差别更大,故置于汉人陆贾之后。如果这种推测可以成立的话,那么汉代辞赋的繁荣,主要是受《楚辞》的影响。所以现存最早的汉人赋作如贾谊、庄忌的赋,均可归入《楚辞》;枚乘之作,在《汉书·艺文志》中亦归"屈原赋"一类。当然,从《楚辞》发展为汉赋,也兼受了各地文化的影响。例如枚乘是司马相如所仰慕的前辈,他的《七发》明显地体现着从《楚辞》向汉赋发展的轨迹。但《七发》中也包含着楚地以外文化的影响。例如《七发》第一段中有"且夫出舆入辇,命曰蹶痿之机;洞房清宫,命曰寒热之媒;皓齿娥眉,命曰伐性之斧;甘脆肥醲,命曰腐肠之药"等语,即采自《吕氏春秋·本生》:"出则以车,放则以辇,务以自佚,命之曰招蹶之机;肥肉厚酒,务以自强,命之曰烂肠之食;靡曼皓齿,郑卫之音,务以自乐,命之曰伐性之斧。"可见楚地的文人不但使本地的文化传播和影响别的地区,同时也吸收了其他地区的文化,包括秦地的文化。所以汉初几十年间楚声弥漫全国,同时也是各地文化相互交融的开始。这在刘安主持编撰的《淮南子》一书中亦表现得很明显。

三

汉代自平定"七国之乱"以后,朝廷采取了一系列削弱诸侯王的政策,中央集权大为加强,诸侯王已无与汉朝对抗的实力。如淮南王刘安之反,已不用出兵,派使者诘问,刘安就自杀。这时的政治形势正如东方朔在《答客难》中所指出的,在春秋战国时代诸侯争胜,"得士者强,失士者亡",因此士人有不少机会取得尊位。但在汉代,形势却迥异,"今则不然,圣帝德流,天下震慑,诸侯宾服,连四海之外以为带,安于覆盂,天下平均,合为一家,动发举事,犹运之掌,贤与不肖,何以异哉"。士人的命运完全决定于君主的好恶。"夫天地之大,士民之众,竭精驰说,并进辐凑者,不可胜数,悉力慕之,困于衣食,或失门户,使苏秦、张仪与仆并生于今之世,曾不得掌故,安敢望侍郎乎!"这段话生动地道出了汉武帝以后多数士人的处境。但尽管仕途是如此的艰难,而当时的士人除了做官,却很少有其他出路。他们要求官,就不得不奔赴当时的都城长安。这样,关中地区就成了四方士人汇聚之地。

在各地士人汇集长安的同时,汉武帝又实行了尊奉六经和儒家的政策,并进一步广开献书之路,鼓励人们把民间的藏书献于朝廷。这种政策在汉初已逐步开始实行。司马迁在《史记·太史公自序》中说:"于是汉兴,萧何次律令,韩信申军法,张苍为章程,叔孙通定礼仪,则文学彬彬稍进,《诗》、《书》往往间出矣。自曹参荐盖公言黄老,而贾生、晁错明申、商,公孙弘以儒显,百年之间,天下遗文古事靡不毕集太史公。"《汉书·艺文志》:"汉兴,改秦之败,大收篇籍,广开献书之路,迄孝武世,书缺简脱,礼坏乐崩。圣上喟然而称曰:'朕甚闵焉!'于是建藏书之策,置写书之官,下及诸子传说,皆充秘府。至成帝时,以书颇散亡,使谒者陈农求遗书于天下。"成帝命刘向等人加以校订,据统计国家藏书总数凡一万三千二百六十九卷。在这个时代,文学特别是辞赋的创作最为繁盛。班固《两都赋序》云:"大汉初定,日不暇给。至于武宣之世,乃崇礼官,考文章,内设金马、石渠之署,外兴乐府协律之事,以兴废继绝,润色鸿业。是以众庶悦豫,福应尤盛。《白麟》、《赤雁》、《芝房》、《宝鼎》之歌,荐于郊庙;神爵、五凤、甘露、黄龙之瑞,以为年纪。故言语侍从之臣,若司马相如、虞丘寿王、东方朔、枚皋、王褒、刘向之属,朝夕论思,日月献纳。而公卿大臣御史大夫倪宽、太常孔臧、太中大夫董仲舒、宗正刘德、太子太傅萧望之等,时时间作。或以抒下情而通讽谕,或以宣上德而尽忠孝,雍容揄扬,著于后嗣,抑亦雅颂之亚也。故孝成之世,论而录之,盖奏御者千有余篇,而后大汉之文章,炳焉与三代同风。"这里提到的许多辞赋作家,虽大部分是从关东来到关中的,但他们的作品都写作于长安。再说这时关中确实产生了大作家,如司马迁就是今陕西韩城人。还有一些人物如刘德、刘向父子是汉朝宗室,已好几代在长安做官,所以实际上亦为关中人。因此西汉自武帝以后,已经是全国的人文荟萃之地。

关中地区在古代本为农业最发达的地方,《尚书·禹贡》称雍州"厥田惟上上";班固《西都赋》称此地为"九州之上腴"。由于人口密集,这里的商业亦十分繁荣,在班固《两都赋》和张衡《二京赋》中均有形象的描述。在西汉,这里又是全国的政治中心。于是就造成了关中人对东方地区人士的优越感。《汉书·武帝纪》:"(元鼎)三年冬,徙函谷关于新安,以故关为弘农县。"颜注引应劭曰:"时楼船将军杨仆数有大功,耻为关外民,上书乞徙东关,以家财给其用度。武帝意亦好广阔,于是徙关于新安,去弘农三百里。"《盐铁论·国疾》载大夫(桑弘羊)的话说:"世人有言:'鄙儒不如都士。'文学皆出山东,希涉大论。子大夫论京师之日久,顾分明政治识之事故所以然者也。"桑弘羊自己是洛阳人,也在关东,他也持此论,更可见这种偏见已普遍流行。

西汉中叶以后关中地区在学术文化上的优势是很明显的,因为这里是朝廷所在地,就如班固在《西都赋》中所说:"又有天禄、石渠,典籍之府;命夫惇诲故老,名儒师傅,讲论乎六艺,稽合乎同异;又有承明、金马,著作之庭,大雅宏达,于兹为群,元元本本,殚见洽闻,启发篇章,校理秘文。"这种条件确为其他地方所难具有。所以西汉一代的学者和文人虽多数还是关东人,但从西汉末到东汉,关中人的比例就明显增加。学者如张纯(京兆杜陵)、贾逵(扶风平陵)、杨政(京兆)、宋登(京兆长安)、李育(扶风漆),还有著名的学者兼文人马融(扶风茂陵)等。又如思想家王符,为安定临泾人,此地虽属今甘肃境,亦与关中甚近。至于文学家的情况尤为显著,如冯衍(京兆杜陵)、梁鸿(扶风平陵)、班彪、班固、班昭(扶风安陵)、杜笃(京兆杜陵)、傅毅(扶风茂陵)、王隆(冯翊云阳)、苏顺(京兆霸陵)、赵壹(汉阳西县)等。其实著名思想家桓谭,曾长期生活在长安;杰出的文学家张衡也曾"游于三辅"(《后汉书》本传)。所以关中地区的学术和文化从汉武帝以后直到东汉前期,一直是比较兴盛的。

光武帝迁都洛阳,使关中地区失去了全国政治中心的地位,但是凭借长期的文化传统,一时似未见衰落。然而随着朝廷的东迁,太学和国家藏书也东迁洛阳,西方的才学之士也都去洛阳而不是长安求官,在这种情况下,关中地区的文化中心地位,不得不为洛阳所替代。东汉中期以后的羌乱更加速了这个过程。

东汉的羌族暴动起因是由于地方官吏对他们的压迫。这种动乱西汉时已经发生过,东汉初年,由于朝廷力量强大,吏治亦较清明,所以虽时有发生,但规模不大。安帝以后,羌乱日甚,规模越来越大,而且从今甘肃一带渐次波及关中。如永初二年(108),"先零别种滇零与钟羌诸种大为寇掠,断陇道"。朝廷派车骑将军邓骘、征西校尉任尚率兵镇压,汉兵战败。"其冬,骘使任尚及从事中郎司马钧率诸郡兵与滇零等数万人战于平襄,尚军大败,死者八千余人。于是滇零等自称'天子'于北地,招集武都、参狼、上郡、西河诸杂种,众遂大盛,东犯赵、魏,南入益州,杀汉中太守董炳,遂寇钞三辅,断陇道……三年春,复遣骑都尉任仁督诸郡兵救三辅。仁战每不利,众羌乘胜,汉兵数挫。"(见《后汉书·西羌传》)这时"羌既转盛,而二千石、令、长多内郡人,并无战守意,皆争上徙郡县以避寇难,朝廷从之"(同上)。这种政策正如王符在《潜夫论·救边》所说:"失凉州,则三辅为边。"

在这种情况下,关中居民不得不大批地避难东迁。关中居民的东迁自然并非全由羌乱之故,光武迁都洛阳和地方官吏的残虐亦属重要原因,如梁鸿迁居吴地就早在羌乱以前。关中居民大部分迁徙到南方的长江中下游地区。据《汉书·地理志》和《续汉书·郡国志》的记载,西汉京兆郡凡户 195702,口 682468;左冯翊户 235101,口 917822;右扶风户 216377,口 836710;弘农户 118091,口 475954。东汉(桓帝永寿二年,156)京兆郡户 52299,口 285574;左冯翊户 37090,口 145195;右扶风户 17352,口 93091;弘农户 46815,口 199113。从这两组统计数字就可以知道,东汉时代关中一带人口由于各种原因而锐减。那些迁离关中的人中,当然包括许多士人。这就可以说明东汉一代关中学者文人前期人数较多,而后期明显减少的原因。但关中地区的衰落,并未随着羌乱的平息而停止。东汉末年的黄巾起义虽主要发生在东部各地,而关中地区亦并不安定。《后汉书·灵帝纪》载,中平元年(184),"湟中义从胡北宫伯玉与先零羌叛,以金城人边章、韩遂为军帅,攻杀护羌校尉伶征、金城太守陈懿";次年,"北宫伯玉等寇三辅,遣左车骑将军皇甫嵩讨之,不克"。同年,朝廷改派张温去征讨北宫伯玉,在美阳把他击败,但派董卓讨伐先零羌却未取胜。中平四年,"凉州刺史耿鄙讨金城贼韩遂,鄙兵大败,遂寇汉阳,汉阳太守傅燮战没。扶风人马腾、汉阳人王国并叛,寇三辅",次年,王国虽被皇甫嵩所败,马腾的力量依然存在。这时凉州军阀董卓亦驻军扶风,不听朝廷调动。灵帝死后,大将军何进谋诛宦官,召董卓入洛阳。董卓入京后废少帝刘辩,立献帝刘协,专擅朝政。于是各地将领袁绍、袁术、曹操等一同起兵讨伐董卓。董卓就焚毁洛阳宫室,迫胁献帝及大臣们迁都长安,这时被迫西迁的人中有著名作家蔡邕及后来"建安七子"的代表人物王粲。但那时的长安已陷于一片恐怖和混乱的气氛中,这些作家亦无暇创作。董卓本是残暴的军阀,他的部下纪律性极差,当他们东下时就大肆杀掠,正如蔡琰在《悲愤诗》中所说:"猎野围城邑,所向悉破亡;斩截无孑遗,尸骸相撑拒;马边悬男头,马后载妇女。"在关中,董卓的行为亦无不同。《三国志·魏志·董卓传》说他"法令苛酷,爱憎淫刑,更相被诬,冤死者千数。百姓嗷嗷,道路以目"。于是王允、士孙瑞等用计杀董卓,但关中人民的灾难并未消除。《后汉书·献帝纪》载,兴平元年(194)三辅大旱,"是时谷一斛五十万,豆麦一斛二十万,人相食啖,白骨委积"。接着,董卓部将李傕、郭汜攻入长安,杀王允等人把持朝政。不久,李、郭又互相火并。诗人王粲正是这时从长安逃奔荆州的。他的《七哀诗》中所写的"出门无所见,白骨蔽平原",确实反映了当时关中的实际情况。

后来李傕被曹操派裴茂率关西诸将诛灭,郭汜亦为部下所杀。但马腾、韩遂的势力仍存在,直到建安十六年(211),曹操击破韩遂、马超后,关中才稍得安定。但此后还有曹操和张鲁的战争,而魏蜀的战争一直延续到三国末年,这时战争常在今陕、甘南部进行,距长安甚近。因此在整个三国时代,关中亦非安宁之地。所以《晋书·地理志》所载西晋时关中户数,较之东汉,又有减少。晋时雍州所辖七郡,共99500户,而东汉时京兆、冯翊、扶风三郡就有107741户。潘岳《西征赋》作于"八王之乱"以前,他所目睹的长安景象是:"街里萧条,邑居散逸。营宇寺署,肆廛管库,蕞芮于城隅者,百不处一。所谓尚冠修成,黄棘宣明,建阳昌阴,北焕南平,皆夷漫涤荡,亡其处而有其名。尔乃阶长乐,登未央,泛太液,凌建章,萦驭娑而欵骀荡,轥柎诣而轹承光,徘徊桂宫,惆怅柏梁。鹫雉雊于台陂,狐兔窟于殿傍。何黍苗之离离,而余思之芒芒。洪钟顿于毁庙,乘风废而弗县。禁省鞠为茂草,金狄迁于灞川。"这和班固、张衡笔下的长安,形成了强烈的对比。

由于长期的动乱和人口的削减,关中的学术和文化事业亦趋衰落。在汉魏之际,著名文学家如曹操父子(沛国谯)、王粲(山阳高平)、刘桢(东平宁阳)、徐幹(北海剧)、陈琳(广陵射阳)、阮瑀(陈留尉氏)、应玚(汝南南顿)、吴质(济阴)、繁钦(颍川)皆为今山东、江苏及河南中东部人,很少关中人士。当然,那时关中有一些望族,还是出现过一些学者、文人与名臣的。如建安文人杨修为弘农华阴人;书法家韦诞为京兆人;晋初杜预之祖杜畿、父杜恕为京兆杜陵人;苏则为扶风武功人。不过像杨修似从小生活于洛阳及许昌,故曹植说他"高视于上京"(《与杨德祖书》);韦诞虽可能早年生活于家乡,后来以书法成名却在洛阳;杜畿在汉末出仕后,至其子恕、孙预一直在洛阳等地做官。然而杨、韦、杜、苏等族在关中一直是大族,经晋代和南北朝甚至隋唐,还出现过不少显赫的人物,其中包括学者和文人。这说明了关中地区的文化虽在东汉中叶以后趋于衰落,但某些世族,仍保持着他们的文化传统。

西魏北周时代的关陇学术与文化

在南北朝文学史上,建立在今陕西甘肃一带的西魏和北周,后来虽统一了北中国,但其学术和文艺水平不但不如南朝,也很难和与之对峙的北齐相比。即以文学而论,我们现在所经常研读和讨论到的只有庾信和王褒二人,而他们两人又都是在西魏攻克江陵时由梁入魏的。这一事实给人造成一个印象,即当时的关陇地区似乎没有产生过本地的作家。这种看法是否正确?它又是由什么原因造成的?笔者觉得很值得探讨。本文就是笔者的一些初步想法,不当之处请大家指正。

一

西魏北周所统治的关陇地区,在历史上绝不是一个文化落后的地方。关中本是西周、秦和西汉建都的地方,在西汉时代更是全国的文化中心,正如班固在《西都赋》中所说:"故令斯人扬乐和之声,作划一之歌。功德著乎祖宗,膏泽洽乎黎庶。又有天禄、石渠,典籍之府。命夫惇诲故老,名儒师傅,讲论乎六艺,稽合乎同异。又有承明、金马,著作之庭。大雅宏达,于兹为群。元元本本,殚见洽闻。启发篇章,校理秘文。"学术文化之盛实其他地区所不及。即使是关中附近的一些地方,文化也很繁荣。例如《潜夫论》作者王符,是安定临泾(今甘肃镇原)人;《刺世嫉邪赋》的作者赵壹是汉阳西县(今甘肃天水)人。西汉末割据陇西(今甘肃东部一带)的隗嚣发檄文声讨王莽,《文心雕龙·檄移》云:"观隗嚣之《檄亡新》,布其三逆,文不雕饰,而辞切事明,陇右文士,得檄之体矣。"东汉一代,都城虽已迁到洛阳,但关中出现的著名学者和文人仍很多,据《后汉书》,学者如杨政(京兆)、宋登(京兆)、杜林(扶风)、李育(扶风)、贾逵(扶风)、马融(扶风),作家如杜笃(京兆)、王隆(冯翊)、傅毅(扶风)、蔡顺(京兆)以及班彪、班固和班昭(扶风)等,为数甚众。《后汉书·张衡传》说张衡"少善属文,游于三辅,因入京师,观太学,遂通五经,贯六艺"。这说明关中地区和当时都城洛阳同为学术文化的繁荣之地。但关中的学术文化从东汉起,就开始走向衰落。这是一系列政治原因造成的。据西晋初江统《徙戎论》说,就在光武帝"建武中,以马援领陇西太守,讨叛羌,徙其余种于关中,居冯翊、河东空地,而与华人杂处。数岁之后,族类蕃息,既恃其肥强,且苦汉人侵之",终于爆发了"羌乱",直到东汉后期,才稍平息。汉末镇压黄巾起义的军阀,其军人中就有不少羌族及其他种族。例如蔡琰《悲愤诗》讲到董卓的部下,就说"来兵皆胡羌"。当东方各地将领起兵讨伐董卓时,董卓就挟汉帝及百官西迁长安。这也不足怪,因为董卓本从凉州一带起家,后来又以关中为盘踞之地,自然要以羌人为重要兵源。除了羌族以外,还有许多别的种族。江统在《徙戎论》中说:"魏武皇帝令将军夏侯妙才讨叛氐阿贵、千万等,后因拔弃汉中,遂徙武都之种于秦川,欲以弱寇强国,捍御蜀虏。"其实在此以前,关中已有氐族,江统也提到东汉安帝永初元年(107),调发羌氐人护卫王弘使西域,遂引起暴动。所以到了西晋初年,关中附近就已经发生动乱,参加的人中可能就有几个不同种族。如《晋书·武帝纪》载,泰始六年(270),"秦州刺史胡烈击叛虏于万斛堆,力战,死之"。为此,朝廷不但派兵征讨,还"复陇右五郡遇寇害者租赋",说明叛乱的范围波及五郡。到了惠帝元康六年(296),"匈奴郝散弟度元帅冯翊、北地马兰羌、卢水胡反,攻北地,太守张损死之。冯翊太守欧阳建与度元战,建败绩"。于是,"秦雍氐、羌悉叛,推氐帅齐万年僭号称帝,围泾阳"。次年,又与晋将周处交战,晋军败,周处战死。直到元康九年(299),才被平息。这说明关中及其附近地区的民族关系,自东汉迄于西晋本极复杂。当各族纷纷迁入关中时,当地的汉族却大批东迁。他们东迁的原因最初是因为东汉迁都洛阳,但后来似由于羌族的暴动。《潜夫论·救边》:"往者羌虏背叛,始自凉、并,延及司隶,东祸赵、魏,西钞蜀、汉;五州残破,六郡削迹,周回千里,野无孑遗,寇钞祸害,昼夜不止,百姓灭没,日月焦尽。"但东汉的"公卿师尹咸欲捐弃凉州,却保三辅",其实正如王符所说的"失凉州,则三辅为边",必然受祸更烈。更严重的是当时将领、官吏乘机搜刮民财。《潜夫论·实边》云:"又放散钱谷,殚尽府库,乃复从民假贷,强夺财货。千万之家,削身无余,万民匮竭,因随以死亡者,皆吏所饿杀也。其为酷痛,甚于逢虏。寇钞贼虏,忽然而过,未必死伤。至吏所搜索剽夺,游踵涂地,或覆宗灭族,绝无种类;或孤妇女,为人奴婢,远见贩卖,至令不能自治者,不可胜数也。"在这种情况下,据《续汉书·郡国志》注引皇甫谧《帝王世纪》及应劭《汉官仪》载,经王莽之乱,人口锐减,其中关中地区尤甚。后来汉末的军阀混战,更使关中人大批流亡。三国后期魏蜀交兵虽在陕甘南部,但距长安较近,亦颇受影响。晋初各族的起兵,亦因目睹关中地区实力之空虚。

西晋代魏以后,关中一带亦未得安宁,上文提到了泰始六年

(270)胡烈之死和元康六年(296)的齐万年之乱。齐万年之乱平定的次年(300),就发生了赵王伦篡位的事,接着便是诸王的互相争权厮杀,镇守在这里的河间王司马颙也参加了混战,甚至把晋惠帝劫持到长安。司马颙后来被杀,但不久洛阳就被前赵攻克,怀帝司马炽被俘,麹允、索綝等人拥立司马邺于长安,但形势孤弱,不久又被前赵刘曜所灭。《晋书·愍帝纪》载长安陷落前,"京师饥甚,米斗金二两,人相食,死者太半。太仓有麹数十饼,麹允屑为粥以供帝,至是复尽"。这时秦川一带战事十分惨烈。《晋书·张轨附张寔传》载民谣有"秦川中,血没腕"之语。刘曜攻克长安后,还不断与西晋残余势力如南阳王司马保等人互攻。后来刘曜算是平定了关中,并建都长安,不久又被后赵石勒所败俘。接着后赵军队就攻入关中。但后赵的统治亦不算久,在石虎死后,发生内乱,被前燕慕容儁所灭。前燕只占领了北中国的东部,而原来被迁到东部的氐族苻氏和羌族姚氏就乘虚返回关中,争夺地盘。经过战争,氐族苻氏取得胜利,建立前秦,与东方的前燕相对峙。后来前秦苻坚灭前燕和汉人张氏在凉州建立的前凉,统一了北方。但没经多久,苻坚发动了对东晋的战争,在淝水之战中大败。鲜卑慕容氏乘机在东方重建后燕;慕容氏的另一个首领慕容泓和羌族姚苌也在关中起兵反对前秦。结果苻坚为姚苌所杀,经过混战,最后关陇等地被羌族姚氏所占领,国号后秦。此后不久,东方的后燕为北魏所灭,黄河以东的地区多已入北魏之手,但后秦还存在了一个时期,直到晋安帝义熙十三年(417),才被宋武帝刘裕所灭。但刘裕在关中并未站稳脚跟,次年关中又落入了匈奴族赫连勃勃所建的夏国手中。夏据长安不到十年,长安又于魏太武帝始光三年(426)被北魏攻克。从此关中才归入北魏版图,比东方的河朔地区晚了16年。关中地区经过这样的反复易手及各族入侵,种族问题十分复杂。甚至魏太武帝时起兵反魏的首领盖吴,也是卢水胡人。

所以谢灵运在《劝伐河北表》(见《宋书·谢灵运传》)中说的"关西杂居,种类不一"与"河北悉是旧户,差无杂人"的情况不同。北魏末年的六镇军人叛乱时,关陇地区亦有莫折念生、胡琛、宿勤明达以及后来的萧宝寅等人反魏起兵,经过多年苦战,屡遭挫败才得以平息。后来又发生了侯莫陈悦杀贺拔岳及宇文泰讨伐侯莫陈悦的战争。宇文泰在占据关陇之初,实力远不如东方的高欢,所以原在关陇的可朱浑道元等都投奔了东魏。至于士大夫当然也是这样。北魏承平之时,他们多在洛阳等地做官,留居关中的本为少数。在这样的条件下,关中的汉族士庶都只有向别处流亡,却不可能向关中迁徙。再说这样频繁的战争,又有这种复杂的种族问题,关中士人当然也难于有余暇去进行学术研究和文艺创作。在整个十六国和北魏时代也许只有前秦和后秦间很短一段时间出现过王嘉、苏蕙及僧肇等人物。

二

关中从战国到西汉本是全国的富庶之区,"九州之上腴",又是政治和文化中心,正如班固所说的"英俊之域,绂冕所兴"(《西都赋》),在这里有着许多古老的高门大族。他们不但在全国有很高的声望,而且在学术文化方面也出过许多杰出的人才。这里的士族历史往往很悠久,较之河朔和江南那些高门要早得多,不少高门的兴起,至少可追溯到西汉,甚至更早。例如:东汉时关中著姓如韦、杜、窦、苏诸族就是这样。韦氏为京兆杜陵人,其祖先即《讽谏诗》作者韦孟,本彭城人,至宣帝时,韦贤为丞相,居杜陵。至东汉时,韦贤玄孙韦彪史称"好学洽闻,雅称儒宗……三辅诸儒莫不慕仰之。……著书十二篇,号曰《韦卿子》"(《后汉书·韦彪传》)。韦彪迁至扶风平陵居住,而他的族子韦义仍居杜陵。由是关中韦氏分为两支。后来韦氏的名人,多为杜陵人,如东汉末的韦端,官至太仆。他儿子韦诞是三国著名书法家。《三国志·魏书·王卫二刘傅传》注引《文章叙录》说他"有文才,善属辞章",官至光禄大夫,"魏氏宝器铭题皆诞书云"。这个家族在西晋灭亡后,也颇有迁徙到外地的,如:北魏太武帝所征聘的名士中,有京兆韦阆,据《魏书》本传,他祖父韦楷,为"晋建威将军、长乐清河二郡太守。父逯,慕容垂吏部郎、大长秋卿"。他的从叔道福之父韦罴为苻坚东海太守,淝水之战后降晋。韦道福仕刘宋,后随薛安都归魏。但也有留在关中的,如阆从子韦崇、族弟韦珍等。还有如梁代名将韦睿,京兆杜陵人,"祖玄,避吏隐于长安南山。宋武帝入关,以太尉掾征,不至。伯父祖征,宋末为光禄勋。父祖归,宁远长史"。还有随刘义真奔江南,后来又回关中的如北周韦瑱的曾祖韦惠度。北周名将韦孝宽即杜陵韦氏,他虽是武将,《周书》本传称他"虽在军中,笃意文史,政事之余,每自披阅"。他的哥哥韦夐是个隐士,周明帝宇文毓曾作诗赠他。他曾作《三教序》论儒、道、佛三教异同。《周书》本传说他"少爱文史,留情著述,手自抄录数十万言。晚年虚静,唯以体道会真为务。旧所制述,咸削其稿,故文笔多并不存"。

杜氏亦京兆杜陵人,其祖先是西汉的杜周及子杜延年,本南阳杜衍(今河南南阳西南)人,杜周为御史大夫,迁扶风茂陵,子延年又迁京兆杜陵。到东汉初,就有了扶风茂陵人杜林,是著名经学家;京兆杜陵人杜笃,是文学家,作《论都赋》。杜氏到三国时,又有杜畿及子杜恕。他们乃京兆杜陵杜氏,可见茂陵和杜陵杜氏虽出一源,而三国之后,社会地位较高的则为杜陵一支。西晋名臣杜预即杜恕之子,他是《春秋经传集解》的作者,又是现在所知最早的应用文选集《善文》的编者。他这一支出仕后大约并未回关中。北魏时,太武帝所征聘的名士杜铨,据《魏书》本传说,他是"晋征南将军杜预五世孙","祖胄,苻坚太尉长史;父嶷,慕容垂秘书监,仍侨居赵郡"。但留居关中的杜氏,也有迁入南方的,如《宋书·杜骥传》:"杜骥字度世,京兆杜陵人也。高祖预,晋征南将军。曾祖耽,避难河西,因仕张氏。苻坚平凉州,父祖始还关中。兄坦,颇涉史传。高祖(宋武帝刘裕)征长安,席卷随从南还。"当然,留居杜陵的人也还不少。如北周的杜杲就颇有政治才能。《周书·杜杲传》云:"杜杲字子晖,京兆杜陵人也。祖建,魏辅国将军,赠豫州刺史。父皎,仪同三司,武都郡守。杲学涉经史,有当世干略。"他曾出使陈国。杜氏入唐仍贵显,有"城南韦杜,去天尺五"之语。

扶风武功苏氏也是关中的望族。据《元和姓纂》卷三云:"苏,颛顼、祝融之后。陆终生昆吾,封苏,邺西苏城是也。苏忿生,后至建,生武、嘉。十二代孙则。则次子遁。八代孙绰,周度支尚书、邳公;生威,隋左仆射、房公;生夔、夒。"据此魏、周时武功苏氏为汉代名臣苏武之后。据《汉书·苏建传》:"苏建,杜陵人也。以校尉从大将军青击匈奴,封平陵侯。"按:苏建,苏武的子孙,当为平陵人,因苏建封平陵侯。据《后汉书·苏章传》:"苏章字孺文,扶风平陵人也。八世祖建,武帝时为右将军……章少博学,能属文。安帝时,举贤良方正,对策高第,为议郎。"但又说到苏章的侄曾孙不韦,汉末被段颎指使张贤杀害,"并其一门六十余人尽诛灭之,诸苏以是衰破"。至于武功的苏氏是否苏武子孙,很难确考。《三国志·魏书》有《苏则传》云:"苏则字文师,扶风武功人也。少以学行闻,举孝廉茂才,辟公府皆不就。起家为酒泉太守,转安定、武都,所在有盛名。太祖(曹操)征张鲁,过其郡,见则悦之,使为军导。"这段记载并未说到其是苏武子孙。《元和姓纂》产生于唐代,当时人喜欢把一些家族和历史上的名士联系起来,未必可信。但武功苏氏确是一个文化教养很深厚的家族,裴松之在《三国志·苏则传》注中说到苏则的儿子苏愉,"历位太常光禄大夫",见《晋百官志》。山涛《启事》称愉"忠笃有智意"。又说苏"愉子绍,字世嗣,为吴王(指晋吴王司马晏)师。石崇妻,绍之女兄也。绍有诗在《金谷集》中"。魏、周的武功苏氏确为苏则之后,这大约不会错。因为《魏书·韦阆传》附有苏湛事迹,云:"又有武功苏湛,字景儁,魏侍中则之后也。晋乱,避地河右。世祖(拓跋焘)平凉州,还乡里。父拥,字天祐,秦州抚军府司马。湛少有器行,颇涉群书。"后来萧宝夤叛乱,苏湛曾劝阻,不听。萧宝夤平后,官至中书侍郎,死后赠镇西将军、雍州刺史。至于北周的名臣苏绰,亦武功苏氏,他和苏湛是从兄弟。《周书》本传云:"苏绰字令绰,武功人,魏侍中则之九世孙也。累世二千石。父协,武功郡守。绰少好学,博览群书,尤善算术。"苏绰的从兄苏让为西魏汾州刺史,荐他于宇文泰,开始时宇文泰并不重视,后来宇文泰行经西汉故仓地,召问苏绰,苏绰"具以状对",并和宇文泰谈"天地造化始,历代兴亡之迹","指陈帝王之道,兼述申韩之要",因此得到重用。后来所颁布的《大诰》和"六条诏书",皆出苏绰之手。他为宇文泰所作的《大诰》,模仿《尚书》,意在改变华丽的文风。苏绰从兄苏亮,是苏湛之兄,《周书》本传称"亮少与从弟绰俱知名。然绰文章少不逮亮,至于经画进趣,亮又减之。故世称二苏焉"。又说苏亮"所著文笔数十篇,颇行于世"。还有苏绰的弟弟苏椿,苏亮、苏湛之弟苏让皆留名于《周书》。可见苏氏亦为一个文化很高的家族。值得注意的是从西晋到十六国,还有两位女诗人都和苏氏有关。一位即《玉台新咏》卷九所录《盘中诗》的作者"苏伯玉妻",此诗有人疑为汉时人作,但寒山赵氏覆宋本和五云溪馆本均在傅玄之后、张载之前,当可信。此诗云:"姓为苏,字伯玉,作人才多智谋足,家居长安身在蜀。"考蜀汉之亡在魏元帝景元四年(263),巴賨李氏建成在晋惠帝太安二年(303),中间有40年之久;而傅玄卒于晋武帝咸宁四年(278),张载卒年至早也应在太安二年之后几年。

那么《盘中诗》产生于傅玄之后、张载之前是完全可能的。这里提到的苏伯玉,很有可能即武功苏氏。还有《织锦回文诗》的作者苏蕙,据说乃前秦始平(今湖北十堰东)人,夫窦滔为秦州刺史。按:苏蕙事各书说法不一,但均谓其夫乃窦氏。窦、苏皆扶风望族,苏蕙家或本武功苏氏之移居始平者。这两个故事也多少使我们想到苏氏具有很高的文化教养。

上面说的韦、杜二族,乃西汉大臣之后,属"七相五公"之列;苏氏官爵稍低,而苏武的品德更在韦杜之上。此外在关中的望族还有扶风的窦氏。窦氏在东汉一代出了两位皇后:一位是章帝皇后窦氏,乃窦融曾孙女;另一位是桓帝皇后窦氏,乃窦武之女。据《后汉书·窦武传》,窦武乃窦融玄孙,而《后汉书·窦融传》又称其七世祖乃西汉文帝窦皇后之弟窦广国。这样,窦氏在关中也算望族。北朝人自称扶风窦氏的不止一家。《魏书·窦瑾传》:"窦瑾字道瑜,顿丘卫国人也。自云汉司空融之后。高祖成为顿丘太守,因家焉。"他是否真为窦融之后,本无确证。至于北周的窦炽,似更可疑。《周书·窦炽传》:"窦炽字光成,扶风平陵人也。汉大鸿胪章十一世孙。章子统,灵帝时为雁门太守,避窦武之难,亡奔匈奴,遂为部落大人。后魏南徙,子孙因家于代,赐姓纥豆陵氏。累世仕魏,皆至大官。"这种说法未必可信。据《魏书·官氏志》:"纥豆陵氏,后改为窦氏。"可能是鲜卑族人入居关中后,自附于汉族名门之后。但这也说明扶风窦氏到北朝尚有声望。不过窦炽确也有较高文化,《周书》本传称他"少从范阳祈忻受《毛诗》、《左氏春秋》,略通大义"。

此外,西魏、北周时,关中旧族也还有两汉以来安定望族梁氏(梁统)之族的梁昕、安定皇甫氏(皇甫嵩)之族的皇甫璠、陇西狄道辛氏(辛庆忌)之族的辛庆之、京兆杜陵王氏(王遵)之族的王子直等。此卷"史臣曰":"韦、辛、皇甫之徒,并关右之旧族也。或纡组登朝,获当官之誉；或张旃出境，有专对之才。既茂国猷，克隆家业，美矣夫！"但可惜的是，这些关中高门中在过去虽有不少人在学术和文艺上做出卓越贡献，而入北朝以后，则比江南的王、谢和河朔的崔、卢等族大见逊色。这是由于关中战乱较河朔尤多，而北魏一代的政治文化中心又在东部，所以关中的文化基础就远不及东部。再加上北周虽也有命学士在麟趾殿校书之举，但其规模较之北齐之编《修文殿御览》，实难比拟。《隋书·牛弘传》载，牛弘上表隋文帝谈搜书之事，说："周氏创基关右，戎车未息。保定之始，书止八千，后加收集，方盈万卷。"又说："高氏据有山东，初亦采访，验其本目，残缺犹多。及东夏初平，获其经史，四部重杂，三万余卷。所益旧书，五千而已。"从这里看来北周和北齐似乎相差不多，但北周的八千至一万卷，亦未去重复之数，较之三万余卷，相差还是很大的。我们试看《北齐书·文苑传》所载参加"文林馆"及编纂《修文殿御览》的人数之多，也说明东部的学术文艺人才实远多于关陇。这不光有历史和地域的原因，也和宇文氏的政权的性质及处境有关。宇文泰本是北魏六镇军人，地位较低，早年随父宇文肱在起兵反对北魏朝廷的鲜于修礼军中，后鲜于修礼为葛荣所杀，宇文泰就从葛荣，后来葛荣被尔朱荣所镇压，他又归降尔朱荣，得到任用，地位逐步上升。鲜于修礼和葛荣都是六镇哗变的军人首领，尔朱荣乃留居北方的鲜卑人头目，他虽口头尊奉北魏，与哗变军人不同，但有一点是共通的，那就是这些留居平城及以北地区的鲜卑族，自魏孝文帝以后，在仕途上日益艰难，远不如迁洛的鲜卑人及汉族士大夫得势。这情况只要看《魏书·张彝传》和《北齐书·魏兰根传》就很清楚。北齐的建立者高欢和北周的建立者宇文泰都是六镇军人出身，对汉化鲜卑人与汉族士人都怀有一定的仇恨。但两人情况不同，高欢统治着东部地区，这里本是汉族士人聚居之地，他不能不顾虑到这些士族对广大汉人的影响，同时他又属高姓，可以自附于勃海高氏这一高门士族，所以在某种程度上说，对汉族士人还有一些吸引力。南方士人颜之推被西魏所俘而要冒险偷逃北齐，虽有借此南返的动机，但后来久仕北齐，恐怕是他认为北齐还比西魏北周有较多文化修养。宇文泰的情况不同，他原来地位较低，对汉化更隔膜，对孝文帝以来士族地位的显赫更为不满。《周书·苏绰传》载苏绰为他所拟的"六条诏书"中说："自昔以来，州郡大吏，但取门资，多不择贤良……夫门资者，乃先世之爵禄，无妨子孙之愚瞽……若门资之中而得愚瞽，是则策骐骥而取千里也；若门资之中而得愚瞽，是则土牛木马，形似而非，不可以涉道也……今之选举者，当不限资荫，唯在得人。"又说："凡所求材艺者，为其可以治民。"这些话，看起来句句有理，但其意似与魏孝文帝的政策明显不同。《魏书·韩麒麟附韩显宗传》载孝文帝与李冲、李彪等人的一次谈话。李冲说："若欲为治，陛下何为专崇门品，不有拔才之诏？"孝文帝说："然君子之门，假使无当世之用者，要自德行纯笃，朕是以用之。"事实上高门士族未必真的"德行纯笃"，孝文帝其实还是要拉拢门阀士族。宇文泰在关西没有那么多高门需要争取，他也未必这样迫切地需要高门士族支持。宇文泰不重门阀，显然是对的，但他任人只注重"治民"，却未致力于学术和文化。一般来说，这些部门却是高门士族占着优势。西魏、北周时代关中形势，也使他难有余暇考虑这些方面。所以《隋书》、《北史》的《儒林》、《文学（苑）》二传，讲到北方学术和文艺之盛，主要在东方的"齐、鲁、赵、魏"；说到北周，只说"周氏创业，运属陵夷，纂遗文于既丧，聘奇士如弗及"（《北史·文苑传》），而所举"奇士"则除苏绰、苏亮外，多非关中人士，这说明关陇的学术文化实难与东部并提。这自然不能全怪宇文泰，而是长期而复杂的原因造成的。

三

具体到西魏、北周的学术文化,我们不妨从儒学和文学两个方面来论述。因为这两个方面,历来史籍言之最详。

西魏、北周的儒学,据《周书·儒林传》凡六人,加以单独立传的卢辩凡七人。其中三人为范阳卢氏:卢辩、卢诞和卢光,他们均生长于河朔,学成后因政治原因而入关。另有两位河东猗氏(今山西临猗涑水南岸)人樊深和乐逊,亦学成后入关。《周书》作者令狐德棻似最重视沈重和熊安生二人的入周。他讲到周武帝的重儒,说他"其后命辐轩以致玉帛,征沈重于南荆。及定山东,降至尊而劳万乘,待熊生以殊礼"。这里讲的沈重是吴兴武康(今浙江湖州南)人,本来在建康做官,梁元帝萧绎即位,把他迎到江陵。西魏平江陵,本叫他留在后梁萧詧那里,是周武帝宇文邕派宣纳上士柳裘把他征聘入关的。他著述甚多,《隋书·经籍志》著录他的《毛诗义疏》28卷、《周官礼义疏》40卷和《礼记义疏》40卷。北朝学者著作能保存于《隋书·经籍志》中的不多,足见沈重在当时确有其突出地位。但他其实是个江南学者。至于熊安生,他是长乐阜城(今属河北)人,为北齐国子博士。《周书·儒林传》载其名闻关中及入周始末云:"时朝廷既行《周礼》,公卿以下多习其业,有宿疑硕滞者数十条,皆莫能详辨。天和三年(568),齐请通好,兵部尹公正使焉。与齐人语及《周礼》,齐人不能对。乃令安生至宾馆与公正言。公正有口辩,安生语所未至者,便撮机要而骤问之。安生曰:'礼义弘深,自有条贯。必欲升堂观奥,宁可汩其先后。但能留意,当为次第陈之。'公正于是具问所疑,安生皆为一一演说,咸究其根本。公正深所嗟服,还,具言之于高祖(周武帝)。

高祖大钦重之。"等到周武帝平邺城时,就亲自到熊安生家里拜访,给赐甚厚,并且用安车驷马迎到长安。这位名儒的事迹,正好说明了关中学者的学术不足与河朔相比,所以使宇文邕对熊安生倾慕至此。

　　《周书》不设《文苑传》,但并非全无文人,其中比较有名的如庾信、王褒、刘璠等均来自南方,也有少数作家如李昶,顿丘卫国(今河南清丰)人,魏李彪之孙,早年随父游及伯志在江南,后归洛阳,后又入关。还有一些文人如柳虬、柳庆兄弟,祖籍河东,上世曾仕南朝,后归北魏,亦由东部入关。柳氏兄弟入关较早,苏绰作《大诰》,想改变魏晋以来的华丽文风。当时有人献白鹿,群臣想作贺表,"尚书苏绰谓(柳)庆曰:'近代以来,文章华靡,逮于江左,弥复轻薄。洛阳后进,祖述不已。相公柄民轨物,君职典文房,宜制此表,以革前弊。'庆操笔立成,辞兼文质。绰读而笑曰:'枳橘犹自可移,况才子也?'"(《周书·柳庆传》)苏绰这段话既适应了六镇军人出身的统治集团反对汉化和崇尚江南的心理,也反映了关中士人对这种文体难于企及的心态。但正如《北史·文苑传》所说:"然绰之建言,务存质朴,遂糠秕魏晋,宪章虞夏,虽属辞有师古之美,矫枉非适时之用,故莫能常行焉。"这一点,柳庆之兄柳虬早已看出,他认为"时有今古,非文有今古",乃作《文质论》(见《周书·柳虬传》)。事实证明,柳虬是正确的。文体的发展并不以个人意志为转移,包括宇文泰和苏绰也不能使《大诰》那种文体普遍为文人接受。其后不过二十多年,在西魏攻克江陵之后,庾信、王褒联袂入关,在他们的影响下,关中文人包括宇文泰之子宇文毓、宇文招、宇文逌等纷纷效法,形成了《北史·文苑传》所说"梁荆之风,扇于关右"的现象。现今所见北周诗文,除宇文泰诸子外,几乎没有一篇关中籍人之作。以《隋书·经籍志》所录北周人文集而言,除周明帝(宇文毓)、赵王(招)、滕王(逌)外,只有文集五部:《宗懔集》、《释亡名集》、《王褒集》、《萧㧑集》和《庾信集》。

宗、萧、王、庾皆南人，由梁入周。释亡名《周书》无传，但据唐释道宣《续高僧传》卷九，他俗姓宋，南郡人，事梁元帝，梁亡后出家，"远寄岷蜀"，后被周齐王宇文宪请到关中，则亦为南人。他的诗今存者不多，也许因为是和尚，所以较之他人似稍少绮艳之风，但大体上仍和南朝诗人无原则上的区别。大抵河朔等北齐旧地的文学发展历史较久，虽也努力学习南方文风，却有自己的传统，和南方文风还不完全一样。就如《隋书·文学传》说的："江左宫商发越，贵于清绮；河朔词义贞刚，重乎气质。"即以现今所见隋代作家的诗文而论，较为优秀的几乎都出自江南和河朔人士之手。唯一的例外也许是杨素。但杨素能否完全代表关中文风，亦颇可疑。《隋书·杨素传》："杨素字处道，弘农华阴人也。祖暄，魏辅国将军、谏议大夫。父敷，周汾州刺史。"杨敷乃北魏杨播族孙，这一家据《魏书·杨播传》说，祖籍"弘农华阴"是其自称，还有疑问。他们祖上仕慕容氏，在魏道武帝时已归魏，此时关中尚未收入北魏版图。此后直到北魏末年，杨氏还一直在洛阳等地做官。杨敷之曾祖、祖父和父亲均在河间及北部的怀朔镇等地做官，可能受河朔及洛阳一带文化的影响很深。现在我们来看杨素今存诗篇，其《出塞》二首，属乐府题材，同时期作者还有北方诗人薛道衡、南方诗人虞世基，风格都相近，很难说有什么杨素特有的色彩。至于他的《山斋独坐赠薛内史》、《赠薛内史》和《赠薛播州》等，诗风高古，颇有晋诗气息，较之和他唱和的河东人薛道衡，似更多河朔清刚之气，倒更近似稍早的卢思道及同时的孙万寿，所以杨素的诗风，毕竟不能代表关陇。至于文的情况亦与此类似。清代的李兆洛编了一部《骈体文钞》，所收文章甚多，差不多稍有可取，即加收入，但其中却不录西魏北周时关中人的文章。我们现在常读的西魏至北周人的骈文大约只有一篇宇文逌的《庾信集序》。平心而论，这篇骈文写得还是不错的，但纯系模仿庾信的文风，并无自己的创造。所以我们今天还去读它,多半是视为研究庾信的史料,而非欣赏其文学价值。反观当时作家作品,且不说来自南方的庾信、王褒,即以河朔地区而论,像卢思道的《劳生论》,可称杰作,足与梁刘孝标的《广绝交论》颉颃;祖鸿勋的《与阳休之书》,亦骈文名作;即使一些应用文字如东魏杜弼的《檄梁文》(一说魏收作)、隋末祖君彦的《为李密檄洛州文》皆传诵名作,而均出自河朔籍文人之手。关陇文学的复兴,实在入唐以后。这说明北朝的学术和文艺中心实在河朔,而关陇经长期战乱之后,元气尚未恢复,要赶上南方和河朔,还得有一个过程。

南朝文学史上的王谢二族

> 朱雀桥边野草花,乌衣巷口夕阳斜。
> 旧时王谢堂前燕,飞入寻常百姓家。

刘禹锡这首至今传诵的名诗,感叹的是东晋南朝时代的两大高门望族——琅邪王氏和陈郡谢氏,这两大家族到唐代已经衰落。不过,当年王导、谢安在巩固东晋偏安政权上的功绩却还留在人们的记忆之中。王、谢二族不但出现过不少显宦,其文采风流亦颇为后人称道。因此当人们谈起东晋南朝的士族时,总要把王、谢二族并提。

不过,王、谢两姓虽历来并称,其盛衰情况却不完全一样。琅邪王氏之兴始于汉魏间的王祥、王览,至魏末西晋,已有不少达官和名士。王氏在西晋乱亡之时,已较早地定下了南渡的决策。晋怀帝永嘉元年(307),朝廷任命琅邪王司马睿为安东将军,都督扬州江南诸军事镇守建业。这时王导正任安东司马,受到司马睿的信任。司马睿初到江南,并无很大威望,正是由于王导的计谋,使南方士人都来归附司马睿,王导乘机劝司马睿结交吴地高门顾荣、贺循等人以拉拢江南人士,以便进一步在南方站稳脚跟。这时以京城洛阳为中心的中原地区诸藩王正互相争权残杀,匈奴族刘渊的势力已经兴起,形势岌岌可危。王导已经觉察到这种情况,所以他为司马睿定下偏安江左的计划时,也早已为自己家族的南迁做好准备。这时距离刘聪、石勒之攻陷洛阳还有四年时间,王导的家乡临沂在今山东南部,距建业也不是太远,所以王导的族人大部分在洛阳陷落前已经南迁。从《晋书》和《南史》等史籍看,琅邪王氏随同东晋南迁的人数甚多,在东晋初年朝廷中势力很大,甚至有"王与马,共天下"之谚。据说王导在南渡之初,曾经让郭璞占卜其家族的命运,郭璞说"淮流竭,王氏灭"(见《南史》卷二十四《王裕之传》)。河流自然不易枯竭,王氏的根深蒂固亦于此可见。这种传说虽有迷信色彩,却反映了琅邪王氏在东晋南朝的巩固地位。所以在后来一系列的政治斗争中,王氏虽也有不少人死于争权斗争,但总的来说,却能与江左政权相终始。

陈郡谢氏之兴,较王氏为晚。谢氏知名于晋代者,始于谢鲲。谢鲲的父、祖官位不高,他本人出仕已是西晋惠帝的后期,而他到南方时间亦较晚,初过江时是避地于豫章,在王敦幕下任职。在东晋政权建立之后,才初次因事奉使到建业,但仍居豫章,直到去世。他的儿子谢尚被王导辟为掾属是在晋明帝太宁二年(324)平定王敦之乱以后。谢尚的从弟谢奕、谢安等过江的时间很难确知,但他们的父亲谢裒官至太常卿,当在东晋政权建立以后。谢裒在政治上似无建树。当晋元帝在建立东晋前夕,采纳王导的建议,招致了不少中原南来的高门名士如勃海刁协、太原王承、济阴卞壸、琅邪诸葛恢、陈国陈颢、鄢陵庾亮等人,其中并无谢氏人物。这些人后来都成了东晋初年朝廷的要员。在这些人物中太原王氏本为西晋高门,与琅邪王氏地位不相上下,所以王羲之和王述曾因争时誉的高下而互相竞争。琅邪诸葛氏社会地位也很高。《世说新语·排调》记载:

诸葛令(恢)、王丞相(导)共争姓族先后。王曰:"何不言葛、王,而云王、葛?"令曰:"譬言驴马,不言马驴,驴宁胜马邪?"

这虽说是开玩笑的话,也说明诸葛氏的地位足与王氏相侔。值得玩味的是,琅邪诸葛氏很看不起陈郡谢氏。同书《方正》载:

> 诸葛恢大女适太尉庾亮儿,次女适徐州刺史羊忱儿。亮子被苏峻害,改适江虨。恢儿娶邓攸女。于时谢尚书(裒)求其小女婚,恢乃云:"羊邓是世婚,江家我顾伊,庾家伊顾我,不能复与谢裒儿婚。"

这说明在诸葛恢看来,谢氏的门第还够不上与诸葛氏结为亲戚。但谢氏后来已经兴起,所以《世说新语》又云:"及恢亡,遂婚。"但即使在谢氏兴起之后,仍有些士人对他们不服气。同书同篇又载:

> 韩康伯病,拄杖前庭消摇,见诸谢皆富贵,轰隐交路,叹曰:"此复何异王莽时!"

韩康伯家世虽然不算太显贵,但颇为当时名士庾龢所推服,当时人把他与太原王氏的王坦之并提,他的言论多少代表了一些高门士族的看法。

谢氏的兴起始于谢尚。因为晋康帝的皇后褚氏是谢尚的外甥女,康帝死后,褚氏以太后临朝,任用她的舅父,所以韩康伯比之王莽。但谢氏确实出现过谢安、谢玄这样的杰出人物,为东晋皇朝立下功勋。谢安、谢玄之所以能在淝水之战中击败苻坚的大军,主要是依靠"北府兵"的力量。在那次战役中不但谢玄,而且像谢安弟谢石、谢安子谢琰都曾到前方领兵作战。但谢氏的衰落实亦与此有关。谢安二子中长子谢瑶早卒;次子琰,在淝水之战中有功,后在镇压孙恩时战死。谢琰的长子肇、次子峻亦被杀,三子混虽未遇害,却因党附刘毅而被宋武帝刘裕所杀。谢玄子瑍早卒,孙灵运是宋代著名诗人,因恃才桀骜不驯,于宋文帝元嘉时被横加谋反罪名杀害。灵运子凤又早卒,孙超宗遇赦还都,亦有文才,但因家境衰落,和齐高帝的功臣张敬儿做了儿女亲家。张被齐武帝所杀,谢超宗口出怨言,亦因此被杀害。谢安兄子谢朗的孙子谢晦,颇为刘裕所重用,刘裕死后其和徐羡之、傅亮把持朝政,废杀少帝刘义符,害其弟义真而立宋文帝刘义隆,后被文帝所杀。谢朗弟允之子谢述在宋文帝时颇有名声,他有三子,长子谢综、次子谢约参与范晔反对宋文帝的密谋被杀,第三子谢纬娶宋文帝女,虽未参与此事,亦被株连而流放广州,至孝武帝初年才得还都。其子谢朓是南齐杰出诗人,但谢朓生时家境已衰,娶了齐高帝功臣王敬则女为妻,王敬则起兵反对齐明帝萧鸾,事先告知过他,他却向朝廷告密。最后他也没能自保,齐朝宗室萧遥光密谋篡夺权力时企图拉拢他,他不敢答应,却被遥光所杀。谢朓在日,本与梁武帝萧衍有约,以谢朓子谟为萧衍女婿,但谢朓被杀,门庭益衰,萧衍竟背了约。谢安的另一个侄孙谢方明家在会稽,遭孙恩之乱,"合门遇祸"。他本人得免于难,宋初为丹阳尹等职,颇有才能,二子:惠连、惠宣。惠连诗才甚高,但早死,无子;惠宣在政治和文学上均无建树,史传仅因父兄之故,留其名字。这样,陈郡谢氏经宋、齐二代仍能维持其高门地位的只有谢安之弟谢万的曾孙谢弘微一支。谢弘微为人宽厚谦退,故能保持其地位。他的儿子谢庄也是著名的文学家,虽历任高官,但仍有父风,对吏部尚书这样掌握实权的要职并不乐意,曾写信给执政的刘义恭推辞。大约正由于此,才使他长保富贵。谢庄五子,其中谢朏、谢瀹最有名。谢瀹在齐代已贵显,官至吏部尚书,并为当时士大夫首领人物,谢朏当时为吴兴太守,送给谢瀹数斛酒,在信中说:"可力饮此,勿豫人事。"(《南史·谢弘微附谢朏传》)谢瀹确也"专以长酣为事"(《南齐书》本传)。谢朓活到梁代,官职甚高,却"内图止足,且实避事"(《南史》本传)。谢瀹子谢举在梁代亦任高官,史称"虽屡居端揆,未尝肯预时政,保身固宠,不能有所发明"(同上)。谢朓号为能诗,《南齐书·谢瀹传》载王俭曾称其"得父(谢庄)膏腴";谢举据《南史》说有文集20卷,但《梁书》本传称遭侯景之乱亡佚。不过谢朓最迟卒于天监八年(509)①,如果确有佳作,似应在《文选》及《玉台新咏》中有所反映;谢举卒于侯景乱中,其诗虽不能被《文选》所录,却亦不妨被《玉台新咏》所收。这多少说明二人的作品在当时并非上乘之作。

和陈郡谢氏相比,琅邪王氏的高门地位维持较久。从名义上说,两族在宋齐二代均有高官,在梁代则谢朓似比王亮更受梁武帝重视。但事实上并不如此。如刘宋一代的王弘、王昙首、王华,均受宋文帝委任,王昙首死时,有人说是"王家欲衰",而宋文帝竟说:"直是我家衰耳。"(《宋书·王昙首传》)王昙首之子王僧绰,亦为宋文帝所任,曾参与宋文帝废太子刘劭的计划,被刘劭所杀。其子王俭则为齐高帝代宋的"佐命之臣",到永明年间官至尚书令,对人说"江左风流宰相,惟有谢安",实系自况。此外像宋孝武帝、明帝,齐文惠太子萧长懋和和帝,梁简文帝的皇后均出于王氏;而谢氏为皇后者仅宋顺帝皇后谢氏一人,而顺帝本系藩王,只是萧道成的傀儡,和齐文惠太子及梁简文帝的情况不同。皇帝选择儿媳,最重门第,由此亦可见谢氏的地位逊于王氏。事实上王氏亦有不少人卷入政治斗争旋涡而被杀,

---

① 谢朓卒年据《梁书》本传云:"(天监)三年元会,诏朓乘小舆升殿……后五年,改授中书监、司徒、卫将军……是冬薨于府。"当为天监八年。故《梁书·武帝纪》中载,天监九年正月,以王亮为中书监。但《南史·谢弘微附谢朓传》则以为天监五年卒。二书虽有不同,但总体可知朓卒于天监八年以前,而《文选》所录作家最晚者为陆倕,卒于普通七年(526)。

但子孙并不一定衰落,如王弘子僧达被宋孝武帝所杀,其孙王融仍于齐世被重用。王僧绰被杀,而其弟僧虔及子俭均显于齐世,俭曾孙王褒仍显于北周。王彧为宋明帝所杀,其子王缋仍贵于齐梁,其女适齐武帝宠子安陆王子敬,入梁后梁武帝对他也不薄。王氏子孙不光历齐梁未衰,入陈后仍然有不少人官位较高,而谢氏在当时似无这样的人物。《南史·王准之传论》说"观夫晋氏以来,诸王冠冕不替",其社会地位实与东晋南朝相终始,这和谢氏显然不同。最发人深思的则为《梁书·王筠传》所载他给儿子们的一封信:

> 史传称安平崔氏及汝南应氏,并累世有文才,所以范蔚宗云崔氏"世擅雕龙"。然不过父子两三世耳。非有七叶之中,名德重光,爵位相继,人人有集,如吾门世者也。沈少傅约语人云:"吾少好百家之言,身为四代之史,自开辟已来,未有爵位蝉联,文才相继,如王氏之盛者也。"汝等仰观堂构,思各努力。

从王筠上推至东晋开国宰相王导,正好七世。从这七代人物看,虽未必都是作家,却都是文化修养很高的人物。从《隋书·经籍志》的著录来看,这七代人中有六人的集子存于梁隋间,只有王僧虔集不见记载。但王僧虔有集是肯定的,他是著名书法家,又精通汉魏古曲,他的文章至今还在《南齐书》、《南史》中可以读到。在王筠所说的七代人中,其高祖王珣虽非以文学著名,但据《世说新语·文学》注引《续晋阳秋》说:"珣学涉通敏,文高当世。"袁宏作《北征赋》亦曾采纳他的意见。可见琅邪王氏不但历世贵显,文化教养亦极高,这在东晋南朝高门士族中不多见。

陈郡谢氏的文化传统亦不亚于王氏。谢安、谢万都参加王羲之在兰亭的集会并作诗。谢安本人对庾阐《扬都赋》的批评,十分中肯。

他在家中曾与谢朗、谢道韫"讲论文义",作咏雪之句(见《世说新语·言语》);又与谢玄论"《毛诗》何句最佳"(见同书《文学》)。据同书《贤媛》载,谢道韫为王凝之妻,他把王凝之和谢氏人物相比,觉得还相差甚远。但从《隋书·经籍志》著录的文集数目看,谢氏人物的集子远比王氏为少。其中东晋一代,王氏人物有文集的比谢氏至少要多十人,约为三与一之比。但正如前面所说,王氏之兴,早于谢氏,尚不能做这种比较。至于南朝的情况,却多少可以见出两姓兴衰的早晚颇有不同。以刘宋时代而论,王氏人物的文集凡十一人十一种,其中至隋犹存者四种,梁存隋亡者七种;谢氏凡五人五种,其中至隋犹存者四种,梁存隋亡者一种。齐代王氏文集凡五人五种,其中至隋犹存者二种,梁存隋亡者三种;谢氏凡三人四种,至隋犹存者为《谢朓集》及《逸集》,梁存隋亡者二种为谢颢、谢瀹(皆宋谢庄子)集。梁代王氏文集凡四人八种(其中王筠一人有五种),皆至隋犹存;谢氏凡四人四种,其中至隋犹存者二种,梁存隋亡者二种。但这四人是否出于陈郡谢氏都有疑问①。至于陈代,则两姓人物均无文集被著录。但与此同时王褒在北周是仅次于庾信的大作家;入隋后还有梁代诗人王筠之孙王胄亦以文学知名,可见文学传统尚未断绝。谢氏在陈代亦有以"风定花犹落"闻名的谢贞。据《陈书·孝行·谢贞传》说,谢贞原有文集,遭乱亡佚。那么梁代以"蝉噪林逾静,鸟鸣山更幽"著称的王籍,据《南史》,本有萧绎所编集十卷,当亦亡于战乱。

---

① 本文所举王、谢二氏文集,均以确知为琅邪、陈郡者为准。因为东晋南朝王姓还有太原、东海诸族,谢姓亦有出于会稽者。至于梁代谢氏四人中谢绰《梁书》不载,《南史·后妃传》上有宋明王皇后从舅"陈郡谢绰",但《宋书》作"谢纬",张森楷疑"绰"字误。谢琛、谢瑱可能是谢朓从侄谢璟的同族兄弟,但无确证,姑存疑。

从《隋书·经籍志》著录文集的情况看来，除了因战乱而文集散佚外，一般来说，官位较高、家境较富裕的人，其文集较易编成。例如：在宋、齐二代，王氏任高官者多于谢氏，所以有文集的人亦多于谢氏。如齐代谢氏作家三人中，谢朓应该说是最杰出的诗人，即使被杀害而家境败落，其文集总会有人来编。其余二人均为谢庄之子，是入齐以来谢氏仍能保持富贵的唯一支族。但谢颢、谢瀹二人的文集入隋已亡佚。文集的能否保存，亦多少决定于作品本身的艺术水平。这一点，把刘宋一代两族文人的集子作一比较，就更清楚。如王氏文集十一种中入隋犹存的仅四种，不到一半，而其中保存最完整的是王微、王僧达二人的集子；谢氏文集五种入隋仅亡佚一种，而谢瞻、谢惠连、谢灵运、谢庄的文集均保存完整，这些人也正好是文学史有地位的作家。这说明文集的多少还不能完全反映这些家族的文学成就。但从现存最早的两部总集——《文选》和《玉台新咏》中，却多少可给人一些启发。因为萧统编《文选》，比较注意收录历来传诵之作；而徐陵编《玉台新咏》，虽有特定的范围，但徐陵及叫他编此书的萧纲都是有成就的作家，其去取也很值得重视。从《文选》所录的作品来看，所收刘宋时二族之作有王微诗1首，王僧达诗2首，文1篇，合计王氏诗3首，文1篇。谢瞻诗5首，谢灵运诗40首，谢惠连诗5首，文2篇，谢庄文2篇，合计谢氏诗50首，文4篇，入收作品远多于王氏。这也许是因为王氏在此时仕宦颇显达，不少人致力于政事，而王微、王僧达倒是未居高位的。谢氏在朝廷中地位已远不如东晋时代，除谢庄外，官职都不算高，但正因为这样，才更能专心于创作。如谢灵运，史称他"自谓才能宜参权要，既不见知，常怀愤惋"（《宋书》本传），因此像白居易说的"泄为山水诗，逸韵谐奇趣"（《读谢灵运诗》）。谢惠连则不但未登高位，且颇受压抑。这大约是当时谢氏文学人才特盛的一个原因。到了齐代情况略有不同。《文选》所收作品有王俭、王巾文各 1 篇,王融文 3 篇,合计王氏文 5 篇;谢氏仅谢朓一人,却有诗 21 首,文 2 篇。值得注意的是王氏文 5 篇中,最为后人称赏的不是"风流宰相"王俭的《褚渊碑文》,而是沉沦下僚的王巾所作的《头陀寺碑文》;同样地,谢氏在南齐,如谢朓、谢瀹均历显职,却无作品入选,而门第已衰落的谢朓却一人独占入选的南齐作品之大半,这也许和他的诗颇有"忧生之嗟"有关。总的来说,在宋齐二代,王氏在仕途上较谢氏顺利得多,而在文学上的成就则不如谢氏。这说明某一家族出现作家之多寡,并不能说与门第兴衰有直接关系。

  然而家族的盛衰又绝非对作家的出现全无影响。我们试看《玉台新咏》所选录的作品,就多少能说明这一问题。①《玉台新咏》所录刘宋时代王姓作家的作品凡 3 人 4 首(王微 2 首,王僧达和王素各 1 首);谢姓作家的作品凡 2 人 5 首(谢灵运 2 首和谢惠连 3 首)。南齐时代则收录王融诗 9 首;谢朓诗 16 首。梁代只有王筠诗 7 首而无谢姓人物的作品,而原为"北府兵"出身的彭城刘氏、兰陵萧氏人物的诗被大量选录。《玉台新咏》选录作品的标准和《文选》迥异,它只收"艳歌"一体,因此像谢灵运这样的大诗人,其作品很少入选,谢朓最为传诵之作亦皆未入选。尽管如此,《玉台新咏》所选刘宋时代王、谢二氏之作,数量基本相当是由于其特定目的,而对南齐时代两氏之作的选录,却和《文选》一样,重谢轻王,这决定于谢朓个人的成就超出时辈。至于梁代,王氏还有一位王筠,而谢氏已无作品入选,这不能不说和谢氏衰落较早有关。试看晋宋间谢氏鼎盛之际,谢安、谢玄与谢道韫的咏雪,谢混和谢瞻、谢灵运、谢弘微的游宴谈文,显然是造就作家的极好环境。而当谢氏宗人大多被杀,只剩谢庄一支之际,这种

---

① 《玉台新咏》的通行本被后人增加了好多作品,并非原书所有。这里仅据较近原貌的明寒山赵氏覆宋本统计。

环境已不复存在。所以南齐一代,谢氏作家只有谢朓一人,而其成为杰出诗人的原因除了个人的才华外,也由于竟陵王萧子良西邸中诸文人的互相切磋。入梁以后,不但谢氏衰落,王氏也屡遭打击。所以人数和作品均不如以前,而"北府兵"出身的刘萧二族,其势正如日中天,因此人数和作品均占大多数。但这两族也好景不长,一场侯景之乱,受到了很大打击,入陈以后,也不再有二姓人物的文集著录于《隋书·经籍志》。不过,王、刘、萧三姓都有人仕于江陵的梁元帝政权或襄阳的萧詧(后梁宣帝)处,其后在不同情况下先后入北方。尤其萧氏还有人在侯景之乱中逃到北方,如萧㦑即一例。因此在由南入北的文人中,不见谢氏人物。究其原因,恐怕还是和谢氏屡遭打击,入梁以后已经门庭衰落、人丁单薄的原因分不开。从这一情况看,一个家族在文坛上的影响,也多少会受到这个家族的社会地位及经济状况的一定影响。

南朝文学的衰落

一

关于南朝文学的衰落问题,有些论者也许不同意。他们之所以不赞成南朝末年文学趋于衰落的说法,主要是由于对萧纲及"宫体诗"的评价和传统的看法有所不同。其实,这是两个问题。对萧纲和"宫体诗",历来的看法确有偏颇,自应重新予以评价。但萧纲死于大宝二年(551),下距隋文帝平陈还有三十多年;至于萧纲现存多数的诗,大抵作于中大通到大同初年,距南朝之亡还有四五十年,以他来作为南朝末期文学的代表,恐未必妥当。我们现在所说的南朝末年文学的衰落,主要是指陈代(557~589)南朝文学的情况。当然,照传统的说法,陈代也有过不少优秀的作家,写过一些传诵于世的名作。然而,这个问题似尚需进一步讨论。因为陈代作家中成就最高的当数阴铿、徐陵、沈炯、江总等人。这四人都是由梁入陈的。阴铿据《陈书·文学阴铿传》:"天嘉中,为始兴王府中录事参军。世祖尝宴群臣赋诗,徐陵言之于世祖,即日召铿预宴,使赋《新成安乐宫》,铿援笔便就,世祖甚叹赏之。累迁招远将军、晋陵太守、员外散骑常侍,顷之卒。"据此,阴铿当卒于陈文帝天嘉(560~566)、天康(566)间,至迟亦不过在废帝光大(567~568)年间。但阴铿大量的作品实作于梁代。据《陈书》本传,他"释褐梁湘东王法曹参军","湘东王"即梁元帝萧绎。今存阴铿诗中有《和登百花亭怀荆楚诗》,系和萧绎《登江州百花亭怀荆楚诗》而作。萧绎为江州刺史是在梁武帝大同六年至太清元年(540~547)。在此以前,萧绎曾为荆州刺史,时间为普通七年至大同五年(526~539),因此阴铿到萧绎幕下,很可能在大同五年以前。至少,在太清元年以后,他不在荆州,因为《陈书》说"及侯景之乱,铿尝为贼所擒",而侯景从未攻陷荆州,如果他尚在萧绎幕下,不可能被侯景所擒。因此他的传诵之作如《晚泊五洲》、《五洲夜发》诸作,当作于大同五年前在荆州萧绎幕下前后。因为"五洲"在长江沿岸,是荆州和建康来往必经之地,有何逊等人诗可证,而荆州自承圣三年(554)被西魏攻克后,即属后梁所辖,陈代人无从到此。阴铿还有一首有名的《渡青草湖》,按:青草湖在今湖南北部,据《周书·萧詧传》,长沙等郡,陈初已落入后梁之手,直到废帝光大元年,淳于量、吴明彻大破周将元定之后,才被陈军占领。但此时阴铿可能已不在人世,至少不可能再去此地。因此阴铿的传诵之作,大多数皆作于梁代。

  徐陵的情况与阴铿也相近。他的诗有一部分明显作于梁代,如《走笔戏书应令》、《和简文帝赛汉高帝庙诗》等。最为人常读的如《奉和咏舞》等收入《玉台新咏》,显然作于梁代。他的乐府诗如《关山月》等,写作年代无可考。可以确切地说作于陈代而又较为读者传诵的,莫过于晚年所作的《别毛永嘉》,但数量不多。他的骈文似比诗更有名,而传诵最广的《玉台新咏序》肯定作于梁代;《在齐与仆射杨遵彦书》则作于被扣留在北齐时,当时萧绎尚未称帝,乃梁文是没有疑问的。沈炯的作品似乎文比诗更有名,他的《经通天台奏汉武帝表》作于西魏攻克江陵以后、他回南方以前,当时陈霸先尚未代梁;他的《归魂赋》据陈寅恪先生说，对庾信作《哀江南赋》有启发，此赋亦作于陈霸先称帝以前，即他回南之初。江总的情况比较复杂，他一般都被看作陈代人，但他的好诗却多作于两个时期：一些是梁末侯景之乱中避乱于广州时作，如《秋日登广州城南楼》、《别南海宾化侯》、《经始兴广果寺题恺法师山房》等；还有一些是陈亡以后从长安南归途中及回到南方后所作，如《明庆寺》、《南还寻草市宅》、《并州羊肠坂》、《于长安归还扬州九月九日行薇山亭赋韵》等几首。这些严格地讲并非陈诗，而为梁诗或隋诗。当然，他在陈代也有几首好诗，如《诒孔中丞奂》、《赠贺左丞、萧舍人》、《遇长安使寄裴尚书》等，前者作于他仕途得志以前，后两者则作于南北双方实力已很悬殊之后，不无悲叹之意。但他在陈代之作中，多数为"应令"、"应诏"、"侍宴"或施斋、忏悔等佛事诗；还有一些"赋得"某名句的诗，这些无非是搬弄辞藻、典故，不见真情实感之作。此外，陈代作家中有成就的实在不多。如陈后主、张正见等人，存诗不少，但好诗寥寥，只见韵律、对仗都还工整，却无动人之处。这一点如宋人严羽，清人陈祚明、沈德潜等人早已指出。如果把这些诗和北齐、北周某些诗人之作相比，说南逊于北，是不算过分的。

二

我们知道，南朝文学的传统积累是远比北朝深厚的。当时南朝文学已经经过了东晋、宋、齐和梁四代，产生了如郭璞、陶渊明、谢灵运、颜延之、鲍照、谢朓、沈约、何逊、吴均以至萧纲、萧绎诸人；而北朝则从孝文帝迁都洛阳开始，才真正有了文学活动，至此不过六十年左右，至于北朝较有名的作家若从袁翻、祖莹等人算起时间甚至更短。

那么南朝文学为什么在不长的时间内就被北朝所赶上和超过？这个问题很值得探讨。一般地说，这和梁末一些作家如庾信、王褒、颜之推等人的由南入北是分不开的。但这仅仅是一个方面，北朝文学的兴起，除了因有南朝文人来到外，一些北方籍作家的出现也是很重要的方面。如温子昇、邢劭和魏收均出生于北方，他们作品的辞采也许还不及南人华丽，但已有一定特色；至如稍后的卢思道、薛道衡等，连辞藻亦已不在南人之下。像卢思道一些歌行，当作于隋文帝代周以前，这些诗从一定程度上说，已超过了南朝诗；至于入隋以后，卢、薛与杨素、孙万寿的一些诗文，均有显著的特色，皆非同时的南方籍作家所能企及。这不能不说在南北朝末年，南朝文学处于衰落状态，而北朝文学则处于上升的状态。

那么南朝文学到陈代为什么会趋于衰落呢？其原因是比较复杂的。除了不少有才华的文人已去北方外，还有一个颇为重要的原因是作家们的生活实践问题。我们知道东晋南朝一些有杰出成就的作家，其成功往往与其生活实践有关。如郭璞的《游仙诗》，本是坎𡒄咏怀之作；陶渊明的田园诗，和他长期生活于农村，并在某种程度上参加过一些农业劳动有关；谢灵运在政治上有他的牢骚，他还遍游过今江西、浙江境内许多有名的山水；鲍照在仕途上备受坎坷，时有不平之鸣；谢朓也有不少游宦的经历，并且在齐代皇室内部的争权斗争中常有忧生之嗟。他们的诗歌所以动人，与这些原因是分不开的。我们试以谢朓为例，他的诗一部分被《文选》所收录，一部分则被《玉台新咏》所收入。这两部分作品从内容到技巧都很不一样。历来的读者所喜爱的谢朓诗，大抵是"大江流日夜"，"澄江静如练"一类名篇；至若《玉台新咏》所录的一些咏物诗，则很难给人留下什么印象。这是因为《暂使下都夜发新林至京邑赠西府同僚》、《晚登三山还望京邑》诸诗，都是有其真切感受、不得不吐的作品。至若《杂咏五首》之类,无非是铺陈一些关于灯、烛、镜台等杂物的典故,刻画某些形象,但这些本属无生命的东西,除个别场合另有寄托外,一般并非性情的流露,只是在朋友聚会时,分题作诗,以显示个人的才学而已。

其实不但谢朓,就是对于近年来人们热心为他翻案的萧纲,亦未尝不需要对其作品进行具体分析。毫无疑问,过去一些论者因为萧纲的诗多写妇女而把它们斥为"淫荡"或"轻视女性",因此全盘否定。这是不对的。但我们也没有必要去对萧纲和"宫体诗"作过高的评价。萧纲作为一个藩王和太子,有其特殊的生活状况。在当时的朝廷大臣中,稍有资历者,梁武帝往往赏赐"吴声"或"西曲"的"女妓一部"(参看《南史·徐勉传》)。在萧纲周围自不乏歌姬舞女,他在目极声色之余,去写作那些题材,自有其独特的条件。他又从小受徐摛"新变"诗风影响,善于细致刻画事物,注重鲜明的色彩调配,因此在描写女性的体态、服饰等方面有其独到之处。同时,这些"歌姬舞女"毕竟是有血肉的人,描写这些人物的诗,显然与那些咏物诗不同,多少带有感情的色彩。这是因为古来描写妇女的作品如宋玉《高唐赋》、《神女赋》,蔡邕《青衣赋》,曹植《洛神赋》等无不具有较强的抒情意味,萧纲的作品不能不受他们的影响。因此读起来自然和那些咏物诗不同,具有较强的感染力。萧纲主要的贡献也就在这里。至于写其他题材的诗歌,他似乎并无多少成功之作。例如他也写过某些边塞诗,却不过搬弄一些两汉的典故;他也有某些写景诗,却很难与大小谢并论。即以描写妇女生活的诗而论,亦须作具体分析。这些诗有的确实清新可喜,但也有一些则内容未必健康。因为有不健康的成分而全盘否定萧纲当然欠妥;但全盘肯定,甚至认为写其他题材的诗都不如"宫体诗"恐亦非的论。再说"宫体"这一流派虽始于萧纲,而在他手中已达到顶端。萧纲之弟萧绎,才华不及乃兄,其风致韵味已见逊色;至若陈后主等,更是等而下之了。如果因为"宫体"

到陈代尚有余风,就认为南朝诗歌仍未衰落,这未免与文学史的实际情况大相径庭。

大抵南朝高门士族,在东晋时代尚有一些颇具才能的人物如王导、谢安等;入宋以后,像谢晦等人,尚有操持政务的一定能力,但已不如前人。到宋文帝时代,开始任用寒门出身的人办理政事。宋孝武帝任用巢尚之,执政的江夏王刘义恭起初不大同意,后来竟叹道"人主诚知人",说明寒门的人处理政务的能力已超过士族。所以到南齐时代,王、谢高门虽地位清显,而唯以文义风流自名。《南史·恩幸·刘系宗传》载,南齐武帝常说:"学士辈不堪经国,唯大读书耳。经国,一刘系宗足矣。沈约、王融数百人,于事何用?"到梁代后,这一情况更为突出。《颜氏家训·涉务》云:

> 吾见世中文学之士,品藻古今,若指诸掌,及有试用,多无所堪。居承平之世,不知有丧乱之祸;处庙堂之下,不知有战陈之急;保俸禄之资,不知有耕稼之苦;肆吏民之上,不知有劳役之勤,故难可以应世经务也。晋朝南渡,优借士族。故江南冠带有才干者,擢为令仆以下尚书郎中书舍人已上,典掌机要。其余文义之士,多迂诞浮华,不涉世务;纤微过失,又惜行捶楚,所以处于清名益获护其短也。至于台阁令史,主书监帅,诸王签省,并晓习吏用,济办时须,纵有小人之态,皆可鞭杖肃督,故多见委使,盖用其长也。人每不自量,举世怨梁武帝父子爱小人而疏士大夫,此亦眼不能见其睫耳。

颜之推早年生活在南朝,熟知当时的社会状况,他这段话虽然还是以一个士大夫的眼光来看待这一事实,但无可否认的是他已确知江南士大夫之脱离实际,不能办理政事的实况。当然,评价一个人物,并不能仅看他能否处理政务;对文人来说,不能从政也未必就不能从事写作。然而,若像颜之推在这里所说的情况,已不限于办理政事,而是对社会上的种种情况毫无所知,这样的人如果要写出杰出的作品,终究是困难的。

据颜之推说,梁代的士人还不光是不能办理政事,连生活也要人伺候。他说:

> 梁世士大夫,皆尚褒衣博带,大冠高履,出则车舆,入则扶持,郊郭之内,无乘马者。周弘正为宣城王所爱,给一果下马,常服御之,举朝以为放达。至乃尚书郎乘马,则纠劾之。及侯景之乱,肤脆骨柔,不堪行步,体羸气弱,不耐寒暑,坐死仓猝者,往往而然。建康令王复,性既儒雅,未尝乘骑,见马嘶喷陆梁,莫不震慑,乃谓人曰:"正是虎,何故名为马乎?"其风俗至此。

在这种"风俗"下,自难有陶渊明"晨兴理荒秽,带月荷锄归"(《归园田居》)、谢灵运"溯溪终水涉,登岭始山行"(《初去郡》)、鲍照"居人掩闺卧,行子夜中饭;野风吹秋木,行子心肠断"(《代东门行》)这些感受。但是,诗仍然不能不作,因为这是风流儒雅的体现,于是以身旁杂物和声色享乐为题材的诗就应运而生。像萧纲只是由于具有较高的才华及文学修养,在艺术技巧上有所突破和创新而在文学史上占有其一定的地位。至于其他诗人的创作成就,亦往往和生活经历有关。例如:侯景之乱中,庾信和王褒都经过了一些艰险后来到江陵,与萧绎同作《燕歌行》,二人之作就远胜于安居江陵的萧绎那首。这就证明了生活实践在文学创作上归根结底起着决定性作用。我们试看陈代士人的风气,亦未必胜于梁代,一个人官做大了,就要"给扶",甚至武官也是如此,文人当然更甚。在这种情况下,自然难于再产生陶、鲍、二谢,也无法和入北之后文风丕变的庾信、王褒等人媲美。沈德潜在《古诗源》中选录了张正见的《秋日别庾正员》后评曰:"遇好句不十分卑弱者,亦便收入。钞诗者至此,眼界放下几许矣!"这种感叹正说明陈代诗歌的成就,已远不能与宋齐梁等代相比。

三

陈代文学衰落的原因除了士族缺乏社会实践外,还有一个很重要的事实是经过侯景之乱后,一些具有较高文化素养的家族,受到了致命的打击。其中最突出的是东晋以来最为显贵的琅邪王氏和陈郡谢氏已趋没落。本来在侯景叛乱以前,这两个家族在文化上占有极大优势。如《梁书·王筠传》载,王筠《与诸儿书论家世书》云:"史传称安平崔氏及汝南应氏,并累世有文才,所以范蔚宗云崔氏'世擅雕龙'。然不过父子两三世耳。非有七叶之中,名德重光,爵位相继,人人有集,如吾门世者也。沈少傅约语人云:'吾少好百家之言,身为四代之史,自开辟已来,未有爵位蝉联,文才相继,如王氏之盛者也。'"但是到了陈代,这个家族虽还有个别人物在朝廷做官,而远不及宋齐时的门户鼎盛;梁代时的王筠、王籍先后驰声文坛,只有王褒在梁亡后仍文名籍盛,但已去了北周。至于现存的陈代诗歌中竟不见一首诗出于这个家族;《陈书·文学传》亦不见有琅邪王氏出身的作家。和王氏并称的陈郡谢氏,情况亦与此相仿。据《世说新语》载,从东晋以来,谢氏家族就极为注重文学修养,谢安曾和谢玄等讨论《毛诗》何句最佳"的问题(《文学》);谢道蕴曾在谢安面前咏雪,称"未若柳絮因风起"(《言语》)。在南朝文学史上,谢混、谢灵运、谢惠连、谢庄和谢朓尤为历来所推崇。但到了陈代,文人中也没有这一家族的地位。只有一位谢贞,却入了《孝行传》,一生未居显位,"所有文集,值兵乱多不存"。现在能见到的他的诗,只有《春日闲居》中的"风定花犹落"一句,还是在梁时所作,曾被王筠称赏。我们根据逯钦立先生《先秦汉魏晋南北朝诗》所录现存南朝诗歌,东晋一代,共113人,而可以确考为王、谢二族的诗人有16人,还有6人不详,也可能出于二族。刘宋时有诗传世者59人,出身王、谢二族的有10人。南齐时有诗传世者43人,出身王、谢二族的有9人,尚有2人(王僧令和王常侍)不详,也有可能出于琅邪王氏。梁代有诗传世者167人,可确考出于王、谢二族者10人。这说明从晋宋迄梁,王、谢二族已开始衰败,但还不像陈代那样在文坛上全无地位。

不但王、谢二姓是这样,其他家族如"北府兵"出身的彭城刘氏和兰陵萧氏,也在宋、齐、梁三代出了不少文学家。彭城刘氏在刘宋时有诗人6人,南齐时2人,梁代13人,到陈代已无1人。兰陵萧氏在南齐有诗人5人,入梁后增至13人,而到陈代只有萧诠和萧贲(其中萧贲据云为南齐萧子良子,然据《南史·齐武帝诸子传》,萧贲在梁时已为萧绎所杀,不应至陈犹存,当别是一人)。二人出于兰陵,但绝非梁武帝之后。其实萧氏的文人仍不少,后梁的萧詧、萧岿均有文集,直到萧岿的女儿即隋炀帝萧后,还能作赋;此外如北周的萧圆肃、萧大圜,北齐入隋的萧悫,都出于兰陵萧氏,但均不在陈代统治区。此外像陈郡殷氏、吴郡张氏等族在齐梁也出了殷芸、张融、张率等名家,而入陈后亦无文人。这些富于文化传统的家族,都因为在侯景之乱中受到打击而没落,他们家世相传的文学传统亦因之消失。陈代的文人和宋、齐、梁各代很不一样,早年他们都集中在大将侯安都的府第中。《陈书·侯安都传》:"自王琳平后,安都勋庸转大,又自以功安社稷,渐用骄矜,数招聚文武之士,或射驭驰骋,或命以诗赋,第其高下,以差次赏赐之。文士则褚介、马枢、阴铿、张正见、徐伯阳、刘删、祖孙登……"这个侯安都是始兴曲江(今广东韶关西南)人,完全是一个武夫。本传虽说他"工隶书,能鼓琴,涉猎书传,为五言诗,亦颇清靡",但毕竟没有诗传世。文人们作诗由这样的人来"第其高下",而且作诗的目的是"差次赏赐",自然写不出什么好作品来。现在我们从阴铿作品中,还可见到《和侯司空登楼望乡》、《侯司空宅咏妓》二诗,刘删亦有和后者同题之作。其中前一首中"寒田获里静,野日烧中昏"二句,尚有可取。后题则阴、刘二作,均不见出色之处。

陈代中后期据《陈书·文学·徐伯阳传》:"太建初,中记室李爽、记室张正见、左民郎贺彻、学士阮卓、黄门郎萧诠、三公郎王由礼、处士马枢、记室祖孙登、北部贺循、长史刘删等为文会之友,后有蔡凝、刘助、陈暄、孔范亦预焉,皆一时之士。游宴赋诗,勒成卷轴,伯阳为其集序,盛传于世。"这些人除张正见外,一般存诗都不多,有的甚至已没有诗作传世。这说明这些人的创作水平都不很高。其中张正见存诗虽稍多,佳作寥寥。后来加入的人中如陈暄,据《南史·陈庆之附陈暄传》云:"(陈)后主之在东宫,引为学士。及即位,迁通直散骑常侍,与义阳王叔达、尚书孔范、度支尚书袁权、侍中王瑳、金紫光禄大夫陈褒、御史中丞沈瓘、散骑常侍王仪等恒入禁中陪侍游宴,谓为狎客。暄素通脱,以俳优自居,文章谐谬,语言不节,后主甚亲昵而轻侮之。尝倒悬于梁,临之以刃,命使作赋,仍限以晷刻。暄援笔即成,不以为病,而憋弄转甚。后主稍不能容,后遂搏艾为帽,加于其首,火以爇之,然及于发,垂涕求哀,声闻于外而弗之释。会卫尉卿柳庄在坐,遽起拨之,拜谢曰:'陈暄无罪,臣恐陛下有玩人之失,辄矫赦之。造次之愆,伏待刑宪。'后主素重庄,意稍解,敕引瑄出,命庄就坐。经数日,瑄发悸而死。"这完全是一个弄臣。孔范亦属狎客之列,陈亡后,隋文帝将他和王瑳、沈瓘及王仪四人流放到边疆去。这些人成为文坛中的头面人物,其作品可想而知。现在我们看陈代诗歌,其中有很大一部分即从古诗中摘取名句,说是赋得某句,作为诗题。这样的诗,自然谈不上什么真情实感。

大抵南朝的文化事业,入陈后都已衰颓。晋、宋、齐、梁以来的藏书,经侯景之乱,一部分毁于兵火,剩下的还不少,但被王僧辩运到了江陵,最后在西魏攻克江陵时全被萧绎焚毁。陈代藏书本来不多,而在抄补书籍时也不甚精细。《隋书·经籍志》云:"及平陈已后,经籍渐备。检其所得,多太建时书,纸墨不精,书亦拙恶。"陈代皇室本属武夫,在广州一带起家,这里在南北朝时期,本非文化发达之地。在陈代建立以后,长江上游大片土地已入北周、后梁之手,疆域狭小,对外与北齐、北周经常有战争;梁代旧臣王琳,一直与陈作战,直到陈宣帝太建五年(573)才将其平定,此时距陈亡不过十六七年,对内则各地军阀如熊昙朗、周迪、留异、陈宝应、欧阳纥等先后发动叛乱。陈代朝廷也无暇顾及文化事业。因此宋、齐、梁三代都不断有人去整理各类典籍,如王俭《七志》、阮孝绪《七录》等,陈代则无此事;至如宋明帝《晋江左文章志》、沈约《宋世文章志》等专门论文学典籍的书和萧统《文选》和徐陵在梁时所编的《玉台新咏》一类诗文总集,在梁代及以前,曾产生好多种,而陈代亦无著录。这说明陈代文学的衰落,实际上是整个文化衰落的一部分。根据上述种种情况,我们说南朝文学入陈后已经衰落并赶不上北朝,应该是合乎事实的。

陆机事迹杂考

考订陆机的生平和作品系年问题,最大的困难似乎在于现存许多史料的杂乱、抵牾和不可信。这是因为较早的王隐、臧荣绪诸家之书均已散佚,只剩下零星的佚文,而一些典籍所引,又往往有删节,难免有误。唐修《晋书》由于撰述年代较晚,又如刘知几在《史通》中所指出的那样好杂采小说,难以尽信。至于陆机本人的集子,亦早已散佚。现今所存的《陆机集》,乃宋人所辑,不但所存无多,而且有一些文章显然不可能是陆机所作。例如:《晋平西将军孝侯周处碑》,把周处卒年说成元康九年(299),而周处阵亡实为元康七年(297);文中提到的东晋元帝"建武"、"太兴"两个年号,已在陆机死后十几年。因此从清初顾炎武以来,就认定为伪作。其实题为陆机所作的文章,其可疑者绝不止这一篇。如所谓《吴大帝诔》(见《艺文类聚》卷十三)和《孙权诔》(见《太平御览》卷一及《宋书·乐志一》),恐怕均非出自陆机手笔,因为"诔"本是人刚死去时生人对他的哀悼文辞。《文心雕龙·诔碑》:"大夫之材,临丧能诔。诔者累也,累其德行,旌之不朽也。"(按:此语本于《毛诗·定之方中》传)萧统《文选序》:"美终则诔发。"这都是说临丧而作。按:吴大帝孙权死于太元二年(即魏齐王芳嘉平四年252),下距陆机生年(261)有九年之久,他怎么可能为孙权作诔？再说陆机一生所逢君主之丧只可能有两次。一次是吴景帝孙休之死，此事发生在永安七年（即魏元帝咸熙元年，264）。当时陆机不过四岁，不可能作诔。另一次是晋武帝之死，此事在太熙元年（290），陆机年三十一，倒是可能作诔的。但文中说："将熙景命，经营九围；登迹岱宗，班瑞旧坼；上玄匪惠，早零圣晖。"从这些话看来，所诔的是一位有志统一全国而没有成功就死去的君主。这当然不能用在晋武帝身上。所以这篇《吴大帝诔》，也不可能是陆机哀悼别的君主而被人误作《吴大帝诔》。在这篇残缺的文章中，写了孙权出殡的仪式，更非陆机所能目睹。它是一篇"吴大帝诔"，却不是出自陆机手笔。在现存陆机诗文中还有没有其他例子，这也很难说，所以要考证其生平及作品系年，有较大困难。在这里笔者只是想把平时研读陆机作品时的一些想法写出来就正于专家和广大读者。

一、关于陆机的入洛

陆机入洛时间一般都根据《三国志·吴志·陆逊传》裴注引《机云别传》：

> 晋太康末，俱入洛，造司空张华，华一见而奇之，曰："伐吴之役，利在获二俊。"遂为之延誉，荐之诸公。太傅杨骏辟机为祭酒，转太子洗马、尚书著作郎。

《机云别传》本属"杂传"一类书，并非正式的史籍，所以记事往往不很确切，如这段话中说陆机曾任"尚书著作郎"就是一例。因为陆机曾做过著作郎，也曾任尚书中兵郎，但不是同一时间，而且据《晋书·

职官志》,晋武帝时尚书郎分为三十四曹郎,其中有"左右中兵"而无著作郎。至于著作郎一职,汉魏本属秘书监所辖,至晋并入中书省,不可能有"尚书著作郎"之官。然而唐修《晋书》的《陆机传》关于陆机入洛的过程,似信从《机云别传》,如云:

……年二十而吴灭,退居旧里,闭门勤学,积有十年。……至太康末,与弟云俱入洛,造太常张华。华素重其名,如旧相识,曰:"伐吴之役,利获二俊。"……张华荐之诸公。后太傅杨骏辟为祭酒。会骏诛,累迁太子洗马、著作郎。

历来研究者叙述陆机入洛的经过,大抵依据这段话。因此许多文学史著作和论述陆机的文章都认为陆机的入洛是在晋武帝太康十年(289)。但此说和臧荣绪《晋书》的记载不同。据《文选》陆士衡《文赋》李善注引臧书云:

……年二十而吴灭,退临旧里,与弟云勤学,积十一年,誉流京华,声溢四表,被征为太子洗马,与弟云俱入洛。司徒张华素重其名,旧相识以文……

又《文选》潘安仁《为贾谧作赠陆机》李善注引臧书:

太熙末,太傅杨骏辟为祭酒。

又陆士衡《皇太子宴玄圃宣猷堂有令赋诗》李善注引臧书:

杨骏诛,征机为太子洗马。

这两条佚文,亦见《文选》陆士衡《谢平原内史表》李善注引。陆机自己在《诣吴王表》中亦云:"臣本吴人,靖居海隅。朝廷欲抽引远人,绥慰遐外,故太傅所辟……"(见《太平御览》卷二百四十八引)可见陆机入洛是由于杨骏征辟,并非自动入洛,当无可疑。臧荣绪是南朝齐人,应见过裴松之《三国志注》和《机云别传》,但所记不同,当别有据。笔者认为臧说更可信从。

首先,陆机在吴亡后闭门勤学的时间据唐修《晋书》说是"积有十年",而臧荣绪则谓"积十一年",二者看似矛盾,其实"积有十年"在此无非是"约有十年"之意,"十年"本来是个约数,不必看得太死,而"十一年"则是一个确定的数字。问题在于从太康元年(280)晋灭吴算起,到太康十年(亦即太康末 289)正好十年;而到太熙元年(290)则为十一年。"太熙"乃晋武帝最后一个年号,为时不足四月。这年四月,晋武帝就死了。惠帝即位便改元"永熙"。陆机被杨骏辟为祭酒,肯定是在太熙改元以后,因为不论王隐《晋书》(见《文选》陆士衡《叹逝赋》李善注引)、臧荣绪《晋书》或唐修《晋书》都说是"太傅杨骏"辟举陆机。据《晋书·惠帝纪》,太熙(亦即惠帝永熙)元年五月,"以太尉杨骏为太傅,辅政",足证杨骏辟举陆机时间必在太熙元年(290)五月以后。至于陆机被辟举时,是否已到洛阳,是一个需要讨论的问题。依照《机云别传》和唐修《晋书》的说法,那时他应该身在洛阳。因为照两书说,他在"太康末"已到洛阳,和张华见了面,经过张华称扬,才被杨骏辟举。但臧荣绪的说法与此不同。从上面引用的文字看,臧荣绪认为张华过去只是见过陆机之文而赞赏他,及至陆机被征召到洛阳后,两人才见面。这两种不同的说法,亦当以臧说为是。因为《文选》所载潘岳《为贾谧作赠陆机》一诗中说:

> 长离(五臣吕向曰:"长离,凤也。")云谁,咨尔陆生。鹤鸣九皋,犹载厥声。况乃海隅,播名上京。爰应旌招,抚翼宰庭。储皇之选,实简惟良。英英朱鸾,来自南冈。

从潘岳的话看来,陆机当是名闻京洛以后,才被辟举而从家乡来到洛阳的。这和臧荣绪的记载完全符合。在陆机自己的作品中,我们同样可以找到证据。如《赴洛》第一首云:

> 希世无高符,营道无烈心。靖端肃有命,假楫越江潭。

又《赴洛道中作》第一首云:

> 总辔登长路,呜咽辞密亲。借问子何之,世网婴我身。

又《于承明作与士龙》云:

> 牵世婴时网,驾言远徂征。

这些诗句都说明陆机的赴洛并非出于主动,而是迫于征命,他心中还颇不愿意。《文选》陆士衡《赴洛》诗李善注:"《集》云:此篇赴太子洗马时作,下篇云'东宫',而此同云《赴洛》,误也。"李善所见的《陆机集》虽已非梁时四十七卷本,但当是《隋书·经籍志》所著录的二十卷本,多少还保存一些旧貌。据陆云《与兄平原书》(第三十五)云:"前集兄文为二十卷,适讫一十,当黄之。"可见《陆机集》的编纂,始于陆云。那么古本《陆机集》说《赴洛》是应命赴官时作,当可从。这些文字都可以说明陆机入洛乃应征辟,而辟举他时,他还不在洛阳。

不过，《文选注》所引"集云"的话，和王隐、臧荣绪及唐修《晋书》似都有矛盾。因为照那几部史书说，陆机赴洛是应杨骏的辟举，而"集云"则谓是为就任太子洗马之职。这个矛盾似乎还涉及对潘岳那首诗中"抚翼宰庭"一语的解释。这句诗据李善注云："'宰'谓（杨）骏也。'宰'或为'紫'，非也。"这说明李善曾见过作"紫庭"的本子。五臣李周翰云："宰庭，天子之庭也。"按：以"宰庭"为"天子之庭"，不免牵强，疑五臣本原作"紫庭"。清人何焯在《义门读书记》中说："按：杨、贾怨敌，岳必不敢代谥为诗顾及之也。下文'廊朝惟清'即指诛骏事。作'紫'为是。"（卷四十六）梁章钜《文选旁证》卷二十二全采何说。不过何说恐未必全是，如"廊朝惟清"句，在叙陆机自吴王（司马晏）郎中令还朝任尚书中兵郎时，李善、五臣注均未说指杨骏被诛事。其实不管"宰庭"二字究作何解，陆机曾为杨骏的祭酒则是事实，否则王隐、臧荣绪和唐修《晋书》以及《机云别传》就未必会众口一词。然而杨骏其人是在政治斗争中被杀的，历来史家对他亦无好评。陆机的族人及其崇拜者可能讳言其事。再加上陆机任此职时间很短，也易被后人忽略。这就是《文选注》所引"集云"把陆机入洛说成为应太子洗马之征的原因。我们只要从时间上推算，就可以知道他确实做过杨骏的祭酒。因为陆机从家乡出发的时间为太熙元年，而据《赴洛》第一首"谷风拂修薄，油云翳高岑"，《赴洛道中作》第一首"哀风中夜流"、第二首"顿辔倚嵩岩，侧听悲风响。清露坠素辉，明月一何朗"等句看来，当为夏历八月间景色。在交通不便的古代，从江南去洛阳大约两个月总能到达了。这时下距元康元年（291）三月杨骏被杀，还有五六个月。这期间他当已就任杨骏的祭酒。直到杨骏死后，他转任太子洗马，这时上距他离乡时间虽不到一年，确已经过了秋冬春三季而至初夏，所以《赴洛》第二首说："岁月一何易，寒暑忽已革。"

在陆机的另一些作品中,也可以为这种推测提供旁证。如他的《叹逝赋序》中说:

> 余年方四十,而懿亲戚属亡多存寡,昵交密友亦不半在,或所曾共游一途,同宴一室,十年之内①,索然已尽。以是思哀,哀可知矣。

按:陆机生于吴永安四年(261),他四十岁那年为晋惠帝永康元年(300)。从此上推十年,正好是太熙元年(或永熙元年,290)。他为什么要特别提到这十年,就因为他是太熙元年离开家乡的。这和他在《怀土赋序》中自称"余去家渐久,怀土弥笃",而赋中又把"悼孤生之已晏,恨亲没之何速"与思乡之情结合起来是一个意思。

他的《吴王郎中时从梁陈作》一诗自述其经历:"在昔蒙嘉运,矫迹入崇贤。假翼鸣凤条,濯足升龙渊"四句,说的是为太子洗马事。"谁谓伏事浅,契阔逾三年"二句,说的是在东宫的时间。从元康元年夏至四年正好三年多,与此推测完全符合。

在陆机的《答贾长渊》一诗似亦可与这推一测相印证。诗中说:

> 思媚皇储,高步承华。昔我逮兹,时惟下僚。及子栖迟,同林异条。年殊志比,服舛义稠。游跨三春,情固二秋。

按:此诗为答潘岳代贾谧所赠诗而作。陆机在序中说:"余昔为太子洗马,贾长渊以散骑常侍侍东宫积年。余出补吴王郎中令,元康六年

---

① "内"字,李善注本《文选》及《艺文类聚》卷三十四作"外",今从南宋陈八郎刊五臣注及《四部丛刊》影宋本六臣注《文选》、金涛声点校本《陆机集》。

(296)入为尚书郎,鲁公(贾谧)赠诗一篇,作此诗答之云尔。"诗中"游跨三春"二句,是对潘诗"自我离群,二周于今"的回答。现在看来,杨骏于元康元年(291)三月被杀,杨骏死后,陆机方为太子洗马,当在元康元年四月以后,至元康四年(294)出为吴王郎中令,共经历元康二年、三年和四年三个春天,与贾谧共事。陆机又有《皇太子赐宴》诗,其序云:"元康四年秋,余以太子洗马出补吴王郎中,以前事仓卒,未得晏。"这说明他为吴王郎中令在元康四年秋天,再经元康五年至六年回都为尚书郎,正好两个秋天。这样,陆机从入洛到元康六年入为尚书郎的经历是可以考明的。

二、《思归赋序》

今本《陆机集》的《思归赋》,已非全文,其序云:

> 余以元康六年冬取急归,而羌虏作乱,王师外征,职典中兵,与闻军政。惧兵革未息,宿愿有违,怀归之思,愤而成篇。

但《太平御览》卷六百三十四所引与此有出入:

> 陆机《思归赋序》云:"余牵役京室,去家四载。以元康六年冬取急归,而羌虏作乱,王师外征。机兴愤而成篇。"

今人金涛声点校《陆机集》,据此在集中所载文字的"余"字下补入"牵役京室,去家四载"八字。笔者对这两种佚文都有疑问。因为从元康六年(296)上推四年为元康二年(292),这一年离他到洛阳不过二年,现有的史料亦无关于他这年曾回乡的记载。如果说他在元康二年才离开家乡那就不可能任杨骏的祭酒,而且和贾谧共事的时间至少要延后一年,不可能"游跨三春"了。

今存这段文字盖录自《艺文类聚》卷二十七,显然已经删节,删节者似乎只求文义通顺,却没有考虑叙事的完整性。即以《太平御览》所载序文多出的八个字而论,如果我们不知道有此异文而仅据《艺文类聚》及本集所载佚文,倒也文从字顺,不易察觉其中有删节。但《太平御览》的文字亦难保未经删改,如"机兴愤而成篇"句,"机兴"二字,就似后人转述的口吻。所以这篇序文中被删去的文字很可能不止《太平御览》所多出的八字。至少据现有两种佚文看来,"以元康六年冬取急归"一语,只能意味着他已经请假回过家乡,而这和序文及赋的全文是矛盾的。因为序文是说他想回家而未果,才"愤而成篇"。再看赋的佚文,说到写作此赋的时候是"寒风肃杀,白露沾衣",当属秋季。下文又说"候凉风而警策,指孟冬而为期;愿灵晖之促景,恒立表以望之",可见还没有到冬季。从文义来推测,可能在"去家四载"后面还有别的话,被后人删去,才成为现在这样子。

陆机在元康六年(296)时,曾经想过请假回乡,但由于"羌虏作乱"而未成行,因此作此赋抒愤,当为事实。因为据《晋书·惠帝纪》载,元康六年五月,"匈奴郝散弟度元帅冯翊、北地马兰羌、卢水胡友,攻北地,太守张损死之。冯翊太守欧阳建与度元战,建败"。八月,"雍州刺史解系又为度元所破。秦雍氐、羌悉叛,推氐帅齐万年僭号称帝,围泾阳"。此赋当即这一年八月作。大约陆机原有请假的打算,至此因叛乱闹大了,作为尚书中兵郎的他无法分身,才作此赋。这些都无疑问,但序文当有删节,未可据"去家四载"一语判断他赴洛时间为元康二年(292)。

三、陆机《赠尚书郎顾彦先》二首和《吴王郎中时从梁陈作》

《晋书·陆机传》:"吴王晏出镇淮南,以机为郎中令……"《惠帝纪》和《武十三王·吴王晏传》均不载出镇年月,倒是陆机自己在《皇太子赐宴》诗序中说到"元康四年秋,余以太子洗马出补吴王郎中……"而入为尚书中兵郎为元康六年(296),时间大约是这年上半年,因为据《思归赋序》,此年秋,他已在洛阳"职典中兵,与闻军政"了。

陆机这次随吴王晏出镇淮南时,曾经到过哪些地方,已难详考。他自己作品中提到的只有《吴王郎中时从梁陈作》一诗,也只是说了"凤驾寻清轨,远游越梁陈"二句,未作详述。至于他那个期间的创作至今尚存的有多少,亦难确考。像《赠尚书郎顾彦先》二首,当为这一时期之作。据《晋书·顾荣传》:"吴平,与陆机兄弟同入洛,时人号为'三俊'。例拜为郎中,历尚书郎、太子舍人、廷尉正。"可见"尚书郎"为顾荣入洛后所历第二任官职,他既与陆机同时入洛,则任尚书郎时间亦应和陆机自太子洗马出为吴王郎中令的时间差不多。我们再看这两首诗的第一首云:"大火贞朱光,积阳熙自南。望舒离金虎,屏翳吐重阴。凄风迕时序,苦雨遂成霖。"这几句说的是陆机所在的地方夏天因为连雨,就发生了水灾。那么当时陆机在什么地方呢?据《晋书·五行志上》:"(元康)五年五月,颍川、淮南大水。"这一年(295)正是陆机从吴王司马晏出镇淮南的次年,而且是他从淮南返回洛阳的前一年,说明当时陆机确在淮南。从《吴王郎中时从梁陈作》中"远游越梁陈"之句看来,他自洛阳越梁陈,正是去淮南的道路。

"淮南"在当时是郡名,据《晋书·地理志下》,其治所在寿春(今安徽寿县),属扬州所辖。陆机所随从的又是吴王,所以当时不少人就把他此行看作回了家乡。如潘岳《为贾谧作赠陆机》说:"旋反桑梓,帝弟作弼。"潘尼《赠陆机出为吴王郎中令》也说:"祁祁大邦,惟桑惟梓。"陆机这次去淮南,是否也到过江南老家,已无可考。但淮南这地方,东南接江南,西北接梁颍,正在洛阳和陆机家乡之间。此地闹水灾,已波及"梁颍",故云"沈稼湮梁颍",和《晋书·五行志》所说吻合。陆机作诗当时大约是五月,所以诗中说"流民溯荆徐"。但到六月,据《五行志》云:"荆、扬、徐、兖、豫五州又水。"(据《惠帝纪》还有青州,共六州,这和《五行志》是相符的,《五行志》还说到"城阳、东莞大水",二郡属青州)陆机在第二首诗中还有"眷言怀桑梓,无乃将为鱼",从语气来看,他并不在家乡,而只是为家乡忧虑。以此推测,他作这两首诗是在淮南,可能即寿春等地。

关于这两首诗,《文选》五臣注的解释似可怀疑。据李周翰注说:"顾彦先同为尚书郎,遇雨不相见,故赠此诗。"刘良于"与子隔萧墙,萧墙阻(善作'隔')且深"二句下注云:"萧墙,院落之墙也。"按:刘良把"萧墙"释为"院落之墙"就是想坐实李周翰说的陆机和顾荣同为尚书郎的说法。但"萧墙"本非"院落之墙"。《论语·季氏》:"吾恐季孙之忧不在颛臾,而在萧墙之内也。"何晏《集解》:"萧之言肃也。墙,谓屏也。君臣相见之礼,至屏而加肃敬也,是以谓之萧墙。"朱熹《集注》同于何说,亦云"萧墙,屏也"。屏,当然谈不上"阻且深"。但"萧墙"亦非一般的屏,据何晏说,当为君主居处的屏,所以后来所谓"祸起萧墙"的"萧墙",指的都是君主左右或亲近的人。《韩非子·用人》中"不谨萧墙之患而固金城于远境"与"不用近贤之谋而外结万乘之交于千里"对举,说明"萧墙"指接近君主之臣。当时顾荣在洛阳任尚书郎,是接近皇帝的官,而陆机则远在淮南,故云"萧墙阻且深"。如果陆机也在洛阳任尚书郎,便不会像诗中说的那样"音声日夜阔"了。再说陆机回京任尚书郎在元康六年秋季以后,据《晋书·顾荣传》,顾荣任尚书郎之后,又任太子舍人、廷尉正等职。本传记载,赵王司马伦杀淮南王司马允时,顾荣正为廷尉正。《惠帝纪》载,司马伦杀司马允时为永康元年(300),上距陆机返洛阳约四年,这期间顾荣可能已调任太子舍人。更值得注意的是,从元康五年水灾之后,据《惠帝纪》及《五行志》还有两次水灾:一次是元康六年五月,"荆、扬二州大水",当时陆机尚未回洛阳,且荆、扬二州同时遭水灾,不可能像诗中说的那样"流民溯荆徐"。另一次是元康八年九月,"荆、豫、扬、徐、冀等五州大水",这次水灾发生于秋季,和诗的内容不符,且荆、徐二州亦同时遭水,也不可能有"流民溯荆徐"之事。因此,《赠尚书郎顾彦先》二首,应为元康五年夏作于淮南的诗。

四、陆机与王济

《世说新语·言语》云:

> 陆机诣王武子(济),武子前置数斛羊酪,指以示陆曰:"卿江东何以敌此?"陆云:"有千里莼羹,但未下盐豉耳。"

《晋书·陆机传》全采此文(文字略有出入),并云:"时人称为名对。"但王济的卒年史无明文。《晋书·王浑附王济传》只说他:"年四十六,先浑卒。"王浑卒年为元康七年(297),王济卒年自然在此前,然究竟早几年?很难确考。《晋书》本传所记事迹,似皆在太康时期。如:"(晋武)帝尝谓和峤曰:'我将骂济而后官爵之,何如?'峤曰:'济俊爽，恐不可屈。'帝因召济，切让之，既而曰：'知愧不?' 济答曰：'尺布斗粟之谣，常为陛下耻之。他人能令亲疏，臣不能使亲亲，以此愧陛下耳。'帝默然。"按："尺布斗粟之谣"指太康三年(282)晋武帝命齐王攸出镇及次年齐王攸忧愤而死的事。晋武帝在和王济谈话前，曾与和峤说过，而和峤在"太康末"，"以母忧去职"，到惠帝即位后才出来做官。那么王济这次对答武帝，至迟当在太康九年(288)。至于另一件事是孙皓讥笑他和晋武帝下棋时"伸脚局下"，孙认为是"无礼于君"。按：据《三国志·吴志·孙皓传》，"(太康)五年，皓死于洛阳"(裴注引《吴录》曰："皓以四年十二月死")，则更在对答之前。当然，据《晋书·王浑附王济传》，王济曾有一个时期"使白衣领太仆"，但时间有多久已不可考。若在太熙元年前王济已卒，则他和陆机就不能见面，这"名对"就成了无稽之谈。这一点，我们似可据《世说新语·伤逝》中话来推测王济可能活到了元康初：

  孙子荆(楚)以有才少所推服，唯雅敬王武子。武子丧时，名士无不至者。子荆后来，临尸恸哭，宾客莫不垂涕。哭毕，向灵床曰："卿常好我作驴鸣，今我为卿作。"体似真声，宾客皆笑。孙举头曰："使君辈存，令此人死！"

这个故事为《晋书·王浑附王济传》所采入。若据《晋书·孙楚传》，孙楚卒于元康三年(293)，那么王济卒年应在孙前，结合本传看来，他大约卒于太康末至元康一二年间。那么陆机入洛之初去见过王济，当属可能。

  不过，《世说新语》这段记载颇可疑，因为据刘孝标注，此事始见裴启《语林》。《语林》本记一些传闻和佚事，不一定可信。《世说新语·轻诋》载《语林》中关于谢安的记载，谢本人就加以否认，何况早已死去的王济、孙楚。本来古人关于在吊丧时作驴鸣的故事，据《世说新语·伤逝》及刘注看来，还有曹丕吊王粲之事在前。至于孙楚为王济作驴鸣，似更不可信。因为据《晋书·孙楚传》，他"年四十余，始参镇东军事"，现在《文选》所录孙子荆《为石仲容与孙皓书》，即当时所作，其时在魏平蜀以后，司马昭死以前，当为咸熙元年（264）。作此文时，孙楚已年"四十余"。我们再看王济之父王浑，据《晋书》本传："元康七年薨，时年七十五。"当生于魏黄初四年（223），在咸熙元年年四十二。那么孙楚年龄不会小于王浑，对王济来说是父辈。他不大可能在吊一个比自己晚一辈的人时作驴鸣。更可疑的是王济是否比孙楚先死，这个问题。因为据《晋书·刘聪载记》载前赵攻破洛阳，俘获晋怀帝后，把他押送到平阳，去见刘聪：

> 聪引帝入宴，谓帝曰："卿为豫章王时，朕尝与王武子相造，武子示朕于卿，卿言闻其名久矣。以卿所制乐府歌示朕，谓朕曰：'闻君善为辞赋，试为看之。'朕时与武子俱为《盛德颂》，卿称善者久之。又引朕射于皇堂，朕得十二筹，卿与武子俱得九筹，卿赠朕柘弓、银研，卿颇忆否？"帝曰："臣安敢忘之，但恨尔日不早识龙颜。"

这段话全取《十六国春秋》的记载，据《太平御览》卷一百一十九引崔鸿《十六国春秋·前赵录》所载，文字几乎全同（仅个别的字有出入）。崔鸿作《十六国春秋》时，据《魏书·崔光附崔鸿传》，他曾"搜集诸国旧史"，除成蜀李氏的史籍外，都较具备，当属可信。那么刘聪和王济早年去见晋怀帝事应为事实。我们再看《晋书·怀帝纪》，晋怀帝于建兴元年（313）被杀，年三十，当生于晋武帝太康五年（284）。如果王济死于元康三年（293）以前，晋怀帝最多八九岁，怎能作什么

"乐府歌"及欣赏王济、刘聪所作的《盛德颂》？何况《刘聪载记》载王济领刘聪去见怀帝时,怀帝说"闻其名久矣",不像一个小孩的口吻。再说刘聪见怀帝时,当年已二十左右(《晋书·刘聪载记》:"弱冠游于京师,名士莫不交结。"《太平御览》引《十六国春秋》同)从刘聪讲到他和王济、晋怀帝比射的事看来,一个二十岁青年,射箭胜过八九岁的小孩,又有什么可夸耀的?所以王济引刘聪见晋怀帝事,应晚于元康三年,可能是元康五六年间的事。《世说新语》的话未必可信,王济可能卒于孙楚之后,或《晋书》记孙楚卒年有误。陆机见王济的时间,亦不一定要限于元康三年之前。

五、再论陆机的籍贯

关于陆机的籍贯,我过去曾作札记,认为他应为吴郡吴(今江苏苏州)人,而非华亭(今上海松江区)人。(见台湾文津出版社版《中古文学史论文续集》)现在看来,此说虽无大谬,但尚须补充。因为把陆机看作华亭人的说法始于明以前。明何良俊《四友斋丛说》卷十七就认为吴陆绩、陆景,晋陆机、陆云为松江人,据说"载在郡志"。不过,历史上从未设过"松江郡",只是元代至元十四年(1277)才设"华亭府",次年改名"松江府"。那么何良俊所见"郡志",亦当出于元以后人之手。然而此说亦有根据,即《文选》陆士衡《赠从兄车骑》诗李善注引陆道瞻《吴地记》曰:"海盐县东北二百里,有长谷。晋陆逊、陆凯居此。谷东二十里,父祖葬焉。"这个地方就是后来的松江县(或华亭县)是无可否认的。既然陆逊的父祖均葬于此,那么说陆机为"华亭人",似乎不错。但依照通例,古人的籍贯,当据祖籍。陆机的祖父陆逊,《三国志·吴志·陆逊传》明确地说他是"吴郡吴人也"。

这后一个"吴"字分明是县名,指现今的苏州。我们再看《陆逊传》下文:"逊少孤,随从祖庐江太守康在官。袁术与康有隙,将攻康,康遣逊及亲戚还吴。逊年长于康子绩数岁,为之纲纪门户。"那么陆康是哪里人呢?据《三国志·吴志·陆绩传》:"陆绩字公纪,吴郡吴人也。父康,汉末为庐江太守。"东汉时代的吴郡,吴和华亭所属的娄是两个县,这在《续汉书·郡国志》中有明确记载,史家不应在陆绩、陆逊二人的传记中都误以娄为吴。再说说陆氏为吴人不始于三国。《后汉书·独行·陆续传》:"陆续字智初,会稽吴人也。"陆续是光武帝时人,吴、会稽二郡尚未分开,吴乃会稽郡治所。这时候陆氏已居于吴,而早在西汉时代,据《汉书·地理志》,会稽郡所辖有吴,也有娄,两县也是分开的。

华亭本是一个"亭",是娄县所辖的一小块地方。笔者在过去的札记中已说过,华亭设县在唐玄宗天宝十载(751),即陆机死后四百四十八年,怎么能说他是"吴郡华亭人"呢?陆逊居于华亭不知始于何时,从《三国志》本传看来,他封华亭侯为建安二十四年(219)十一月,此后又进封娄侯。孙权所以封他华亭侯,又封娄侯,大约就因为陆逊在那里有地产。像陆逊那样的大族,且其为孙策女婿,在家乡附近建立庄园当然不足怪。他在那里有了庄园而把父祖葬于附近,亦可理解。但不能因此就说他是"吴郡娄人",更不能说是"华亭人"。

关于杨衒之和《洛阳伽蓝记》的几个问题

一

关于杨衒之的籍贯,据唐释道宣《广弘明集》卷六《王臣滞惑篇》说是"北平人"。但据《魏书·地形志》,北魏时有两个"北平郡":一个在今河北遵化一带,属平州;一个在今河北满城一带,属定州。先师周祖谟先生根据《广弘明集》作"阳衒之",认为"考北朝以文学通显者皆北平阳氏,如阳尼、阳固并是。至于杨氏则未之见"。周师且据《魏书·阳尼传》及《北史》,以为"颇疑衒之姓阳,且与(阳)休之同行辈"。至于《史通·补注》作"羊衒之","羊为泰山姓氏,望非北平,当为传写之误"(见《洛阳伽蓝记校释》第1至2页)。据周师说则杨衒之当为今遵化附近的"北平郡人"。今人范祥雍先生不同意此说,认为《历代三宝记》卷九、《大唐内典录》卷四、《续高僧传》卷一、《法苑珠林》卷一百及《隋书·经籍志》等都作"杨衒之",疑此说为"孤证只字,究难确信"(《洛阳伽蓝记校注》第356页)。上海古籍出版社在范书《重印说明》中则以为杨衒之"北平(今河北保定)人"。我和沈玉成先生著《南北朝文学史》时,约请谭家健先生撰写《洛阳伽蓝记》一节,他认为"北平在今河北定县(今定州市)"。现在看来,北魏的定州北平郡,其治所虽在满城北,但定县与保定当在其辖区以内。至于杨衒之究为平州抑为定州"北平郡人",则殊难确考。

设使杨衒之确定姓"阳",那问题就很好办。因为"阳"乃平州著姓,早在十六国前燕时代,就有阳耽事慕容廆,阳骛、阳协和阳裕事慕容皝,后来北魏的阳尼、阳固和阳休之当为其后裔。问题在于多数典籍均作"杨"不作"阳",尤其是与《广弘明集》同出道宣之手的《续高僧传》亦作"杨",说明《广弘明集》的"阳"字,难成定论。这种因同音而误的例子,在古书中常有,只是此处涉及姓氏才连带而有了籍贯问题。不过,笔者认为不管衒之姓"阳"或"杨"和"羊",虽都有为平州或定州人之可能,然平州的可能性却大于定州。要弄清这问题,似应首先探讨一下为什么北魏时会有两个"北平郡",这个问题似当从十六国时代说起。原来"北平"之名,起于汉代的右北平郡,其地在今河北省东北部一带,所以平州的"北平郡"当沿自汉魏,是本名。这里在西晋灭亡时,由鲜卑人慕容廆占据。慕容廆在名义上拥戴晋朝,所以许多汉族士大夫不愿与前赵、后赵合作的,都避地于此。《晋书·慕容廆载记》:"廆乃立郡以统流人,冀州人为冀阳郡,豫州人为成国郡,青州人为营丘郡,并州人为唐国郡。"这办法与东晋南朝的侨置州郡颇为相似。当时归附慕容廆的士人甚多,平州阳氏自不必说,即使弘农杨氏和泰山羊氏,亦有可能来到平州。如《魏书·杨播传》:"杨播,字延庆,自云恒农华阴人也。高祖结,仕慕容氏,卒于中山相。曾祖珍,太祖时归国,卒于上谷太守。"这里说杨结为"中山相",说明是前燕时事,因为后燕建都中山,已改为"中山尹"(见《慕容垂载记》)。可见杨氏在前燕时已出仕,很可能居住平州。羊氏似亦有可能到过平州,因为慕容廆的随从者中,有泰山"胡母翼",亦泰山郡人,说明羊氏亦可能到过平州。至于定州的"北平郡",则可能是后来平州的人曾大量来到定州后起的名字,亦属侨置州郡之例。原来自慕容廆之后,经其子慕容皝到孙子慕容儁时,乘后赵内乱,入侵中原,建立前燕,都邺(今河北临漳)。慕容儁死后,子慕容暐继位,前燕政权被前秦苻坚所灭。晋孝武帝太元八年(383)淝水之战后,前秦大败,本已归降前秦的慕容皝子慕容垂乘机复国,是为后燕,前燕旧臣投奔他的人很多。慕容垂久攻前燕旧都邺城不下,遂以中山(今定州市)为都城,因此平州人大量移居中山。太元二十年(395),后燕被北魏道武帝拓跋珪所败,接着很快被灭。北魏当时因定州多有平州北平人,故设一"北平郡"。这与南朝在京口设南徐州、襄阳设雍州是一个道理。如果是这样的话,那么多数定州北平郡人祖籍即为平州。所以杨衒之的祖籍为平州的可能性当大于定州,把他说成是今遵化附近人似比说成今保定或定州市人为妥。

二

杨衒之的仕历,从现有史料可以知道他曾任奉朝请、期城郡守、抚军府司马和秘书监四个官职。在这四个官职中,奉朝请一职见于《洛阳伽蓝记》卷一,时间为"永安中"。按:"永安"乃孝庄帝年号,相当于528至530年。在这三年中,孝庄帝在华林园举行马射,只有二年(529)以后才有可能。因为北朝皇帝举行马射,一般为三月三日。但孝庄帝于永安元年进入洛阳,称帝却在四月,接着就是尔朱荣在河阴屠杀公卿,连孝庄帝之兄元劭亦未能幸免,他自然不可能有心思去举行马射。那么,杨衒之任奉朝请时间应在永安二年左右。

他任期城郡守见于《历代三宝记》、《续高僧传》诸书。按:期城在今河南泌阳,已靠近湖北,为梁与东、西魏兵争之地。这里非富庶之区,从《隋书》和《旧唐书》的《地理志》看来,户口也不多,只能算是一个中郡或下郡。据《魏书·官氏志》,中郡太守属第五品,下郡则为第六品;而奉朝请则为第七品。因此即使期城是个下郡,杨衒之也算升迁了。不过,据史籍记载,在孝静帝元象元年(538)以后,期城就为西魏攻占,不再属于东魏。那么他为期城郡守时间,应在是年以前。具体说是从永安三年即建明元年(530)至天平四年(537)这八年间。

杨衒之任抚军府司马一事应该是没有疑问的,因为各本《洛阳伽蓝记》均题"魏抚军府司马杨衒之"。这个官职据《魏书·官氏志》,应为五品。因为抚军将军是"从第二品",而"从第二品将军、二蕃王司马"是第五品,与中郡太守同等,比下郡太守高一等。若期城郡是下郡,那么他也算升了一等。这个官应该是他写作《洛阳伽蓝记》时的官职。现在看来,《洛阳伽蓝记》成书时间当在魏孝静帝武定五年(547)以后,因为书中两次提到武定五年:"至武定五年岁在丁卯,余因行役,重览洛阳。"(原序)"武定五年,(孟仲)晖为洛州开府长史。"(卷四)但书中称高澄为"大将军"而不称"文襄"(卷三),说明书成时高澄尚未死。高澄死于武定七年(549)九月,那么本书当成书于此前。但这里还有一个值得注意的问题,即卷二谈到荀济时说:"颍川荀济,风流名士,高鉴妙识,独出当世。"按:荀济是武定五年八月因反对高澄被杀于邺城的。如果《洛阳伽蓝记》成书于是年八月以后,似不大可能这样称颂一个被高澄看作"谋反者"的人。以此推测,本书应成书于武定五年八月以前。以此推测,杨衒之在武定五年时仍任抚军府司马。

此外,《广弘明集》还说到杨衒之"元魏末为秘书监"。这一记载似颇可疑。因为据《魏书·官氏志》,秘书监为第三品官职,地位较高,一般来说如果某人官至秘书监,史籍中即使无专传,亦不至不见其姓名。今按:魏末为秘书监者,孝明帝时为李琰之。《魏书·李琰之传》:"迁国子祭酒,转秘书监、兼七兵尚书。迁太常卿。孝庄初,太尉元天穆北讨葛荣,以琰之兼御史中尉,为北道军司。"据此,在魏孝明帝时秘书监为李琰之,但到孝明帝末年,已易人。但此时杨衒之不可能任此职。因为他在孝庄帝时刚做到奉朝请,此时是否已入仕还成问题。孝庄帝在位总共不过两年多时间,但到他后期,秘书监为祖莹。《魏书·祖莹传》:"庄帝还宫,坐为(元)颢作诏,罪状尔朱荣,免官,后除秘书监,中正如故。以参议律历,赐爵容城县子。坐事系于廷尉。前废帝迁车骑将军。"祖莹之后为常景。《魏书·常景传》:"普泰初,除车骑将军,右光禄大夫、秘书监。……天平初,迁邺,景匹马从驾。……后除仪同三司,仍本将军。武定六年以老疾去官。"按:《魏书·官氏志》,车骑将军和右光禄大夫皆第二品,但这些均为荣誉官衔,不负实际责任,其真正职务为秘书监,后为仪同三司,属从第一品,但亦虚衔。所以秘书监一职,在武定六年(548)以前,应为常景。常景之后,应为魏收。《魏书·自序》:"文襄崩,文宣如晋阳,令与黄门郎崔季舒、高德正、吏部郎中尉瑾于北第参掌机密,转秘书监,兼著作郎,又除定州大中正。时齐将受禅,杨愔奏收置之别馆,令撰禅代诏册诸文,遣徐之才守门不听出。天保元年,除中书令……"《北齐书·魏收传》同。从武定六年常景去官至次年八月高澄(文襄)被刺杀仅一年左右,离《洛阳伽蓝记》成书不过两年左右,杨衒之就自五品的抚军府司马升迁为三品的秘书监,可能性很小。再说任秘书监一职之人,一般都在当时颇享文名,如李琰之、祖莹、常景和魏收,《魏书》或《北齐书》都有专传。杨衒之虽因《洛阳伽蓝记》扬名后世,在当时却未必有文名,否则至少也应在《文苑传》中留名。至于入北齐以后,已非"魏末",而且继魏收为秘书监者为赵彦深。《北齐书·赵彦深传》:"天保初,累迁秘书监。"根据上述情况,杨衒之在魏末曾任秘书监一说,恐不可信。

三

历来论《洛阳伽蓝记》的人常认为杨衒之是反对佛教的，他们主要是根据《广弘明集》卷六《叙历代王臣滞惑解》中所载那段文字：

阳衒之，北平人，元魏末为秘书监，见寺宇壮丽，损费金碧，王公相竞侵渔百姓，乃撰《洛阳伽蓝记》，言不恤众庶也。

同书同卷又说杨衒之：

后上书述释教虚诞，有为徒费，无执戈以卫国，有饥寒于色养，逃役之流，仆隶之类，避苦就乐，非修道者。又佛言有为虚妄，皆是妄想，道人深知佛理，故违虚其罪。[启又广引财事乞贷，贪积无厌。]又云读佛经者，尊同帝王，写佛画师，全无恭敬。请沙门等同孔老拜俗，班之国史。行多浮险者，乞立严敕，知其真伪。然后佛法可遵，师徒无滥，则逃兵之徒，还归本役，国富兵多，天下幸甚。（方括号内十二字，严可均《全北齐文》卷二作双行小字）

从这段文字看来，此似出自道宣节录，非尽杨衒之原文。但这段文字恐亦无否定佛教之意，只是指斥僧徒之滥及其不能对佛尽敬，主张严加甄别，才能"佛法可遵"。这种思想与《洛阳伽蓝记》卷二记"崇真寺比丘惠凝死，一七日还活，经阎罗王检阅，以错名放免"，所说入冥见闻，可相印证：据云惠凝见五个僧人的鬼魂同受阎罗王查问。其中一个是宝名寺智圣,以"坐禅苦行得升天堂";一个是般若寺道品,"以诵四十卷涅槃,亦升天堂"。另有三人则情况不同:一个是融觉寺昙谟最,讲《涅槃》、《华严》,阎罗王以为"讲经者心怀彼我,以骄凌物,比丘中第一粗行";"阎罗王敕付司,即有青衣十人送昙谟最向西北门,屋舍皆黑,似非好处"。一个是禅林寺道弘,"自云教化四辈檀越,造一切经,人中像十躯"。"阎罗王曰:'沙门之体,必须摄心守道,志在禅诵,不干世事,不作有为。虽造作经像,正欲得他人财物;既得财物,贪心即起;既怀贪心,便是三毒不除,具足烦恼。'亦付司,仍与昙谟最同入黑门。"再一个是灵觉寺宝明,"尝作陇西太守,造灵觉寺,成,即弃官入道"。阎罗王说:"卿作太守之日,曲理枉法,劫夺民财,假作此寺,非卿之力,何劳说此。""亦付司,青衣送入黑门。"这个故事和《太平广记》卷一〇九和三七七两卷所记赵泰入冥故事颇类似,不过赵泰所见乃俗人而非僧人。据注:卷一〇九故事出于南齐王琰《冥祥记》,卷三七七故事出于宋刘义庆《幽明录》,刘、王二人均笃信佛教,那么这些故事当从佛教而来。且《洛阳伽蓝记》说到坐禅、诵经可升天堂,说明作者还是承认佛教灵验的。杨衒之虽然认为僧徒人众很滥,但也肯定有真心奉教的人。如卷一记永宁寺塔遭火灾时,"时有三比丘,赴火而死"。至于书中讲到佛像灵验之事亦复不少。如卷二平等寺佛像,国有吉凶,会出"佛汗"预示。卷一记段晖舍宅为光明寺,中有"金像一躯",有人想盗窃此像,"像与菩萨合声喝贼,盗者惊怖,应即殒倒"。卷四宜年里陈留王(元)景皓宅,有孟仲晖所造佛像,"此像每夜行绕其坐,四面脚迹,隐地成文","永熙三年秋,忽然自去,莫知所之"。卷五记:"于阗王不信佛法,有商将一比丘名毗卢旃在城南杏树下,向王伏罪云:'今辄将异国沙门来在城南杏树下。'王闻忽怒,即往看毗卢旃。旃语王曰:'如来遣我来,令王造覆盆浮图一躯所,使王祚永隆。'王言:'令我见佛,当即从命。'毗卢旃鸣钟告佛,即遣罗睺罗变形为佛,从空而现真容。王五体投地,即于杏树下置立寺舍,画作罗睺罗像……"根据上述例子,说明杨衒之在写《洛阳伽蓝记》时,并不反对佛教,即使对建寺造像也不完全反对。释道宣把他归入反佛者之列,也许他在过去曾有这主张,但从《洛阳伽蓝记》和道宣所引文字看,并不是这样。同时,《洛阳伽蓝记》中写到当年佛寺的壮丽,不无赞叹之辞,而写到后来的荒废,又有凄凉伤悼之感。这些事例都说明杨衒之作《洛阳伽蓝记》,其目的主要不在反对佛寺壮丽,而是反对王公们"不恤众庶"。

四

《洛阳伽蓝记》的写作宗旨在原序中其实早已说清,乃是哀悼洛阳的残破。原序云:

> 暨永熙多难,皇舆迁邺,诸寺僧尼,亦与时徙。至武定五年,岁在丁卯,余因行役,重览洛阳。城郭崩毁,宫室倾覆,寺观灰烬,庙寺丘墟。墙被蒿艾,巷罗荆棘,野兽穴于荒阶,山鸟巢于庭树。游儿牧竖,踯躅于九逵,农夫耕老,艺黍于双阙。始知麦秀之感,非独殷墟;黍离之悲,信哉周室。京城表里,凡有一千余寺,今日寥廓,钟声罕闻。恐后世无传,故撰斯记。

这段话写得很清楚,杨衒之是要通过写佛寺之盛衰,以哀悼北魏之亡。在这里很值得注意的是杨衒之对高欢父子的态度。对于高欢,书中只是在卷五末,提到"北邙山上有'齐献武王寺'"一语。对于高澄,书中只在卷三述石经时提到"武定四年,大将军迁石经于邺"一语。更应该注意的是本书既作于东魏武定五年(547)以后,但书中对北魏普泰元年(531)高欢战胜尔朱氏以后的史事谈得极少,甚至像韩陵之战这样重大的事件及高欢入洛的情况,均一字不提。更值得注意的是高欢进入洛阳后把魏节闵帝元恭囚禁在崇训佛寺中(见《魏书·废出三帝纪》及《北史·魏本纪》、《通鉴》卷一百五十五),但本书不但未载此事,连崇训寺之名亦未提到。《洛阳伽蓝记》既然记佛寺,却忽略了崇训寺,这事很值得考虑。

我们再看从东魏和西魏分立之后,洛阳发生了好几次重要的战争:一次是东魏天平四年(537)西魏派宫景寿等进攻洛阳,东魏洛州大都督韩贤打败了他们,却又被当地作乱者所杀。此后,西魏独孤信攻入洛阳的金墉城,东魏元象元年(538),东魏派侯景、高敖曹等围攻金墉城,高欢率大军为后继,侯景放火烧了洛阳城内外所有的官府和民居,洛阳的残破实由于此。此战西魏虽失利,却杀死了东魏枭将高敖曹。东魏武定元年(543),西魏和东魏又在洛阳北部的邙山激战,也是东魏取得胜利。但《洛阳伽蓝记》中也无一字提到。甚至和高欢作对的宇文泰和东魏君主元善见之事,书中亦未提及。

《洛阳伽蓝记》中对北魏君主的称呼颇可注意:书中所记大多皆孝文帝以后事;对孝文帝,书中一般称庙号("高祖");对宣武帝则多称谥号,有时亦称庙号("世宗");对孝明、孝庄二帝均称谥号(其实孝明庙号"肃宗");对节闵帝和孝武帝均只称"广陵王"和"平阳王"。这大约因为节闵帝被高欢所废,而孝武帝因与高欢失和,逃奔关中之故。但是,在书中如卷二记节闵帝亲自为赦文事及对尔朱世隆说尔朱荣当死,又同卷记卢景宣对孝武帝讲"石立社移"之事,亦称节闵帝和孝武帝为"帝"。可见他还是承认节闵帝与孝武帝为北魏皇帝的。

《洛阳伽蓝记》谈到节闵帝的部分几乎都是赞扬的,如:

(尔朱)世隆以长广本枝疏远,政行无闻,逼禅与广陵王恭。恭是庄帝从父兄也。正光中为黄门侍郎,见元义秉权,政归近习,遂佯哑不语,不预世事。永安中遁于上洛山中,州刺史泉企执而送之。庄帝疑恭奸诈,夜遣人盗掠衣物,复拔刀剑欲杀之,恭张口以手指舌,竟乃不言。庄帝信其真患,放令归第。(卷二)

黄门侍郎邢子才为赦文,叙述庄帝枉杀太原王荣之状,广陵王曰:"永安手剪强臣,非为失德;直以天未厌乱,故逢成济之祸。"谓左右:"将笔来,朕自作之。"直言门下:"朕以寡德,运属乐推,思与亿兆同兹大庆。肆眚之科,一依恒式。"广陵杜□八载,至是始言,海内士庶,咸称圣君。(卷二)

初,世隆北叛,庄帝遣安东将军史仵龙、平北将军杨文义各领兵三千守太行岭,侍中源子恭镇河内。及尔朱兆马首南向,仵龙、文义等率众先降,子恭见仵龙、文义等降,亦望风溃散。逃遂乘胜逐北,直入京师,兵及阙下,矢流王室。至是论功,仵龙、文义各封一千户。广陵王曰:"仵龙、文义于王有勋,于国无功。"竟不许。时人称帝刚直。彭城王尔朱仲远,世隆之兄也,镇滑台,表用其下都督□瑗为西兖州刺史,先用后表。广陵答曰:"已能近补,何劳远闻!"世隆侍宴,每言:"太原王贪天之功以为己力,罪亦合死。"世隆等愕然。自是已后,不敢复入朝。(卷二)

普泰元年,广陵王即位,诏曰:"禽兽囚之,则违其性,宜放还山林。"狮子亦令送归本国。送狮子者以波斯道远,不可送达,遂在路杀狮子而返。有司纠劾,罪以违旨论。广陵王曰:"岂以狮子而罪人也。"遂赦之。(卷三)

这位节闵帝虽是尔朱世隆等所立,但史籍记时人对他被高欢所废,似都有不满。《魏书·废出三帝纪·前废帝广陵王》:

(普泰二年)夏四月辛巳,齐献武王与废帝(后废帝元朗)至邙山,使魏兰根慰谕洛邑,且观帝之为人。兰根忌帝雅德,还致毁谤,竟从崔㥄议,废帝于崇训佛寺,而立平阳王脩为帝。(《北史·魏本纪》五同,惟"齐献武王"作"高欢")

《北齐书·魏兰根传》:

及高祖(高欢)将入洛阳,遣兰根先至京师。时废立未决,令兰根观察魏后废帝。帝神采高明,兰根恐于后难测,遂与高乾兄弟及黄门崔㥄同心固请于高祖,言废帝本是胡贼所推,今若仍立,于理不允。高祖不得已,遂立武帝。废帝素有德业,而为兰根等构毁,深为时论所非。(《北史》略同)

同书《崔㥄传》:

高祖入洛,议定废立。太仆綦俊盛称普泰主贤明,可以为社稷主。㥄曰:"若期明圣,自可待我高王,徐登九五,既为逆胡所立,何得犹作天子。若从俊言,王师何名义举?"由是中兴、普泰皆废,更立平阳王为帝。(《北史》略同)

《魏书·綦俊传》

及尔朱世隆等诛,齐献武王赴洛,止于邙山。上召文武百司,下及士庶,令之曰:"尔朱暴虐,矫弄天常,孤起义信都,罪人斯剪。今将翼戴亲贤,以昌魏历,谁主社稷,允惬天人?"申令频频,莫有应者。俊乃避席曰:"人主之体,必须度量深远,明哲仁恕。广陵王遇世艰难,不言淹载,以人谋察之,虽为尔朱扶戴,当今之圣主也。"献武王欣然是之。时黄门侍郎崔㥄作色而前,谓俊曰:"广陵王为主,不能绍宣魏纲,布德天下,为君如此,何圣之有?若言其圣,应待大王。"时高乾邕、魏兰根等固执㥄言,遂立出帝。及出帝失德,齐献武王深思俊言,常以为恨。(《北史》略同)

可见同情节闵帝元恭是当时北魏士人中普遍的思想,杨衒之亦属这类人。他们所以同情元恭,正因为元恭的言行颇能体现一些儒家思想的色彩。杨衒之在书中多次歌颂元恭,很少提到高欢父子,这其中体现了他的爱憎。因为元恭之废,虽由崔㥄、魏兰根提议,最后还是由高欢做主而成。

《洛阳伽蓝记》之不提孝静帝即位后事,自然与都城迁邺有关,但在杨衒之心目中,迁都邺城是北魏的大灾难,甚至意味着已灭亡。因为迁都洛阳是孝文帝的决定,体现了他汉化的政策,而迁邺却意味着六镇军人出身的高欢之政策,实为加强鲜卑化。《北齐书·神武纪上》:"神武既累世北边,故习其俗,遂同鲜卑。"如卷一记永宁寺塔大火后说:"至七月中,平阳王(孝武帝元脩)为斛斯椿所挟,奔于长安。十月而京师迁邺。"卷二记永熙二年(533)孝武帝造五层塔一所完工后,"帝率百僚作万僧会,其日寺门外有石像,无故自动,低头复举,竟日乃止。帝躬来礼拜,怪其诡异。中书舍人卢景宣曰:'石立社移,上古有此,陛下何怪也?'帝乃还宫。七月中,帝为侍中斛斯椿所使,奔于长安。至十月终,而京师迁邺焉"。卷二记殖货里归觉寺,"普泰元年(531),此寺金像生毛,眉发悉皆具足。尚书左丞魏季景谓人曰:'张天锡有此事,其国遂灭,此亦不祥之征。'至明年而广陵被废死"。卷四记孟仲晖所造佛像"永熙三年秋,忽然自去,莫知所之。其年冬,而京师迁邺"。显然,杨衒之对迁都邺城的态度,正是他对高欢父子的态度。因此在《洛阳伽蓝记》中不提高欢父子事迹及邙山大战、高敖曹之死等事,恐怕都与此有关。因为杨衒之既不满高欢迁都邺城和把孝静帝完全控制起来,更不满他的文化政策,却又有顾虑,不敢直书高欢在崇训寺囚杀节闵帝及侯景焚毁洛阳之事(此事在侯景叛东魏前八九年,且有高敖曹参加)。根据这些情况,笔者觉得严可均把杨衒之视为北齐人,并推测他卒于天保年间(550~559)虽无确切证据,却也近理。大约齐文宣帝高洋代魏之后,杨衒之就不再出仕了。

五

杨衒之所以不满高欢父子,恐怕不完全是由于"忠君",而有其文化背景。因为北魏自孝文帝迁都洛阳,推行汉化以后,已经得到多数汉族士大夫的认同。杨衒之也是这样认为,在他心目中,迁洛后的北魏政权已经是中原正统,是汉文化的中心。这在他贬低南朝的一些言论中,表现得很明显。例如:《洛阳伽蓝记》中记杨元慎驳斥和嘲笑梁将陈庆之的事,是大家所熟知的。但这些记载所反映的绝不限于南北方人物间的地域偏见,更重要的倒是杨衒之所崇奉的北方文化究系什么内容。这段文字最后几句颇重要:

> 北海(元颢)寻伏诛,其庆之还奔萧衍,衍用其为司州刺史,钦重北人,特异于常。朱异怪复问之。曰:"自晋宋以来,号洛阳为荒土,此中谓长江以北尽是夷狄。昨至洛阳,始知衣冠士族并

在中原,礼仪富盛,人物殷阜,目所不识,口不能传。所谓'帝京翼翼,四方之则',如登泰山者卑培塿,涉江海者小湘沅,北人安可不重?"庆之因此羽仪服式悉如魏法,江表士庶竞相模楷,褒衣博带,被及秣陵。

这段话也是人们所经常引用的。但很少人注意到这里所谓"魏法"的"羽仪服式"是"褒衣博带"。这种服式,正是孝文帝改制以后所定。对孝文帝这种改制,不少鲜卑贵族是不赞成的。《魏书·神元平文诸帝子孙·乐平王丕传》:

丕雅爱本风,不达新式,至于变俗迁洛,改官制服,禁绝旧言,皆所不愿。高祖知其如此,亦不逼之,但诱示大理,令其不生同异。至于衣冕已行,朱服列位,而丕犹常服列在坐隅。晚乃稍加弁带,而不能修饰容仪。

孝文帝在推行这种汉化服式时,鲜卑族人开始时很不习惯,也曾受到南朝人讥笑。《梁书·陈伯之传》讲到随从陈伯之投魏后未跟他归梁的褚緭,在北魏元会之际戏为诗曰:"帽上着笼冠,袴上着朱衣。不知是今是,不知非昔非。"魏人见了很生气,把他调任始平太守。陈伯之投魏及返梁在天监初(502~506),离孝文帝改制不过十几年,在一些鲜卑人中,汉族衣冠似尚未被普遍接受。

不过,这种"褒衣博带"的服式,是否像杨衒之说的那样真为"魏式",恐怕未必。因为"褒衣博带"为梁代士大夫通行的服式。《颜氏家训·涉务》:

梁世士大夫,皆尚褒衣博带,大冠高履,出则车舆,入则扶持,郊郭之内,无乘马者。

这种风气,自然不能说是由陈庆之带回来的北方风尚。相反地倒是北朝模仿南朝。正如王仲荦先生说的:

> 拓跋族起自塞外,其俗编发左衽。孝文帝于迁都洛阳之前,即锐意改作,命李冲与冯诞、高闾(二人均拓跋氏外戚)、游明根、蒋少华等,议定衣冠于"禁中",时亦问刘昶(南朝宋文帝刘义隆第九子,从南朝逃至北魏,北魏妻以公主,封为宋王)。鲜卑族把袴褶(胡服)作为朝贺大会的礼服,不合魏晋以来传统的礼仪。为了服制未定,孝文帝曾下诏暂时停止太和十五年(491)十二月初一日的小岁贺和太和十六年(492)正月初一日的元旦朝贺。经过六年不断研究,始制定官吏的冠服。妇女的服饰也有了规定,大抵模仿南朝。(《魏晋南北朝史》下册第554页)

王先生这段话,主要依据《魏书·术艺·蒋少游传》及《高祖纪》等书的记载,是符合事实的。孝文帝对服饰问题非常重视。《魏书·任城王传》载,孝文帝末年出巡邺城后返洛,"见车上妇人冠帽而着小襦袄者",就以此责怪任城王元澄。同书《咸阳王传》载,孝文帝望见"妇女之服,仍为夹领小袖",还责备留京的咸阳王元禧等官员。他曾对元禧等人说:"自上古以来及诸经籍,焉有不先正名,而得行礼乎?今欲断诸北语,一从正音。年三十以上,习性已久,容或不可卒革;三十以下,见在朝廷之人,语音不听仍旧。若有故为,当降爵黜官,各宜深戒。如此渐习,风化可新。若仍旧俗,恐数世之后,伊洛之下复成被发之人。"孝文帝一心仰慕汉族文化,他儿子元恂却不服洛阳水土,想逃回代地,孝文帝认为"今恂欲违父背尊,跨据恒朔。天下未有无父国,何其包藏,心与身俱。此小儿今日不灭,乃是国家之大祸,脱待我无后,恐有永嘉之乱"(《魏书·孝文五王·废太子传》)。这些话说明他热衷于汉化,在一定程度上对留在朔漠一带的鲜卑人有所轻视。这种思想对迁居于洛阳的鲜卑人和一些汉族士大夫,都有较大的影响。《北齐书·魏兰根传》载魏兰根在魏孝明帝时随李崇北征茹茹,曾对李崇说:

> 缘边诸镇,控摄长远。昔时初置,地广人稀,或征发中原强宗子弟,或国之肺腑,寄以爪牙。中年以来,有司乖实,号曰府户,役同厮养,官婚班齿,致失清流。而本宗旧类,各各荣显,顾瞻彼此,理当愤怨……

这些六镇军人既饱受歧视,一旦得势又反过来压迫汉人及汉化的鲜卑人。高欢父子也是这样。高欢虽自称勃海蓨(今河北景县)人,是河朔高门,但这说法颇可怀疑。据当时人看来,大抵以鲜卑人目之。前引《北齐书·神武纪》上的话就说明他的习俗已同于鲜卑,而《神武纪下》又云:

> 侯景素轻世子(高澄),尝谓司马子如曰:"王在,吾不敢有异,王无,吾不能与鲜卑小儿共事。"

《北史·慕容绍宗传》载,侯景反东魏时,高澄派慕容绍宗讨伐,侯景知道后说:

> 谁教鲜卑小儿解遣绍宗来?若然,高王未死邪?

与此同时,高欢父子及随他们进入中原的六镇军人,也极端歧视汉人和汉化的鲜卑人。《北史·高允附高昂（即高敖曹）传》：

> ……明日，（御史中尉刘）贵与昂坐，外白河役夫多溺死。贵曰："头钱价汉，随之死！"昂怒，拔刀斫贵。贵走出还营，昂便鸣鼓会兵攻之。侯景与冀州刺史万俟受洛解之乃止。时鲜卑共轻中华朝士，唯惮昂。神武每申令三军常为鲜卑言，昂若在列时，则为华言。（《北齐书》略同，无拔刀斫刘贵情节，唯称"小有忿争"）

《北齐书·杜弼传》：

> 显祖（高洋）尝问弼云："治国当用何人？"对曰："鲜卑车马客，会须用中国人。"显祖以为此言讥我。

后来杜弼竟以此被高洋杀害。《北齐书·恩幸·高阿那肱传》：

> 尚书郎中源师，尝咨肱云："龙见，当雩。"问师云："何处龙见？作何物颜色？"师云："此是龙星见，须雩祭，非是真龙见。"肱云："汉儿强知星宿！"

源师是北魏源贺子孙，本姓秃发，是南凉秃发氏之后，改姓源，乃鲜卑族，由于南迁后接受汉文化，亦被视作"汉儿"。由此可见当时汉人与汉化鲜卑人与六镇军人间矛盾之深。所以杨衒之对高欢父子怀有不满，实际上反映了北魏后期这两部分人的对立情绪。

六

至于杨衒之对南朝人的嘲笑,恐怕主要是出于地域的偏见。像卷三记王肃嗜"鱼羹茗汁"不甚爱"羊肉酪浆"之事,只是个生活习惯,东晋士人如陆玩也和王导开过类似玩笑(《世说新语·排调》),说不上歧视。杨衒之对南朝人的著作还是很熟悉的,《洛阳伽蓝记》中一些情节,似皆取自南人著作。如前面提到阎罗王处理几个僧人的事,情节就和《幽明录》、《冥祥记》类似。又如卷三记孝昌初樊元宝得假还京师,为同营人骆子渊传书故事,据云骆子渊即洛水之神,其部分情节和《搜神记》中胡母班为泰山府君传书与女婿河伯故事相近似。同卷记"沙门达多发冢取砖,得一人以进",徐纥说:"昔魏时发冢,得霍光女婿范明友家奴,说汉朝废立,与史书相符,此不足为异。"按:此故事虽见张华《博物志》,却与《三国志·明帝纪》裴注引《世语》相同;而《三国志》注引《博物志》故事又与此不同,疑今人辑《博物志》时有误。(《三国志·明帝纪》注引《傅子》及顾恺之《启蒙注》亦有类似故事)同卷又记:

(李)崇为尚书令,仪同三司,亦富倾天下,僮仆千人。而性多俭吝,恶衣粗食。食常无肉,止有韭茹、韭菹。崇客李元祐语人云:"李令公一食十八种。"人问其故,元祐曰:"二韭一十八。"闻者大笑。世人即以此为讥骂。

按:此亦受《南齐书·庾杲之传》影响,《南齐书》云:

清贫自业,食唯有韭菹、瀹韭、生韭杂菜,或戏之曰:"谁谓庾郎贫,食鲑常有二十七种。"言三九也。

萧子显卒于梁大同三年(537),在《洛阳伽蓝记》成书前十二年,而《南齐书》成书还要早些,杨衒之自然可能见到。又卷三记潘崇和论荀子文云:"汝颍之士利如锥,燕赵之士钝如锤。信非虚言也。"按:"汝颍"二句,原见王隐《晋书》记祖逖兄祖纳事(原书今佚,见《太平御览》卷七百六十三引,此亦东晋史书)。

这些例子说明杨衒之对东晋以来南方人的著作颇为熟悉,这也正是孝文帝迁洛以后北方士人的普遍现象。由此更可以说明《洛阳伽蓝记》反映了北朝后期北方的社会矛盾和文化冲突,其意义绝不仅限于他个人对佛教或某个人的态度。

论梁武帝与梁代的兴亡

一

梁代的兴起和败亡有其必然的社会原因,并不能完全归结为梁武帝个人的作用。但综观他的一生,从一个丁忧的"诸府参军",遭际齐武帝临终时的政变投向齐明帝,为他出谋划策,迅速地由一个七品小官一跃而成位居四品并掌管着南朝精兵汇集之地的雍州刺史。不久,又以雍州为基地出兵东下,夺取了南齐的皇位,前后不足九年时间。在他执政之初,确也曾使南朝政局出现过一个"治定功成,远安迩肃"(《梁书·武帝纪》"史官"语)的局面,并且据说当时"征赋所及之乡,文轨傍通之地,南超万里,西拓五千。其中环财重宝,千夫百族,莫不充牣五府,蹶角阙庭。三四十年,斯为盛矣。自魏、晋以降,未或有焉"(同上)。然而"及乎耄年,委事群幸"以后,"政以贿成","朝经混乱,赏罚无章"(同上),终于为侯景所逼,饿死台城,梁朝亦随之很快灭亡。我们试看侯景之乱的前夕,东魏杜弼所作的《檄梁文》中数说梁政之腐朽:"彼梁主操行无闻,轻险有素,工用其短,以少为多,反覆山渊,颠倒冠屦,射爵论功,荡舟称力。年既老矣,耄又及之。政荒民流,礼崩乐坏。改换朝章,变易官品,虽势异汉朝,而事同新室。加以用舍乖方,立废失所。矫情动众,饰智惊愚,毒螫满怀,妄敦戒业;躁竞盈胸,谬治清净。内恣鸱靡,外逞残贼,人人厌苦,家家思乱,灾异降于上,怨讟兴于下。履霜有渐,坚冰且至。恃浮躁之风俗,任轻薄之子孙。朋党路开,兵权在外,必将祸生骨肉,难起腹心。"这段话虽属敌国声斥之辞,但大抵符合当时实况,尤其是后面几句话,当时虽尚未完全显露,也被后来事变的进程所证实。可见梁武帝的一生已由早年的"奸雄"或颇具才略的政治家渐渐地变成了一个昏聩颠顸的亡国之君。这种强烈的反差,使我们不得不追究这种变化的原因。像这种变化,显然不能单纯地用年龄等自然因素来加以解释。在这里,笔者想就个人所见提一个初步看法,请大家指正。

二

梁、陈的易代并非单纯地是一个家族代替另一个家族称帝,如齐之代宋、梁之代齐,而是意味着南朝的政权从原来由北方南迁的某些集团手中转到了一些南方土豪之手。在这个转变的同时,由于种种原因,使南朝的疆土大为缩小,已经形成了北强南弱之势,决定了南北对峙之局已难长久维持下去。像这样重大的历史转折,自然不能完全由梁武帝个人及其意志来解释,而必须进一步深究其社会根源。我们知道,南北对峙的局面是在东晋政权建立之初形成的。东晋皇朝的建立实际上是由于琅邪王氏等几个由中原南渡的高门士族对晋元帝司马睿的支持,所以当时有"王与马,共天下"之说(《晋书·王敦传》)。但东晋皇朝建立后,这几个士族高门之间的争权斗争始终没有停止,有一些家族在斗争中被消灭或削弱,使这个政权的基础发生了危机。所以王导晚年力主息事宁人,以求取得各种力量的支持来维持东晋的统治。王导死后,继起者也大抵继承着他的这个方针。然而,随着当时政局的变化,东晋朝廷不能不建立一支足以外抗北方少数民族政权、对内镇压叛乱的武装力量。这支武装力量终于产生了,它就是寓居于以今江苏镇江、常州为中心的,以原来鲁南苏北一带移民中的平民和低等士族为主干的"北府兵"。这支军队在抗击苻坚入侵的淝水战役和镇压孙恩、卢循的战役中都曾建立殊勋。从此以后,东晋政权中一些重臣在争权斗争中都要借重"北府兵"的力量,"北府兵"的向背往往决定着这些大臣的成败。在这种情况下,"北府兵"的首领自然产生了夺取皇位的野心。刘宋皇朝的建立者刘裕就是"北府兵"出身的政治家,后来南齐的建立者萧道成和梁代的梁武帝也都是这个集团出身。但"北府兵"内部也存在各种不同的势力,宋、齐两代的许多内部战争,大抵是在几个"北府兵"将领之间进行的。由于这种互相残杀,大大地削弱了"北府兵"本身的力量,再由于从魏晋以来士族中盛行着重文轻武的风气,大抵一员将领在建立功勋、得到高官之后,其子弟就转而弃武从文。这在刘、萧等族及吴兴沈氏、彭城到氏等家族中都有所表现。这种情况大大地削弱了"北府兵"的战斗力,以至到宋中叶以后,迄于齐梁,南朝武装中力量最精锐的部队已经不是"北府兵",而是聚居于今湖北襄阳一带以晋陕等地移民为主的雍州兵。所以早在宋末齐初,执政者对雍州刺史的人选已特别留意,不敢轻易授人。"北府兵"的削弱,也使出身"北府兵"将领的刘、萧等从北方迁来的那部分人在社会上的势力趋于削弱。正在此时,发生了侯景之乱。这个强烈的外因,使原来统治南方达二百余年的北来诸集团受到致命打击。当时南方政权如果遇上像北魏盛时那种北朝政权,那么是否尚能维持三十多年之久,本很成问题,但东魏、北齐和西魏、北周的对立,客观上使南朝得以苟延残喘,而在这时候,以陈霸先为代表的南方土豪正是在这个条件下建立了陈朝。但陈代的统治基础远较宋、齐、梁为薄弱,各派割据势力时叛时服,朝廷又不得不团结一部分地方武装去镇压另一部分地方武装。这就决定了南朝政权早晚要被北朝所灭。因此,梁代之亡,正是南朝历史的一个转折点。这种情况,显然不可能叫梁武帝一人独尸其咎。

至于南朝士族的趋于没落,亦非一朝一夕的情况。从中原南渡的高门大族,多数人本来就缺乏大志,只图在南方苟安。《抱朴子》中《疾谬》、《讥惑》两篇所记中原南渡士人们的种种行为,有些虽似轻视礼法,有些却也反映了灵魂的空虚。这些南渡的士人虽对中原的沦陷不无伤感,但"新亭对泣"的事例,却也说明他们对此无能为力。这些中原人来到南方,大都满足于暂时的安乐。《世说新语·识鉴》:"周伯仁母冬至举酒赐三子曰:'吾本谓度江托足无所,尔家有相,尔等并罗列吾前,复何忧!'"周𫖮之母还算是有识见的妇女,尚且如此,其他人可想而知。当时南北士族中具有政事才能的人确很少。《世说新语·规箴》注引《陆玩别传》载,王导、庾亮等人死后,晋朝以陆玩为司空,陆玩对友人说:"以我为三公,是天下无人矣!"据云,"时人以为知言",可见他说的是真实情况。造成士族中人才稀少的原因就是养尊处优。《颜氏家训·涉务》云:"吾见世中文学之士,品藻古今,若指诸掌,及有试用,多无所堪。居承平之世,不知有丧乱之祸;处庙堂之下,不知有战阵之急;保俸禄之资,不知有耕稼之苦;肆吏民之上,不知有劳役之勤,故难可以应世经务也。晋朝南渡,优借士族。故江南冠带有才干者,擢为令仆以下尚书郎中书舍人已上,典掌机要。其余文义之士,多迂诞浮华,不涉世务……"正如《抱朴子·刺骄》所说:"生乎世贵之门,居乎热烈之势,率多不与骄期而骄自来矣。"《世说新语·简傲》:"王子猷作桓车骑骑兵参军。桓问曰:'卿何署?'答曰:'不知何署,时见牵马来,似是马曹。'桓又问:'官有几马?'答曰:'不问马,何由知其数?'又问:'马比死多少?'答曰:'未知生,焉知死。'"这样的人,哪能办得政事？更荒唐的像同篇所载:"谢万北征,常以啸咏自高,未尝抚慰众士。谢公甚器爱万,而审其为败,及俱行,从容谓万曰:'汝为元帅,宜数唤诸将宴会,以说众心。'万从之。因召集诸将,都无所说,直以如意指四坐云:'诸君皆是劲卒！'诸将甚忿恨之。"像这样的人竟被派去带兵打仗,焉得不败？所以到宋齐以后的统治者,多已看出士大夫之无能,认为他们办事还不如一些寒门人物。《南史·恩幸·刘系宗传》:"系宗久在朝省,闲于职事,(齐)武帝常云:'学士辈不堪经国,唯大读书耳。经国,一刘系宗足矣。沈约、王融数百人,于事何用？'"梁武帝也有这种看法,《颜氏家训·涉务》说"举世怨梁武帝父子爱小人而疏士大夫",也是从这一情况出发的。

不过士族的日趋腐朽,也有一个发展过程。东晋不少士人,虽有"迂诞浮华"之习,却非人人如此,还出过王导、谢安、谢玄等政治家。其他人虽无政治才能,至少还不至于连自己走路也要人扶的地步。但到了梁代的士大夫,连这样的能力也往往很缺乏。《颜氏家训·涉氏》云:"梁世士大夫,皆尚褒衣博带,大冠高履,出则车舆,入则扶持,郊郭之内,无乘马者……及侯景之乱,肤脆骨柔,不堪行步,体羸气弱,不耐寒暑,坐死仓猝者,往往而然。"梁朝政权基本上以这些士大夫为基础,这个阶层既已腐朽至此,其败亡自不可免。当然,从晋至梁,统治者的成分是有过变化的,宋、齐、梁三代的统治者出身"北府兵"将领,其先世自不致像王、谢大族那样"迂诞浮华",但当他们一旦身处高位以后,处处模仿当年高门,而且变本加厉。这种腐化的过程,绝非任何个人意志所造成的,而且在梁亡以后,其风尚未停止。到了陈代,为了优待功臣,对侯安都这样的武将,也要"给扶"。举朝上下以此为荣,说明这种蜕化的过程,有一定的社会根源,不能完全归结为梁武帝的过错。不过梁武帝的许多政治措施也在一定程度上加速了这一过程。

三

　　梁代的灭亡虽不能把全部原因归结为梁武帝个人的过失,但他的行为也促使梁代及南朝政权走向灭亡。梁武帝在施政上的失误无疑是很多的,在这里不想一一列举。笔者所要探讨的,倒是他从一个"奸雄"蜕变为昏君的思想原因。梁武帝的这种变化,显然有其思想根源。他所以后期会有这种变化,和他前期的种种行为有着密不可分的关系。如果不把他前期的行为作一简略的剖析,就很难解释他后期思想的变化。要弄清梁武帝其人早年的所作所为,还必须对他的出身和教养作一些探讨。因为他早期的某些行为如果用当时的道德标准来看,实在是大逆不道,而用今天的眼光来看,也许不一定要深责。例如他取代南齐,就是这样。我们不妨把梁武帝放在当时的历史条件下,根据他的出身和教养来推想他对自己的某些行为可能会有的评价。从现有的材料来看,梁武帝萧衍出身于兰陵萧氏这个"北府兵"将领的家庭。这个家族在东晋时代已有人出任官吏,如《晋书·荀崧附荀羡传》,就提到穆帝永和年间青州刺史荀羡有位参军叫萧辖,曾奉命领兵守泰山,抵御前燕慕容儁。萧辖就是梁武帝的高祖,据《梁书·武帝纪上》载,他后来官至济阳太守。可见这个家族虽称不上高门,却也不失为士族,再加上经宋迄齐,"北府兵"得势以后,他们的子弟都会接受较好的教育。因此梁武帝早年出入齐竟陵王西邸之时,即以文学之士的身份,和沈约、谢朓、王融、范云、任昉等为伍。这说明他从小就受过较深的儒家思想熏陶。另外,兰陵萧氏这一家本来就笃信道教,梁武帝本人早年就是个道教徒。在他的《舍道归佛》中,曾声称"弟子经迟迷荒,耽事老子,历叶相承,染此邪法"。他作此文时间为天监三年(504),他年已41岁,所受道教影响当亦不浅。我们知道,儒家讲那套"君君、臣臣、父父、子子"的封建伦理,而道教的道德观,亦与儒家类似,如《太平经》云:"今天地开阔,淳风稍远,皇平气隐,灾厉横流。上皇之后,三五以来,兵疫水火,更互竞兴,皆由亿兆,心邪形伪,破坏五德,争任六情,肆凶逞暴,更相侵凌,尊卑长少,贵贱乱离。"(《太平经合校》卷一至十七《太平金阙帝晨后圣帝君师辅历纪岁次平气去来兆候贤圣行种民定法本起》)此外,南齐竟陵王萧子良的西邸,是一个佛教气氛极浓的地方,梁武帝早年出入西邸,至此行将20年①,显然也会受到佛教的影响。佛教对儒、道二教的伦理道德虽强调得较少,但其宣扬的"因果报应"及地狱等说,显然也和梁武帝早年的行为大相径庭。可见梁武帝早年的所作所为显然是完全有悖于当时统治着中国思想界的三种主要思想体系的。

梁武帝既深受儒、道二家影响,当时亦已初步接受了佛教思想,而在永明末至天监初这十年时间内,他的许多行为却与这三派思想完全背道而驰。这个原因是很好理解的。因为作为一个军阀和政客的梁武帝,在当时激烈的政治冲突中,为了追求现实的利益,他必然会背弃那些虚无渺茫的宗教教义和道德信念。这种情况对古今中外一些政治上的奸雄概莫能外。否则历史上许多罪恶和暴行,就未必能发生了。然而,当这些"奸雄"明知自己的行为违反道德准则而仍然付诸行动时,其内心也常常存在着一定的矛盾。例如:东晋的王敦在下兵石头威逼朝廷时,曾对谢鲲说:"余不得复为盛德之事矣。"

---

① 西邸之开设时间,有几种不同说法,大致不离永明二至五年间(484～487),而梁武帝离开西邸赴荆州则为永明八年(490),至天监三年至少十七八年时间。

(《世说新语·规箴》)另一个权臣桓温,也曾自称:"既不能流芳后世,不足复遗臭万载邪!"(《晋书·桓温传》)连杀害宋文帝的刘劭,也深知自己弑父是"天地所不覆载"(《宋书·二凶传》),所以当他们做出了那些暴行以后,也常常害怕天神的责罚和鬼魂的报仇。因为关于鬼魂索命的传说,几乎在世界各民族中都曾流行,而中国尤其盛行。翻开许多古籍,常有这种内容。如:《左传·庄公九年》记齐国公子彭生向齐襄公索命故事;《成公十年》记赵氏祖先为厉鬼向晋景公为子孙索命;《昭公七年》记郑国伯有死后现形向杀他的人索命故事。《墨子·明鬼下》和《论衡·死伪》所记周宣王杀杜伯后杜伯鬼魂索命故事等。尤其著名的是《史记·魏其武安侯列传》记魏其侯窦婴和灌夫的鬼魂向田蚡索命的故事。可见这种传说,在古代深入人心。尤其梁武帝这样深受儒道佛三家影响的人,不可能对此全无信仰。当他因现实的利害而置封建道德于不顾,做出一些暴行或策划某些阴谋之后,内心往往存在恐惧,期望鬼神的宽恕或想依靠皈依佛门的手段来免去罪孽。这大约是许多"奸雄"所常有的现象,甚至民国初年那些杀人放火的北洋军阀在晚年也会吃素念佛。梁武帝的佞佛显然也属这种情况。值得注意的是:儒、道二家虽然也讲"报应",讲鬼神索命,但还没有谈到免罪的问题,而佛教则公开宣扬信佛可以免去一切罪孽的问题。如《太平广记》卷一百〇九引《幽冥录》中赵泰的故事,记赵泰游地狱时问主管者:"未奉佛时,罪过山积,今奉佛法,其过得除否?"曰:"皆除。"这自然最符合梁武帝的心意,他晚年竭力佞佛,盖由于此。历来有一些人认为梁武帝的佞佛是梁亡的主要原因(如唐韩愈的《谏迎佛骨表》),这当然未必正确,不过梁武帝的政治失策,往往和他早年一些行为造成的心病有关,而这些心病正是他所以要佞佛的重要因素。

四

梁武帝前期的一些行为造成他的心病以致影响他后来思想的主要有下列几个方面。首先是对南齐高帝（萧道成）和武帝（萧赜）的众多子孙被齐明帝萧鸾所杀，他实在有重大的责任。关于这个问题，作为南齐皇室后裔的萧子显在作《南齐书》时，由于存在顾忌，所以讳莫如深，但唐李延寿的《南史》，却吐露了事情的真相。《南史·文学·吴均传》："先是，均将著史以自名，欲撰齐书，求借齐起居注及群臣行状，（梁）武帝不许，遂私撰《齐春秋》奏之。书称帝为齐明帝佐命，帝恶其实录，以其书不实，使中书舍人刘之遴诘问数十条，竟支离无对，敕付省焚之，坐免职。"这里说到吴均称梁武帝"为齐明帝佐命"，梁武帝"恶其实录"，说明他所讲的都是真话，后来梁武帝叫刘之遴加以诘问，他自然有所顾忌，不敢再说实话，以免杀身之祸，绝非真的"支离无对"。吴均说梁武帝"为齐明帝佐命"的事，在这里自然不必详说，不过事情还是比较清楚的。梁武帝早年，只是南齐巴陵王萧子伦和王俭幕下的一个小官，仅仅依靠文学才能得以出入竟陵王萧子良的西邸，并为受到萧子良器重的王融赏识。后来出任齐荆州刺史随郡王萧子隆的咨议参军，仍不过是个七品小官。永明十一年（493）齐武帝病重将死时，竟陵王萧子良一直在旁侍候，当时王融想发动政变，拥立萧子良为帝而拒绝"太孙"萧昭业继位。王融这一行动显然不是自作主张，而是出于齐武帝和萧子良的授意。试看《南齐书·王融传》记载事情失败以后，王融对自己罪状的辩护词，说明他在事先的准备工作是由"司徒宣敕"才进行的。司徒即萧子良。王融的为人据《文选》任昉《为范始兴作求立太宰碑表》说，"进思必告之道,退无苟利之专",像这些招募军队的大事,他自然不敢自作主张,而是奉了齐武帝之命行事。再看齐武帝病重之际,并不叫萧昭业和萧鸾留在自己身边,而只要萧子良一人,其用意本极明白。显然,齐武帝死前,已经看到萧鸾存在着野心①,怕年轻的萧昭业不是他的对手,而想让萧子良继位以杜绝觊觎。然而萧子良是一个怯懦而缺乏政治才能的人,他长期官居高位,却对军队毫无指挥能力,因此在这场事变中,他所依靠的都不过是一些文人。据《南史·梁本纪上》载,当时萧子良所任命的"帐内军主"有梁武帝及其兄萧懿,此外还有王融、刘绘、王思远、顾暠之、范云等。这些人除了梁武帝兄弟外,都是些白面书生,根本不会作战。尤其应该注意的是:梁武帝兄弟当时正在为父亲萧顺之服丧期间,按照当时的礼制是不能出来做官和参与政治活动的。萧子良所以要破例任用他们,就因为他明知那些文人无济于事,只能主要依靠梁武帝兄弟。但梁武帝兄弟打的却是另一种算盘。他们看到萧子良的政敌正是萧鸾,而萧鸾官为尚书左仆射,兼领右卫将军,手中有一定的兵权,他又有拥护萧昭业的招牌,因为萧昭业的"太孙"名义并未废黜,有一定号召力。至于萧子良让王融所招募的兵力人数甚少,不足以对付萧鸾。于是他们就临阵倒戈,转而支持萧鸾。他这一行动使萧鸾不战而胜,旋即杀害王融,使萧子良忧惧而死,接着废杀了萧昭业及其弟昭文,公然屠杀了齐高帝、齐武帝的许多子孙,在一年左右时间内完全夺取了齐高帝、武帝子孙的天下。在这方面,梁武帝是为齐明帝立了大功的。因此当萧鸾得势以后,就很快把梁武帝从七品的诸府参军提升为四品的宁朔将军。如

---

① 其实萧鸾的野心,齐文惠太子萧长懋早已看出,并对萧子良说过。(见《南齐书·文惠太子传》)不过齐武帝当时对长懋不满,萧长懋可能来不及对他说,或说了之后,齐武帝还没听信。

果说梁武帝的临阵倒戈,是因为力不足以制齐明帝萧鸾而想保全自己的话,那么他后来的一系列行事则远远不能说明是为了保全自己,如《南史·梁本纪上》云:

> 初,皇考(萧顺之)之薨,不得志,事见《齐鱼复侯传》。至是,郁林失德,齐明帝作辅,将为废立计,帝欲助齐明,倾齐武之嗣,以雪心耻,齐明亦知之,每与帝谋。时齐明将追随王,恐不从,又以王敬则在会稽,恐为变,以问帝。帝曰:"随王虽有美名,其实庸劣,既无智谋之士,爪牙惟仗司马垣历生、武陵太守卞白龙耳。此并惟利是与,若啖以显职,无不载驰。随王止须折简耳。敬则志安江东,穷其宝贵,宜选美女以娱其心。"齐明曰:"亦吾意也。"即征历生为太子左卫率,白龙游击将军,并至。续召随王至都,赐自尽。

随王萧子隆即梁武帝早年所事的南齐藩王,在齐武帝诸子中,"最以才貌见惮",所以最先被害。萧子隆之死,在海陵王延兴元年(494)九月,从此以后,齐明帝就放心大肆屠杀齐高帝和齐武帝的子孙。这次屠杀,主凶虽为齐明帝,而出谋划策者则为梁武帝。梁武帝所以要做齐明帝的帮凶,据说是因为和萧顺之晚年曾奉齐武帝命于永明八年(490)去荆州镇压齐武帝第四子鱼复侯子响之乱。萧顺之临走时,据《南史·齐武帝诸子·鱼复侯子响传》载,接到太子萧长懋的密令,叫他在当地杀死子响,萧顺之照他的命令做了。事成后还都,过了一段时间,齐武帝因为萧子响毕竟是自己儿子,颇为后悔,有时思念流泪。据说萧顺之见到后十分忧惧,因此得病而死。关于萧顺之之死和萧子响事件的关系,大致就是这样,史籍并无更详尽的记载。从现存的史料来看,萧顺之并未受到追究与处分。即使他得病与此有关,也不能归咎于齐武帝,所以说梁武帝帮齐明帝杀害齐武帝子孙,很难用"雪心耻"来解释。再说,即使其父得病由于齐武帝,但齐武帝的兄弟和子孙,和此又有什么干系?梁武帝所以要为齐明帝出谋划策,把他们杀个干净,显然主要不在"雪心耻",而是为了讨齐明帝的欢心,以求爬上高位,为将来夺取皇位作准备。后来梁武帝也自知此论说不通,因此即位后对自己帮齐明帝夺取皇位的事掩盖唯恐不及。《梁书·萧子恪传》载,梁武帝登上皇位后,为了拉拢萧子恪(齐武帝弟豫章王嶷之子)兄弟,还自称夺取齐明帝子宝卷的天下"非惟自雪门耻(指为萧懿复仇),亦是为卿兄弟报仇"。这种话岂非与"雪心耻"之说矛盾?不论梁武帝怎样寻找借口,他对自己的行为是如何违背封建伦理和起码的道德标准的显然很清楚。正如他的大臣沈约在临死时会想到自己劝梁武帝杀害齐明帝子孙的事受到报应一样,梁武帝自然也惧怕这些行为的报应。

　　如果说齐高帝、齐武帝子孙之死,梁武帝还只是一个帮凶的话,那么齐明帝的儿子萧宝卷(东昏侯)和萧宝融之死,其主要责任就全在梁武帝身上了。关于萧宝卷,史籍记载都说他是一个昏暴之主。这或许和梁武帝得势后过分夸大他的过恶有关。不过,像萧宝卷这样的人既为昏暴之主,杀他也许不算大过。至于萧宝融,情况就不同了。他只是一个十几岁的孩子,在荆州当刺史,政权实际操纵于他的长史萧颖胄之手。萧颖胄因害怕梁武帝手下襄阳强兵,同意和梁武帝一起出兵反对萧宝卷。于是梁武帝就把宝融推出来做傀儡皇帝。他无权无势,更谈不上作恶,只是由于梁武帝攻克都城建康以后,急于称帝,萧宝融这傀儡已对他不复有用,反而有妨碍,所以就只能处死。可是萧宝融的死,后来也构成了梁武帝心病。据《南史·齐本纪下》载,梁武帝登上帝位后,曾考虑把萧宝融封于南海郡(今广州一带),保全其性命。这显然不是出于"仁慈",而是萧宝融这孩子并不足危害自己的统治。但沈约却力主杀害,梁武帝最后听了他的话。沈约临死时,据《梁书·沈约传》载,曾"梦齐和帝以剑断其舌",这当然是沈约的心理反应,但当时人却信以为鬼魂索命。据云:"召巫视之,巫言如梦。乃呼道士奏赤章于天,称禅代之事,不由己出。"梁武帝知道后,大怒,屡次派人谴责。其实萧宝融之死,沈约只是帮凶,梁武帝才是主犯,他听说鬼魂向沈约索命,自然不能不怕。这显然也是梁武帝后来佞佛的一个原因。

当然,梁武帝作为一个帝王,他的佞佛自然也有其政治目的,那就是南朝宋以来,统治者已经重视佛教对巩固其统治的作用。据何尚之对宋文帝说:"窃谓此说,有契理奥。何者?百家之乡,十人持五戒,则十人淳谨矣。千室之邑,百人修十善,则万人和厚矣。传此风训,以遍寓内,编户千万,则仁人百万矣。此举戒善之全具者耳。若持一戒一善,悉计为数者,抑将十有二三矣。夫能行一善,则去一恶,一恶既去,则息一刑。一刑息于家,则万刑息于国。四百之狱,何足难错;雅颂之兴,理宜倍速,即陛下所谓坐致太平者也。"(《全宋文》卷二十八)何尚之这种想法,梁武帝也同样会有。不过,在他大肆宣扬佛教的同时,自己也会不知不觉地接受其某些教义。作为一个皇帝而信仰佛教,其作用可以有不同的两个方面。一方面,由于佛教有"戒杀"的教义,因此梁武帝后期也深信"报应"之说,在他的《断酒肉文(一)》中,他强调宰杀动物以供食用,会受到"报应":"若使啖食众生父,众生亦报啖食其父。若啖食众生母,众生亦报啖食其母。若啖食众生子,众生亦报啖食其子。如是怨对报相啖食,历劫长夜,无存穷已。"如果说杀动物以供食用,尚且会受"报应",那么杀害人的罪孽自然更大,报应自然更重。因此梁武帝称帝后,杀戮确实较宋、齐两代为少,试看宋、齐两代的大臣和文学之士,往往被帝王所杀,而且有的似乎还没有什么当杀的理由。至于梁武帝在这方面要宽容些。

大臣如王亮,梁武帝对他不满,也不过疏远而不加重用而已;沈约的道士上章,自称齐、梁易代不干自己的事,梁武帝只是谴责,没有杀他。至于对不喜的文人如刘峻、吴均,也只是不加提拔而已。这些人如果在宋、齐朝代就难保不被处死。从这个意义上说,佛教在梁武帝身上也未始不起一些积极作用。另外,由于梁武帝信佛以后,在生活方面较宋齐以来的君主节俭。《梁书·贺琛传》载贺琛因上书触怒梁武帝,受到"口敕"的斥责,在这里梁武帝大肆宣扬自己的生活节俭及不好女色。历来论者大抵认为这些细枝末节的长处,无救于政治的腐败,这自然是对的。不过,他如果不是这样而是贪图享受,势必又会加重人民的负担。所以他的信佛,不能说一无积极作用。

另一方面,由于他身为帝王如果不严明法制,因不愿对某些恶人加刑,反而造成成千上万善良百姓的痛苦和死亡。《南史·梁宗室传上》载,他的侄儿临贺王萧正德的暴行就令人难以容忍。萧正德曾经叛降北魏,后来又和侯景同谋,这些先不说它,就讲他劫掳百姓之罪就令人发指。据云:"正德志行无悛,常公行剥掠……为百姓巨蠹,多聚亡命,黄昏多杀人于道,谓之'打稽'。"梁武帝也完全知道他的不法行为,曾斥责他道:"更于吴郡杀戮无辜,劫盗财物,雅然无畏。及还京师,专为逋逃,乃至江乘要道,湖头断路,遂使京邑士女,早闭晏开。又夺人妻妾,略人子女,徐敖非直失其配匹,乃横尸道路,王伯敖列卿之女,诱为妾媵。"像这样十恶不赦的人,梁武帝竟然不加惩处,仅仅"免官削爵",而且不久又恢复封爵加以任用。这种对罪犯的宽纵,实则是对百姓的残忍。这种政策,势必造成吏治的极端腐败,以致像杜弼说的"人人厌苦,家家思乱"。在某种程度上说,梁武帝因畏惧"报应"而实行的"妇人之仁",还不如某些严刑峻法、果于杀戮的帝王。因为他的"仁慈",仅仅施诸自己的家族和某些大臣,至于老百姓丝毫未受到好处。王鸣盛在《十七史商榷》中曾指斥梁武帝在天监十四年(515)命康绚筑堰堵塞淮河之事,士兵因饥冻而死的很多,后来堤堰溃决,冲了夹淮几百里见方的土地,军民死者更不可胜数。梁武帝却在那里讲什么"戒杀放生"以充"仁慈",这真是一针见血的批评。

如果说对待南齐的"高武子孙"和明帝后裔方面,梁武帝早年的行为对他构成心病的话,那么他对自己的亲人们也有严重负心之处。这主要是对他哥哥萧懿和发妻郗氏的问题。萧懿在萧顺之诸子中,政治和军事才能很高,曾有人认为他有可能成为皇位的争夺人之一。据《南史·梁本纪》云:

> 初,齐高帝梦展而登殿,顾见武、明二帝后一人手张天地图而不识,问之,答曰:"顺子后。"及崔慧景之逼,长沙宣武王(萧懿)入援,至越城梦乘马飞半天而坠,帝所驭化为赤龙,腾虚独上。时台内有宿卫士为觋,常见太极殿有六龙各守一柱,末忽见失其二,后见在宣武王宅。时宣武为益州,觋乃往蜀伏事。及宣武在郢,此觋还都,乃见六龙俱在帝所寝斋。遂去郢之雍。中途遇疾且死,谓同侣曰:"萧雍州(梁武帝)必作天子。"

这种荒唐无稽的神话本身,自不足信,但它反映了当时人心目中,萧懿是有可能登上皇位的。但事势的发展却决定了萧懿不可能成为帝王。原来萧懿在东昏侯萧宝卷初年是南齐的"梁、南秦二州刺史",治地在今四川一带。这个地方在南朝并非军事要地,历来很少驻扎重兵,对都城建康的影响也较小,南朝以来很少叫宗室或心腹大臣出镇此地。这比起当时天下精兵汇聚的雍州(襄阳)就逊色很多。萧懿后来又被调为卫尉卿。永元二年(500)齐豫州刺史裴叔业反,萧宝卷派萧懿为刺史去讨伐,梁武帝就派典签赵景悦去劝萧懿乘机兴兵杀死萧宝卷身边的人。这其实是一个冒险的建议,因为萧宝卷当时还有实力,后来崔慧景曾以同样方式举兵,结果迅速溃灭。在崔慧景起兵时,萧懿率兵三千人入援萧宝卷,很快击溃了崔慧景。当时萧懿手上只有三千兵力,如果举事,可能还不如崔,而建康附近支持萧宝卷的将领还不在少数。这时梁武帝又派虞安福劝说萧懿举兵废黜萧宝卷。萧懿不从,但这几次劝说被萧宝卷知道,并加猜疑,最后萧懿被萧宝卷赐死。据《南史·梁宗室传上》载,在萧宝卷打算杀害萧懿时,有人劝他逃到雍州去,萧懿不听,说:"自古皆有死,岂有叛走尚书令邪?"对于这句话,宋代的叶适在《习学纪言》中曾从封建道德出发,对此大加称赞(见卷三十二)。其实萧懿未必是忠于南齐。当时他的实力不足以举事,而逃奔雍州又因路途遥远,所经皆萧宝卷的势力范围,所以只能坐以待毙。其实萧懿在建康,势孤力单,萧宝卷早已对梁武帝有戒心,对萧懿亦有猜忌,梁武帝一再派人到建康去劝说萧懿造反,客观上是促使萧宝卷下手。不管梁武帝主观意图如何,实际上萧懿之死,和他不能说没有关系。这一点梁武帝心里十分明白。《南史·梁宗室传上》云:

> 懿名望功业素重,武帝本所崇敬。帝以天监元年四月丙寅即位,是日即见褒崇。戊辰,乃赠第二兄敷、第四弟畅、第五弟融。至五月,有司方奏追皇考皇妣尊号,迁神主于太庙。帝不亲奉,命临川王宏侍从。七月,帝临轩,遣兼太尉、散骑常侍王份奉策上太祖文皇帝、献皇后及德皇后尊号。既先卑后尊,又临轩命策,识者颇致讥议焉。

这一情况并非梁武帝对萧懿的感情超过了父母,而是他内心里对萧懿存在着深度的内疚。正因为在兄弟关系上,梁武帝有着心病,所以很影响他以后对宗室的政策。例如其弟临川王萧宏据《南史·梁宗室传上》所载,实在是罪在不赦,却屡蒙宽免。叶适在《习学纪言》中责备梁武帝对萧宏在洛口的战败"不以为意",却又认为"至宏不肖反逆,而帝能容之,不失兄弟之恩,盖人情所难",其实这纯属迂腐之见。萧宏在前线弃军逃归,使有利的战局毁于一旦,梁代的军力亦大为削弱,仅此一点,就完全应予严惩。但事情远不止此,他还派人伏于骠骑航,想刺杀梁武帝,又与梁武帝女永兴公主私通,再一次派人行刺,两次阴谋都已败露,却未受任何处分。萧宏其人不光谋害梁武帝,还到处搜刮财物,在建康横行不法,残害百姓,《南史·梁宗室传》有大量记载。可以说,梁武帝这种"不失兄弟之恩"的宽容态度,实际上是对国家和人民的犯罪,根本不值得肯定。梁武帝早年也曾屡次下诏要制止贪官"忘公殉私,侵渔是务","大政侵小,豪门陵贱",但犯到他兄弟或子侄身上,却一切不问。这种厚于骨肉而薄于广大民众的行为,和早年在萧懿问题上的心病有极深的关系。应该指出,这种思想,也导致了梁武帝最终的失败。我们知道,南朝自宋以来,帝王常用兄弟子侄为各州刺史。这种政策流弊甚大,在宋代就不断出现南郡王刘义宣、桂阳王刘休范、竟陵王刘诞等叛乱。南齐吸收了这一教训,把诸王权力移交给朝廷任命的典签,形成了"诸州唯闻有签帅,不闻有刺史"的局面。齐明帝杀诸王亦多用典签之力。梁武帝夺取政权后,各州刺史,全用其弟或子侄,却不再加强对他们的控制,典签已形同虚设。到侯景之乱时,上游诸镇不能并力救援都城,甚至像萧绎还阻挠别人出兵。这不能不说是梁武帝全盘否定了典签制度、放弃了对诸王的控制之故。其思想根源却正在萧懿事件使他过于重视了"骨肉之情"。

关于梁武帝的发妻郗氏之死,《梁书·后妃传》也全取隐讳不言的态度。《南史》则语焉不详,仅云:"后酷妒忌,及终,化为龙入于后宫开,通梦于帝。或见形,光彩照灼。帝体将不安,龙辄激水腾涌。于露井上为殿,衣服委积,常置银鹿卢金瓶百味以祀之。故帝卒不置后。"此文充满迷信色彩,且人死能"化龙入井",更使人难于理解。关于这问题,倒是《建康实录》卷十的注文使我们了解部分疑问:

> 按《东京记》:皇城西南洛水北,有分谷渠,至隋朝有龙天王祠。俗传梁武帝郗后妒忌,武帝初立,未册命,因忿怼,乃投殿庭井中。众赴井救之,已化为毒龙,烟焰冲天,人莫敢近。帝悲叹久之,乃册为龙天王……

这段话虽亦有神话色彩,却说明了她乃投井而死。不过,这里有个疏漏,即说她死时"武帝初立"。其实她死于永元元年(499)八月,《梁书·后妃传》有明文。我们再看《梁书·后妃·丁贵嫔传》,丁贵嫔被梁武帝纳为妾时"年十四"。丁贵嫔死于普通七年(526),以此推算,她做梁武帝的妾正是永元元年。这说明郗氏,正由于梁武帝纳妾,才愤恨投井而死。郗氏本中原高门,又是梁武帝的结发妻子,梁武帝对她不会毫无感情,所以终身不立皇后,实由此故。对此,我们还可联系《南史·梁宗室传上》记永兴公主与萧宏通奸并合谋杀害梁武帝的事。永兴公主乃郗氏所生的女儿,本不可能谋害生身之父。如果联系到郗氏的死因,这问题也就不难理解了。郗氏之死,对梁武帝晚年思想,也会有影响。他称帝之初,虽仍是个好色之徒,如《梁书·范云传》所记,他抢了萧宝卷的妃子余氏,《豫章王综传》记萧综母吴氏,本萧宝卷的妃子,但到晚年奉佛后,追忆郗氏之死,不免后悔,因此他在斥责贺琛时自称"朕绝房室三十余年,无有淫佚",恐亦有实情,而其原因亦与此有关。这虽主要表现在生活方面,却对政治亦有影响。例如他既立萧统为太子,却不"母以子贵",立丁贵嫔为后,也多少给诸子侄争位提供借口,以致一度被他收养的萧正德竟向北魏自称"被废太子"(《南史·梁宗室传》)。所以郗氏之死,在梁武帝晚年也是一种心病,并影响到他的政治措施。

当然,梁武帝后来走向灭亡,从他主观思想方面说,也不能完全归结为这些心病所造成的影响。还有一个很重要的方面是他的过分自信而认为没有人能与自己相比。这也是由他的时代及经历决定的。南朝初年的政坛上,尚有较多的人才,如宋武帝刘裕初起是与刘毅、诸葛长民等合作,后来其中一些人就成了和他争天下的对手,刘裕必须一一消灭他们,才能登帝位。萧道成之代宋,也有刘秉、袁粲、沈攸之等人与之为敌。他们的得天下是艰苦备尝。但梁武帝以一个小小的七品官,九年中登上帝位,可谓毫不费力。他打败萧宝卷几乎没有遇到任何阻力。在他登上帝位时,又逢北魏衰乱,六镇叛乱,对南朝不再构成威胁,所以梁武帝未免自以为天下无人能及。试看他直到侯景作乱时,还在那里自我吹嘘,说什么"是何能为,吾以折棰笞之"(《南史·贼臣·侯景传》)。但他的估计显然完全错误,竟把抵抗侯景的事务交给了屡次背叛且与侯景早有勾结的萧正德,再加上梁代军政久已废弛,诸军与侯景作战时一触即溃,上游援军又为萧绎所阻,使侯景初起时仅有兵千人,而不到三个月,当他攻至建康城下时,竟达十万人之众。这和梁武帝平时的自以为无所不能、目空一切,显然有密切关系。即使在对待像萧宏、萧正德的问题上,其表现也是如此。《南史·梁宗室传上》载,梁武帝曾对萧宏说:"我人才胜汝百倍。"不错,比起萧宏这蠢材,梁武帝的确要高明得多,但蜂虿有毒,对不如自己的人,也未可疏于防备。其实萧宏之子正德,其才亦不胜乃父,但最终却开门揖盗,把侯景引进建康,毁灭了梁武帝的统治。可见过于自信,目空一切,亦为梁武帝失败的重要主观原因。

魏太武帝和鲜卑拓跋氏的汉化

一

《高僧传》卷十一《宋伪魏平城释玄高传》有一段颇为离奇的记载：

(玄高)既达平城，大流禅化。伪太子拓跋晃事高为师。晃一时被谗，为父所疑，乃告高曰："空罹枉苦，何由得脱？"高令作"金光明斋"，七日恳忏，焘乃梦见其祖及父，皆执剑烈威，问："汝何故信谗言，枉疑太子？"焘惊觉，大集群臣，告以所梦。诸臣咸言：太子无过，实如皇灵降诰。焘于太子无复疑焉，盖高诚感之力也。焘因下书曰："朕承祖宗重光之绪，思阐洪基，恢隆万代。武功虽昭，而文教未畅，非所以崇太平之治也。今者，域内安逸，百姓富昌，宜定制度，为万世之法。夫阴阳有往重，四时有代序，授予任贤，安全相付，所以休息疲劳，式固长久，古今不易之令典也。朕诸功臣，勤劳日久，当致仕归第，雍容高爵，颐神养寿，论道陈谟而已，不须复亲有司苦剧之职。其令皇太子副理万机，总统百揆。更举良贤，以备列职，择人授任而黜陟之。故孔子曰：'后生可畏，焉知来者之不如今。'"于是朝士庶民皆称臣于太子，上书如表，以白纸为别。时崔皓、寇天师并先得宠于焘，恐晃篡承之日，夺其威柄，乃赞云："太子前事，实有谋心。但结高公道术，故令先帝降梦。如此物论，事迹稍形，若不诛除，必为巨害。"焘遂纳之，勃然大怒，即敕收高。

这则故事，粗看颇为荒诞，似是佛教徒为了夸扬其法力而编造出来的。其实并不完全是这样。因为在我们今天看来，世界上自然不可能有什么鬼神，但在1500多年前的北魏时代，绝大多数人是相信鬼神存在的。因此，魏太武帝拓跋焘因梦见其父祖而叫太子拓跋晃代理政事并不足怪。拓跋焘梦见其父祖，其原因亦不难解释。当然，这和玄高的"法力"无关，即使当时拓跋晃真作了七天"金光明斋"，也不过是个巧合。

魏太武帝下诏让太子拓跋晃处理政务的事，不但见于《高僧传》，亦见于《魏书·世祖纪》、《宋书·索虏传》，还略见于《南齐书·魏虏传》。值得注意的是下诏年代据《魏书》和《宋书》都在太平真君四年，即宋文帝元嘉二十年（443）；并且诏书原文以《宋书》为最详，《高僧传》次之，《魏书》反而较略，但所载显为同一篇文章。因此可以推知其早在此诏书发表后不久，就传到了南方。那么《高僧传》和《南齐书》所载太武帝梦见父祖之事，可能并非虚构，而是当时北魏确有这种传说；甚至太武帝确曾做过这样的梦，亦非无可能。

从太武帝和太子拓跋晃的年龄看，此时以太子参理国政自属正常情况。因为北魏初年几个君主都享年不长。太武帝之父明元帝卒年32，他在31岁即泰常七年（422）命太武帝监国，太武帝时年15岁。太武帝曾孙献文帝卒年23岁，他在18岁即延兴元年（471）就禅位于儿子孝文帝。可见北魏君主早早把政权交给儿子，实为惯例。问题是那些帝王与儿子间并未发生冲突,而拓跋晃据《魏书·阉官·宗爱传》说是"以忧薨";据《南齐书·魏虏传》说是被太武帝所杀。以此推想,太武帝当时和拓跋晃之间可能确有矛盾,《高僧传》"被谗,为父所疑"当非无据。当然,在太武帝下诏之际,父子间的矛盾未必像后来那么尖锐。

二

从魏太武帝在太平真君四年(443)所下诏书看来,有两点颇可注意:一是文中强调自己"武功虽照,而文教未畅,非所以崇太平之治也"。的确,从当时的情况来说,北魏的"武功"不可谓不盛。太武帝神䴥元年(428)攻破夏的都城统万;神䴥二年(429)大破柔然,使柔然大为削弱;神䴥四年(431)又最终消灭了夏国;太延二年(436)灭北燕;太延五年(439)灭北凉这时北魏已完全统一了北中国,剩下唯一的敌人就是南方的刘宋了。从当时的形势来说,南朝的实力既难对北魏构成威胁,而北魏也无力灭亡南朝。因此划境而守,偃武修文,自是上策。

偃武修文的政策其实不始于太武帝,早在魏道武帝拓跋珪击灭后燕的次年亦即天兴元年(398),他就下诏叫尚书吏部郎中邓渊"典官制,立爵品,定律吕,协音乐,仪曹郎中董谧撰郊庙、社稷、朝觐乡宴之仪;三公郎中王德定律令,申科禁;太史令晁崇造浑仪,考天象;吏部尚书崔玄伯(宏)总而裁之"(《魏书·太祖纪》)。同年,又由左丞相卫王仪率领百官,请道武帝穿上衮服,并仿照历代帝王,追尊祖先,用《皇始》之舞,易服饰,行夏历,推行了一系列汉族帝王的制度。次年,又"初令'五经'群书各置博士,增国子太学生员三千人","诏礼官备撰众仪,著于新令"(同上)。到了明元帝时,更大举征聘汉族人士。《魏书·太宗纪》载,永兴五年(413)一月"诏分遣使者巡求俊逸,其豪门强族为州闾所推者,及有文武才干,临疑能决,或有先贤世胄,德行清美,学优义博,可为人师者,各令诣京师,当随才叙用,以赞庶政"。明元帝受汉族文化影响已颇深,《魏书·太宗明元帝纪》称:"帝礼爱儒生,好览史传,以刘向所撰《新序》、《说苑》于经典正义多有所阙,乃撰《新集》三十篇,采诸经史,该洽古义,兼资文武焉。"明元帝对汉族文化的爱好,可能有他个人的原因,但无可否认的是鲜卑拓跋氏这时已入踞了北中国很大一部分土地,已经很难在广大的汉族地区实行鲜卑族旧时的统治措施,于是汉化成为不可避免的趋势。

  太武帝即位以后,随着灭夏及对柔然战争的胜利,这种汉化的趋势更显迫切。神䴥四年(431)他下诏说:"今二寇(柔然和夏)摧殄,士马无为,方将偃武修文,遵太平之化,理废职,举逸民,拔起幽穷,延登俊乂,昧旦思求,想遇师辅,虽殷宗之梦板筑,罔以加也。访诸有司,咸称范阳卢玄、博陵崔绰、赵郡李灵、河间邢颖、勃海高允、广平游雅、太原张伟等,毕贤俊之胄,冠冕州邦,有羽仪之用。《诗》不云乎:'鹤鸣九皋,声闻于天。'庶得其人,任之政事,共臻邕熙之美。《易》曰:'我有好爵,吾与尔縻之。'如玄之比,隐迹衡门,不耀名誉者,尽敕州郡以礼发遣。"这次征聘的人,据《本纪》说:"至者数百人。"据《魏书·高允传》所录应征者名字凡34(加上高允为35)人,据说当时各在征辟之列的为42人。这些人大都是黄河以北的高门(其中杜铨、韦阆称"京兆"人,当系祖籍)。这样大规模地征聘汉族士人,说明鲜卑拓跋氏已经不但决心汉化,且有意和当地汉族高门联合起来进行统治。这也是当时势所必然的办法。因为鲜卑拓跋氏的军力虽强,但要在汉族地区建立巩固的统治还是比较困难的。《魏书·崔浩传》载,明元帝神瑞二年(415),拓跋氏曾经遭到一次灾荒,有人向明元帝

建议迁都于邺,崔浩就加以劝阻,他说:

> 今国家迁都于邺,可救今年之饥,非长久之策也。东州之人,常谓国家居广漠之地,民畜无算,号称牛毛之众。今留守旧都,分家南徙,恐不满诸州之地。参居郡县,处榛林之间,不便水土,疾疫死伤,情见事露,则百姓意沮。四方闻之,有轻侮之意,屈丐(赫连勃勃)、蠕蠕必提挈而来,云中、平城则有危殆之虑,阻隔恒代千里之险,虽欲求援,赴之甚难。如此则声实俱损矣。今居北方,假令山东有变,轻骑南出,耀威桑梓之中,谁知多少?百姓见之,望尘震服。此是国家威制诸夏之长策……

这说明拓跋氏的实力并不强大,要在汉族地区建立巩固的统治还有不少困难。神瑞二年下距太武帝下诏命太子晃掌管政务时有二十多年,在这个时期中,北魏又灭了夏、北燕和北凉,其版图已覆盖整个北中国。这一方面当然意味着国力的增强,另一方面面临着汉族地区的广土众民,更使汉化的任务愈见迫切。在这方面拓跋氏从道武帝起,一直任用清河崔氏的崔宏父子,早在天兴元年(398)那次定官制等措施下,就叫崔宏"总而裁之"。崔宏死后,他儿子崔浩更是北魏汉化中的重要人物。早在明元帝即位之初,协助听政的"八公"中除长孙嵩、奚斤、安同外,还有崔浩(见《魏书·长孙嵩传》)。明元帝命太武帝摄行国政,"司徒长孙嵩、山阳公奚斤、北新公安同为左辅,坐东厢西面;浩与太尉穆观、散骑常侍丘堆为右弼,坐西厢东面"(《魏书·崔浩传》)。这两次的辅政大臣除了崔宏、崔浩父子外,都是鲜卑贵族,而崔氏父子以汉族士人参与其列,不能不说是拓跋氏对他们的特殊宠任。这种宠任很可能引起鲜卑贵族的嫉妒和愤恨,尤其因为崔氏父子又在推行汉化方面起着主要作用,而推行汉化也不可避免地会触犯鲜卑贵族的利益。这种矛盾果然出现了。《魏书·崔浩传》载:"世祖即位,左右忌浩正直,共排毁之。世祖虽知其能,不免群议,故出浩,以公归第。"但太武帝要在汉族地区实施统治,仍不免听取崔浩的意见,所以《魏书》本传又云:"及有疑议,召而问焉。"不久,太武帝还是让他"进爵东郡公,拜太常卿"。崔浩复出以后,和许多鲜卑贵族的政见往往相反。太武帝在不少问题上往往采用崔浩的意见,《魏书·崔浩传》载,他多次告诫群臣要听取崔浩的意见,如他在采纳崔浩意见北征柔然取得胜利后,召集高车族降人,指着崔浩,称"其胸所怀,乃逾于甲兵。朕始时虽有征讨之意,而虑不自决,前后克捷,皆此人导吾令至此也"。他还下令诸尚书说:"凡军国大计,卿等所不能决,皆先咨浩,然后施行。"后来,诸将都主张对南朝设防,而崔浩不赞成,结果在平定赫连定后,南朝并无行动。太武帝又对公卿们说:"卿辈前谓我用浩计为谬,惊怖固谏。常胜之家,始皆自谓逾人远矣,至于归终,乃不能及。"这些都说明太武帝当时,确很重用崔浩,而在他的群臣中持反对意见者也不少。

崔浩和当时群臣(主要是鲜卑贵族)的一个重要分歧是在对待南朝的策略方面。当时鲜卑贵族都比较强调对南朝用兵,而崔浩则持反对态度。这并非像吕思勉先生在《读史札记》中说的那样是暗助南朝,而是他对当时的形势作了充分估计。《魏书》本传记载他的看法:

> 刘裕得关中,留其爱子,精兵数万,良将劲卒,犹不能固守,举军尽没。号哭之声,至今未已。如何正当国家休明之世,士马强盛之时,而欲以驹犊齿虎口也。设令国家与之河南,彼必不能守之。自量不能守,是以必不来。

这其实是他一贯的看法。早在宋武帝刘裕讨伐后秦时,北魏方面就有人主张阻击,而崔浩则坚决反对,当时明元帝没有听他的话,派长孙嵩率兵拒敌,为宋将朱超石所败,死伤不少。宋武帝死后,明元帝又听从诸将的话,向宋境进犯,崔浩不赞成。他认为进攻南朝,并无取胜的把握,尤其反对攻城,因为"南人长于守城"。这次明元帝没听他的话,结果攻城不下,十分后悔。但南朝的富庶毕竟使鲜卑将领们垂涎,直到太武帝时,进攻南朝的提议始终不断。在北魏灭夏和打败柔然后,驻守南部的将领又提出南朝要来进犯,主张先下手出击。崔浩表示反对,他认为北魏刚打败柔然,南朝震恐,不会贸然进兵,"又南土下湿,夏月蒸暑,水潦方多,草木深邃,疾疫必起,非行师之时。且彼先严有备,必坚城固守。屯军攻之,则粮食不给;分兵肆讨,则无以应敌,未见其利"。他又指出:讨伐夏和柔然的将领"多获美女珍宝,马畜成群",南方诸将不免羡慕,也想南征抄掠财宝,并非南朝真想进犯。太武帝逼于众议,在南部增兵,结果南朝并未进攻。这一事实说明崔浩对当时南北对峙的形势有清醒的估计,他认识到当时的南北双方在军事上各有短长。南朝人善于水战和守城,若向北方大平原上进攻,与鲜卑骑兵作战,必然失利;但北朝的骑兵若南进到河流纵横的南方,屯兵坚城之下,也占不到丝毫便宜。后来的事态发展也证实了他这种估计。在崔浩被杀以后,宋魏之间确实爆发了战争。结果宋方自然损失惨重,但北魏方面亦未得利。《宋书·索虏传》说到此次战争"其士马死伤过半,国人并尤之"。《魏书·高宗纪》也说到"世祖经略四方,内颇虚耗"。无怪乎太武帝在事后亦很后悔,而怀念起崔浩来。试看崔浩之被杀是在太武帝太平真君十一年(450)六月,同年七月,就爆发了宋魏间的大战;次年即正平元年(451),太武帝在阴山,听说李孝伯死去(实为误传),竟叹道:"崔司徒可惜,李宣城可哀。"(《魏书·世祖纪》)值得注意的是《魏书·世祖纪》载,正平元年六月,"略阳王羯儿、仪同三司、高凉王那有罪赐死"。接着是

"皇太子薨"。在这里,"高凉王那"乃魏平文帝拓跋郁律第四子拓跋孤玄孙(见《魏书·神元平文诸帝子孙传》),在太平真君十一年(450)对宋作战时,他率兵"自青州趋下邳",又"自山阳至于广陵,诸军皆同日临江,所过城邑,莫不望尘奔溃"(《魏书·世祖纪》)。像高凉王那这样的皇族,新立战功而忽被赐死,不能不使人怀疑他是力主对宋作战,以便劫掠财物的人,在战后因魏方同样遭受重创而追究责任把他治罪(《平文子孙传》称"坐事伏法")。高凉王那被赐死后几天,就是拓跋晃之死。据《宋书·索虏传》云:"焘至汝南瓜步,晃私遣取诸营,卤获甚众。焘归闻知,大加搜检。晃惧,谋杀焘,焘乃诈死,使其近习召晃迎丧,于道执之,及国,罩以铁笼,寻杀之。"看来拓跋晃之死,与对南朝战争不无关系。不过,此次战役,拓跋晃并未南征,而是北伐漠南,以备柔然,在太武帝南征回来渡过黄河后,《魏书·世祖纪》说:"(正平元年二月)次于鲁口,皇太子朝于行宫。"鲁口在今河北饶阳,足证《宋书》所载有误。大约北魏诸将在战前力主用兵,战争爆发后又大肆劫掠。他们的主张曾得到拓跋晃支持,而归来后又曾向拓跋晃纳贿,所以南朝方面有此传闻。及至太武帝追究责任,把高凉王那赐死时,太子拓跋晃亦因此"以忧薨"。《宋书》说他曾想谋杀太武帝,未知是否属实。但《魏书·世祖纪》论拓跋晃说:"夙世殂夭,其戾园之悼欤",把他比作汉武帝的戾太子刘据,这说明他和太武帝之间确有较大的矛盾。太武帝父子间的矛盾,其起因似与对待崔浩的态度有关。在这方面,《高僧传》和《南齐书·魏虏传》所记玄高被杀一事就是明显的例子。牟润孙先生在《崔浩与其政敌》中,力主拓跋晃为崔浩之敌,他举出《魏书·李䜣传》所载崔浩选拔弟子箱子及卢度世、李敷为助教事,有人向拓跋晃诉崔浩"阿其亲戚",拓跋晃就转告太武帝,及《高允传》所载在选用士人问题上崔浩与拓跋晃之争执为证,这是很有力的。现在看来,高凉王那和太子拓跋晃之死不久，太武帝就说起刚被杀一年的崔浩"可惜"了，说明他的主张发生了改变。这种转变，一方面可能是因对宋战争得不偿失的教训，另一方面也说明了太武帝在任用崔浩实行汉化时的思想矛盾。

三

魏太武帝这个历史人物给人的印象似乎是个刚强武勇而不免粗暴专断的人，其实他和许多帝王一样，其生平行事充满着矛盾，他的行为不能不受种种力量的制约。从总的形势来看，太武帝即位时，拓跋氏进入汉地已经30年了，在这些地区进行统治，显然与其故地不同。因此，早在他祖父道武帝、父亲明元帝时已开始采取某些汉化的政策，及至他灭夏和北燕以后，已占有北中国绝大部分的土地，汉化的任务更见迫切。太武帝也只能顺应这种趋势，加紧汉化。所以《南齐书·魏虏传》云："佛狸（太武帝小名）已来，稍僭华典，胡风国俗，杂相糅乱。"又云："佛狸置三公、太宰、尚书令、仆射、侍中，与太子共决国事。殿中尚书知殿内兵马仓库，乐部尚书知伎乐及角史伍伯，驾部尚书知牛马驴骡，南部尚书知南边州郡，北部尚书知北边州郡。又有俟勤地何，比尚书；莫堤，比刺史；郁若，比二千石；受别官比诸侯。诸曹府有仓库，悉置比官，皆使通虏汉语，以为传驿……"这说明当时拓跋氏的官制，已在很大程度上向汉族政权靠近。这是一个游牧民族入主汉族地区后不可避免的结果。在这方面太武帝似乎实行得比较自觉，他对崔浩的任用，也可谓推心置腹。如《魏书·崔浩传》载，他曾对崔浩说："卿才智渊博，事朕祖考，忠著三世，朕故延卿自近。其思尽规谏，匡予弼予，勿有隐怀。朕虽当时迁怒，若或不用，久久可不深思卿言也。"一个鲜卑族君主对一个汉族官员说到这样的话，其相知不可谓不深。但是他对崔远不是言听计从的,这是因为在太武帝的内外群臣中反对崔浩的人很多,例如太武帝即位之初叫他"以公归第"即是一例。即使在复出以后,他的主张也常遭群臣抵制。例如:在对柔然的战争中,他力主深入穷追,而群臣包括抚养太武帝长大的保太后都一致反对,后来虽然出兵,却因没有穷追,使柔然主力得免被歼灭。无怪乎崔浩有"陋矣哉,公卿也"之叹,而太武帝亦深为后悔。在对南朝的政策及平盖吴之役时,也因不听崔浩之言而未取得圆满的结果。这些情况有时甚至是太武帝原本与崔浩想法一样,而最后听取了别的意见造成的。例如神䴥二年(429)那次进攻柔然就是如此。有时这些拓跋氏的旧臣甚至破坏太武帝的用兵,如《魏书·刘洁传》载,在后来一次对柔然的战争中"洁阴使人惊军,劝世祖弃军轻还",想加罪于崔浩,但太武帝没有听从。刘洁甚至还想拥立乐平王拓跋丕来替代太武帝。《魏书·刘洁传》载刘洁的为人:"洁既居势要,擅作威福,诸阿附者登长,忤恨者黜免,内外惮之,侧目而视。拔城破国者,聚敛财货,与洁分之。籍其家产,财盈巨万。"刘洁其人也不一定是生性贪婪的掠夺者,他在出征杨难当时,也主张军队不要劫掠(《魏书·明元六王·乐平王丕传》)。可见他纵容一些将领劫掠,其实是迁就鲜卑军人的旧习。实行汉化,自然要改变旧习,这种改变会引起将领们的反对也是必然的。太武帝本人虽未必完全支持这种行为,但他在军事上必须依靠这些将领,而且作为一个鲜卑族君主,他还多少对鲜卑族的游牧习性有所留恋。因此当崔浩夸王慧龙为"贵种"时,"司徒长孙嵩闻之,不悦,言于世祖,以其叹服南人,则有讪鄙国化之意。世祖怒,召浩责之。浩免冠陈谢得释"(《魏书·王慧龙传》)。此事虽起因于长孙嵩,但太武帝为此也发了火,说明轻视鲜卑人还是他所难于容忍的。他后来之所以要杀死崔浩,实由崔浩作史之故。《魏书·崔浩传》称:"初,郄标等立石铭刊《国记》,浩尽述国事,备而不典。而石铭显在衢路,往来行者咸以为言,事遂发闻。"所谓"备而不典"当指拓跋氏早年的落后状况。对此,高允是早已预料到的,他曾对宗钦说:"闵湛所营,分寸之间,恐为崔门万世之祸。吾徒无类矣。"(《魏书·高允传》)但修史问题只是个触发点,正如高允说的,"浩之所坐,若更有余衅,非臣敢知。直以犯触,罪不至死"(同上)。原因还在崔浩长期主持汉化政策,和鲜卑贵族积嫌已深。在这方面,魏太武帝大约亦早有觉察。正因为他觉察鲜卑贵族与崔浩的矛盾,也觉察到太子拓跋晃与鲜卑贵族的关系,在他推行汉化中就很可能与拓跋晃有矛盾。但拓跋晃及鲜卑贵族维护的是传统旧习,自己与他们相对立,可能引起父祖鬼魂的不满,因此梦见父祖发怒,亦完全可能。然而,太武帝虽然把政务交给拓跋晃,却显未放弃汉化的意图。他在诏书中要诸功臣"致仕归第,雍容高爵","更举良贤,以备列职",这其实是要更换一批官员,以免争执。在此之后,他在政治上仍很信任崔浩。可以设想,他杀崔浩突出了多数鲜卑贵族的意志,而宋文帝此时决心北伐,更促使太武帝对历来反对与南朝开战的崔浩下手。不过宋魏交兵的结果是两败俱伤,这就使太武帝很快感到后悔。他把高凉王那赐死,不能说与此无关,拓跋晃之"以忧薨"也是这样。从这一事实看来,太武帝实际上是北魏汉化的开创者,但在这时,汉化还刚起步,经历了曲折的道路。这一过程说明即使太武帝这样的君主,其施政亦不能全靠个人意志,而多半要受种种力量的制约。

《文选》孙子荆《征西官属送于陟阳候作诗》臆考

《文选》孙子荆《征西官属送于陟阳候作诗》题下有李善注云：

> 臧荣绪《晋书》曰："孙楚字子荆，太原人，征西扶风王骏与楚旧好，起为参军、梁令、卫军司马，为冯翊太守，卒。"

这段文字的内容和唐修《晋书》基本相同。唐修《晋书·孙楚传》只是在"梁令"前多一"转"字，"卫(将)军司马"前多一"迁"字；还有在记孙楚为冯翊太守前插上了"时龙见武库井中"时孙楚的一段"上言"。这些不同可能是李善征引臧荣绪《晋书》时有所删节，并不一定说明唐修《晋书》与臧荣绪有多大出入。根据李善注所引臧荣绪《晋书》中语，本来只是讲了孙楚其人的生平仕历，并未说到此诗作于何时。但五臣吕向注则说：

> 子荆仕晋为冯翊太守，时司马俊(按：当为"骏"之误，下同)为征西将军，俊下官属住者送至陟阳候，故于此作也。陟阳，亭名。候，亭也。

吕向在这里把孙楚写作此诗时间说成是他赴冯翊太守任时。但孙楚为冯翊太守时，扶风王司马骏已不在人世，这是史有明文的。《晋书·宣五王·扶风王骏传》："及齐王攸出镇，骏表谏恳切，以帝不从，遂发病薨。"此传虽未记年月，但其卒年仍可考知。同书《武帝纪》："（太康三年十二月）以司空齐王攸为大司马、督青州诸军事。""（四年三月）大司马齐王攸薨。""（七年）九月骠骑将军、扶风王骏薨"。考《晋书·孙楚传》："惠帝初，为冯翊太守。"又《晋书·杨骏传》载惠帝即位，杨骏为太傅，专制朝政时，"冯翊太守孙楚素与骏厚"，曾加以规谏，杨骏不听。此事《通鉴》卷八十二系于晋惠帝永熙元年（290）五月以后。此时上距晋武帝之死、惠帝之立不过两个月，可与《孙楚传》"惠帝初"的说法相印证。可知孙楚为冯翊太守时，扶风王司马骏已经死了足有四年时间，这时已不可能再有司马骏的"征西官属"。因为当时的大官死后，他的属员虽要暂时留下守丧，但服丧期一满，就要辞去。据《宋书·礼志二》："汉、魏废帝丧亲三年之制，而魏世或为旧君服三年者。至晋泰始四年，尚书何桢（祯）奏：'故辟举纲纪吏，不计违适，皆及服旧君齐衰三月。'于是诏书下其奏，所适无贵贱，悉同依古典。"司马骏死于太康七年（286），在泰始四年（268）之后，其官属服丧当为三月，可见在太康七年底时，司马骏的"征西官属"应已解散，不当到惠帝时还能在一起饯送孙楚。当然，也有个别特殊的例子，如《晋书·桓玄传》："年七岁，温服终，府州文武辞其叔父冲，冲抚玄头曰：'此汝家之故吏也。'"桓玄死于晋安帝元兴三年（404），年三十六，当生于海西公太和四年（369），七岁时为孝武帝宁康三年（375），而桓温死于宁康元年（373），似正好服丧二十七个月（或二十五个月），符合于"三年之丧"的时间。但司马骏并无桓温的权势，而且即使其属官为他守丧三年，到惠帝即位时，"征西官属"亦应解散。

孙楚这首诗,被分入"祖饯"一类,可见送行时当还有宴饮。试想当时晋武帝死了还不到半年,官员们竟敢聚会饮酒,这在当时的社会是完全不能想象的。再说孙楚由"卫军司马"出任冯翊太守,当是由京城洛阳前往冯翊郡治临晋(今陕西大荔)。临晋离征西将军驻地长安较近,离洛阳稍远。因此"征西官属"亦无赶到洛阳附近去为孙楚送行之理。从上述这些情况看来,吕向注的说法显然不足信。

那么孙楚此诗究竟作于何时呢?笔者认为当作于他由扶风王骏的参军转任梁令之时。因为由征西参军转为梁令,正是由"征西官属"的一员调往别处,所以留下的其他属员要去为他送行。当时的梁县在今河南汝州,在洛阳的东南方,距长安较远,不像临晋去长安甚近,诗中有"饯我千里道"之句,情况似更符合。

从现有的史料来看,在太康七年(286)司马骏死后到惠帝元康初(291)梁王司马肜为征西将军前,不可能有"征西官属"存在。因为司马骏死后,继之镇守关中的是高密王(初封陇西王)司马泰。《晋书·宗室·高密文献王泰传》:"出为镇西将军,领护西戎校尉、假节,代扶风王骏都督关中军事,以疾还京师。"《晋书·武帝纪》:太康七年九月,"扶风王骏薨"。十一月,"以陇西王泰都督关中诸军事"。又云:太康十年,"改封南阳王柬为秦王"。《晋书·武十三王·秦王柬传》:"太康十年,徙封于秦……转镇西将军、西戎校尉、假节……"取代司马柬的是梁王司马肜(见《晋书·宣五王·梁王肜传》)。其中司马泰、司马柬均号"镇西将军",非"征西将军";而司马肜为征西大将军又在元康元年(291)以后,而至少在一年前,孙楚的官职已为冯翊太守,在孙楚赴任时当然不会有征西官属相送。

从《晋书·孙楚传》所记孙楚经历来看,他任冯翊太守既在惠帝即位之初,那么他任卫军司马时间当为太康五年(284)左右。因《晋书》本传称:"迁卫将军司马。时龙见武库井中。"考《武帝纪》:"(太康五年正月),青龙二见于武库井中。"孙楚任卫将军司马以前,曾为梁令,当时太守、县令任期一般为三年,那么他为征西参军时间大约在太康元年至二年(280~281),此诗当作于这时期。这时上距咸宁二年(276)司马骏为征西大将军三四年,孙楚和"征西官属"已共事多年,他转为梁令,同事们"倾城远追送",亦合乎人情。此虽推测,但较吕向注,似稍近情理。

关于应场事迹的臆测

《文选》所载曹植《与杨德祖书》中说到应场时云:"德琏发迹于此魏。"李善注曰:"德琏,南顿人也,近许都,故曰'此魏'。"但这里的"此魏"二字,各本存在异文。胡刻李善注本和南宋陈八郎刊五臣注本作"此魏";而《四部丛刊》影宋刊李善-五臣注本、韩国奎章阁五臣-李善注本皆作"北魏"(丛刊本所载善注中"故曰此魏"句之"此"亦作"北");至于《三国志·魏志·陈思王植传》裴注所载此文则作"大魏"。现在看来,"此魏"和"大魏"文字虽异,意思似可相通,皆指曹操所封的魏国而言。"北魏"二字则颇费解。因为"魏"作为国名解释,无非有两种可能:一是指战国时的魏国,一是指曹操封魏公、魏王的魏国。然而李善所说到的"南顿"和许都,均不在曹操所封的魏国境内,而远在其南;至于战国时的魏国,初都安邑(今属山西),后徙大梁(今河南开封),皆远在南顿之北,若指此地为"北魏",似更难说通。从李善的《文选》注看来,他说南顿近许都,所以称"此魏",似乎是根据《汉书·地理志》而来。因为《文选》谢灵运《拟魏太子邺中集诗八首·应场》中有两句:"顾我梁川时,缓步集颍许。"李善注云:"《汉书》曰:'汝南、颍川、许皆魏分也。'魏徙大梁,故魏一号为梁。"此说亦得到五臣赞同,故吕延济注云:"大梁、许、颍皆魏分郡国。……"但此说恐有疑问。因为

李善所引《汉书》,见于《地理志》,原文是:

> 魏地……其界自高陵以东、尽河东、河内,南有陈留及汝南之召陵、㶏彊、新汲、西华、长平,颍川之舞阳、郾、许、傿陵,河南之开封、中牟、阳武、酸枣、卷,皆魏分也。

在这里谈到魏地诸郡,除河东、河内、陈留外,像汝南、颍川、河南三郡皆举具体县名,而南顿不在其内,可见汝南等郡还有一些地方不属魏分。又《汉书·地理志》还说:

> 楚地,翼轸之分野也。今之南郡、江夏、零陵、桂阳、武陵、长沙及汉中、汝南郡,尽楚分也。

据此,汝南郡有一部分属楚不属魏,南顿既未被列入魏的分野,很可能属楚。我们再看《汉书·地理志》关于南顿的记载:"南顿,故顿子国,姬姓。"颜注引应劭曰:"顿迫于陈,其后南徙,故号南顿,故城尚在。"按:应说是。《春秋·僖公二十五年》:"秋,楚人围陈,纳顿子于顿。"可见早在春秋前期顿国已在楚势力范围之内,到战国时自然更可能属楚不属魏。再看南顿的位置在今河南项城之西,而项城之东,即古代的项。《史记·项羽本纪》:"项氏世世为楚将,封于项。"《索隐》:"《地理志》有项城县,属汝南。"《正义》:"《括地志》云:'今陈州项城县城即古项子国。'"项城一带既然战国时属楚,那么因为它近许都以为魏地,自然难于成立。

如果因为南顿近于许昌而以"大魏"或"此魏"称之,似更难说通。因为曹植给杨修的信,当作于曹操封魏王以后(文中称曹操为"吾王")应玚等人去世以前(文中仅以应、王、刘、徐、陈五人而不及阮瑀,可见仅及生人)。据此当是建安二十一至二十二年(216~217)间所作。当时曹操所封魏国,为河东、河内、魏郡、赵国、中山、钜鹿、常山、安平、甘陵、平原等十郡,其范围均在黄河以北,不包括今河南南部的项城,也不包括许昌。事实上当时曹操既不愿把汉献帝的都城许昌称作自己的封国,也决不允许他的儿子把许昌叫"大魏",因为他还要利用汉献帝的名义。如果把汉献帝的京城叫作"魏",显然不合封建的名分,也不符合曹操"挟天子以令诸侯"的用心。在这问题上曹植是充分理解的,所以他说到杨修时称:"足下高视于上京。"杨修乃杨彪之子,杨彪在董卓乱前已在洛阳做官,后随献帝西迁,又随同到许昌。杨修则生于汉灵帝熹平四年(175),到建安元年(196)迁都许昌时,才二十二岁,其成名当在建安时代,可见曹植所谓"上京"即指许昌,他显然不会以"此魏"和"上京"为同义语。所以李善以为南顿近于许都而称此魏的说法,值得商榷。

笔者认为要解释"德琏发迹于此魏"一语,首先不应拘泥于他的家乡是南顿的问题。因为曹植此文所举,有一些并非其人的本籍,如"仲宣独步于汉南,孔璋鹰扬于河朔",皆就王粲、陈琳所流寓之地而言。从应场的情况来看,他似乎早年亦曾流寓他乡。如《文选》所录他的《侍五官中郎将建章台集诗》:

> 朝雁鸣云中,音响一何哀。问子游何乡,戢翼正徘徊。言我寒门来,将就衡阳栖。往春翔北土,今冬客南淮。远行蒙霜雪,毛羽日摧颓。……

这里所说的"寒门"、"衡阳"、"北土"、"南淮"皆非实指且系用雁比人,不可认为他确曾到过某地,而"寒门"、"北土"更非实在的地名,不过他曾有过漂泊的经历,大约是无可否认的。因为谢灵运的《拟魏

太子邺中集诗》序说他:"汝颍之士,流离世故,颇有飘薄之叹。"拟诗说得更清楚:

嗷嗷云中雁,举翮自委羽。求凉弱水湄,违寒长沙渚。顾我梁川时,缓步集颍许。一旦逢世难,沦薄恒羁旅。天下昔未定,托身早得所。官渡厕一卒,乌林预艰阻。……

在这首诗中前八句只是说应玚曾有旅寓南北的经历,更关键的是"天下昔未定"以下四句,因为这几句说明了一个事实:早在官渡战役之前,应玚已归附了曹操,所以有"官渡厕一卒"的话。至于他归附曹操的具体时间,虽难确考,却亦可作某些推测。我们知道应玚乃东汉名儒应劭的侄子。《后汉书·应奉附应劭传》:"弟子玚、璩,并以文才称。"章怀太子注:"华峤《后汉书》曰:'劭弟珣,字季瑜,司空掾。珣生玚。'""司空掾"是司空的属吏,而从建安元年(196)至建安十三年(208)曹操为丞相止,司空都是曹操。那么应珣为司空掾,有可能在建安初年。关于应珣、应玚父子来到曹操幕下的时间亦可作些推测。我们知道应珣之兄应劭是在袁绍被平定前死于邺城(今河北临漳)的。《后汉书·应奉附应劭传》载,应劭在汉献帝初平、兴平间,本为泰山太守,"兴平元年,前太尉曹嵩及子德,从琅邪入太山,劭遣兵迎之,未到,而徐州牧陶谦素怨嵩子操数击之,乃使轻骑追嵩、德,并杀之于郡界。劭畏操诛,弃郡奔冀州牧袁绍"。足证应劭晚年居邺,正是战国时魏地。应珣的官职为司空掾,这种职位,本属幕僚之列,如果应珣早有官职,恐未必出任此官。在汉末政局混乱的情况下,汝南应氏这样的大族,不愿做官,而依附于其兄应劭,随同投奔袁绍是很有可能的。应劭晚年居邺时,应玚早已出生,否则他不可能在官渡之战时"厕一卒"。俞绍初先生《建安七子年谱》中推测应玚生于汉灵帝熹平四年(175)左右，虽无确据，亦近情理，如果是这样，他在建安元年（196）已年逾二十，说他"发迹于此魏"，似亦合理。至于应珣、应场父子去许昌的时间，很可能在建安元年至二年间。因为在当时，邺城和许昌虽分属袁、曹，而来往还是不少。《后汉书·献帝纪》："（建安元年十一月）曹操自为司空。""（建安二年三月）袁绍自为大将军。"同书《袁绍传》："于是以绍为太尉，封邺侯。时曹操自为大将军，绍耻为之下，伪表辞不受。操大惧，乃让位于绍。二年，使将作大匠孔融持节拜绍大将军，锡弓矢节钺，虎贲百人，兼督冀青并幽四州，然后受之。"《三国志·魏书·武帝纪》、《袁绍传》及裴注引《献帝春秋》亦有记载。裴注引《典略》还说到"自此绍贡御希慢"的话。可见此前双方来往不少，此后亦未完全断绝，直到建安五年（200）开战。在这期间应劭亦曾与许昌朝廷交通。《后汉书·应奉附应劭传》："（建安）二年，诏拜劭为袁绍军谋校尉。时始迁都于许，旧章堙没，书记罕存。劭慨然叹息，乃缀集所闻，著《汉官礼仪故事》。凡朝廷制度，百官典式，多劭所立。"这时曹操已掌握朝廷大权，为了拉拢应劭这样的名儒，辟其弟珣为掾，而应场由此随父到许昌亦颇可能。如果是这样，说应场成名于魏地，然后到许昌，就顺理成章了。据此解释曹植所说"德琏发迹于此魏"和杨修《答临淄侯笺》所说"应生之发魏国"，就十分顺畅了。

如果承认应场早年曾在邺城等黄河以北地区，那么关于应氏的某些作品就较易解释了。例如曹植的《送应氏诗二首》即送别应场、应璩而作。诗中有"我友之朔方"之句。这两首诗，大多数学者认为系建安十六年（211）以前在洛阳之作。但即使这样，诗中的"朔方"恐不可能指邺城。因为邺虽在洛阳之北，但属曹氏父子居留之地，且离洛阳不远。再看应场自己的《侍五官中郎将建章台集诗》，不少研究者认为作于曹植《送应氏诗二首》之次年，即应场从"朔方"归来之后。这样应诗的"往春翔北土"可与曹诗的"我友之朔方"互相佐证，不失为一种合理的解释。但应诗题中所谓"建章台"究竟在何处？有人认为建章台在汉代建章宫中，然而建章宫在长安，曹丕和邺下文人们并未在长安聚集；洛阳和邺城又都未闻有建章宫。俞绍初先生《建安七子年谱》认为"建章台"可能即邺城的铜雀台（参看《建安七子集》第419页）。此说虽为猜测，然有一定根据。如果俞说正确的话，应诗当作于邺城，那么他往年所去的地方，当在邺城之北。值得注意的是应场之弟应璩后来也有北行的经历。《文选》录应璩《与从弟君苗君胄书》云："间者北游，喜欢无量。登芒济河，旷若发蒙。"可见他不但北行，且颇乐北土。后文更说："来还京都，块然独处。营宅滨洛，困于嚣尘。思乐汶上，发于寤寐。"这几句话说明他在京城洛阳，乃"块然独处"，而在北土则可与君苗、君胄相聚。最后，他还嘱咐君苗、君胄说："郊牧之田，宜以为意，广开土宇，吾将老焉。"这些话更可以证明他在"北土"还留有田宅、亲友。这很可能是应劭、应珣在河北时所置，所以应场、应璩要一再地到那里去。如果是这样，那么《四部丛刊》本和韩国奎章阁本所录曹植《与杨德祖书》中"北魏"二字，也未必是"此魏"的形近之误。因为应氏兄弟所去的北方，虽不可确考，而在邺城之北则无疑问。那里地处魏国的北境，以"北魏"称之亦未始不可。《文选》版本经过转相传钞，有些文字差别本所难免。此处的"此"、"北"、"大"三字的是非，恐不易遽下结论。

[注] 谢灵运所说的"梁川"二字，颇费解。李善以"南顿"属梁（魏）解之，似不甚妥。笔者认为当时黄河北与黄河南交通，多经过白马津。这地方在战国时属魏，即《战国策·燕策二》中所谓"白马之口"，属魏，且近于大梁，故可称"梁川"。由此可见谢灵运亦认为应场非从家乡而从北边来到许昌。再看白马津的位置，尤可推想他是由河北来到"颍、许"的。

"五经"的排列次第及其形成过程

在过去的时代,儒家所谓"五经"被尊奉到吓人的地步。对于这些典籍,历来有两种不同的排列次第。一种是"《诗》、《书》、《礼》、(《乐》、)《易》、《春秋》";另一种是"《易》、《书》、《诗》、《礼》、(《乐》、)《春秋》"。前一种排列方法盛行于西汉以前,一般被认为是"今文"经学家的意见;后一种方法出现于西汉后期,一般被认为是"古文"经学家的意见。在这里,后一种排列次序看起来似乎更合理些,因为它是根据当时流行的关于这些典籍产生的时代来排列的。例如:《易》据说起源最早,有伏羲画八卦的传说,所以放在第一;《书》的第一篇是《尧典》,据云为唐虞时代的作品,故列第二;《诗》不但有西周的作品,而且还有《商颂》(据《毛诗》说为商代之作),所以放在第三;《礼》和《乐》因为有周公制礼作乐之说(《乐》无书。一说曾有《乐经》,已佚;一说《乐》本无经,其文辞就是《诗》),所以位居第四(或第五);《春秋》因为有"孔子作《春秋》"的说法,所以被列为第五(或第六)。尽管在今天看来,伏羲是否真有其人,《尧典》等篇是否是唐虞时代的产物,《周礼》和《仪礼》是否出于周公之手,甚至《春秋》一书是否曾经孔子修改,都是大成问题的。不过在当时的历史条件下,根据人们一般的看法按时代顺序来排列,不失为一种比较可取的办法。至于前一种方式的排列次序,似乎较难说明其理由。不过,它倒是一种较早出现的方式。这种排列的方式,最早见于《庄子·天运》:"孔子谓老聃曰:'丘治《诗》、《书》、《礼》、《乐》、《易》、《春秋》六经。'"(《天下》还有"《诗》以道志,《书》以道事,《礼》以道行,《乐》以道和,《易》以道阴阳,《春秋》以道名分"之语,但一说这些话本为注而误入正文)不过,《庄子》中"外篇"和"杂篇"一般都认为非庄周自作,而为其门人后学所撰,其产生年代最早也是战国后期,甚至可能是出自秦汉人手笔。但这种排列方式,似乎更能反映所谓"六经"或"五经"这些概念的形成过程。值得注意的是"六经"或"五经"虽历来被人们视为儒家的经典,但最早提到这概念的却非儒家著作而是道家的《庄子》。即以战国时代最著名的两位儒家代表人物——孟子和荀子而论,其著作中就并无把"六经"或"五经"并提之例。在《孟子》中似乎找不到把《诗》、《书》与《礼》、《乐》等并提的话。《荀子》的情况有所不同,他多次把《诗》、《书》与《礼》、《乐》、《春秋》并提。如《劝学》云:

> 故《书》者,政事之纪也。《诗》者,中声之所止也。《礼》者,法之大分、群类之纲纪也。故学至乎《礼》而止矣。夫是之谓道德之极。《礼》之敬文也,《乐》之中和也,《诗》、《书》之博也,《春秋》之微也,在天地之间者毕矣。

又云:

> 《礼》、《乐》法而不说,《诗》、《书》故而不切,《春秋》约而不速。

《儒效》云：

> 圣人也者，道之管也，天下之道管是矣，百王之道一是矣。故《诗》、《书》、《礼》、《乐》之归是矣。《诗》言是，其志也；《书》言是，其事也；《礼》言是，其行也；《乐》言是，其和也；《春秋》言是，其微也。故《风》之所以不逐者，取是以节之也；《小雅》之所以为《小雅》者，取是而文之也；《大雅》之所以为《大雅》者，取是而光之也；《颂》之所以为至者，取是而通之也。天下之道毕是矣。

在这里，荀子都只提《诗》、《书》、《礼》、《乐》和《春秋》，却不提《易》。其实荀子并非不知道《易》的存在，在《非相》中曾说："故《易》曰：'括囊，无咎无誉。'腐儒之谓也"的话。同书《大略》还有"《易》之《咸》，见夫妇。……《咸》，感也，以高下下，以男下女，柔上而刚下"等语。按《易·咸卦·象传》："咸，感也。柔上而刚下，二气感应以相与，止而说，男下女，是以'亨利贞，取女吉'也。……"《大略》一说出于门人之手，非荀况自作，但非定论。所以可能他还曾见过部分《易传》，但他并不把《易》与《诗》、《书》、《礼》、《乐》及《春秋》并列。这大约反映了战国末至秦代多数人的观点。《汉书·艺文志》："及秦燔书，而《易》为筮卜之事，传者不绝。"按《史记·秦始皇本纪》：秦始皇焚书，原出李斯之议，李斯当时主张"天下敢有藏《诗》、《书》、百家语者，悉诣守、尉杂烧之。……所不去者，医药卜筮种树之书"。《易》之不在焚禁之列，即因为属卜筮之书。李斯是荀子的学生。司马迁称"斯知六艺之归"（《史记·李斯列传》），他又是焚书的倡议者，如果《易》在当时和《诗》、《书》同为经书，理应在禁止流传和焚毁之列。再说李斯作为荀子学生而不禁《易》，更足以证明荀子屡次提及《诗》、《书》等而不及《易》,是由于荀子并不认为《易》在经书之列。

在《荀子》中把《易》与《诗》、《书》等并列的似只有《大略》中"善为《诗》者不说,善为《易》者不占,善为《礼》者不相,其心同也"。但这段话也不过是举例说明"不足于行者,说过。不足于信者,诚言"的道理,而且《大略》亦可能非荀子自作。在《荀子》的多数篇中,似乎比较重视《诗》、《书》和《礼》、《乐》。如《荣辱》云:

> 况夫先王之道,仁义之统,《诗》、《书》、《礼》、《乐》之分乎!彼固天下之大虑也,将为天下生民之属长虑顾后而保万世也,其汜(流)长矣,其温厚矣,其功盛姚远矣。非顺孰修为之君子,莫之能知也。故曰:短绠不可以汲深井之泉,知不几者不可与及圣人之言。夫《诗》、《书》、《礼》、《乐》之分,固非庸人之所知也。

在这里,荀子所强调的似只有《诗》、《书》、《礼》、《乐》,不仅不提《易》,也没有提到《春秋》。这大约和《春秋》所载多为齐桓公、晋文公等霸主之事,而非尧、舜、禹、汤、周文王、周武王等"圣人"和天子之事有关。汉初的陆贾在《新语·术事》中云:

> 道近不必出于久远,取其至要而有成。《春秋》上不及五帝,下不及三王,述齐桓、晋文之小善,鲁之十二公至今之为政,足以知成败之效,何必于三王。

这段话很可以说明荀子不把《春秋》与《诗》、《书》、《礼》、《乐》并列的原因,就是认为《春秋》所述非"先王"的事。

《诗》、《书》和《礼》、《乐》,虽同被荀子视为"先王之道",但荀子对它们的看法并不相同。他在《劝学》中说:"学恶乎始,恶乎终?

曰:其数则始乎诵经,终乎读礼。"唐杨倞注:"经谓《诗》、《书》,《礼》谓典礼之属。"近人钱穆在《国学概论》中据此谓:"则荀子仅以《诗》、《书》为经,与'礼'并举,非有六经也。"这看法是很有道理的。正因为在荀子那时,所谓的"经",即指《诗》和《书》,所以人们才把《诗》、《书》列于"五经"之首,再看秦始皇焚书时,有"《诗》、《书》、百家语"的话,似以《诗》、《书》指"经",以"百家语"指诸子等书。这说明至少在荀子以前,人们心目中的"经",仅有"诗"、"书"。

当时所谓"经",并非儒家一派所独有,其他学派也曾尊奉过"诗"、"书",其中最明显的是墨家,今本《墨子》中如《所染》、《三辩》、《尚贤》、《尚同》、《兼爱》、《天志》、《明鬼》、《非乐》、《非命》诸篇,都曾引用过《诗》、《书》,其中有不少与今本《诗经》、《尚书》相同或相似,还有一些不见于今本《诗经》和《尚书》的。这说明《诗》、《书》并非儒者所专有。在诸子中,引证《诗》、《书》的以《墨子》为最多,这大约如《韩非子·显学》所说"孔子、墨子俱道尧舜,而取舍不同"之故。各学派的人物,称引《诗》、《书》虽不如儒、墨二家那么多,但亦不是全不称引,如《战国策》、《吕氏春秋》等书中亦有此例。其中多数引《诗经·小雅·北山》中的"溥天之下,莫非王土;率土之滨,莫非王臣"四句和《尚书·洪范》中的"无偏无党,王道荡荡;无党无偏,王道平平"四句。这说明儒墨以外各派,亦未始不读《诗》、《书》。本来在《左传》、《国语》等书中,就可以见到早在孔子和墨子出生之前,各国的卿大夫已经常引用《诗》、《书》。这些人物自然既非儒家,又非墨家,那么"经"或《诗》、《书》本与孔子无必然联系。

"礼"和"乐"的情况,与《诗》、《书》不同。在先秦诸子中,似乎只有儒家才加以强调。其他各家对此似多非议。例如《老子》就说过"夫礼者,忠信之薄,而乱之首"(第三十八章)的话。《墨子》反对"礼"、"乐"尤为激烈,不但有《非乐》,而且有《节葬》,反对儒家所提倡的"三年之丧",而这种丧制却是儒家"礼"学的主要内容之一。不过儒家对"礼"的态度,似乎有一个发展过程。在孔子当时虽然重"礼",但似乎尚无成文的规定,如《论语·述而》:"子所雅言,《诗》、《书》、执礼,皆雅言也。"执礼,指守礼,即按礼行事。又《论语·子罕》记孔子之言曰:"麻冕,礼也;今也纯,俭。吾从众。"可见对"礼"的规定,似亦可有所出入。同书《八佾》:"子贡欲去告朔之饩羊。子曰:'赐也,尔爱其羊,我爱其礼。'"这里孔子虽与子贡见解不同,但子贡要去掉这礼,孔子亦不深责。同书《先进》记孔子弟子冉求对孔子言志说:"方六七十,如五六十,求也为之,比及三年,可使足民。如其礼乐,以俟君子。"可见在孔子及其弟子心目中,"礼乐"尚非施政的急务。但到了荀子时代,"礼"的地位大大地提高了。《荀子·劝学》:"将原先王,本仁义,则礼正其经纬蹊径也。若挈裘领,诎五指而顿之,顺者不可胜数也。不道礼、宪,以《诗》、《书》为之,譬之犹以指测河也,以戈舂黍也,以锥餐壶也,不可以得之矣。"同书《成相》则强调治政首先要靠礼:"治之经,礼与刑,君子以修百姓宁。明德慎罚,国家既治四海平。"这些话说明荀子较之孔子,更强调"礼"。在荀子时代"礼"已有了成文的规定。《大略》云:"礼以顺人心为本,故亡于《礼经》而顺人心者,皆礼也。"从《荀子》中我们可以见到引证当时所谓"礼"的文字。如《乐论》:"其在《序官》也,曰:'修宪命,审诗商,禁淫声,以时顺修,使夷俗邪音不敢乱雅,太师之事也。'"这"序官"二字,在今本《周礼》的"六官(天、地、春、夏、秋、冬)"各部分的开始,都有一段文字称"序官"。尽管这段引文不见《周礼》,但其内容及文字均与《周礼》相近。又《大略》:"《聘礼》志曰:币厚则伤德,财侈则殄礼。"此语亦不见今本《仪礼·聘礼》和《礼记·聘义》。可见荀子时代曾存在着成文的《礼经》,只是文字与今本不尽相同。既有《礼经》,那么将它和《诗》、《书》并列为"经",也是顺理成章的事。至于

《乐》可能原来就无"乐经"存在，只是人们常把"礼乐"并提，这才入了"六经"之列。

《春秋》本是先秦史籍的通称。《国语·楚语上》载申叔时的话说："教之《春秋》，而为之耸善而抑恶焉，以戒劝其心。"申叔时是楚庄王时人，早于孔子五六十年，当时已有《春秋》之名。《墨子·明鬼下》提到过"周之《春秋》"、"燕之《春秋》"、"宋之《春秋》"和"齐之《春秋》"；《隋书·李德林传》和《史通·六家》都载有墨子的话说："吾见百国《春秋》。"可见春秋时代各国皆有史，都可称为"《春秋》"，并非鲁国一国史书的专名。人们常常引据《孟子·滕文公下》的"孔子惧，作《春秋》"的话，认为《春秋》是孔子所作。其实《孟子》中还有一段话很值得重视，那就是《离娄下》中所说的"晋之《乘》，楚之《梼杌》，鲁之《春秋》，一也。其事则齐桓、晋文，其文则史。"这段话之所以重要，是因为提到了晋《乘》与楚《梼杌》。因为《乘》与《梼杌》虽早已散佚，但晋之《乘》与西晋年间发现的《竹书纪年》当有较密切的联系。据《晋书·束晳传》云：

> 初，太康二年，汲郡人不准盗发魏襄王墓，或言安釐王冢，得竹书数十车，其《纪年》十三篇，记夏以来至周幽王为犬戎所灭，以事接之，三家分，仍述魏事至安釐王之二十年。盖魏国之史书，大略与《春秋》皆多相应。

这部《竹书纪年》今虽散佚，但佚文存者不少，从今存佚文来看，不但内容与《春秋》"皆多相应"，就连文体亦与《春秋》十分相似，和《史记·秦始皇本纪》末所附《秦纪》亦颇类似，说明这种文体乃春秋战国时史书常用的文体。这些简略的大事记，连史事的经过也记得十分疏略，根本看不出有什么"讥刺褒贬"、"微言大义"，无怪乎宋代王安石要斥之为"断烂朝报"。

　　历来人们推崇《春秋》，大约就因为孟子说了"孔子作《春秋》"的话。其实此语颇可怀疑，因为孟子明明讲《春秋》"其事则齐桓、晋文"，而在同书《梁惠王上》则云："仲尼之徒无道桓、文之事者，是以后世无传焉。"如果《春秋》真是孔子所作，孟子为什么敢这样说？更可注意的是，和孟子同为战国儒家代表人物的荀子竟也说："仲尼之门，五尺之竖子，言羞称乎五伯。"（《荀子·仲尼》）这两位孔子的崇拜者都这样说，更可证明先秦儒家并不都强调《春秋》出于孔子之手。所以在荀子心目中，《春秋》的地位就不如《诗》、《书》、《礼》、《乐》；孟子也可以把《春秋》与晋《乘》、楚《梼杌》并列。《春秋》的地位其实是到汉代才提高的。首先把《春秋》抬高到与《诗》、《书》、《礼》、《乐》并列的是董仲舒。因为据《汉书·董仲舒传》说他"少治《春秋》"，所以他在对答汉武帝的策问中说："孔子作《春秋》，上揆之天道，下质诸人情，参之于古，考之于今。故《春秋》之所讥，灾害之所加也；《春秋》之所恶，怪异之所施也。书邦家之时，兼灾异之变，以此见人之所为，其美恶之极，乃与天地流通而往来相应，此亦言天之一端也。"《史记·太史公自序》载，司马迁转述董仲舒的意见说："夫《春秋》，上明三王之道，下辨人事之纪，别嫌疑，明是非，定犹豫，善善恶恶，贤贤贱不肖，存亡国，继绝世，补敝起废，王道之大者也。"又说："拨乱世反之正，莫近于《春秋》。《春秋》文成数万，其指数千，万物之聚散皆在《春秋》。"这样，《春秋》就被提高到了"经"的地位。

　　"五经"中最有争议的则为《易》。《易》分为"经"与"传"两个部分。所谓"经"即《卦辞》和《爻辞》，大约产生较早，可能是殷商之际的产物。正如《易·系辞下》所说："《易》之兴也，其当殷之末世，周之盛德耶？当文王与纣之事耶？"这段话大约是后来人们说文王拘而演《周易》的根据。不过，此语仅为推测之辞并未断定为周文王之作。

但《易》的《卦辞》和《爻辞》产生于春秋以前,大约是没有疑问的,因为《左传》中已经记载了许多关于春秋时人以《周易》占卜的事例。又《昭公二年》记:"韩宣子来聘,观书于太史氏,见《易象》与《鲁春秋》,曰:'周礼尽在鲁矣,乃今知周公之德与周之所以王也。'"这一年,孔子才十岁左右。所以孔子曾见过《易》是完全可能的。有人根本不承认孔子见过《易》,其根据主要是《论语》中几乎没有谈到《易》,只有《述而》中有"加我数年,五十以学《易》,可以无大过矣"一语,而据《经典释文》,这里的"易"一作"亦",出土文献中确有作"亦"之例,因此断言孔子未见过《易》。此说未免武断。因为即使今本《论语》的"易"字确为错字,也至多说明《论语》中未提到《易》,然而光凭这默证还不足证明孔子未见过《易》,而《史记·孔子世家》所论孔子晚年喜《易》,说过"假我数年,若是,我于《易》则彬彬矣"的话。当然,《史记》说《易传》(即《彖传》、《象传》、《文言》、《系辞》、《说卦》、《序卦》和《杂卦》)为孔子所作,似不足信。因为《系辞》和《文言》中都有不少"子曰"字样,乃模仿《论语》,假托为孔子之言。但《论语》本是孔子的门人或再传弟子所作,成书于春秋战国之交。《易传》当更在其后。《易传》多讲阴阳变化。这些内容却是孔子平素很少谈到的。《论语·公冶长》记孔子弟子端木赐(子贡)的话说:"夫子之文章,可得而闻也,夫子之言性与天道,不可得而闻也。"可见孔子平素不谈这方面。他的后学如孟子根本没有提到过《易》,荀子虽偶尔谈到,却从不把它与《诗》、《书》、《礼》、《乐》及《春秋》并列。可见正统的儒家并不重视《易》。

  《易传》和《易》的《卦辞》、《爻辞》不同,《卦辞》和《爻辞》本卜筮之书,很少讲阴阳变化。《庄子·天下》说"《易》以道阴阳",《史记·太史公自序》说"《易》著天地阴阳四时五行,故长于变",大致均就《易传》而言。《易传》这种思想很可能是战国一部分儒者吸收了阴阳家的思想而形成的。过去有些学者曾断言《易传》中如《彖传》、《象传》、《系辞》和《文言》不能出于秦以前,殊非笃论。这部分《易传》内容比较复杂,恐非一人一时之作,大约是搜集一些人对《易》的解释而成。有些文字可能出现较早,如《乾卦·文言》:"'元'者善之长也,'亨'者嘉之会也,'利'者义之和也,'贞'者事之干也。君子体仁足以长人,嘉会足以合礼,利物足以和义,贞固足以干事。"此语即采自古人成说。《左传·襄公九年》:"穆姜薨于东宫。始往而筮之,遇艮之八。史曰:'是谓艮之随,随其出也,君必速出。'姜曰:'亡是,于《周易》曰:随元亨利贞,无咎。元,体之长也;亨,嘉之会也;利,义之和也;贞,事之干也。体仁足以长人,嘉德足以合礼,利物足以和义,贞固足以干事,然固不可诬也。是以虽无咎。……'"穆姜年代早于孔子,但她所引的话见于《随卦》而非《乾卦》,可见当时已有对《易》的解释,而与今本《易传》不同。到了战国时代,已有《易传》之名。《战国策·齐策四》载颜斶引《易传》云:"居上位,未得其实,以喜其为名者,必以骄奢为行。据慢骄奢,则凶必从之。是故无其实而喜其名者削,无德而望其福者约,无功而受其禄者辱,祸必握。"这些文字可能原为占卜时卜者解释卦象之辞,而经别人记录下来。由于来源不同,当时可能有不同的《易传》著作出现。《晋书·束晳传》记汲冢出土战国时《易》的情况:"其《易经》二篇,与《周易》上下经同。《易繇阴阳卦》二篇,与《周易》略同,《繇辞》则异。《卦下易经》一篇,似《说卦》而异。《公孙段》二篇,公孙段与邵陟论《易》。"可见当时不但有不同于今本的《易传》,还有不同于今本的《易经》。当然,今本《易传》在战国时应该亦已出现。如《荀子·大略》云:"《易》之《咸》,见夫妇。夫妇之道,不可不正也,君臣父子之本也。咸,感也,以高下下,以男下女,柔上而刚下。"这段话显然受《易·咸卦·彖传》的影响。《彖传》云:"咸,感也。柔上而刚下,二气感应以相与,止而说,男下女,是以'亨利贞,取女吉'也……"《大略》即使非荀子自作,亦当出于其门人后学之手,其时代亦当在战国末至秦代,以此推测,《易传》产生年代至迟亦当在战国。

从《战国策》所载颜斶的话来看,《易传》恐与道家思想有关。大抵《易》在先秦主要为卜筮之书,后来一部分儒者接受了道家、阴阳家影响,才形成了《易传》那种天道思想。但正宗的儒者孟子、荀子都未把它视为"经"。《易》之成为"经",恐怕也在秦以后,像董仲舒之强调天人感应,势必重视《易》,在他的《春秋繁露》中,就有许多思想与《易传》相通。如《同类相动》:"今平地注水,去燥就湿;均薪施火,去湿就燥。百物其去所与异,而从其所与同。故气同则会,声比则应,其验皦然也。"此论与《易·乾卦·文言》中"同声相应,同气相求。水流湿,火就燥"等语相通。董仲舒的思想受阴阳家影响甚深,正是这时,《易》才进入了"经"的行列。

所以《诗》、《书》、《礼》、《乐》、《易》、《春秋》的顺序,正反映了"六经"或"五经"概念的形成过程。

读战国楚竹书《孔子诗论》

长期以来,我们总认为儒家学派盛行于中原地区,而地处南方的楚国可能受其影响会小些。这大约和一些典籍中记春秋时北方诸国都把楚看作蛮夷,而楚亦以蛮夷自居有关。然而近年考古发现却证明楚国的儒学丝毫不比中原逊色。例如郭店楚简及上海博物馆所收集到的楚简中都有大量儒家书籍,倒是其他地区所未有的。这一情况不能不引起我们对一些问题作新的思考。

一

楚国在商周时代曾经是一个独立于中原政权,并多次与商、周发生战争的部族。当时的楚国实力还不能与中原抗衡,楚王的先世熊绎居丹阳(今湖北秭归西北),周成王封他以子男之田,与齐、晋、鲁、卫诸国一起服事周王。《左传·昭公十二年》载楚大夫子革对楚灵王追述往事云:"昔我先王熊绎,辟在荆山,筚路蓝缕,以处草莽,跋涉山林,以事天子。唯是桃弧棘矢,以共御王事。"后来势力日益扩大,乃自称为王。但对周王仍有一定敬畏。

据《史记·楚世家》载,周厉王时,楚王熊渠畏厉王之虐,曾去其王号。周宣王中兴,曾派方叔、南仲等用兵江汉,威服楚人。但随着西周的衰落和灭亡,楚国乘机扩张其势力,逐步向北发展,威胁和吞并汉水以东今河南南部一些姬姓和姜姓之国。《诗经·王风·扬之水》中说到的"戍申"、"戍甫(吕)"、"戍许",实即这些姜姓小国受到楚国威胁而东周派兵驻守,结果并未能阻止楚国对申、甫等国的吞并。《左传·桓公二年》云:"蔡侯、郑伯会于邓,始惧楚也。"此后楚国就不断地向北进逼,一再和随国发生战争。到《僖公二十八年》城濮之战时,晋国的栾贞子就说:"汉阳诸姬,楚实尽之。"从此楚国成了和北方的晋国争霸逞强的两大势力之一。

楚国在发展其政治实力的同时,也大力地吸收中原的先进文化。从《左传》、《国语》等先秦古籍来看,楚国的上层贵族从春秋中叶起受中原文化的熏陶已经很深。许多学者在谈到这问题时经常引用《国语·楚语上》载申叔时论对太子进行教育的言论,其中提到了许多种典籍,说明申叔时对这些典籍有深刻了解,而且它们早已流传到了楚国。事实正是这样,试看《左传·宣公十二年》记邲之战前,楚国孙叔敖提议楚军先发动进攻时,引《诗》云:"元戎十乘,以先启行。"二句今见《小雅·六月》。楚国战胜以后,楚人主张收晋军之尸以为"京观"(大坟),楚庄王反对,他引了周武王的事例,提到《周颂》中几首诗,如"载戢干戈"五句见《时迈》、"耆定尔功"句见《武》、"铺时绎思"二句见《赉》、"绥万邦"二句见《桓》,说明楚庄王对《诗》很熟。自此以后,楚人引《诗》之例甚多。《左传·昭公十二年》载楚灵王对子革称赞左史倚相,说他"能读《三坟》、《五典》、《八索》、《九丘》",子革当时也向灵王背诵了周穆王时祭公谋父所作的《祈招之诗》。这个左史倚相确实是一位精通中原典籍的人。《国语·楚语上》载他对申公子亹说:"……昔卫武公年数九,十有五矣,犹箴儆于国,曰:'自卿以下至于师长士,苟在朝者,无谓我老耄而舍我,必恭恪于朝,朝夕以交戒我;闻一二之言,必诵志而纳之,以训导我。'在舆有旅贲之规,位宁(zhù,韦昭注:中庭之左右谓之位,门屏之间谓之宁)有官师之典,倚几有诵训之谏,居寝有亵御之箴,临事有瞽史之导,宴居有师工之诵。史不失书,矇不失诵,以训御之,于是乎作《懿》戒以自儆也。及其没也,谓之睿圣武公。子实不睿圣,于倚相何害?《周书》曰:'文王至于日中昃,不皇暇食。惠于小民,唯政之恭。'……"这段话中所提到的"《懿》",历来学者都认为即今《诗经·大雅·抑》,《周书》语见今《尚书·无逸》,可见他确实对典籍十分熟悉。同书又载伍举谏灵王为章华之台时,引了《周诗》"经始灵台"等八句,即今《大雅·灵台》之首章及第二章头两句。同书《楚语下》载楚昭王问观射父关于《周书》所谓"重、黎实使天地不通"的问题,此问题即指《尚书·吕刑》中的"乃命重、黎,绝地天通"句,可见楚王和观射父都读过《吕刑》。楚人对左史倚相、观射父都很重视,《楚语下》载楚国的王孙圉聘晋,曾对赵简子说二人为"楚国之宝"。这时楚人对古代典籍的熟悉,已不在中原各诸侯国之下。再加上昭公二十六年,周朝发生内乱,王子朝在斗争中失败,就和他的党羽们奉周之典籍以奔楚,这就使楚国的藏书大为丰富,甚至超过中原一些国家也是完全可能的。

到了春秋后期,楚国已不再以蛮夷自居,北方诸国似亦不甚以蛮夷视之。《左传·定公四年》载吴王阖庐攻入郢都,申包胥到秦国乞援时对秦哀公说:"吴为封豕长蛇以荐食上国,虐始于楚。寡君失守社稷,越在草莽,使下臣告急。曰:'夷德无厌,若邻于君,疆场之患也……'"在这里,楚以"上国"自居,以"夷"称吴,显然已经以诸夏自居。进入战国以后,更没有人把楚国看作蛮夷了。我们现在盛谈楚文化,毫无疑问,楚文化是有其特色的,但它毕竟是华夏文化的一个组成部分。正如北方的齐文化、三晋文化等都有其地方特色,然而毕竟是华夏文化的一个部分,尽管在当时还没有经过秦始皇"车同轨"、"书同文"的改革,保留的地方色彩可能多些。例如楚文化的重要代表作品,当然首推《楚辞》,而《楚辞》中如《离骚》、《九章》中都可以看出屈原所仰慕的古代圣贤正是儒家所尊奉的尧、舜、禹、汤、周文王等人。据《韩非子·显学》云:"孔子、墨子俱道尧舜,而取舍不同,皆自谓真尧舜,尧舜不复生,将谁使定儒墨之诚乎?"但《墨子》中有《非乐》,而《楚辞》中讲到音乐的地方却不少。如《离骚》:"奏九歌而舞韶兮,聊假日以偷乐";《九歌》更是祭神的乐曲;《招魂》中更有大段形容奏乐舞蹈的片段。这说明屈原的思想当是受儒家影响而非墨家。尽管我们不一定说他就是个儒者,但儒家思想对他的熏陶却无可否认。从郭店楚简的时代来看,大致与屈原差不多同时,而这次上海博物馆所整理发表的战国楚简大约时代亦与之相近。这可以设想,类似的儒家典籍,屈原未必没见过。再说稍前于屈原的陈良,已被孟子称为"北方之学者,未能或之先也",可见战国时代楚国已经颇为盛行儒家典籍;到目前为止所见出土儒书多为楚简就不足怪了。

二

如果说战国时代楚国的儒学已不亚于北方诸国的话,那么到了汉代,楚国旧地更是出现儒者很多的地方。我们试以《汉书·儒林传》作一下统计,汉初最早的经师,楚人占了很大的比例:如传《易》者为田何,本齐国诸田人。他的传人丁宽(梁人,居今安徽砀山一带)、施雠(沛人)、孟喜(东海兰陵人)皆楚国旧地人;梁丘贺(琅邪诸人)则为齐旧地人。此外费直(东莱人)为齐人,高相(沛人)为楚人。传《书》者伏胜(济南人),其传人欧阳生、倪宽并为千乘(今山东博兴)人。还有夏侯胜、夏侯建叔侄,籍贯不明。传《诗》者申培鲁人、辕固生(齐人)、后苍(东海郯,今属山东)当为楚人,韩婴为燕人,毛公为赵人。传《礼》的高堂生是鲁人,"善为容"的徐生亦鲁人,高堂生《礼》学传人后苍已见前,又有孟卿(东海人),亦楚人。传《春秋》的胡毋生为齐人,传他的《公羊》学说的严彭祖(东海下邳)、颜安乐(鲁国薛)实皆楚人(因鲁灭于楚)。瑕丘江公亦鲁人。看来当时传授儒学经典的人绝大多数出于齐楚。这个现象颇可注意,究其原因则不外两类:首先,儒学的发源地本在邹鲁,所以《庄子·天下》云:"其在于《诗》、《书》、《礼》、《乐》者,邹鲁之士,搢绅先生,多能明之。"后来儒者们也曾把自己的学说传播出去,但流行之地一般偏于东部一带,至于地处西部的秦国则很早接受了商鞅的法家思想,对儒家采取镇压的政策,秦昭王甚至公然说:"儒无益于人之国。"(《荀子·儒效》)至于地处中部的三晋之地,早年确曾流行过,如《史记·仲尼弟子列传》云:"孔子既没,子夏(卜商)居西河教授,为魏文侯师。"当时的魏国,儒风也颇盛,如段干木、田子方等皆为儒者所称,而帮助魏国富强的军事家吴起,亦曾师事孔子弟子曾参。据说吴起还曾受《左传》于曾参之子曾申,但魏文侯死后,吴起被谗奔楚,魏国不久被削弱。到战国中期以后,三晋成了秦国吞并六国的战场,战争不断,儒学也因此衰竭。于是儒学的流传就主要在齐、楚等国了。

　　汉初儒者多出于齐、楚还有一个重要原因就是这些地方离秦代的统治中心较远,秦的统治力量较弱。《史记·秦始皇本纪》:"丞相(王)绾等言:'诸侯初破,燕、齐、荆(即楚)地远,不为置王,毋以填之。请立诸子,唯上幸许。'"这一建议遭李斯反对,未被采用。但也说明这些地区秦的统治能力还相对较弱,并且不是短期内所能巩固的。后来的事实也证明了这一点,反秦的起义确实首先起于楚地,而齐地的起义则秦朝甚至还来不及派兵镇压。我们再看秦始皇下令焚书是在三十四年(前213),而三十七年(前210)他就死去,次年(前209)就爆发了陈胜、吴广的起义,前后不到五年。在这个短暂的时间里,在统治者控制力较强的三晋等地,人们慑于淫威,不得不把一些藏书交出焚毁,而在统治力较弱的齐、楚等地儒者本来就众多,再加上他们对秦朝本抱敌对态度,藏书未交者恐亦不少。《史记·孔子世家》载,孔子子孙孔鲋,"为陈王(胜)博士,死于陈下"。《盐铁论·褒贤》记桑弘羊谈到陈胜起义,"奋于大泽,不过旬月,而齐、鲁儒墨荐绅之徒,肆其长衣(长衣,官之也)负孔氏之礼器《诗》、《书》,委质为臣。孔甲为涉博士,卒俱死陈,为天下大笑"。这说明当时儒者对秦的命令本不会谨遵勿违。于是像伏胜那样把书藏在屋壁中的大约不少,及至秦亡汉兴,征召能通经学的人就大抵出于齐、楚。这样,儒学兴盛之地主要仍在东部的齐、鲁及楚地,至于关中及洛阳一带,虽号为当时的政治和经济中心,但在文化上则兴起较晚,即以大学者大作家司马迁而论,他虽生于龙门,乃关中人,而其学术师承,仍为杨何(淄川)、董仲舒(广川,今河北枣强)、孔安国(鲁国)等东部人。所以郭店和这次上海博物馆所藏楚简的发现,再一次证明了战国中期至汉初,齐、楚的儒学盛于秦及三晋,而且从某种程度上说,儒家以外的其他学派,似亦以齐楚为盛,如马王堆、银雀山等汉墓出土大批子书亦在齐楚旧地,连当时较有名的作家如陆贾(楚人)、枚乘(淮阴人,淮阴本楚地)、邹阳(齐人)等也是这样,因此我们不妨认为在战国中期至汉初的阶段,东部各地的文化高于关中。

三

这次上海博物馆所获战国竹书有一点很值得注意,是其中不但有过去未曾见到过的《孔子诗论》(此题目当为整理者所加),而且有与今本《礼记·缁衣》基本相同的《衬衣》,而此文的另一竹简本即郭店楚简的《缁衣》。这一事实说明了《礼记》中的《缁衣》的出现,至晚也应在战国中期以前。从《孔子诗论》和《缁衣》二文看来,二者产生的时代应该比较相近,其体例亦十分相似。如《缁衣》云:"子曰:好贤如《缁衣》(指《诗经·郑风·缁衣》),恶恶如《巷伯》(指《诗经·小雅·巷伯》),则爵不渎而民作愿,刑不试而民咸服。"《大雅》曰:"仪刑文王,万国作孚。"《孔子诗论》则为残简,又用战国古文写成,较难辨认,读来似难流畅,但大意似亦可明白,如:"邵公也,《绿衣》之忧,思古人也。《騛二(燕燕)》之情,㠯(以)其蜀(笃)也。孔二(孔子)曰:'虐㠯(以)䣛䢜(得)氐(是)初之诗。民眚(性)古(固)然。见亓(其)兊(美)必谷(欲)反一本。'"有时《孔子诗论》中的两简似可连接起来读,如第五简:"'氐(是)也。''又(有)城(成)工(功)者可(何)女(如)?'曰:'讼(颂)氐(是)也。《清㡿(庙)》,王悳(德)也,至矣。敬宗㡿(庙)之豊(礼),㠯(以)为亓(其)杏(本)。秉叟(文)之悳(德),㠯(以)为真亓糵。'肃㫳(雍)。'"第六简云:"'多士,秉叟(文)之德,'虐(吾)敬之。《剌(烈)》叟(文)曰:'乍竞隹(唯)人,不(丕)㬎(显)隹(唯)德。于虐(呼)!前王不忘。'虐(吾)敓(悦)之。'昊二(昊天)又(有)城(成)命,二后受之。'贵叔(且)㬎(显)矣。"这两简当是相接的,第五简的"肃雍"二字当即《清庙》之"肃雍显相"

句,而第六简的"多士"当即"济济多士"句,故与下文"秉文之德"相接。① 从这二简看来,是把《周颂》中几首诗合起来评论,与第十六简及《礼记·缁衣》相似,且皆归诸孔子之言。这虽然不一定真为孔子所说,但这种做法在战国儒家著作中经常有之,如从《礼记》和《易传》中都可找到不少例子。《缁衣》和《孔子诗论》这种论《诗》的方式,都是从一首诗里摘引出一二句来作为自己论点的依据,至于理解是否都符合此诗全篇的原意却很难说。不过有些意见,似较现存的《毛诗序》较少附会于具体事件,因而也稍见通达。如第十六简所说"《绿衣》之忧,思古人也"及"《燕燕》之情,以其笃也",看来并不错,《绿衣》中确有"我思古人"的话,《燕燕》送别之情也确很深笃,并未和卫庄姜、戴妫和州吁等联系起来。但问题是说得过于空泛,如果有人按《毛诗小序》的解释来理解或按今人一些新释来理解似都可以通用,然而对篇义的理解并无多大帮助。看来《孔子诗论》的作者所看重的往往只是几句,而非全篇。如第二十二简:

之《訇(宛)丘》曰:"訇(洵)又(有)情,而亡望。"虖(吾)善之。《於差(猗嗟)》曰:"四矢复(疑即"反"字),㠯(以)御𤔲(乱)。"虖(吾)熹(喜)之。《尸鸠(鸤鸠)》曰:"丌(其)善一氏(是),心女(如)结也。"虖(吾)信之。《文王》曰:"文王才(在)上,於邵(昭)于天。"虖(吾)光(美)之。

这其实是摘句论诗,借《诗经》中个别字句来论证自己的政治或道德观点,至于和原诗的篇旨可以毫不相干。这其实是儒家对待《诗经》

---

① 此说笔者尚无太大把握,因为一根简字数有限,少去"显相"和"济济"四字,也可能是简略的做法。但这两简从文义上说,似可连续则为事实。

所常用的办法。例如《论语·八佾》：

> 子夏问曰:"'巧笑倩兮,美目盼兮,素以为绚兮。'何谓也?"子曰:"绘事后素。"曰:"礼后乎?"子曰:"起予者商也,始可与言《诗》已矣。"

这首诗大约是逸诗,因为"巧笑"二句虽见《诗经·卫风·硕人》,而"素以为绚兮"句,则为《硕人》所无。此诗全文已不可考,但从这三句来看,大约和《硕人》相似,乃称赞一个人的仪止容貌的诗,和"礼后"之说无关。孔子不过借这句诗发表自己的看法。同样地,孟子和荀子亦如此。《孟子·滕文公上》载孟子和许行、陈相辩论时说:

> 《鲁颂》曰:"戎狄是膺,荆舒是惩。"周公方且膺之,子是之学,亦为不善变矣。

这里所引的《鲁颂》乃《閟宫》中的两句。《鲁颂》据历来注家说,都认为乃春秋时鲁僖公年间所作。此诗有"新庙奕奕,奚斯所作"二句,奚斯其人在《左传》中可确考为僖公时人。孟子却硬说是周公,所以宋代的朱熹也不得不说:"按今此诗为僖公之颂,而孟子以周公言之,亦断章取义也。"(见《孟子集注》卷五)《荀子·劝学》云:

> 行衢道者不至,事两君者不容。目不能两视而明,耳不能两听而聪。螣蛇无足而飞,梧鼠五技而穷。《诗》曰:"尸鸠在桑,其子七兮。淑人君子,其仪一兮。其仪一兮,心如结兮。"故君子结于一也。

这里所引原出《曹风·鸤鸠》,本为赞美一个人的诗,荀子却引来说明学习要专心于一门而不能见异思迁。

儒家引《诗》的这种方式,大约是受了春秋时代列国一些诸侯大夫引《诗》表达自己意见的常用办法的影响,正如《左传·襄公二十八年》载当时人所谓"赋《诗》断章,余取所求焉"。其实《左传》所载当时列国大夫引《诗》,一般都是断章取义。如《襄公十四年》载晋国和它的几个盟国一起伐秦,进军至泾水之滨,晋大夫叔向见鲁大夫叔孙穆子,"穆子赋《匏有苦叶》,叔向退而具舟,鲁人莒人先济"。这里的《匏有苦叶》是《邶风》的一篇,《毛诗小序》说:"匏有苦叶,刺卫宣公也,公与夫人并为淫乱。"朱熹《诗集传》亦认为"此刺淫乱之诗"。现代学者则多以男女之情释之。不管哪一说,都和当时鲁军助晋击秦,渡泾水进军无关。叔孙穆子在此仅取其"深则厉,浅则揭"二句,以示不怕渡河而已,而叔向也就懂了,"退而具舟"。同样地,《襄公二十七年》载"郑伯享赵孟(赵武)于垂陇",郑国七个大夫陪宴,赵武请他们赋《诗》,于是子展赋《草虫》(《召南》篇名),取"未见君子,忧心忡忡;亦既见止,亦既觏止,我心则降"几句。子西赋《黍苗》之四章(《小雅》篇名),即"肃肃谢功,召伯营之;烈烈征师,召伯成之",比赵武为周宣王名臣召虎,赵武称"寡君在,武何能焉"。子产赋《隰桑》(《小雅》篇名,取"既见君子,其乐如何"等句意),赵武说:"武请受其卒章。"(即"心乎爱矣,遐不谓矣;中心藏之,何日忘之")其他诸人所赋,情况大致相同,不一一列举。只有伯有与众不同,他对郑君不满,故赋《鹑之贲贲》(《鄘风》篇名,取"人之无良,我以为君"句意),遭到赵武拒绝。这些例子说明当时赋《诗》,其实是表达思想的一种方式。在当时列国交往的场合,经常要使用。如果对《诗经》中那些诗不熟,不但在一定的场合无法借此表达自己的意思,甚至也不懂得别人所引之诗。所以《论语·子路》记孔子说:"诵《诗》三百,授之以政,不达,使于四方,不能专对。虽多,亦奚以为。"又《季氏》记孔子对他儿子伯鱼说:"不学《诗》,无以言。"大约都是这个意思。同书《阳货》又记孔子的话说:"《诗》可以兴,可以观,可以群,可以怨,迩之事父,远之事君,多识于鸟兽草木之名。"则似乎是把这种方式推广到进行伦理道德教育的领域。但从上述情况看,早在孔子以前,人们对《诗》已经采取断章取义的态度,而孔子及其后学也不能例外。

从《孔子诗论》看来,后来一些释《诗》者喜欢强调"美"和"刺",把许多《诗》和具体的历史人物及历史事件牵合起来的做法,在那时还没有形成,而且有些《诗》的解释显然与后来的《毛诗小序》不同。如《陈风·宛丘》,《毛诗小序》云:"《宛丘》,刺幽公也。淫荒昏乱,游荡无度焉。""三家《诗》"的解释大约和《毛诗》类似。如《汉书·地理志》认为是周武王女太姬为陈胡公妻,"好祭礼,用史巫故其俗巫鬼"。此说盖本于匡衡上疏汉元帝时所说:"陈夫人好巫,而民淫祀。"(《汉书·匡衡传》)所指讥刺对象与《毛诗》不同,但为刺诗则同。此说王先谦《诗三家义集疏》以为是《齐诗》,大致可从。可见《毛诗》、《齐诗》均以为是刺诗,而《孔子诗论》则云:"《㤀丘(宛丘)》吾善之。"(第二十一简)"《宛丘》曰:'洵有情,而无望。'吾善之。"(第二十二简)似无"刺"的意思。《孔子诗论》对《宛丘》的理解已不可考知,很可能是仅取二句有知难而退的用意,与同书中肯定《汉广》云"《灘芏(汉广)》,之䶂(智),则䶂(智)不可寻(得)也"(第十一简)用意相似。如果是这样,那也是断章取义的做法。

《孔子诗论》对有些诗的评论,似乎对《毛诗小序》有影响。如第十简云:"《闗疋(关雎)》呂(以)色俞(喻)于豊(礼)";第十一简云:"《闗疋(关雎)》之改(怡),则其思䞎(赠)矣";第十二简云:"反内(纳)于豊(礼),不亦能改(怡)虖(乎)。"第十四简云:"丌(其)四章则俞(愉)矣。呂(以)筌(琴)㻌(瑟)之敓(悦),㥁好色之㤅(爱),呂(以)

钟鼓之乐"。这些话,似都在论《关雎》。① 现在我们看《毛诗序》,所谓"是以《关雎》乐得淑女以配君子,忧在进贤,不淫其色。哀窈窕,思贤才,而无伤善之心焉"。这和"喻于礼","反纳于礼",用意颇相似。又如《汉广》,《毛诗小序》云:"《汉广》,德广所及也。文王之道被于南国,美化行乎江汉之域,无思犯礼,求而不可得也。"这"求而不可得"一语,与《孔子诗论》之"智不可得也",显然是一脉相承的,不过《毛诗序》把这意思充分发挥,并牵合到了文王身上去。又如《召南·甘棠》,是《孔子诗论》中谈得较多的诗篇。如第十五简云:"及丌(其)人,敬蟁(爱)丌(其)查(树)、丌(其)保(褒)厚矣,《甘棠》之蟁(爱)㠯(以)召公。"第二十四简云:"虍(吾)㠯(以)《甘棠》㝵(得)宗审(庙)之敬,民眚(性)古(固)然。甚贵丌(其)人,必敬丌(其)立(位)。敚(悦)丌(其)人,必好丌(其)所为,亞(恶)丌(其)人者亦然。"《毛诗小序》云:"《甘棠》,美召伯也,召伯之教明于南国。"这里《毛诗》明确地提到了"美",但其用意与《孔子诗论》并不矛盾。又如《鹊巢》,《孔子诗论》第十一简云:"《䳕𣜩(鹊巢)》,之逗(归),则徝者。"释文的学者以为"徝"字乃"匹配"之义,这和《毛诗小序》所说"《鹊巢》,夫人之德也,国君积行累功,以致爵位,夫人起家居有之,德如鸤鸠,乃可以配也"相似,看来《毛诗》虽作了发挥,亦不离《孔子诗论》的本旨。从上述的情况看来,《毛诗序》的作者虽未必一定看到过《孔子诗论》,却肯定受到过类似著作的影响。我们可以说,《毛诗序》的观点,多少是从《孔子诗论》这样的儒家《诗》论中发展而

---

① 孔子论《关雎》,似最看重其卒章(今本作"乱",郭沫若释为"辞",王泗原释为"治",皆卒章之意)。看来指"琴瑟友之","钟鼓采之",即《孔子诗论》中所谓"纳于礼"。《论语·泰伯》:"子曰:师挚之始,《关雎》之乱,洋之乎,盈耳哉。"显然是说《关雎》为颂美而非刺。

来的。

《孔子诗论》这类著作对汉初流行的"三家诗"有什么影响？由于史料缺乏，很难推测。清代以来一些学者曾经去搜辑"三家诗"的遗说，其中搜罗得最丰富的大约是王先谦的《诗三家义集疏》。这部书不仅材料广博，且较少"今文家"的门户之见。不过王先谦的有些做法，恐难令人置信。例如：他把《盐铁论》中论《诗》的话，都视为《齐诗》说，因为桓宽本人习《齐诗》。但《盐铁论》实际上是记录桑弘羊等官员和各地来的"贤良"、"文学"即儒生们的一场辩论。在这里，桑弘羊既非《齐诗》传人，各地来的儒生也可能有人习《鲁诗》、《韩诗》甚至《毛诗》的，把这些话都算《齐诗》说，就不妥。又如刘向、蔡邕都习《鲁诗》，但刘向的著作很多是编纂古人之作，如《新序》、《说苑》、《列女传》等均属此类，而王氏一见这类书中论《诗》的话，就一律目为《鲁诗》说。至于《琴操》一书，是否蔡邕所作，本是疑问，而据此传说把《琴操》中的话都目为《鲁诗》说，似亦欠审慎。但在唐以前古籍，尤其是汉魏人著作中发现不同于《毛诗》的说法，确有极大可能为"三家诗"。现在看来，"三家诗"的说法，似乎离《孔子诗论》较《毛诗》为远。如《孔子诗论》第二十三简云：

> 《麖歈（鹿鸣）》吕（以）乐订（词）而会，吕（以）道交见善而孛（傚），冬（终）虖（乎）不猒（厌）人。《兔虘（罝）》开（其）甬（用）人则虘（吾）取。

这里谈到了两首诗《小雅·鹿鸣》和《周南·兔罝》。《鹿鸣》据《毛诗小序》云："《鹿鸣》，燕群臣嘉宾也，既饮食之，又实币帛筐篚以将其原意，然后忠臣嘉宾得尽其心矣。"两说比较接近，而"三家诗"中有一说认为《鹿鸣》是刺诗。如《史记·十二诸侯年表》云："周道缺，诗人本之衽席,《关雎》作,仁义陵迟,《鹿鸣》刺焉。"王先谦认为这是《鲁诗》说。此外还有一说,则与《孔子诗论》及《毛诗》相近,即《盐铁论·刺复》载"文学"批评桑弘羊等人说:"今当世在位者既无燕昭之下士,《鹿鸣》之乐贤,而行臧文、子椒之意……"而"御史"也回答说那些儒生"殆非龙蛇之才,而《鹿鸣》之所乐贤也"。此说王先谦未引。他引了《仪礼·乡饮酒礼》注中的话:"《鹿鸣》,君与臣下及四方之宾燕,讲道修政之乐歌也。"认为"郑注《礼》时用《齐诗》,与《毛》义同"。他又引曹植《求通亲亲表》"远慕《鹿鸣》君臣之宴"句,认为曹植习《韩诗》,"知韩与齐毛义合"。这样说来,似乎齐、韩、毛三家皆主"乐贤",独《鲁诗》以为刺诗。

关于《兔罝》,《毛诗小序》云:"《兔罝》,后妃之化也,《关雎》之化行,则莫不好德,贤人众多也。"还有一说是"殷纣之贤人退处山林,网禽兽而食之"。此说见于《文选》桓元子《荐谯元彦表》五臣刘良注。王先谦又引《墨子·尚贤上》"文王举闳夭泰颠于罝网之中",以为是《兔罝》古义,并以此为《韩诗》说。因为刘良乃唐人,而"三家诗"至唐时唯《韩诗》尚存。但这仅是推测。因为唐人所见古籍较今为多,刘良即使见不到《鲁诗》和《齐诗》,但从当时尚存的古书中采用鲁齐遗说亦不无可能。但另有一说,他没有引,即《盐铁论·备胡》中"贤良"批评当时"好事之臣"对匈奴"求其义,责之礼",使汉与匈奴战争不息,"万里设备"。"此《兔罝》所刺,故小人非公侯腹心也。"这样《兔罝》成了刺诗,与《孔子诗论》及《毛诗小序》正好相反。这位"贤良"所习为何诗,不可考,但似应属"三家诗"说。

不过,"三家诗"是否与《毛诗》有很多不同,是否与《孔子诗论》分歧较多,似亦可怀疑。因为汉代的一些儒生继承了先秦儒者断章取义的习惯,有时好把一些诗按自己的需要来解释。因此同一个人对同一首诗,可以很不一样。例如前面引《史记·十二诸侯年表》,以

《关雎》、《鹿鸣》为刺诗,但同书《孔子世家》则云:"故曰:'《关雎》之乱以为《风》始,《鹿鸣》为《小雅》始,《文王》为《大雅》始,《清庙》为《颂》始。'"《文王》、《清庙》皆歌颂之作,不应《关雎》、《鹿鸣》为刺诗。《外戚世家》则云:"《诗》始《关雎》,《书》美釐降。""釐降"指尧以二女妻舜,二者并提,更足证《关雎》非刺,而与《孔子诗论》、《毛诗序》一样乃赞美之辞。王先谦引了《汉书·匡衡传》中匡衡上疏,以为是颂美之辞,又引《汉书·杜钦传》、《后汉书·明帝纪》等以为《齐诗》以《关雎》为刺诗。《韩诗》亦然,王先谦引《后汉书·明帝纪》注所载《韩诗·薛君章句》以为是刺诗;而曹植《求通亲亲表》则云"……妃妾之家,膏沐之遗,岁得再通,齐义于贵宗,等惠于百司。如此则古人之所叹,《风》、《雅》之所咏,复存于圣世矣"。曹植据王先谦说是习《韩诗》的,此处则似又认为是颂美之辞。其实从《后汉书·冯衍传》注所引《韩诗章句》原文,即"诗人言雎鸠贞洁,以声相求,必于河之洲,蔽隐无人之处。故人君动静,退朝入于私宫,妃后御见,去留有度。今人居内倾于色,大人见其萌,故咏《关雎》,说淑女,正仪容也"看来,前几句是美,后几句是刺,引《诗》者本可自由发挥。这正如《左传·成公十二年》载晋郤至引《诗·兔罝》以"公侯干城"为美,以"公侯腹心"为刺,一首诗竟既适用于盛世,亦适用于乱世。这种随意解释《诗》的做法,其实是为了当时现实的需要。《汉书·儒林·王式传》载,王式治《鲁诗》,为汉昌邑王师。"昭帝崩,昌邑王嗣立,以行淫乱废,昌邑群臣皆下狱诛,唯中尉王吉、郎中令龚遂以数谏减死论。式系狱当死,治事使者责问曰:'师何以无谏书?'式对曰:'臣以《诗》三百五篇朝夕授王,至于忠臣孝子之篇,未尝不为王及复诵之也;至于危亡失道之君,未尝不流涕为王深陈之也。臣以三百五篇谏,是以亡谏书。'"这里说"以三百五篇谏",不一定要看作王式能把《诗经》每一篇都作为进谏昌邑王刘贺的谏书,但至少说明他能把多数篇《诗》作为进谏之用,这就不能不把每篇《诗》和历史上的"圣君"或"昏主"联系起来,作为"美"或"刺"来理解,这样自然是离《诗》的本意越来越远,较之先秦儒者如《孔子诗论》的作者就更为牵强难通。"三家诗"之最终归于淘汰,不能说与此无关。《毛诗》之所以独得流传至今,正因为它在两汉四百年中,始终未得列于学官。不做官,进谏及为朝廷制造舆论的机会也少,因此较之"三家诗",尚稍能保存先秦儒家论《诗》的面目,所以东汉灭亡,学官废弛,士人们可以自由选择时,都纷纷弃"三家"而学毛,所以魏晋的学校,《诗》不得不改学《毛诗》。然而,《毛诗》之优于"三家",也只能是相对的。经历了汉代四百年对学官位子的争夺,《毛诗》传人不能不从"三家诗"那里吸取某些东西,如托诸圣人和以"美"、"刺"释诗,正是从政所需要的,"三家诗"如此,《毛诗》不得不如此,否则就更不能吸引士子们来学习。久而久之,《毛诗》也就处处联系到了"圣人"、"暴君"、"美刺"等等,和"三家诗"也许只有程度的区别了。章太炎先生在《国故论衡·中·明解诂下》说:"古文师出今文后者,既染俗说,弗能弃捐,或身自傅会之,违其本真(如贾逵谓《左氏》同《公羊》者什有七八之类)。"①此语可谓巨眼卓识。汉代和后来一些古文家,有一个怪毛病,即"古文经"分明优于"今文经",他们偏要去迁就"今文经"。如我们常读的《左传》、《春秋经》到哀公十六年孔子卒为止,这本很合理,较之《公羊传》之终于哀公十四年"获麟"的充满神话色彩显然高明得多。但连晋代杜预作《春秋左氏经传集解序》偏要认为"引经以至仲尼卒,亦又近诬";并称:"故余以为感麟而作,作起获麟,则文止于所起,为得其实。"这不能不说是对"今文家"散布的迷信故事的屈

---

① 章先生斥"今文家"为"俗学",似亦可区别对待。西汉"今文家"有些说法,确为"曲学阿世",但有些时候,却是强颜直谏,尽管他们所引的"经",未必符合原意。

从。这种屈从背后,其实还是这一学派在仕途方面的利益。《毛诗》之向"三家诗"靠近,其原因也是这样。"五四"以后一些学者斥《毛诗》与"三家诗"为"一丘之貉",看来未始不然。

总之,《孔子诗论》的发现是《诗经》研究史上一件大好事,其主要意义不在于它本身对《诗经》的解释是否正确,而在于说明了儒家学派对《诗经》的解释有一个发展过程。断章取义,不顾全篇主旨之弊,在先秦早已存在,而附会史实,妄增"美"、"刺"却是汉人的所为。我过去在《论毛诗序》一文中,曾猜想齐鲁韩毛四家学说是"记录了秦统一中国以前甚至更早一些时间的不少学者比较一致的看法"[①]。现在看来,这种"比较一致的看法",大约就是像《孔子诗论》及类似的一些先秦儒者的著作。

---

① 《汉魏六朝文学论文集》,广西师范大学出版社。

关于《诗经》研究的几个问题

一、关于"逸诗"和"孔子删诗"

关于《诗经》的成书,自汉代以来,盛传着"孔子删诗"之说,据说古诗本有三千余篇,经孔子删定为三百零五篇,就是现在的《诗经》。此说今存最早的史料见于《史记·孔子世家》:

> 古者《诗》三千余篇,及至孔子,去其重,取可施于礼义,上采契后稷,中述殷周之盛,至幽厉之缺,始于衽席,故曰:"《关雎》之乱以为《风》始,《鹿鸣》为《小雅》始,《文王》为《大雅》始,《清庙》为《颂》始。"三百五篇孔子皆弦歌之,以求合《韶》、《武》、《雅》、《颂》之音。

《汉书·艺文志》也说:

> 故古有采诗之官,王者所以观风俗,知得失,自考正也。孔子纯取周诗,上采殷,下取鲁,凡三百五篇,遭秦而全者,以其讽诵,不独在竹帛故也。

根据《史记》和《汉书》的说法,现今所见的《诗经》是三百零五篇,一无缺损,并且是出于孔子手定。这种说法至今仍有人信为事实。但值得思考的是今存的《诗经》所包含的内容,基本上已出现于孔子以前。如《左传·襄公二十九年》载,吴国的公子季札聘鲁,请求观周乐,鲁国满足了他的要求,于是叫乐工演奏了《周南》、《召南》、《邶》、《鄘》、《卫》、《王》、《郑》、《齐》、《豳》、《秦》、《魏》、《唐》、《陈》等《国风》,然后是《小雅》、《大雅》和《颂》,这些名目都和今本《诗经》基本相同,只有《国风》部分次第略有出入,仅缺了《郐风》和《曹风》,但文中也提到"自《郐》以下无讥焉",说明这两部分在当时亦已存在,其内容和今本《诗经》几无差别。鲁襄公二十九年为公元前 544 年,当时孔子年仅八岁(孔子生于鲁襄公二十二年即公元前 551 年),显然当时鲁国的乐工不可能按照孔子删定的《诗经》来演奏。我们再看《左传》、《国语》所载列国诸侯、大夫们引《诗》及奏乐的事例,基本上都不出今本《诗经》的范围,其不见今本而被目为"逸诗"者甚少。如果在孔子以前,流行之《诗》真有三千篇,何以当时那些年辈长于孔子或与孔子同时的人,引《诗》时基本不出今本《诗经》三百零五篇的范围?这说明早在孔子以前,早已有三百篇左右的《诗》在各列国间普遍流行,其内容也大致和今本《诗经》相似,它即使与今本《诗经》有所差别,亦未必由于孔子的"删诗"。

据《论语》记孔子的言论中,曾两次提到"诗三百"。一次是《子路》中说的"诵诗三百,授之以政,不达;使于四方。不能专对;虽多,亦奚以为"。在这里提到"诵诗三百",可以作两种理解:一是泛指读了三百首诗;一是读了《诗三百》一书。如果从《左传》、《国语》等书所记列国诸侯、大夫赋《诗》大致不出今本《诗经》范围看,显然以后一种解释为妥。因为当时流行的《诗》若真有三千篇之多,那么"诵

《诗》三百"而用于外交的"专对",显然远远不够,而事实是春秋时列国的朝会聘享之际,赋《诗》之事虽多,但基本不出今本《诗经》范围,可见那时"诗三百"的概念已基本定型。至于另一条言论则云:"《诗》三百,一言以蔽之,曰:思无邪。"(见《为政》)从这段话看来,"诗三百"只能是一部人们久已熟知的书,而这部书显然就是当时的《诗经》。如果这部"《诗三百》"是孔子删定的,那么它包括哪些作品人们并不清楚(当时的书尚不能印刷出版,很难迅速流传),说它"思无邪"又怎能使人理解?再说"《诗》三百"既为孔子删定,那么在当时条件下最多只能在他几个弟子中流传,如何能让"使于四方"的人用以"专对"?试想《左传》中记列国宴享之际,有时人各诵诗一首,如《襄公二十六年》载,齐侯、郑伯为卫侯之故赴晋,"晋侯兼享之","晋侯赋《嘉乐》,国景子相齐侯,赋《蓼萧》,子展相郑伯,赋《缁衣》"。后来,"晋侯言卫侯之罪,使叔向告二君。国子赋《辔之柔矣》,子展赋《将仲子兮》"。次年,郑君宴请晋卿赵武,赵武要郑国七位大夫"赋诗",结果七人所赋之诗,赵武都很熟悉,并由此得知七人之志。这七人所赋之诗,正和上年三国宴享时一样,无一不在今本《诗经》三百零五篇之内。要是当时流行的《诗》真有三千篇之多,何以这两次列国君臣赋《诗》达十二首之多,却正好都为今本《诗经》所有?再说像赵武那样的政治人物,并非文学专家,恐难熟知三千篇《诗》,而敢于叫人赋《诗》观志了。看来孔子所说的"使于四方",而能"专对",就是指赵武那样熟知对方诵《诗》的内容而对答的人。这种人在当时为数甚多。他们之所以能做到这样,就是因为有一部相当固定的"《诗三百》"在,"使于四方"者都能熟知。由此可以推知《诗经》的基本内容当定型于孔子以前,只是当时不叫《诗经》,而叫"《诗三百》"。

再说先秦思想家引《诗》的,不止儒家一派,例如当时和儒家对立的墨家,也引用过《诗》和《书》,其内容有不少亦与今本《诗经》、《尚书》相同或类似。如今本《墨子》中引用《诗经》语很多,如:

《三辩》:"周成王因先王之乐,又自作乐,命曰《驺虞》。"(按:《驺虞》,今《国风·召南》篇名)

《尚贤中》:"《诗》曰:告女忧恤,诲女予爵,熟能执热,鲜不用濯。"(按:见《大雅·桑柔》)

《尚同中》:"是以先王之书《周颂》之道之曰:'载(王)见彼[辟]王,聿[曰]求厥章。'"(按:见《载见》,文字稍有出入)

《尚同中》:"《诗》曰:'我马维骆,六辔沃若,载驰载驱,周爰咨度。'"(按:见《小雅·皇皇者华》)

又曰:"我马维骐,六辔若丝,载驰载驱,周爰咨谋。"(同上)

《兼爱下》:"《大雅》之所道曰:'无言不仇,无德不报。'"(按:见《抑》)

《天志中》:"《皇矣》道之曰:'帝谓文王,予怀明德,不大声以色,不长夏以革,不识不知,顺帝之则。'"(按:《皇矣》,《大雅》篇名)

《天志下》:"于先王之书《大夏》之道之然。'帝谓文王,予怀明德,毋大声以色,毋长夏以革,不识不知,顺帝之则。'此诰文王以天志为法也。"(按:《大夏》",即《大雅》,上海博物馆藏楚竹简《孔子诗论》正作《大夏》)

《明鬼下》:"《周书大雅》有之。《大雅》曰:'文王在上,於昭于天,周虽旧邦,其命维新。有周不显,帝命不时,文王陟降,在帝左右。穆穆文王,令问不已。'"(按:见《大雅·文王》)

墨子和孔子是对立的两个学派的创始人,如果今本《诗经》真为孔子删定,墨子何以基本遵用,所引《诗》大致不出其范围?更足证"孔子删诗"之说不足信。

那么,产生于孔子之前的"《诗三百》"是否等于今本《诗经》呢?恐怕也未必如此。因为"诗三百"只是一个大致的数字,不一定限于三百篇,而今本《诗经》却是固定的三百零五篇。笔者认为产生于孔子之前的《诗三百》,其具体篇目虽与今本《诗经》出入不会太大,但其数量应稍多于今本《诗经》的三百零五篇。这是因为据《左传》等典籍所载当时人引用的《诗》,虽多为今本《诗经》所有,但确有少量的《诗》不见今本《诗经》,而被称为"逸诗"。据过去一些学者解释,所谓"逸诗"即孔子删《诗》时未加采择的《诗》,和《逸周书》之"逸"是同一意思。① 但事实却未必如此。因为有些《诗》,曾为孔子及其后学所引用并加称赞,似不当在孔子所选录的作品以外,如《论语·八佾》:

> 子夏问曰:"'巧笑倩兮,美目盼兮,素以为绚兮。'何谓也?"子曰:"绘事后素。"曰:"礼后乎?"子曰:"起予者商也,始可与言《诗》已矣。"

---

① 《逸周书》最初仅称"《周书》",《汉书·艺文志》:"《周书》七十一篇。周史记。"颜注云:"刘向云周时诰誓号令也,盖孔子所论百篇之余也。今之存者四十五篇矣。"此书称"《逸周书》"大约始于东汉,许慎《说文解字》就用此名。但《左传》中引用此书,仅称为"《书》"或"《周志》"。如《襄公十一年》载晋魏绛引"《书》曰'居安思危'",即见《逸周书·程典》;《文公二年》晋狼瞫曰:"《周志》有之:'勇则害上,不登于明堂。'"今见《逸周书·大匡解》。可见在先秦时代,本无《书》与"逸《书》"之别。近人岑仲勉先生在《两周文史论丛》中更提出《尚书·武成》未佚,即今《逸周书·世俘》之说,更可见孔子删《诗》、删《书》之说皆不足信。

这里卜商所引三句诗中,前二句虽亦见《卫风·硕人》,但"素以为绚兮"一句则为该诗所无,所以历来不少人认为是"逸《诗》"。但卜商是孔门高弟,历来相传孔子的《诗》学即他所传,他从此诗得到启发,并为孔子所称赞,可见孔子对此诗亦颇重视,似不应在被删之列。这是"逸诗"为孔子删削之篇的说法之一大疑点。又如《礼记·缁衣》云:

> 子曰:"长民者,衣服不贰,从容有常,以齐其民,则民德壹。《诗》云:'彼都人士,狐裘黄黄。其容不改,出言有章。行归于周,万民所望。'"

这几句诗,今见于《毛诗·小雅·都人士》,为该诗的首章,但西汉时流行的齐、鲁、韩"三家诗"均无这段文字。《左传·襄公十四年》评楚大夫子囊时,亦引用了"行归于周"二句。可见此诗在先秦时确有不少人见过。据《毛诗正义》卷十五云:"襄十四年《左传》引此二句,服虔曰:'逸诗也。'《都人士》首章有之。"《礼记注》亦言毛氏有之。三家则亡。今《韩诗》实无此首章。三家列于学官,《毛诗》不得立,故服以为逸。郑玄、服虔时"三家《诗》"俱在;孔颖达当时仅存《韩诗》,他们都见到了缺《都人士》首章的本子。那么所谓"逸诗",未必是被删之篇,而是汉初人在根据记忆缮写时遗漏的文字。因为《诗经》在秦焚书以后,据《汉书·艺文志》说,是根据熟读者的记忆来缮写的。但这些熟读《诗经》的人,也难免有所遗忘和误记。刘歆《移书让太常博士》说到当时情况云:

> 至孝武皇帝,然后邹鲁梁赵颇有《诗》、《礼》、《春秋》先师,

皆出于建元之间。当此之时,一人不能独尽其经,或为《雅》,或为《颂》,相合而成。

这种互相拼凑而成的本子,难免有少数遗漏的篇章。但汉代的"今文经学"家有个习气,就是死不承认自己所传之"经"是残缺的。为此他们编造了《尚书》二十八篇配合天上的"二十八宿"(见《史记·儒林列传》、《索隐》引孔臧《与孔安国书》)、《春秋》绝笔于哀公十四年"获麟"(其实左氏古文经至哀公十六年"孔丘卒"止)等种种神话,自然不肯承认有三百零五篇以外的《诗》存在。因此凡出现了这种《诗》,就一律称之为被孔子删去的"逸诗"。其实像《礼记·缁衣》所引《都人士》首章之例,恐怕还有不少。例如:《左传·僖公二十三年》和《国语·晋语四》都记载晋文公在返国前见秦穆公,曾赋《河水》一诗。这首诗不见于今本《诗经》,因此吴韦昭作《国语解》,曾疑为《沔水》(《小雅》篇名)。但《左传》亦作《河水》,不当二书同误。尤其值得注意的是最近上海古籍出版社出版了上海博物馆所藏的战国楚竹书,其中有一部分被人们称为"《孔子诗论》",凡二十九简,其中第二十九简有"《河水》智"一语。可见《河水》确为《诗三百》中的一篇,而今本《诗经》不载,当亦系脱漏。楚竹书《孔子诗论》的作者虽难确考①,但为战国中期以前儒者的著作则无疑问。这支竹简同时提到了《涉秦(溱)》,当指《郑风·褰裳》(诗中有"褰裳涉溱"之句),无疑是论诗。因此可见这里的《河水》亦即晋文公所赋的《河水》。又《左传·僖公十年》载秦公孙枝说:"臣闻之'惟则定国'。"据清洪亮吉《左传诂》卷七引《吕氏春秋·权勋》赤章曼枝语,以为是

---

① 据《齐鲁学刊》2002年第四期杨春梅先生《上博竹书〈诗论〉与〈诗经〉学的几个问题》一文统计,目前存在子夏、子羔二说,但均属推测。

"逸诗"。《襄公五年》引《诗》:"周道挺挺,我心扃扃,讲事不令,集人来定。"此诗不见今本《诗经》。《襄公二十八年》载,鲁叔孙穆子供应齐亡臣庆封饭食,庆封不敬,"使工为之诵《茅鸱》,亦不知"。杜注:"《茅鸱》,逸诗。"《昭公四年》载郑子产引《诗》:"礼义不愆,何恤人之言。"杜注:"逸诗。"洪亮吉《左传诂》卷十五云:"《荀卿子》载是《诗》曰:'长夜漫兮,永思骞兮。大古之不慢兮,礼义之不愆兮,何恤人之言兮。'"(按:洪氏所引见《荀子·正名》) 又同书《天论》亦有"礼义之不愆,何恤人之言"二句。《昭公二十六年》载,齐晏婴引《诗》:"我无所监,夏后及商。用乱之故,民卒流亡。"杜注:"逸《诗》也。"《定公元年》载晋女叔宽引《诗》:"天之所坏,不可支也。"《左传诂》卷十九引梁履绳说,认为即《国语·周语》所载的"逸诗"。按:《国语·周语下》载卫彪傒见单穆公说:"苌(弘)、刘(文公)其不殁乎!《周诗》有之曰:'天之所支,不可坏也。其所坏,亦不可支也。'昔武王克殷而作此《诗》也,以为饫歌,名之曰《支》。"从此《诗》内容及彪傒的陈述看来,孔子似不会对此诗作删削。此外如《左传·昭公十二年》楚子革所引祭公谋父所作的"《祈招》之诗"、《墨子·所染》所引"必择所堪,必谨所堪"二句等亦不见《诗经》。可见先秦人所见的《诗三百》当不止三百零五篇。不过,《诗三百》本来是取个整数,并非精确统计。(正如现今的《唐诗三百首》,其实不止三百首,大抵当时的《诗三百》的篇数虽不可确考,但数量显然要多于今本《诗经》)。

二、关于《毛诗》与"三家诗"论"美"、"刺"

汉代传授《诗经》的学者据《汉书·艺文志》所载,凡齐、鲁、韩、毛四家,其中《毛诗》未被列入学官,只在民间传授,因此比较流行的仅齐、鲁、韩三家。① 但到了三国以后,《毛诗》独盛,《齐诗》失传最早,《鲁诗》亦亡于西晋末,《韩诗》虽至唐代犹存,但无传者,亦终归散佚。所以后来习《诗经》者皆学《毛诗》。宋元以后,虽有不少人对《毛诗》尤其《诗序》提出非议,但在训诂方面,大抵仍以《毛诗》为依据。只是到了清中叶以后,才又有人重新注意起"三家诗"的遗说来,但它们散佚已久,即使有些佚文、遗说见于他书征引或转述,亦难窥其全貌。在这方面,清末王先谦的《诗三家义集疏》收集的资料较为完备,亦较少门户之见,故流传较广,影响较大。但该书亦有较大的缺陷。这些缺陷是和他的前辈陈寿祺、魏源等人关于"三家诗"的著述类似的。因为"三家《诗》"的主要著作如《汉书·艺文志》所著录的《鲁故》、《鲁说》、《齐后氏故》、《齐孙氏故》、《韩故》、《韩说》等隋唐之际大多散佚。《隋书·经籍志》仅存《韩诗》二十二卷,题"汉常山太傅韩婴,薛氏章句"。《新唐书·艺文志》同,但《旧唐书·经籍志》作二十卷;《宋史·艺文志》则已不见著录,仅有现存的《韩诗外传》十卷。宋代以后的情况大致与此相同。在这种条件下,要搜辑"三家《诗》"遗说实极困难。于是不得不到《汉书》、《后汉书》以及魏晋以前人著述及文章中去辑录一些人对《诗经》的解释,然后根据有关史料,判断某人所持为某家说。如王先谦认为司马迁、刘向、王充和蔡邕习《鲁诗》,桓宽、匡衡和班固习《齐诗》,曹植习《韩诗》等等。于是《史记》及刘向所编的《列女传》等书及相传为蔡邕所作的《琴操》中凡论及《诗经》,均为《鲁诗》说;《盐铁论》、《汉书》中论及

---

① 除了这三家和《毛诗》以外,近年安徽阜阳出土的汉简《诗经》,据胡平生先生《阜阳汉简诗经研究》中说,不属于四家中的任何一家,可见当时民间尚有其他学派存在。

《诗经》则为《齐诗》说;曹植作品中关于《诗经》的论点则为《韩诗》说。但这种做法未必很妥善。因为这些人物是否专习某一学派的《诗》学颇可商榷。例如题为刘向所撰之书,大部为他编纂前人零星文字而成,如《战国策》、《说苑》、《新序》等都是这样,《列女传》当亦非例外。这些著作既非出于一人之手,其论《诗》之语自未必属于同一学派。桓宽之作品有一部《盐铁论》,但《盐铁论》本是记汉昭帝始元六年(前81)桑弘羊和一些号为"贤良"、"文学"的儒生争论一些政策的事。这时双方都曾引用《诗经》中的话。桑弘羊并非儒家,他论《诗》之语该归哪一学派,自难得知;"贤良"、"文学"共有"六十余人"之多,他们来自各地,完全可能分属齐鲁韩毛中的任何一家,而王先谦因桓宽学《齐诗》就一概以《齐诗》目之,显然不妥。王先谦认为班固习《齐诗》,主要因为他祖上班壹习《齐诗》。但子孙治学未必全出祖传,例如刘向治《春秋》宗《穀梁传》,而其子刘歆则治《左传》。我们再看《汉书·艺文志》说到"三家《诗》"时,认为它们"或取《春秋》,采杂说,咸非其本义。与不得已,鲁最为近之"。这段话我们也许可以说是采自刘歆《七略》,然而班固如有不同意见,完全可以摒弃不取。又如王先谦以《琴操》为蔡邕作,因此把《琴操》中有关《诗经》的论述皆视为《鲁诗》说,亦颇牵强。因为《琴操》的作者是否蔡邕,本来大可怀疑。至于曹植本为文人而非经学家,其使用典故,亦未必严格遵奉一家之说。

尽管王先谦等人所使用的方法不很妥当,但他们毕竟从汉人著述中辑出了不少不同于《毛诗》的说法。这些说法虽有时难于确指为何家之说,但为"三家《诗》"说则大致不误。从这些说法看来,"三家《诗》"不同于《毛诗》处,似主要在少数几首诗的篇义,但这样的例子似乎不多,所以王先谦对不少《诗》并不能找出不同于《毛诗》的说法,只能在引用《毛诗序》后断言:"三家无异义。"从这种情况看来,

"三家《诗》"与《毛诗》对《诗经》中不少作品的解释似无重大分歧。不过也有一些诗,似乎二者的意见正好相反,那就是所谓的"美"和"刺"的问题。关于所谓"美"和"刺",汉代各派儒者谈得很多,但从《论语》等典籍中看来,孔子及其门徒似很少论及。上海博物馆所藏战国楚竹书《孔子诗论》中则似稍见端倪。如第八简论《十月之交》、《雨无正》、《节南山》等诗已包含"刺"意;第十二、二十二、二十三和二十四简论《关雎》、《樛木》、《文王》、《鹿鸣》、《兔罝》、《甘棠》诸篇亦含"美"意。在这方面,《孔子诗论》似与《毛诗》相近而与所谓"三家《诗》"颇不同。如《孔子诗论》第十一简说到"《关雎》之怡",十二简说到"反内(纳)于礼,不亦能怡乎",十四简更说"琴瑟之怡"、"钟鼓之乐",显然认为《关雎》为颂美之作。这和《毛诗序》所谓"乐得淑女以配君子,忧在进贤,不淫其色。哀窈窕,思贤才,而无伤善之心焉"等语基本一致。但"三家《诗》"的解释据云颇为不同。王先谦引《列女传》、《论衡》中讲到《关雎》,皆以为"刺诗",因此断言《鲁诗》以《关雎》为"刺"诗。他又引《汉书·匡衡传》、《后汉书·明帝纪》注引《韩诗薛君章句》,亦以《关雎》为"刺诗"。这样看来,"三家《诗》"似乎与《孔子诗论》及《毛诗序》正好相反。关于《小雅·鹿鸣》,据《孔子诗论》说:"《鹿鸣》以乐词而会,以道交,见善而傚,终乎不厌人。"《毛诗序》云:"《鹿鸣》,燕群臣嘉宾也,既饮食之,又实币帛筐篚以将其厚意,然后忠臣嘉宾得尽其心矣。"但据说《鲁诗》之说与此相反。其根据是《史记·十二诸侯年表》中有"仁义陵迟,《鹿鸣》刺焉"的话,《潜夫论·班禄》中亦有"忽养贤而《鹿鸣》思"的话,《琴操》更认为《鹿鸣》乃刺周道陵迟,君主留心声色,不能厚养贤者,而造成贤士幽隐的诗。不过王先谦又认为齐、韩二家说是同于《毛诗》而异于《鲁诗》的。

根据上述的情况,我们是否可以说"三家《诗》"之说常常与先秦儒者不同,只有《毛诗》较近先秦旧说呢?笔者认为很值得研究。因为从先秦典籍中所载当时演奏这些《诗》的场合看,似绝非用于讥刺。如《仪礼·乡饮酒礼》载,古代士人在举行"乡饮酒礼"时,除歌唱《小雅·鹿鸣》、演奏笙诗《南陔》等外:

> 乃合乐。《周南》:《关雎》、《葛覃》、《卷耳》;《召南》:《鹊巢》、《采蘩》、《采𬞟》。工告于乐正曰:"正歌备。"乐正告于宾,乃降。

同样地,《仪礼·乡射礼》、《仪礼·燕礼》等也有同样的文字,说明当时人举行重大典礼时,都要演奏《关雎》,如果《关雎》真如《列女传》等书所说为"刺诗",那么在这种场合显然是不宜演唱的。尤其像《齐诗》,据《汉书·艺文志》和《儒林传》,本和《仪礼》同出于辕固生的传人后苍。后苍显然熟知《仪礼》中多次提到的话,不可能说《关雎》为"刺诗"。即使《鲁诗》,恐亦未必主张此诗为"刺"。因为据王先谦等人说,司马迁治《鲁诗》,而《史记·外戚世家》中有"《诗》始《关雎》,《书》美釐降"之语,以《关雎》与尧嫁二女于舜并提,岂有刺意?又如《韩诗外传》卷五中有一段话:

> 子夏问曰:"《关雎》何以为《国风》始也?"孔子曰:"《关雎》至矣乎!夫《关雎》之人,仰则天,俯则地,幽幽冥冥,德之所藏,纷纷沸沸,道之所行。如神龙变化,斐斐文章。大哉《关雎》之道也,万物之所系,群生之所悬命也。河洛出书图,麟凤翔乎郊,不由《关雎》之道,则《关雎》之事将奚由至矣哉。夫'六经'之策,皆归论汲汲,盖取之乎《关雎》,《关雎》之事大矣哉。冯冯翊翊,自东自西,自南自北,无思不服。子其勉强之,思服之。天地之

间,生民之属,王道之原,不外此矣。"子夏喟然叹曰:"大哉《关雎》,乃天地之基也。"《诗》曰:"钟鼓乐之。"

这段文字虽有些地方可能有脱误,但主旨还是清楚的,至少说明《韩诗》的代表人物并不认为《关雎》是"刺诗"。

《鹿鸣》的情况也是这样,在先秦典籍中讲到演奏《鹿鸣》之处很多。和《关雎》一样,《仪礼》中的《乡饮酒礼》,也提到"工歌《鹿鸣》、《四牡》、《皇皇者华》"。《燕礼》和《大射礼》也有同样或类似的记载。《礼记·学记》则云:"《宵雅》肄三,官其始也。"《宵雅》即《小雅》,"三"指《鹿鸣》、《四牡》和《皇皇者华》三诗。这三首诗从先秦时就常常放一起演奏。《左传·襄公四年》载鲁叔孙豹聘晋,"晋侯享之","歌《鹿鸣》之三,三拜"。"《鹿鸣》之三"亦即这三首,据叔孙豹说:"《鹿鸣》,君所以嘉寡君也,敢不拜嘉。"更可证其非刺诗。所以早在东汉时代就有人对《鹿鸣》为"刺诗"之说表示怀疑。如高诱在《淮南子·诠言》注中说:"乡饮酒之乐,歌《鹿鸣》。《鹿鸣》之作,君有酒肴,不召其臣,臣怨而刺上者。非也。"王先谦注意到了高诱此语,认为"是虽用鲁说而意以怨刺为不然"。高诱乃东汉人,当时《鲁诗》未亡,他用《鲁说》,自然完全可能,但他这话究竟是针对《鲁诗》本来的说法还是针对像《史记·十二诸侯年表》、《潜夫论·班禄篇》所引申发挥之说,则尚可研究。至少在西汉时代人们对《鹿鸣》的理解也未必都认为是"刺诗"。如《盐铁论·刺复》中记载,在那次儒生和官员的争论中,儒生方面批评朝廷:"今当世在位者既无燕昭之下士,《鹿鸣》之乐贤",而朝廷一方的御史也讥笑那些儒生"殆非龙蛇之才,而《鹿鸣》之所乐贤也"。双方的争论虽针锋相对,但对《鹿鸣》一诗,都不作"刺诗"而作颂美之辞来理解。

"三家诗"和《毛诗》学派虽不同,但均为儒家,对先秦儒者论

《诗》之作如《孔子诗论》一类著作的论点应该都有所理解,为什么在颂美和讥刺问题上看法会如此相反?这恐怕和儒家对待《诗》的态度有关。因为先秦的列国君臣和士人引《诗》,往往是断章取义,只是借用某几句话表达自己的想法,并不顾及全篇。所以《左传·襄公十四年》载,晋国纠合鲁国等伐秦,鲁叔孙豹"赋《匏有苦叶》",仅取其"深则厉,浅则揭"二句,表示愿渡河追击秦兵;《昭公元年》载郑国子皮对晋国赵武"赋《野有死麇》之卒章",表示担心别国侵犯,赵武"赋《常棣》,且曰:'吾兄弟比以安,尨(máng,多毛的犬)也可使无吠'"。这里的《匏有苦叶》和《野有死麇》本皆情歌,与他们赋诗用意无涉。儒家引《诗》亦如此。孔子、孟子引《诗》都有这情况。如《论语·八佾》载孔子对子夏论《诗》"素以为绚兮"一句,就引申出"礼后"(礼必须以忠信为基础)的结论,已显出过于牵强;《孟子·滕文公上》引《鲁颂·閟宫》中"戎狄是膺,荆舒是惩"二句,却归之周公,则连宋代的朱熹也说他"断章取义"。汉代儒者引《诗》,有时任意性更大。如《唐风·山有枢》一诗,《毛诗》和"三家诗"的说法虽不全同,而讥刺晋君的"有财不能用,有钟鼓不能以自乐"一点却无二致。但《韩诗外传》卷二却引用其中"子有衣裳,弗曳弗娄;子有车马,弗驰弗驱"四句批评孔子弟子巫马期劳力治单父的行为,与全篇宗旨相去甚远。可见当时儒者引《诗》,本只求断章取义,为己所用,至于全篇本义并不注意。在这里,我们不妨引两个例子来说明这问题。如《左传·成公十二年》载晋郤至答楚子反的话说:

之治也,诸侯间于天子之事,则相朝也,于是乎有宴享之礼,享以训共俭。宴以示慈惠,共俭以行礼,而慈惠以布政。政以礼成,民是以息,百官承事,朝而不夕,此公侯所以捍城其民也。故《诗》曰:"赳赳武夫,公侯干城。"及其乱也,诸侯贪冒,侵欲不忌，争寻常以尽其民，略其武夫以为己腹心股肱爪牙。故《诗》曰："赳赳武夫，公侯腹心。"天下有道，则公侯能为民干城，而制其腹心。乱则反之。

这样，同一首《兔罝》就既可以是盛世的颂美之辞，也可以是乱世的讥刺之作。后来《孔子诗论》和《毛诗序》皆以此诗为颂美，而《盐铁论·备胡》中"贤良"引《诗》则又以为刺。

又如《召南·甘棠》，从《孔子诗论》到《毛诗序》均以为是颂美之诗，据王先谦所辑鲁、齐二家说亦无异议。但《韩诗外传》卷一说到此诗时说：

昔者周道之盛，邵伯在朝，有司请营邵以居。邵伯曰："嗟！以吾一身而劳百姓，此非吾先君文王之志也。"于是出而就蒸庶于阡陌陇亩之间而听断焉。邵伯暴处远野，庐于树下，百姓大悦。耕桑者倍力以劝，于是岁大稔，民给家足。其后在位者骄奢，不恤元元，税赋繁数，百姓困乏，耕桑失时。于是诗人见召伯之所休息树下，美而歌之曰："蔽芾甘棠，勿翦勿伐，召伯所茇。"此之谓也。

从这段话看来，像《甘棠》这样的颂美之诗，亦可反过来用作讥刺后来那些"骄奢"的"在位者"。这本来也好理解，当人们看到丑恶的现象时，怀念起美好的往事，自然也是一种批判和抗议。所以引用一首颂美之诗，有时确可以是对当时现实的讥刺。如《小雅·鱼藻》，当为颂美周王之辞。而《毛诗序》则以为是西周衰乱以后，诗人思念周武王之作，这样也就解释成"刺诗"。《隋书·薛道衡传》记他作《高祖文皇帝颂》，本意在歌颂隋文帝，但隋炀帝见后，"顾谓苏威曰：'道衡致美先朝,此《鱼藻》之义也'"。这就是说意在讥刺炀帝,后来竟置薛于死地。可见颂美与讥刺之间,本无绝对的界线。汉代儒者本善于利用《诗经》向统治者进谏。《汉书·儒林·王式传》载《鲁诗》传人王式曾为昌邑王刘贺之师,刘贺被废后,属官都被治罪,据云:

> 式系狱当死,治事使者责问曰:"师何以亡谏书?"式对曰:"臣以《诗》三百五篇朝夕授王,至于忠臣孝子之篇。未尝不为王反复诵之也,至于危亡失道之君,未尝不流涕为王深陈之也。臣以三百五篇谏,是以亡谏书。"使者以闻,亦得以减死论,归家不教授。

这种"以《诗》三百五篇谏",显然要针对具体的事情。值得注意的是被后人视为持《鲁诗》说的杜钦和《齐诗》说的匡衡,其生活时代正好都在汉成帝时代,而汉成帝之宠赵飞燕姊妹又为大家所熟知。我们试看《汉书·杜钦传》,杜钦上书本为谏成帝好色。《汉书》原文云:"自上为太子时,以好色闻,及即位,皇太后诏采良家女。"杜钦因此通过大将军王凤进谏,不被采纳,所以重新上书王凤说到"后妃之制,夭寿治乱存亡之端也。迹三代之季世,览(殷高)宗(周)宣(王)之飨国,察近属之符验,祸败曷常不由女德?是以佩玉晏鸣,《关雎》叹之,知好色之伐性短年,离制度之生无厌,天下将蒙化,陵夷而成俗也。故咏淑女,几以配上,忠孝之笃,仁厚之作也"。从这段话看来,杜钦对《关雎》的理解,其实与《毛诗序》之"乐得淑女以配君子"之说很相近,不过他在这里想借此规劝汉成帝,故说得近于"刺"。再看《汉书·匡衡传》,匡衡上疏也是由于"成帝即位,衡上疏戒妃匹,劝经学威仪之则"。他说:"臣又闻之师曰:'妃匹之际,生民之始,万福之原。'婚姻之礼正,然后品物遂而天命全。孔子论《诗》以《关雎》为始,言太上者民之父母,后夫人之行不侔乎天地,则无以奉神灵之统而理万物之宜。故《诗》曰:'窈窕淑女,君子好逑。'言能致其贞淑,不贰其操,情欲之感无介乎容仪,宴私之意不形乎动静,夫然后可以配至尊而为宗庙主。此纲纪之首,王教之端也,自上世来,三代兴废,未有不由此者也。"从这段话看来,匡衡对《关雎》的理解也与《毛诗序》及杜钦无甚区别。看来根据杜钦、匡衡二人的话,似难得出他们和齐、鲁二家认为《关雎》本身乃"刺诗"的结论。我们再看《盐铁论·执务》载"贤良"的话说:

《诗》云:"求之不得,寤寐思服。"有求如《关雎》,好德如《河广》,何不济不得之有?

在《盐铁论》所记录的言论中,人们所引的《诗》,大约是"三家诗",因为《毛诗》尚未列学官,不流行。再说这位"贤良"所引的《诗》还有《河广》,而《毛诗》对《河广》的解释与此不同,更可证明其所用为"三家诗"。从这段话看来,也是求淑女以配君子之意,与《毛诗序》类似。这更可以作为"三家诗"本意并不以《关雎》为"刺诗"的一个佐证。

关于《鹿鸣》,据王先谦说,齐、韩二家也认为它不是"刺诗",与《毛诗》同。至于《鲁诗》是否认为《鹿鸣》是"刺诗",也可怀疑。因为前面引高诱《淮南子注》的话,已说明治《鲁诗》未必认定《鹿鸣》是"刺诗"。王先谦所以认为《鲁诗》以《鹿鸣》为"刺诗",主要根据《史记·十二诸侯年表》及《潜夫论·班禄》中的两段话。但司马迁显然读过《左传》和《仪礼》,不可能不知道叔孙豹论《鹿鸣》之语,也不可能不知《乡饮酒》、《燕礼》和《大射礼》都有奏《鹿鸣》的事实。再说《鹿鸣》一诗的内容与"仁义陵迟"实难联系。因此司马迁此论究竟是用《鲁诗》说，还是借题发挥吐露他对汉武帝不重视贤才的不满，尚可研究。《潜夫论·班禄》中所说的"其后忽养贤而《鹿鸣》思"一语，确与《毛诗序》不同。所以清人汪继培《笺》云："此后所述《诗》义，皆与《毛传》异，盖本三家之说。"陈乔枞《鲁诗遗说考》则以为本于《鲁诗》。《鲁诗》原文不可复见，但王符所谓"《鹿鸣》思"似不等于"《鹿鸣》作"。"思"字有时可作演奏解。《文选》虞子阳《咏霍将军北伐》："胡笳关下思，羌笛陇头鸣。""思"似与"鸣"义相类，则似是诵《鹿鸣》以刺之意，与前面谈到的《左传·成公十二年》郤至语及《韩诗外传》卷一情况类似。王符对东汉中叶以后朝廷不用贤才的情况颇为不满，这在《潜夫论》的《思贤》、《本政》、《潜叹》、《实贡》、《班禄》诸篇中均有反映。那么"忽养贤而《鹿鸣》思"一语，亦未必足证《鲁诗》以此为"刺诗"。

从上述一些例子看来，《毛诗》与"三家诗"对篇义的解释虽有时不同，但所谓"美"、"刺"之别却常常是出于引用者的着眼点不同，而非"三家诗"本意与《毛诗》有别。因为不论"三家诗"还是《毛诗》显然都发源于先秦儒家的《诗》学，而像《左传》中所记列国人士论诗的话以至《孔子诗论》这样的先秦著作（在当时这种著作恐不止一篇），对它们显然都会有或多或少的影响。

三、关于一些《诗》的出现时代

《毛诗序》把一些《诗》说成周文王时代的作品，这的确值得怀疑，如《小雅·采薇》即其一例。关于此诗，"三家诗"的说法与《毛诗》确有不同。如《白虎通》卷五《三军·论师不逾时》云："古者师出不逾时者，为怨思也。天道一时生，一时养。人者，天之贵物也，逾时则内有怨女,外有旷夫,《诗》云:'昔我往矣,杨柳依依;今我来思,雨雪霏霏。'"清陈立《疏证》引了《汉书·匈奴传》中"懿王时,王室遂衰,戎狄交侵,暴虐中国。中国被其苦,诗人始作,疾而歌之曰:'靡室靡家,猃之故。''岂不日戒,猃狁孔棘'"的话,又引颜师古注:"此《采薇》之诗也。"他说:"然则'三家《诗》'以《采薇》为懿王时诗,故引以证逾时怨思也。"他这些话只指出"三家《诗》"有懿王时的说法,却不具体指出是哪一家,比较审慎。王先谦则引证《史记·周本纪》中"懿王之时,王室遂衰,诗人作刺"诸语把《白虎通》的话指为《鲁诗》说;又引《汉书·匈奴传》语以为《齐诗》说;并断言:《韩诗》大肯当同。他因此指责《毛诗》立异,"可谓谬矣"。其实王先谦忽视了一个事实,即《白虎通》和《汉书》皆出班固之手,而把《白虎通》之说归于《鲁诗》,《汉书》归于《齐诗》就值得怀疑。再说《史记·周本纪》的话只讲到"诗人作刺",未言作《采薇》,很难说这是司马迁或《鲁诗》对《采薇》的看法。至于王先谦把《汉书·匈奴传》的话判定为《齐诗》说,似亦有疑问。因为据陈乔枞、王先谦说,《焦氏易林》亦属《齐诗》学派①。而王先谦引《易林·睽之小过》云:"《采薇》、《出车》、《鱼丽》思初。上下促急,君子怀忧。"这里把《采薇》、《出车》和《鱼丽》并列,显然以为是同时之作。但《出车》一诗提到了"南仲"的名字,南仲为周宣王时人。此诗还提到"猃狁于夷",诗中又有"昔我往矣"、"今我来思"等句法,与《采薇》类似,当同为周宣王时作品。周宣王为懿王曾孙,据《史记·周本纪》,懿王死后历孝王、夷王然后至宣王之父厉王。而厉王在位至少三十七年,再加"共和"十四年,则宣王距懿王至少六七十年,可见《易林》与《汉书》并不一致。王先谦也看到了这问题,所以在《出车》的《集疏》中说:"《易林·睽之小过》、

---

① 其实《易林》究竟是焦延寿作还是崔篆作,尚有争论,难于确定。

《咸之涣》皆有'采薇出车'之文,谓以采薇之时出戎车,非指《出车》诗篇也。"这显然难于令人信服,因为《采薇》、《出车》和《鱼丽》乃三首诗名,如"采薇"、"出车"不作篇名解,那么《鱼丽》又怎样解释?总不能释为《左传·桓公五年》所谓"鱼丽之阵"吧!那么《采薇》自应与《出车》、《六月》同为宣王时《诗》。① 可见"三家《诗》"对《采薇》产生的年代已有懿王、宣王二说,并不一致。至于《韩诗》对《采薇》、《出车》作何解释,王先谦未举出具体材料,仅猜测其与齐、鲁二家相同。但从今存汉人著述看来,各家颇不一致,即使同被视为《齐诗》说的《汉书》与《易林》亦有不同,究竟孰为鲁说,孰为齐说,亦难确考,更难据此谓《韩诗》必同于二家了。

至于《毛诗》为什么把《采薇》归结为文王时诗,恐亦非故意与"三家"立异,而是从先秦以来一些儒家人物说《诗》,往往不看重其产生时代,而常常强之适于自己的论点,例如前面提到的孟子把《鲁颂·閟宫》作为周公时诗,就是一例。这种做法不仅影响《毛诗》,也影响了《韩诗》,请看《韩诗外传》卷五云:

> 天降时雨,山川出云。《诗》曰:"崧高维岳,峻极于天。维岳降神,生甫及申。维申及甫,维周之翰。四国于藩,四方于宣。"此文武之德也。三代之王也,必先其令名。《诗》曰:"明明天子,令闻不已。矢其文德,洽此四国。"此文王之德也。

---

① 《易林》中"《鱼丽》思初"一语,颇可注意。此《诗》毛《序》云:"《鱼丽》,美万物盛多,能备礼也。文武以《天保》以上治内,《采薇》以下治外,始于忧勤,终于逸乐。故美万物盛多,可以告于神明矣。"可见《易林》作者把《鱼丽》理解成因衰乱而思古代盛世之作。他虽不像《毛诗序》那样以《采薇》为文王时诗,但认为《采薇》、《出车》和《鱼丽》应联系起来解释则与《毛序》相一致。

《崧高》本周宣王时诗,这是历来公认的,尤其申伯乃宣王名臣,诗的作者尹吉甫亦宣王时大臣。而谓此《诗》乃"文武之德",已属甚谬,但还能勉强说是文王、武王积功累德而至宣王时受报。至于"明明天子"四句,本是《大雅·江汉》中召虎称颂宣王之辞,十分具体明确,竟也被称为"文王之德",真是"匪夷所思"了。平心而论,有些《诗》的作者和时代,大约早在孔子出生之前,就有不同说法。如《周颂·时迈》,西周穆王时的祭公谋父以为周公作(见《国语·周语上》),而春秋时楚庄王则以为武王作(见《左传·宣公十二年》);《左传·僖公二十四年》记富辰论《小雅·常棣》为厉王时召穆公(虎)作,而《国语·周语》中,记同一富辰语则谓周公作。但像孟子引《鲁颂》,则更似"断章取义"。《毛诗》和《韩诗》也可能是过于崇信古人,误从先秦某些人的错误说法,也是很可能的。

论《毛诗序》对几首诗的解释

近几十年来，人们谈到《毛诗序》，总是指责其牵强比附于历史人物和事件，的确，《毛诗序》在有些诗的解释方面是有这毛病。但这个问题似亦需具体分析。

例如《王风·扬之水》一首，《小序》云："《扬之水》，刺平王也，不抚其民而远屯戍于母家，周人怨思焉。"宋朱熹作《诗集传》，袭用《毛诗》之说，大骂周平王，认为申侯是周朝的仇人，不应去保护而应加讨伐。现代注家大抵不太强调"刺平王"的意思，而强调对戍役不均，或者对久戍不归的怨恨，这样理解诗义，笔者完全同意，但"刺平王"一语，似不可忽视。对周平王派兵去戍守申、甫(吕)和许三国的道德评价，可置勿论，然而此诗为平王时诗，似近于事实。因为这关系到楚国兴起这一重大事件。我们知道，楚在周初只是一个小国，正如《左传·昭公十二年》载楚大夫子革所说，当时楚君熊绎，还"辟在荆山，筚路蓝缕，以处草莽，跋涉山林，以事天子"，楚对周朝还不能构成威胁。但后来就不同了。《史记·楚世家》载，熊绎后人熊渠当周夷王时，兴兵伐庸、杨粤，至于鄂，并自称为王。后来畏周厉王之虐，去其王号。到周宣王时，周朝虽号称中兴，但与楚国的矛盾仍很尖锐。《诗经·大雅·江汉》中说到"江汉之浒，王命召虎，式辟四方，彻我疆土。……于疆于理,至于南海",显然包括了对楚的战争。《小雅·采芑》则明确地说到"蠢尔蛮荆,大邦为仇","薄伐猃狁,蛮荆来威",说明周楚之间并非和平相处。这时周朝民众对征戍不无怨恨。如《小雅·四月》提到"滔滔江汉,南国之纪",似亦为这些战争中出征军人怨苦之辞。从《采芑》看来,周宣王对楚的战争虽取得了一些胜利,但并未解除楚国对周朝的威胁。为此,周宣王对楚国可谓严密设防。他特地派他的亲信大臣到南方去镇守,《大雅·崧高》就是当时大臣尹吉甫为申伯送行之作。诗的第一章就说到"维岳降神,生甫及申;维申及甫,维周之翰(《尔雅·释诂》:'翰,干也。'即国之栋梁)。"诗中说到"亹亹申伯,王缵之事。于邑于谢,南国是式。王命召伯,定申伯之宅。登是南邦,世执其功"。又说:"王命申伯,式是南邦;因是谢人,以作尔庸(同"墉",城墙),"又说:"往近王舅,南土是保。"这"谢"地在今河南南阳市南,正在楚国附近,目的显然在防备楚人北进。这在周人看来是一大盛事。《小雅·黍苗》也称颂之曰:"肃肃谢功,召伯营之;烈烈征师,召伯成之。"至于"甫",即甫侯,亦称"吕侯"。《尚书·吕刑》亦称"甫刑"(如《孝经·天子章》、《史记·周本纪》等),《集解》引郑玄曰:"《书说》云:'周穆王以甫侯为相。'"可见周宣王时对楚的防御颇为重视。但申、甫诸国如果失去周天子的后盾,根本无力抗拒楚国。周平王后期,正是楚武王熊通扩张其势力之际,申、甫抗不住楚国,要求周王派兵助守,所以《扬之水》有"不与我戍申"、"不与我戍甫"的话。当时对周朝来说,"戍申"、"戍甫"实在势不可免。据《左传》记载,到桓公二年,亦即周平王死后的十年,就有"蔡侯、郑伯会于邓,始惧楚也"之事;而在此前两年,郑庄公在告诫许大夫百里时说:"无滋他族,实逼处此,以与我郑国争此土也。"亦可以推测这"他族"乃指楚国。所以这首《扬之水》实为当时楚国日益强大的佐证,《毛诗序》所谓"刺平王也"的话,还是值得重视的,尽管它指责平王不当"戍申"未必妥当。

又如《邶风》中的《式微》和《旄丘》二诗。《小序》云:"《式微》,黎侯寓于卫,其臣劝以归也。""《旄丘》,责卫伯也,狄人迫逐黎侯,黎侯寓于卫。卫不能修方伯连率之职,黎之臣子以责于卫也"。朱熹在《诗集传》中称《毛序》之说为"旧说",加以复述而不立新说,似较审慎。现代学者多以为从诗中看不出与"黎侯"失国有关,所以常另立新说。不过,这样立论,似亦难令人心服。因为用诗来吐露作者对某一事的不满,有时亦未必都需要大声疾呼,也有较为隐晦的。如《邶风·新台》,如果我们不读《左传》,也只能理解作一个女子嫁了个老头,不一定会知道刺卫宣公及宣姜之事;《水经注·河水》所载杨泉《物理论》引秦筑长城时百姓怨苦的民歌:"生男慎勿举"一首,虽点到了"长城",但长城两边本古时战争频繁之地,那么"不见长城下"二句亦可视为一般反战之作,不必视为秦代筑长城时之歌。① 对《式微》、《旄丘》,笔者颇疑《小序》之说不误。因为黎国确为殷周间一个诸侯国,其地在今山西黎城东北,其君主据《风俗通》及《元和姓纂》为九黎之后,而《通志·氏族略》则以为子姓国,盖据《史记·殷本纪赞》谓殷之后裔有"北殷氏"。《索隐》:"《系本》作髦氏,又有时氏、萧氏、黎氏。然北殷氏盖秦宁公所伐亳主,汤之后也。"按:《史记·殷本纪》:"及西伯伐饥国,灭之。"《集解》引徐广曰:"饥,一作'阢',又作'耆'。"同书《周本纪》记文王"败耆国"。"殷之祖伊闻之惧,以告帝纣。"《集解》:"徐广曰:'一作阢。'"《正义》:"即黎国也。"其事当即《尚书·西伯戡黎》之事。"饥"当即"饑",《左传·定公四年》载,卫国的祝佗(子鱼)说到,周成王封卫康叔以"殷民七族",其中有"饑

---

① 释诗自不宜穿凿,但确有言在此而意在彼者。如陶渊明《述酒》乃言晋宋易代事,今人已少异议;杜甫《奉同郭给事汤东灵湫作》中"坡陁金虾蟆"以下六句,钱谦益注谓暗喻安禄山,当是。故不必一一求其明言。

氏",当即"饥氏"或"黎氏",可证郑樵说不误。正因"黎"从周初已附属卫国,故《小序》谓"卫不能修方伯连率之职,黎之臣子以责于卫也",不为无据。黎地即在今黎城,地处卫都朝歌(今河南淇县)西北,两地相距不远。周之灭殷,正是先灭亡了黎国,引起祖伊恐慌。这正是唇亡齿寒,所以诗人作刺也有其道理。如果从历史上看来,狄人灭黎,确为灭卫的先声。《左传》载,"闵公元年,狄人伐邢","邢"即今河北邢台。闵公二年,狄人伐卫,遂灭卫。从这个情况来看,狄人是不断由西向东进攻,由今山西东部侵入今河北、河南境内。狄人的东侵有其原因,那就是这时的晋国正在扩大势力范围。《左传·庄公二十八年》载,晋国的骊姬叫"外嬖梁五"与"东关嬖五"对晋献公说:"狄之广莫(漠),于晋为都,晋之启土,不亦宜乎。"晋地本在今山西绛县一带,攻狄启土,正是向东发展,狄人受晋的驱赶,就向东逃亡,所以首当其冲的正是黎、邢、卫诸国。狄灭黎,在史籍中是有证的,如《左传·宣公十五年》载晋伯宗数赤狄潞之罪时,有一条即"夺黎氏地"。其实狄人的东侵,多半是晋国所造成的。例如:《左传·闵公元年》载,这一年,晋献公命太子申生率兵伐东山皋落氏。据《中国历史大辞典》,东山皋落氏之地,一说在今山西昔阳东南,其地距淇县和邢台不远。可以设想东山皋落氏战败之后,向东偏南逃亡,就到了邢国和卫国。值得注意的是狄人灭卫正在晋伐东山皋落氏这一年的十二月,其因果关系颇为明显。所以《毛诗序》这种说法,似乎不可轻易否定,而且还关系到春秋时代的霸主之一晋国的形成过程。

又如秦风的《无衣》,《毛诗序》的说法,似不如朱熹《诗集传》。《小序》云:"《无衣》,刺用兵也。秦人刺其君好攻战,亟用兵,而不与民同欲焉。"朱熹则以为"王于兴师"的"王"指周王,"盖以王于兴师,则将修我戈矛,而与子同仇也。其欢爱之心,足以相死如访"。从全诗看,《无衣》似无反战情绪,倒颇见尚武精神。所以朱说显然胜毛说。《毛诗序》对《诗经》的理解有其一定的看法,即排列得越靠前,就是越早的作品,往往指为颂美之作;越靠后,就是时代越晚的作品,往往指为讥刺之作。这种看法用于《大雅》也许合适,用于《小雅》就未必妥当,至于《国风》就更不适用,试想《邶风》、《鄘风》起首的两首同名为《柏舟》的诗,怎能理解为"颂美"？至于《秦风》、《小序》以前面几首为襄公时诗,故释为颂美,而《无衣》则在《黄鸟》之后、《渭阳》之前,因此设想为康公时之作。康公时秦和晋屡次交战,败多胜少,因此《小序》设想为"刺用兵",但诗中有"王于兴师"一句,照此说就不好解释,因为在当时条件下,说秦民不愿为周王效力,既难为人们接受,不得不迂曲地用"天下有道则礼乐征伐自天子出"的话,表示秦人愿为周王出力,而不愿为秦康公等君主出力。朱熹则相反,他强调的是秦民的尚武精神,他还引苏氏(当指苏辙《颍滨先生诗集传》)的话说:"秦本周地,故其民犹思周之盛时而称先王焉。"现代学者在篇义方面多采朱说,但把"王于兴师"的"王"释为秦王。这种解释似亦可商榷。因为秦作为北方的一个诸侯,似不当在春秋时代已经称"王"。尤其秦国在西周本属附庸,至平王东迁时始列为诸侯,那时秦国君主还是拥护周天子的。这一点到穆康二公时似尚不会改变,因为在当时周天子作为"共主"的地位尚存,诸侯公然称王,与天子抗衡,是会招列国反对的。事实上秦国当时还打着尊周的旗号。如《左传·僖公二十三年》载,秦穆公送晋文公返晋前,宴会上"公赋《六月》",晋文公立即"降拜稽首",当时晋赵衰说:"君称所以佐天子者命重耳,重耳敢不拜。"秦穆公"赋《六月》",大约真有"王于出征,以佐天子"的用意。所以过了两年,周襄王为其弟王子带所逐,出奔郑国,秦穆公就起兵到黄河边上,准备援周,但晋文公的舅父狐偃说"求诸侯莫如勤王",于是晋文公辞去秦兵,亲自率兵击杀王子带,迎襄王还洛阳。不但如此,直到战国初年,三家分晋,还得请周王出来命魏斯、赵籍、韩虔为诸侯;齐威王称王以后也要朝见周王来树立自己声誉。所以把"王于兴师"之"王"释为秦王,笔者总觉不太妥善,因为迄今为止,尚无春秋时秦君称"王"之例。相反地,若以"王"为周王,似可通。因为此诗与《小戎》相似,如果释为襄公助周伐西戎,亦可通。《史记·秦本纪》:"平王封襄公为诸侯,赐之岐以西之地。曰:'戎无道,侵夺我岐、丰之地,秦能攻逐戎,即有其地。'"这样秦国上下愿意出兵伐戎,不难理解。即使如《毛诗序》以为穆、康以后之作,亦不难解释,因春秋中期前,周天子虽衰,调动一些诸侯为他出兵征伐之事还是有的。如《春秋·桓公五年》:"秋,蔡人、卫人、陈人从王伐郑。"此事《左传》、《公羊传》、《穀梁传》亦都有记载,当是事实。《诗经·邶风·伯兮》:"伯也执殳,为王前驱。"自不可谓"王"为"邶王"或"卫王"。再说秦国和周王一同出兵之事,史亦有其例。如《左传·桓公四年》:"冬,王师、秦师围魏,执芮伯以归。"在这种战役里,称"王于兴师"指周王自然可通,即以《僖公二十五年》"秦伯师于河上"准备助襄王攻王子带时,称"王于兴师"亦无不可。在这个问题上,清王夫之《诗经稗疏》中,以《无衣》为秦哀公救楚时作,那么当在鲁定公五年(前505),未免太晚。今人程俊英先生在《诗经注析》中驳之,确为有理。但王夫之为什么要把《无衣》的写作时间定为此时,亦有其原因。即在春秋时代,秦国从周王出征之事较少,而秦又无称"王"之理,于是想用楚王来释"王于兴师"一句。不过,春秋时代关于秦国史事的记载甚少,《国语》又无"秦语",加以穆公欲"勤王"之事又未成事实,易被人忽视,遂有将"王"释成秦王之事。在这首诗的问题上,笔者认为朱熹虽有一些较迂腐的正统思想,但其基本看法还是可取的。自明清以来,有一些人论《诗经》,专好与《毛诗序》和朱熹立异,"五四"以来人们对这些人又好作过分的颂扬。在笔者看来,我们在这方面也多少应该考虑一下不可"疑古"太过的问题了。

《春秋》与"三传"说略

一、《春秋》的性质及其和孔子的关系

《春秋》一书,相传为孔子所作,因此被列为"五经"之一,被视作神圣的经典,连解释它的《左传》、《公羊传》和《穀梁传》,也被列入"十三经"之中,合称《春秋三传》,受到人们尊崇。《春秋》究竟是一部什么样的书?它和孔子有着什么关系?我们究竟应怎样看待它呢?

从《春秋》的原文看来,它是一部颇为简略的大事记,记载着从鲁隐公元年(前 722)到鲁哀公十四年(前 481)共二百四十二年(《左传》所载《春秋》终于哀公十六年即公元前 479 年孔子逝世,但历来学者都认为应从《公羊传》和《穀梁传》,终于哀公十四年。这个问题比较复杂,当于下文详谈)中周朝和各诸侯国之间重大的历史事件。由于文字极简略,所以很难了解这些事件的梗概。如《隐公元年》云:"元年,春,王正月。三月,公及邾仪父盟于蔑。夏,五月,郑伯克段于鄢。秋,七月,天王使宰咺来归惠公、仲子之赗(fèng,古人资助别人丧事的财物)。九月,及宋人盟于宿。冬,十有二月,祭伯来。公子益师卒。"这种文字大约是写给当时鲁国的君主和执政大臣们看的,他

们对当时发生的事件都很清楚，所以只要记个年月，以备日后查考，就足够了。但这种大事记对后世的读者了解当时历史，就很难适用。例如：上面引到的"邾仪父"、"宰咺"、"祭伯"、"公子益师"是什么人？"郑伯克段于鄢"又指什么事？读了《春秋》，仍感茫然。于是后来的读者不能不借助于"三传"中的记载，才能对史事有所理解。但是"三传"对史事的记载往往不尽相同，尤其是《春秋》被说成是孔子之作，因此一些人把其中每句话都看作寓有深意，于是《公羊传》和《穀梁传》的传人对孔子为什么要记此事，有什么用意常有不同的猜测，他们各立门户，互相非难，甚至《左传》的传人为了争得正统的地位而参加进去，形成了学术史上许多公案。

《春秋》是否孔子所作？和孔子究竟有什么关系？这本身就需要讨论。从现有的文献史料来看，"春秋"之名的出现远在孔子以前；在当时的列国中，似乎都有类似《春秋》这样的历史大事记存在。根据一些典籍的记载，古代的君主办理政事，确有史官在旁作记录。《礼记·玉藻》说到古代的天子，"动则左史书之，言则右史书之"。同样地，在各诸侯国，也有着类似的史官。《国语·鲁语上》记鲁庄公要到齐国去观看祭社之事，曹刿进谏说："君举必书，书而不法，后嗣何观？"可见当时确有史官在作记录。《左传·宣公二年》载晋国的太史董狐记赵穿杀晋灵公事、《襄公二十五年》载齐国太史兄弟直书崔杼杀齐君的事，都证明了史官在各诸侯国的存在。

史官的设置，最早始于何时，已难确考。汉许慎在《说文解字序》中，曾提到"黄帝之史仓颉"创造文字的传说。此说曾为古人所普遍承认，但现在已无人相信。《左传·僖公十五年》提到史佚之名，杜预注云："史佚，周武王时太史名佚。"《说文解字序》中还说到了周宣王太史籀创制"大篆"（籀书）的事。关于周宣王时代已经有史官，并且在字体的统一方面作过贡献这个问题，应该是没有疑问的。因为早在殷商时代,已经有了甲骨文,这是考古学上确切无疑的事实。根据《周礼·春官》记载,周代的官员中有"大史"、"小史"、"内史"、"外史"等史官的名目。《周礼》一书近人虽有怀疑,但为先秦古籍当无疑问,其中所记制度,有些也与事实相近。像史籀这种人物的存在,说明至少到周代,确已有了史官。再看《尚书·金縢》中有"史乃册祝"一语,更证明了西周初年已有史官。

关于史官的职务,据《说文》云:"记事者也。从又持中。中,正也。"这里的"又",指人的手;至于"中"字,照许慎的说法是指正道,要史官坚持直笔,像前面讲到的董狐和齐国太史一样,不隐瞒实情。但近代以来有些人不完全同意许慎之说。他们认为篆文"中"字的"中"并非"中"字,而是像笔的形状。这说法和许慎虽有出入,但与"史"是"记事者也"的说法并无多大矛盾,因为记事自然也要执笔。根据《周礼》的记载,周代的大史、小史等官的职掌很多,他们要掌管朝廷中关于礼制、法令、契约等档案文件,举凡国家的祭祀、大丧、朝会、战争等大事,他们都要参加,以掌执其礼。当然,他们也要为君主书写公文,如"内史掌书王命","外史掌书外令"等。他们所起草的文书发布以后,自然也要作为档案保存起来,这就是史官所执掌的图籍。我们现在所见到的甲骨文,其中很大一部分是记载商王祭祀上帝和祖先及占卜对别的部族用兵的事。这些记载成为我们今天研究殷商历史的重要史料。记下这些史事的人是当时负责沟通人和"神"之间的人,称为"巫祝",他们同时也就是最早的史官。所以古人往往把这些人称为"祝史"或"巫史"。《左传·桓公六年》记季梁对随国君主说随国祭神时"祝史矫举以祭"(即虚称君主功德);《国语·楚语下》记观射父对楚王说到乱世的人任意祭神,形成"夫人作享,家为巫史"的局面。《尚书·金縢》中记载周公祭他的祖先时,"史乃册祝"祷告太王、王季、文王的神灵。正是这篇祷文被作为档案保存起来,后来为周成王所见到,才洗清了成王对周公的误解。这说明史官所执掌的档案,对当时的政治起着很重要的作用。在上古的神权社会里,这些史官的地位是比较高的。但随着社会的进步,神在人们心目中的地位日渐低落,史官的地位也就不怎么显赫了。汉代的司马迁自其父以来就任太史令,据说当时天下的各类文书都要送到太史令那里,而把副本送给丞相。尽管这样,他们在帝王心目中的地位很低,正如他说:"文史星历近乎卜祝之间,固主上所戏弄,倡优畜之,流俗之所轻也。"这说明史官的设置虽相仍不废,而其地位已大不如前。然而,在先秦时代,各国的君主对史官和史籍都十分重视。《国语·楚语下》载,楚大夫王孙圉聘于晋,对赵简子论楚国之宝时说:"又有左史倚相,能道训典,以叙百物。以朝夕献善败于寡君,使寡君无忘先王之业。又能上下说于鬼神,顺道其欲恶,使神无有怨痛于楚国。"这个左史倚相是个很博学的人,据《左传·昭公十二年》说,他"能读《三坟》、《五典》、《八索》、《九丘》"等当时尚存的古籍。显然,当时各国的君臣所以重视历史和史籍,主要是想从中吸取统治的经验。

在当时的史籍中,像《春秋》这样的政治大事记显得十分重要。《左传·昭公二年》记晋大夫韩起到鲁国去,见到《易象》与《鲁春秋》,叹美说:"周礼尽在鲁矣!"《国语·楚语上》记楚庄王命士亹做太子熊葳之傅,士亹去问楚贤臣申叔时,申叔时的回答首先是:"教之《春秋》,而为之耸善而抑恶焉,以戒劝其心。"申叔时的时代远比孔子为早,韩起的年龄也比孔子大,他们所见的《春秋》,显然出现于孔子之前,不是孔子"所作"或所修的《春秋》。从现有的史料看来,在孔子以前及其同时,大约各诸侯国都曾有过像《春秋》那样的史籍。所以《孟子·离娄下》说:"晋之《乘》,楚之《梼杌》,鲁之《春秋》,一也。其事则齐桓、晋文,其文则史。"大约《乘》和《梼杌》,是晋、楚二国独有的名称,而《春秋》则为各国史书的共名。所以《墨子·明鬼下》提到过"著在周之《春秋》","著在燕之《春秋》","著在宋之《春秋》","著在齐之《春秋》"诸语。《隋书·李德林传》和唐刘知几《史通·六家》都提到墨子说过"吾见百国《春秋》"一语,李、刘生当隋唐之世,当有所本。《公羊传·隐公元年》唐徐彦疏引闵因叙云:"昔孔子受端门之命,制《春秋》之义,使子夏等十四人,求周史记,得百二十国宝书。"这件事据云在《春秋感精符》、《考异邮》、《说题辞》等纬书中都有记载。纬书虽不很可信,但毕竟是汉以前古书,可能有根据。所谓"百国春秋"、"百二十国宝书",可能在数量上有所夸大,但在秦始皇焚毁各国史书以前,这类号为"春秋"的史籍可能数量甚多。《公羊传·庄公七年》有一段话说:"不修《春秋》曰:'雨星,不及地尺而复。'君子修之曰:'星陨如雨。'"这段记载,我过去是不信的。因为据《隐公二年》何休的解说,公羊氏传《春秋》,起初靠口耳相传,"至汉公羊氏及弟子胡毋生等,乃始记于竹帛"。"汉公羊氏"当指公羊高的玄孙公羊寿,其乃汉景帝时人,已在秦始皇焚书之后,不可能见到"不修《春秋》"。现在看来,公羊寿和胡毋生当时自然看不到鲁史原文(即"不修《春秋》"),但公羊寿的先世生活在战国时代,未必不能见到春秋时史官的原始记录,通过口授被他记成文字,也是可能的。尽管公羊氏的前辈所见到的是否就是孔子所依据的原本仍是疑问,然而作为"今文经学"的代表著作《公羊传》说到了在孔子"作《春秋》"以前,就有他所依据的"不修《春秋》"存在,却很值得重视。因为晚清以来的一些"今文学派",常常把"五经"看作孔子一手所造。这说明他们不但不顾历史事实,也背离了汉代"今文经学家"原意。

从《春秋》的文字和体例来看,它大约基本上仍袭鲁史旧文,未必做多大改动。因为孔子自称他"述而不作"(《论语·述而》,宋朱熹注:"孔子删《诗》、《书》,定礼、乐,赞《周易》,修《春秋》,皆传先王之旧,而未尝有所作也")。他又很尊重历史文献,曾说过"夏礼吾能言之,杞不足征也;殷礼吾能言之,宋不足征也。文献不足故也,足则吾能征之矣"(《论语·八佾》)的话。可见他不作凭空臆说。在这里我们可以举出一个旁证。据《晋书·束晳传》说:"初,太康二年,汲郡人不准盗发魏襄王墓,或言安釐王冢,得竹书数十车。其《纪年》十三篇,记夏以来至周幽王为犬戎所灭,以事接之,三家分(指魏、赵、韩三家瓜分晋国),仍述魏事至安釐王之二十年。盖魏国之史书,大略与《春秋》皆多相应。"这部《竹书纪年》的原本今虽散佚,但在不少古书中曾加称引。从近人王国维等人的辑本看来,此书佚文亦为简短的大事记,连所用语言亦与《春秋》相似。尤其《晋书》说,"大略与《春秋》皆多相应",更说明《春秋》所记史事主要为鲁史旧文,所以和列国史书内容相符。可见他自称"述而不作",并非谎言。

史书记载的历史事件本身就有是非善恶之分,而记录这些史事的人对这些事件也总有自己的看法,不免有所抑扬褒贬。所以《国语·楚语》中讲到"教之《春秋》,而为之耸善而抑恶焉"。因此古人认为史书都具有"劝善惩恶"的作用。这显然不是孔子一人的著作所独有的功能。早在孔子以前,人们已很重视史书的这一作用了。后来的人竭力强调"孔子作《春秋》"的用意,实为故意夸大。这种说法大约主要依据《孟子》中的一段话。据《孟子·滕文公下》云:"世衰道微,邪说暴行有作,臣弑其君者有之,子弑其父者有之。孔子惧,作《春秋》。《春秋》,天子之事也。是故孔子曰:'知我者其惟《春秋》乎!罪我者其惟《春秋》乎!'"又云:"孔子成《春秋》而乱臣贼子惧。"这两段话就成为后人主张孔子作《春秋》的证据。有人认为,孟子生活在战国中期,上距孔子不远,他又是儒家学派的重要传人,他的话应该有根据。没有强有力的反证明,我们不能随意把它推翻。再说在先秦诸子中如道家的庄子,也承认孔子与《春秋》的关系。如:《庄子·天运》云:"孔子谓老聃曰:'丘治《诗》、《书》、《礼》、《乐》、

《易》、《春秋》六经，自以为久矣。'"这说明孔子至少曾对《春秋》进行过研究和整理。不过对《孟子》所说的孔子"作《春秋》"一语，不能理解得过于机械。古人谓"作"，其实并不一定意味着自己撰著，整理、修订前人的书，有时也可以叫"作"。从《孟子》一书看来，孟子并不见得否认孔子以前有鲁史旧文的存在。如《离娄下》，就把"鲁之《春秋》"和"晋之《乘》"、"楚之《梼杌》"并提，并断言"其事则齐桓、晋文，其文则史"。这和今本《春秋》的内容并无不同，可见孔子只是对原文做过某些加工。这种加工究竟含有多少孔子的意图很难推测，但即使仅仅对一些文字做校订和加工，也可以对人起一定的"劝善惩恶"的作用。因为事实俱在，人们自然会有一定的判断。不过，孟子说"孔子成《春秋》而乱臣贼子惧"，可能是有意夸大孔子的作用。像孟子这样的思想家，有时为了突出自己的论点，往往不很顾及事实。例如《孟子·梁惠王上》载："齐宣王问曰：'齐桓、晋文之事可得闻乎？'孟子对曰：'仲尼之徒无道桓、文之事者，是以后世无传焉。臣未之闻也。'"这就和他说孔子作《春秋》及《春秋》记齐桓、晋文之事的话相反。这种说法，其实是战国儒家们经常标榜的论点。例如《荀子·仲尼》中，也有"仲尼之门人，五尺之竖子，言羞称乎五伯"的话。其实孔子对齐桓、晋文等人，并非一味否定。《论语·宪问》记孔子曾称赞齐桓公"九合诸侯，不以兵车"；又说："管仲相桓公，霸诸侯，一匡天下，民到于今受其赐。微管仲，吾其被发左衽矣。"《左传·昭公二十九年》载当时赵鞅、荀寅"赋晋国一鼓铁以铸刑鼎，著范宣子所为刑书"时，孔子认为晋国将亡，因为晋文公"作执秩之官，为被庐之法，以为盟主"，后人应当遵循而不能抛弃，说明孔子对晋文公也有所肯定。所以孟子等人论孔子的话，亦未必可尽认为事实。

从现有的史料看来，所谓"孔子作《春秋》"之说大约是指孔子对鲁国旧史曾有所整理修订。如司马迁在《史记·孔子世家》中说孔子

"乃因史记作《春秋》,上至隐公,下讫哀公十四年,十二公"。《十二诸侯年表》也说:"是以孔子明王道,干七十余君,莫能用,故西观周室,论史记旧闻,兴于鲁而次《春秋》,上记隐,下至哀之获麟,约其辞文,去其烦重,以制义法,王道备,人事浃。"这里都讲孔子是以旧史原文为依据,尤其是《十二诸侯年表》说到"兴于鲁而次《春秋》",显然只是整理与修订。这和孔子"述而不作"的话相符合。但在《太史公自序》及《报任安书》中,司马迁也说过"孔子厄陈、蔡,作《春秋》"的话。可见古人所谓"作",不一定是指自己创制。事实上这种史书,如果没有史料依据,也是无从臆造的。

不管孔子对《春秋》一书做了什么程度的加工,但只要经过了他的手,就被儒家学派奉为"经典",想从中寻求深奥的教义,认为其中的字句,都各有丰富的含义。所以《荀子·劝学》中就一再说"《春秋》之微也","《春秋》约而不速"的话。据唐杨倞注,就是说"微,谓褒贬沮劝,微而显,志而晦","文义隐约,褒贬难明,不能使人速晓其意也"。在《荀子》中,《春秋》已经屡次与《诗》、《书》、《礼》、《乐》并称,说明它已被儒者们普遍推崇。在战国时代,儒家是一个极有势力的学派。《韩非子·显学》中说到,当时的"显学"是儒、墨二家。但儒家人数虽多,却并不统一,据《韩非子》说,当时共分为八派,各派都崇奉孔子,但对孔子的理解却各有不同。由此可以推知他们各派对《春秋》的解释也各有不同,而且各人在传抄《春秋》原书时,其字句也未必一致。所以后来的儒生解释《春秋》,互有不同,各立门户,形成《左传》、《公羊传》和《穀梁传》三派之争,很可能在先秦时代已启其端。

《春秋》一书在先秦儒家中流传,并且很可能已产生不同的学派之争,由于史料缺乏,其详情已难推究,甚至当时究竟有几派学说,亦无从确考。但有一点是可以肯定的,即《春秋》之所以能存留到今天,是和它在当时的儒者中广泛流传有关。我们知道,秦始皇统一六国之后,曾经下令焚毁各种书籍,尤其是各国的史书。所谓"百国春秋"或"百二十国宝书"都在这场浩劫中付诸一炬,而只有这部《春秋》因为被儒生们所传习和尊崇,因此能被人冒险私藏起来,或凭口耳相传的方式得以保存。这些保存或传授《春秋》的人既非出自同一师承,也并不是同一地方的人,因此所传的《春秋》,不但文字甚或篇幅有所不同,而且更大的分歧还在于对《春秋》内容的不同理解。这种分歧本来是很正常的现象,后来由于种种复杂的原因,才由学术上的不同见解,发展为水火不相容的宗派之争。

秦始皇焚书之后,又颁布了"挟书之禁",藏书要被治罪,所以只能私下传授。直到秦亡汉兴,废除了私人藏书的禁令,并且"大收篇籍,广开献书之路"(《汉书·艺文志》),各种书籍才得以公开流布和传授。尤其是到了汉武帝时代,接受董仲舒的建议,罢黜百家,独尊儒术,还在朝廷中设"'五经'博士",以儒家经典教学生,并规定了如果不能读通一部儒家经典,就不能出任官吏。禄利之途一开,儒家各派都驰骛奔竞,力争在朝廷所设博士中占有一席之地,并力图排斥异己。即以《春秋》的传人而论,据《汉书·艺文志》著录,除了今存的《左传》《公羊传》和《穀梁传》以外,还有《邹氏传》和《夹氏传》各十一卷。但《汉书·艺文志》又说,"邹氏无师",即无人传授;"夹氏未有书",即仅存书目,原书已佚。《汉书·艺文志》是依据西汉后期刘向、刘歆父子整理国家藏书时所作的《七略》《别录》而成,反映的是从汉初到成帝时朝廷所能收集到的图书情况。至于当时民间是否还流传有别的《春秋》学派,已很难知道。因为在安徽阜阳出土的汉简本《诗经》,据胡平生先生说,既不同于《毛诗》,也不同于"齐、鲁、韩"三家诗。以此推论,我们并不能排斥在汉代还存在过不同于左、公羊、穀梁以至邹、夹等派的《春秋》学说的可能。这些不同的《春秋》

传人的存在,不但是正常的,而且对学术的进步有益无害。根本不必要也不应该把某一学派封为"正宗",把另一学派斥为"异端"或伪造。

关于《左传》、《公羊传》和《穀梁传》的分歧,主要集中在所谓"义例"方面,即孔子"作《春秋》"的宗旨以及他对某事为什么要这样记和对某人为什么要褒扬或贬斥的问题。《左传》原书本来很少谈这些东西。但后来的传人为了和《公羊传》、《穀梁传》争正统地位,也仿二传作了种种附会,正如杜预所谓"更肤引《公羊》、《穀梁》适足自乱"。其实这些都是解释者各自的猜测,除非起孔子于九泉,谁也不能说尽合他的本意。何况《春秋》中文字多系鲁史旧文,即使孔子有所改,也未必每个字都寓有深义。这些都是把孔子神化以后产生的恶果,在今天看来,实在没有加以理会的必要。这些争论确实引起后来一些人的反感。如唐代啖助、陆淳和赵匡等都主张摒弃"三传",自己来解释《春秋》,甚至作家韩愈在《寄卢仝》中也有"《春秋》三传束高阁,独抱遗经究终始"之句。后来南宋的胡安国另著《春秋传》,元明以后曾被定为科举考试的内容。但这些人的学说仍不外乎站在儒家尊孔的立场上凭自己的主观臆测去谈论孔子的"微言大义",对理解《春秋》无甚帮助,今天已绝少有人读它了。

关于《春秋》的"义例"之争本不足深论,然而"三传"所载《春秋》的本文有所不同却是事实。例如春秋时代的虢国,《左传》、《穀梁传》都作"虢",而《公羊传》则作"郭"。现在根据出土的金文,此字应从《左传》和《穀梁传》,《公羊传》所用的字,当属同音假借。这或许是在秦代焚书之后,原文脱误或靠口耳相传之故。又如《隐公三年》有一条文字说:"夏四月,辛卯,君氏卒。"《左传》作"君",说是鲁隐公之母声子;《公羊传》和《穀梁传》则"君"字作"尹",认为"尹氏"是周天子的大夫,鲁隐公去奔周平王之丧事,由尹氏负责接待。同时,《公羊传》还认为称"尹氏"有"讥世卿"之意,《穀梁传》则没有谈到。像这些不同,由于缺乏旁证,我们不能随便判断其是非。比较重要的例子是《春秋》的记事究竟止于何年的问题。根据《公羊传》和《穀梁传》都止于哀公十四年,因为这一年春天有"西狩获麟"之事。但《左传》所附经文,不但有十四年夏天以后的史事,而且一直记到了十六年四月孔子去世。历来学者大抵相信《公羊传》和《穀梁传》,这是因为《史记·十二诸侯年表》与《孔子世家》都说《春秋》终于哀公十四年"获麟"。即使晋杜预这样崇奉《左传》的人,在所作的《春秋经传集解序》中也说:"今麟出非其时,虚其应而失其归,此圣人所以为感也。绝笔于获麟之一句者,所感而起,固所以为终也。"对于《左传》所附文字,他认为"孔子卒。孔子作《春秋》终于'获麟'之一句,《公羊》、《穀梁》经是也。弟子欲记圣师之卒,故采鲁史记,以续夫子之经,而终于此。丘明因随而作传,终于哀公。从此已下,无复经矣"(《哀公十六年注》)。但这种说法实在令人怀疑。因为鲁国的史官记事,不会因为"获麟"而停止。《公羊传》说:"麟者,仁兽也。有王者则至,无王者则不至。"这完全是出于后儒的附会,孔子当时是否有这种说法颇可怀疑。"麟"这东西,现在有人说就是长颈鹿,我国古代也可能有过这种动物。即使不是它,也不过是一头罕见的野兽。孔子"作《春秋》"何以必须终止于此?实无必然之理。《史记》所以也说《春秋》止于"获麟",是因为司马迁生活在汉武帝时代,当时法定的《春秋》学说只有《公羊传》一家,而司马迁本人又深受公羊学派的董仲舒影响,因此采用董说并不足怪。董仲舒一派学者为了谄媚帝王,采用了当时流行的阴阳家和谶纬迷信的学说,制造出关于汉朝君主统治天下是出于上天的意志、孔子曾经代汉高祖接受天命的谎言。他们这样做不过是为了巩固汉朝的统治,并为儒家取得独受尊崇的地位。这些谎言在先秦的儒者中自然无人知道。例如力主"孔子作

《春秋》"的孟子,就根本没有提到"获麟"的事。另一位大儒荀子则完全不相信"天变"、"灾异"等谬论,他在《天论》中有一段名言,认为天象变异,"怪之可也,而畏之非也"。荀子和孟子一样,对孔子极为崇拜,如果孔子真的因为抓到了一只怪兽就"反袂拭面涕沾袍"(《公羊传》语),并且停止了《春秋》的编订,那么他未必敢如此彻底地否定"天变"之说。我们试看公羊学派对"获麟"一事是怎么说的:他们认为孔子预知"刘季当代周"。"将有六国争强纵横相灭之败,秦项驱除积骨流血之虐,然后刘氏乃帝,深闵民之离害甚久,故豫泣也"。这种荒唐的神话,显然是后人编造的。《左传》作于秦并六国以前,根本无法预知刘氏称帝,自然对"获麟"一事不加重视。对此事只说:"叔孙氏之车子鉏商获麟,以为不祥,以赐虞人。仲尼观之曰:'麟也。'然后取之。"这无非是说孔子知识广博而已。这正是先秦儒家较之汉儒董仲舒要诚实得多的例证。后人反而据《公羊传》、《穀梁传》来怀疑《左传》,显然说不通。宋人叶适虽然站在尊孔的立场上,但他评"获麟"事说:"《公》、《穀》,《春秋》至获麟而止。《左氏》以'孔丘卒'为断。使无《左氏》,则不知孔子之所终。不知孔子之所终,则《春秋》亦奚知其所终矣。谓终于获麟者,剿之也。鄙儒妄为训传,不知实义,害经大矣!"此不失为卓见。再说我们今天既然不再把孔子当作圣人,就毫无必要去说孔子的手笔具有特别重要的价值,而鲁史旧文或孔门弟子追记的文字就无可凭信。《左传》比《公羊传》和《穀梁传》多提供了几年的史料,这应当是功不是过。这道理是显而易见的。所以评价"《春秋》三传"的问题,首先应该彻底抛弃几千年来把孔子奉为"圣人"的偏见,尤其要揭穿董仲舒等人散布的孔子代汉高祖接受"天命"的谎言,才可以得出比较公允的结论。

二、《左传》的体制及其在史学、文学及思想史上的地位

在"《春秋》三传"中,对后世的史学和文学等学术最有影响的首推《左传》,而至今仍为人们所常读的也只有《左传》,尽管这部书得到朝廷承认而广泛传布的时间较之《公羊传》和《穀梁传》要晚。这一现象确实证明了优胜劣汰的规律。

关于《左传》的作者,历来说是和孔子同时的鲁人左丘明。《史记·十二诸侯年表》中讲到孔子作《春秋》的事后,又讲"鲁君子左丘明",恐后人不明孔子之意,所以详记事实,成《左氏春秋》。《后汉书·班彪传》载班固之父班彪说:"定哀之间,鲁君子左丘明论集其文,作《左氏传》三十篇,又撰异同号曰《国语》二十篇。由是《乘》、《梼杌》之事遂暗,而《左氏》、《国语》独彰。"这两段话,虽都认为《左传》为左丘明所作,但强调的方面并不一样。司马迁似更注意此书为解释《春秋》而作;班彪则主要是采各国典籍,记述史事。如果照班彪的说法,左丘明写作《左传》的时间,有可能开始于孔子作《春秋》之前。若根据《史记·孔子世家》及杜预《春秋经传集解序》的说法,孔子是到晚年才开始修订《春秋》的。这虽无确证,却亦颇可能。因为左丘明其人见于《论语·公冶长》:"子曰:'巧言令色足恭,左丘明耻之,丘亦耻之。匿怨而友其人,左丘明耻之,丘亦耻之。'"看来这位左丘明年辈比孔子为长,所以孔子称道他。但从《左传》一书看来,此书不可能是左丘明独立完成的。因为《左传》叙事终止于鲁哀公二十七年(前468),甚至还提到鲁悼公十四年(前454)晋国魏、赵、韩三家灭智氏之事,上距孔子去世二十七年,孔子卒年七十三,那么左丘明当

年百岁以上,似难说得通。关于这一点,清人姚鼐的说法很有道理,他说:"《左氏》之书,非出一人所成,自左氏丘明作传,以授曾申,申传吴起,起传其子期,期传楚人铎椒,椒传赵人虞卿,虞卿传荀卿,盖后人屡有附益。其为丘明说经之旧,及为后所益者,今不知孰为多寡矣。"(《惜抱轩文集》卷三《左传补注序》)姚鼐述《左传》源流,本于唐陆德明《经典释文序录》据刘向《别录》佚文。此说所以有理,是因为先秦古书,常常不是一人所作,而是经过了门人的附益。例如现今所见先秦几部子书都莫不如此。其实也不光《左传》,像《公羊传》和《穀梁传》,大约也是经过好几代人转相附益的产品。

从《左传》中的不少内容看来,显然并非专为解释《春秋》而作。因为《左传》中有许多史事,在《春秋》中并无记载;相反地,《春秋》中有一些条文,在《左传》中却并无阐释。可见《左传》和《公羊传》、《穀梁传》之完全依附《春秋》,基本上逐条讲解的情况有很大区别。在这里我们不妨把《隐公元年》和《隐公二年》的情况作为例子来说明。如《隐公元年》,《左传》记有"夏四月,费伯帅师城郎,不书,非公命也。八月,纪人伐夷,夷不告,故不书。有蜚不为灾,亦不书"等语。这些都为《春秋》所无。相反地,《春秋·隐公二年》有"冬,十月,伯姬归于纪。十有二月,乙卯,夫人子氏薨"这两条,《左传》中也没有相应的文字。可见《左传》之作,不一定全是为了"释经",即使其中有一部分解释《春秋》的文字,在全文中也只占极次要的地位。如《隐公元年》记"郑伯克段于鄢"的事,《左传》详载了郑庄公和他母亲武姜及弟弟共叔段矛盾的由来。讲述了庄公即位之初如何给予共叔段封邑,共叔段又如何在武姜纵容下扩大势力,图谋夺位,郑庄公又如何暗中准备对策,最后一举把对方击败。文中还讲到郑庄公在取胜以后对武姜的报复以及最后悔悟,接受了颍考叔的谏劝而母子复归于好的事。这些情节,原为《春秋》所无,《左传》加以叙述,使事件显得更为完整。文中涉及《春秋》的只有:"书曰:'郑伯克段于鄢。'段不弟,故不言弟;如二君,故曰'克';称'郑伯',讥失教也。谓之郑志,不言出奔,难之也。"这段话,在全文中,既不占主要地位,也显得最缺乏说服力。因为《春秋》中用"郑伯"、"克"而不用"弟"、"出奔"等字眼,究为鲁史原文,抑是孔子所改,本难确知;而执笔者这样写的动机,更难测度。这种仅凭主观瞎猜的做法,很可能是汉代的《左传》学派传人模仿《公羊传》和《穀梁传》的体例添加的。这些成分在《左传》中所占比重很小,也远不足代表《左传》的真价值。

《左传》最重要的贡献正在于它首创我国编年史的体制,并且翔实地记载了春秋一代二百五十五年(前722~前468)的历史。在此以前,虽有各国的史书,并且也是逐年逐月地记事,但像《春秋》和古本《竹书纪年》的佚文,都只用片言只语来记载一件重大的史事,使人难以了解事件的过程及其来龙去脉。即如春秋时代晋楚两国争霸,曾发生三次大战,这可以说是那个历史阶段的头等大事。然而《春秋》中只在《僖公二十八年》写道:"夏,四月己巳,晋侯、齐师、宋师、秦师及楚人战于城濮,楚师败绩。"《宣公十二年》写道:"夏,六月乙卯,晋荀林父帅师及楚子战于邲,晋师败绩。"《成公十六年》"(六月),甲午晦,晋侯及楚子、郑伯战于鄢陵,楚子、郑师败绩。"三场大战,只用了六七十字,和鲁君某次出游(如观鱼、观社)或列国某君主的下葬并无轻重之别。这种史书只能算是最幼稚、最原始的记载,根本谈不上学术和识见。《左传》就不一样,记一件事,往往详载事件的起因,有关人物的各种不同意见,事变发展的过程和产生的后果,有时甚至还描写到某些细节,使人一目了然。所以唐代史学家刘知几在《史通·六家》中,把《左传》作为编年史之祖,而把《春秋》列为"记事"一类。确实,《春秋》只能算一种大事记,而《左传》才是真正的编年史。我们现在研究先秦时代的历史,常能感到只有《左传》所叙述的二百五十多年的史事最为清楚。西周以前的史事由于史料太少，已经难知其详；就是后来的战国时代，虽然保存至今的典籍比春秋时代多得多，然而很多问题却很难确切考明。这二百五十多年的历史不致湮没，不能不归功于《左传》，若根据《春秋》和《公羊传》、《穀梁传》，是根本起不到这一作用的。所以刘知几在《史通》中有《惑经》、《申左》二篇，论证《左传》的价值胜于《春秋》，这在当时不但是大胆卓识之论，而且直到今天看来，也是颇为中肯的。在《惑经》中，他对《春秋》提出十二条疑问：如《襄公二十七年》，晋楚等国会盟，分明是楚国领衔主盟，而《春秋》却说晋国领先；《襄公七年》郑僖公被杀，《昭公元年》楚王熊麋被杀，《哀公十年》齐悼公被杀，而《春秋》则根据当时各国向鲁国通报的谎话，说成正常死亡。如果没有《左传》的据事直书，后人就无法了解真相。刘知几说："盖明镜之照物也，妍媸必露，不以毛嫱之面或有疵瑕，而寝其鉴也；虚空之传响也，清浊必闻，不以绵驹之歌时有误曲，而辍其应也。夫史官执简，宜类于斯。苟爱而知其丑，憎而知其善，善恶必书，斯为实录。观夫子修《春秋》也，多为贤者讳。狄实灭卫，因桓耻而不书；河阳召王，成文美而称狩。斯则情兼向背，志怀彼我。苟书法其如是也，岂不使为人君者，靡惮宪章，虽玷白圭，无惭良史也乎？"（《惑经》）在《申左》中，他还认为《春秋》只是"鲁国之遗文，夫子因而修之，亦存旧制而已。至于实录，付之丘明，用使善恶毕彰，真伪尽露"。他还批评当时一些俗儒讥评《左传》"多叙经外别事"，认为"若无左氏立传，其事无由获知。然设使世人习《春秋》而唯取两传也，则当其时二百四十年行事茫然阙如，俾后来学者兀成聋瞽矣"（刘知几还是拘于"获麟"神话，说二百四十年，其实《左传》所记有二百五十五年）。刘知几在这里讲的，其实还只是个"直笔"问题，而《左传》的价值远远高于《春秋》的原因，还不仅这一点。《春秋》其实只是鲁史原文，那些史官根据见闻，随手记下,根本没有任何"史识"可言。孔子所谓"作《春秋》",大约也只是在文字上做些校订,即使有所加工,也体现不出他有多高明的眼光,所以不论大事、小事,都同等看待,几乎是一篇流水账。但《左传》记事,却很注意大小轻重。例如春秋时代最令人注目的是晋、楚争霸,但《春秋》中关于晋楚两国的兴起过程几无记载。《左传》则记载颇详,如晋国的兴起,在《隐公五年》已记载"曲沃庄伯以郑人、邢人伐翼,王使尹氏、武氏助之,翼侯奔随"的事。次年,又记"翼九宗、五正、顷父之子嘉父逆晋侯于随,纳诸鄂,晋人谓之鄂侯"的事。《桓公二年》又详载了当时晋国分为翼和曲沃二支的由来,以及曲沃日益强大,最后在桓公八年灭翼的过程。以下就写到晋国日益强大,逐步吞并各小国,发展成为霸主的过程。关于楚国,周初是很弱小的。《左传·昭公十二年》记楚大夫子革的话说,"昔我先王熊绎,辟(僻)在荆山,筚路蓝缕,以处草莽,跋涉山林,以事天子",这些情况远在西周时代,自然只能从后来人物口中追叙。但到春秋初年,楚国已经很强大。《左传·桓公二年》云:"蔡侯、郑伯会于邓,始惧楚也。"这次两君相会,在《春秋》中也有记载,却并未涉及楚国,在这一阶段,也没有关于楚国的其他记载。《左传》则记载了楚武王伐随(桓公六年至八年)以及和邓国(桓公九年)、郧国(桓公十一年)、绞国(桓公十二年)及罗国(桓公十三年)的历次战争,楚军有胜有败,但总的趋势也是逐步吞灭各小国,发展成为春秋时代的又一霸主。至于春秋后期继晋、楚而起的吴、越二国的兴起,关系到今天江南一带的开发,在历史上有重大意义。但《春秋》中涉及这两国的事更少,只记到吴国与楚、齐、越等国的战争以及与晋国在黄池争长、派季札聘鲁等事,都在吴国强盛之后。关于越国与吴国的战争以及勾践灭吴的事,在《春秋》中更难知其梗概。

《左传》中尤其可贵的史料是关于当时各种社会力量的兴衰演变

过程，以及某些涉及社会发展的重大历史事件。例如从春秋演变为战国，历来史家都以"三家分晋"和"田氏代齐"作为标志。至于魏、赵、韩三家怎样战胜晋国的各贵族强宗，瓜分国土，田氏又怎样到的齐国，怎样逐步篡夺原来齐国姜姓的政权，我们只能从《左传》一书中得到史料，在《春秋》和《公羊传》、《穀梁传》中是没有记载的。例如晋国从曲沃灭翼之后，一方面由于怕君主的族人强大起来和君主争位，逐步翦灭"桓庄之族"等群公子；另一方面又给一些功臣赏赐采邑。如魏氏之先毕万，是晋献公灭了原先的魏国以后，把魏封给他的；赵氏则是晋文公在献公时遭骊姬之谗流亡各国时，赵衰随从他周游狄、齐、宋、曹、卫、郑、楚、秦各国，最后回国即位，因此成为晋卿，得赐采邑，世代在晋国执政者中占有重要地位。在此之后，经过多次内乱，原来在晋国贵显的狐、续、阳、郤、栾、范、中行、知等族先后被消灭，这才剩下魏、赵、韩三家，最终瓜分了晋国。战国时统治齐国的田（陈）氏，本来是陈国的贵族，在鲁庄公二十二年陈国的一场内乱中逃奔齐国，齐桓公任田氏之祖完为工正，田氏由此加入了齐国的大夫之列。其后齐国内乱，原来地位最高的国氏、高氏日益衰落；崔氏、庆氏更因为作乱被诛灭和放逐，于是齐国的政权最后落入田氏之手，取代了姜姓。这重大的历史事件，也只有在《左传》中有所反映。

"三家分晋"、"田氏代齐"等重大的历史事件不是突然发生的，而是在逐步演化中完成的。当时各国的某些人物对此也有所察觉和认识，有人还曾提出过一些对策。像《昭公三年》记齐国的晏婴出使晋国，晋国派叔向接待他。叔向问起齐国的情况，晏婴说到齐国姜姓的统治已经到了末路，终究将为陈（田）氏所有。因为齐君弃民不恤，赋敛繁重，百姓劳苦的收入，三分之二交公家，自己只能用三分之一来维持生活。公家的仓库中财物腐朽长虫，而民间的老人挨冻受饿。国中因犯罪被割去脚的人很多，因此集市上正常人穿的鞋的价格反而不如受刑者穿的"踊"贵。民众的这种痛苦,陈氏倒能有所关心,因此齐人"其爱之如父母,而归之如流水,欲无获民,将焉辟(避)之"。叔向听了说:现在我们晋国也走到了末路,军政懈怠,军马配备不齐,军令不整,各级军官都不称职,再不能出兵征战。平民们贫困疲劳,而君主的宫室却越来越豪华,以致路上不断地有饿死的人,只有那些嬖宠之家日趋富裕。民众听到君主的命令,就力图逃避,像遇到仇敌一样。政权落到了大夫们手中,百姓无所依归。君主仍不悔改,一味享乐,还能长久吗?这段对话,不但深刻地揭示了齐、晋两国的政治情况,也道出了当时重要的社会现实。对于这种情况,当时有些君主也非一无所知,如《昭公二十六年》记齐景公已经问到谁会取代自己的后代,晏婴回答是陈氏。他还认为只有实行"礼"才能加以防止。当然,齐景公后来并未付诸行动,而"礼"也并不能改变这种在各国都已出现的普遍历史趋势。不过,《左传》毕竟记下了在那种激剧变化面前各种人物的态度。

从春秋发展到战国,有一些人物和事件,是很值得注意的,如郑国的子产,曾对不少制度进行改革。在开始时,曾遭到一部分百姓的反对,但实行三年之后,这些人又转而对他歌颂。《左传·襄公三十年》记此甚详。其他如宣公十五年鲁国实行"初税亩"(按亩收税),昭公六年郑国在子产主持下"铸刑书"(用铸鼎来写下成文的刑法)和昭公二十九年晋国铸刑鼎的事,《春秋》只记"初税亩"一事,却语焉不详。《左传》的记载虽不及《公羊传》详尽,但也可以知道事情的大概。至于郑、晋二国铸刑书之事,却仅见《左传》。可见研究春秋时代的各种政治情况及典章制度,都离不开《左传》。《左传》实为我国编年史的初祖和古代史籍的瑰宝。

《左传》在文学史上的地位亦极为重要。它的影响不仅在史传文学,而且还对散文、小说以至于箴、铭、诔等有韵之文亦有深刻的影响。在史传文学方面,刘知几在《史通·杂说》上曾有一段名言:"《左氏》之叙事也,述行师则簿领盈视,哤聒沸腾;论备火则区分在目,修饰峻整;言胜捷则收获都尽,记奔败则披靡横前;申盟誓则慷慨有余,称谲诈则欺诬可见;谈恩惠则煦如春日,纪严切则凛若秋霜;叙兴邦则滋味无量,陈亡国则凄凉可悯。或腴辞润简牍,或美句入咏歌,跌宕而不群,纵横而自得。若斯才者,殆将工侔造化,思涉鬼神,著述罕闻,古今卓绝。"这段话经常为论《左传》的人引用,可见已为多数研究者所认同。现在看来,《左传》这种叙事的手法,对后来的史家显然有很大的影响。例如《左传》中写战争的文字,历来受人重视。现在一般读者最经常阅读的大约要数《庄公十年》中的鲁、齐长勺之战(有的书中题曰"《曹刿论战》")。这场战争在当时规模和影响都不算太大,文章也较简短。若论情节复杂和人物众多,仍能写得条理清晰、性格分明和故事生动,恐怕还当推前文讲到过的晋、楚邲之战、鄢陵之战和《成公二年》中的齐、晋鞌之战,《哀公二年》中的晋、郑铁之战等战役。在我国古籍中比较详尽地写战争的文章以此为最早,因此对《史记》中一些写战争的手法,自然不可能没有影响。如写邲之战时,晋军败后,中军和下军争船逃命,"舟中之指可掬也"(此语亦见《公羊传》,当系流行的传说),这里显然有夸张,和《史记·项羽本纪》中写汉兵为项羽所败,"睢水为之不流"的手法相类似。《左传》鄢陵之战中写楚人养由基射死晋吕锜的情节,也和《史记·李将军列传》写李广射死"匈奴射雕者"的事有类似之处。

《左传》写人物,有时颇能注意性格的复杂性和成长发展过程。像关于晋文公出亡过程的描写就是如此。晋文公相对于他弟弟惠公夷吾来说,不论品德和才能都要高出一头,所以最终做了晋君且成了霸主。他的成功和长期流亡的阅历是分不开的。正如楚成王所说:"晋侯在外十九年矣,而果得晋国。险阻艰难备尝之矣,民之情伪尽知之矣。"他在城濮战胜后没有放松对楚国的警惕,在围郑之役,秦兵背约先退,他不愿轻易和秦失和,都显示他是一个老练的政治家。但这种识见,并非原来就有,在他流亡过程中也表现了某些幼稚和贪图享受的方面。如他在齐国时,娶齐桓公之女,生活比较安定,就想留下,他舅父狐偃设计灌醉了他然后上路,他发怒拔戈去追狐偃;在卫国向路旁的人求食,别人给他土块,他又想鞭打人。这样晋文公这个人物的性格被写得有血有肉,给人以深刻印象。其他像对郑庄公、楚庄王、楚灵王以及郑国的子产、晋国的叔向等贤人的描写,也颇有传神的地方。

《左传》中也颇注意细节的描写,如《桓公元年》载"宋华父督见孔父之妻于路,目逆而送之,曰:'美而艳。'"一句话就显示出他是居心险恶的歹徒。《文公元年》写楚王之妹江芈发怒时说:"呼!役夫,宜君王之欲杀女而立职也。"《宣公四年》写郑国的子公见灵公吃鼋而故意不分给他吃,就发怒"染指于鼎,尝之而出",显示他不把郑灵公放在眼里。《襄公二十六年》记楚臣穿封戌俘郑大夫皇颉,楚公子围和他争功,请伯州犁来评理,伯州犁对俘虏"上其手曰:'夫子为王子围,寡君之贵介弟也。'下其手曰:'此子为穿封戌,方城外之县尹也。谁获子?'"这分明是暗示对方说自己是被王子围所俘。通过简短的三言两语,就把伯州犁狡诈油滑的性格突现出来。这种描写人的手段不但在后来的史传文学中有重大影响,对许多小说也有不可磨灭的启发作用。

《左传》叙事记人有时也有想象和虚构的成分,这种想象和虚构,在其他史传中也同样存在。这些情节也增加了文章的生动性。如《宣公二年》记晋灵公派鉏麑去刺杀赵盾,鉏麑一清早到了赵盾家里,只见:"寝门辟矣,盛服将朝,尚早,坐而假寐",鉏麑"退叹而言曰:'不忘恭敬,民之主也。贼民之主,不忠;弃君之命,不信。有一于此,不如死也。'触槐而死。"这件事,后人常常提出反问:鉏麑既是刺客,而且说完就死了,他的话又有谁能听到?这反问虽有理,但《左传》所记,可能是根据当时民间传说,不足为病。

《左传》的文章,历来受人推崇。《文心雕龙·史传》说《左传》"实圣文之羽翮,记籍之冠冕也"。他又认为历来的史传文学都"辞宗丘明"。《左传》对后代文学的影响,其实还不限于史传文学,而且对小说的影响也十分巨大。孙绿怡教授著有《〈左传〉与中国古典小说》一书,设专章详论了中国古典小说在结构和形式、形象的塑造以及表现手法等方面取法《左传》的情况,论说颇为精详,可以参看,这里不再赘谈。

《左传》所载各国君臣的外交辞令也具有很高的文学价值,为历来文论家所推崇。我国历代的那些章表奏议和不同政权间来往的公文,多取法《左传》中的辞令。早在南北朝时期,就有人选取《左传》中辞令作为作文的典范,如《成公十三年》中晋国吕相绝秦之辞,就极受文人重视。现在来看古人的文章,特别是一些应用文(当时被视为极重要的文体),不论是南北朝盛行的骈文或唐、宋以后所谓的"古文",其中有很大一部分,都明显地取法《左传》。所以金代著名文论家王若虚认为《左传》之文和杜甫之诗是天下之至美。这代表了当时大多数人的看法。至于《左传》中所载韵文如《虞箴》、《正考父铭》等,也从汉以来就有人效法,其影响亦不可忽视。

《左传》的思想也很可重视。大家知道,《左传》中富有民本思想。书中多次提到君主应该关心民众,考虑民众的意愿。如《桓公六年》云:"所谓道,忠于民而信于神也。上思利民,忠也。"还对"民馁而君逞欲"的现象提出批评。《庄公三十二年》引史嚚论虢国将亡的原因说:"吾闻之,国将兴,听于民;将亡,听于神。"《文公十三年》的一段记载,尤其值得注意:"邾文公卜迁于绎。史曰:'利于民而不利于君。'邾子曰：'苟利于民，孤之利也。天生民而树之君，以利之也。民既利矣，孤必与焉。'左右曰：'命可长也，君何弗为？'邾子曰：'命在养民，死之短长，时也。民苟科矣，迁也。吉莫如之。'遂迁于绎。五月，邾文公卒。君子曰：知命。"这种强调民重于君的思想，足可与孟子"民贵君轻"的主张相媲美。这正说明了战国时代七雄纷争，得士者昌，失士者亡，君主的权势还不像秦、汉那样强大。所以这种民本思想在《公羊传》、《穀梁传》及其他汉人言论中就很难见到。

《左传》对于君主之不体恤百姓，做了种种批评，如《昭公八年》记载晋国发生石头说话的传闻。师旷借机对晋平公建造虒祁之宫的事进谏说："作事不时，怨讟动于民，则有非言之物而言。今宫室崇侈，民力凋尽，怨讟并作，莫保其性。石言，不亦宜乎！"这显然是为民请命。所以叔向对此大加称赞。

《左传》对待君主和臣下的矛盾时，也并不一味维护君权。所以《宣公四年》曰："凡弑君，称君，君无道也；称臣，臣之罪也。"即使关于周天子和列国诸侯的矛盾，《左传》也不完全站在维护天子的立场上。例如《隐公三年》记周天子和郑君因为互不信任而交换人质的事，《春秋》和《公羊传》、《穀梁传》均不载，《左传》记此事对双方都做了批评，无所偏袒。关于这段记载，南宋的吕祖谦在《东莱〈左传〉博议》中大加反对，认为《左传》失去了尊天子贬诸侯的宗旨。其实这正是先秦儒家和秦、汉以后中央集权的专制制度建立后的儒者的不同。东周以后，周天子的统治日益衰微，尤其到战国以后，儒家传人也把实现他们理想的希望寄托于当时的几个强国之君。如孟子奔走于齐、魏二国，尤其对齐宣王抱有希望。荀子由赵至齐，由齐至楚，甚至还到过秦国。对秦国的政治，他有所肯定，也有所批评，却并没有斥秦昭王未能尊周。可见这是战国儒家的普遍现象，不能以此责《左传》。相反地，更可以据此作为《左传》是先秦古书的一个旁证。

当然,《左传》虽成于众手,但毕竟是儒家的人物所作,不免要体现儒家的许多观点。例如书中特别强调"礼"的作用。如《闵公元年》记齐仲孙湫对齐桓公说到鲁国"犹秉周礼,周礼所以本也",因此"未可动也"。《昭公二十六年》记晏婴对齐景公论防止陈氏夺取政权的办法也说是"礼"。其实"礼"在当时实为一种旧制度和旧意识。相反地,书中对郑、晋两国用铸鼎来制定成文法这些适应历史潮流的办法,却引用叔向和孔子的话加以批评。此外,《左传》中还记载了不少关于鬼神的故事,亦颇为一些论者所诟病。但对两千多年前的人相信鬼神,似不必深责,何况这些故事中也保存了一些珍贵的古代神话史料。

三、关于《左传》真伪的争论和历来对《左传》的研究

左丘明的时代早于公羊高和穀梁赤,即使"三传"都经过好几代人加工,《左传》的成书也比《公羊传》和《穀梁传》早,然而《左传》在广大士人中受到普遍重视,却远比《公羊传》和《穀梁传》为晚。关于这一点,唐代的刘知几在《史通·申左》中说:"古之人言《春秋》三传者多矣。战国之世,其事罕闻。当前汉专用《公羊》,宣皇(汉宣帝)已降,《穀梁》又立于学。至成帝世,刘歆始重《左氏》,而竟不列学官。大抵自古重两传而轻《左氏》者固非一家,美《左氏》而讥两传者亦非一族。互相攻击,各用朋党,嚅唲纷竞,是非莫分。"刘知几这段话是根据《史记》和《汉书·儒林传》来叙述的,他概括得很准确,而且文字较原书简明。产生这种情况的原因比较复杂。大抵在战国后期,儒家的门徒已遍及各地,他们各自根据所师承的学说,传授弟子,

例如《公羊传》《穀梁传》,都说传自孔子的弟子卜商(子夏);而《左传》则说传自左丘明。其中左丘明为《春秋》作传,是《史记·十二诸侯年表》中明确提到的;卜商传授《春秋》,却是汉代那些传人自称的。据《史记·孔子世家》则云:"至于为《春秋》,笔则笔,削则削,子夏之徒不能赞一辞。"可见卜商并不见得独得孔子真传;何况《公羊传》和《穀梁传》不同意见也很多,到底谁代表卜商的看法,恐怕都不过是附会假托而已!

汉武帝时儒学初兴,《公羊传》独盛,这是有原因的。因为汉武帝初年,朝廷中最有权势的大臣要数武帝母亲的同母异父弟田蚡,他是战国时齐国宗室的后裔,又是竭力提倡儒学的人,所以多少要偏袒齐地的学派。《公羊传》的倡始人,据《汉书·艺文志》是齐人;最后把它写成的人公羊寿和胡毋子也都是齐人。当汉武帝开始举贤良方正之际,正是田蚡最显贵之时,因此,得到赏识的是董仲舒和公孙弘二人。董仲舒是公羊学派的传人,他的学说颇得汉武帝欣赏。"罢黜百家,独尊儒术"的政策就是他首先提出的。公孙弘本人亦为齐人,在学术上的成就不如董仲舒,他的官运却很高,做到了丞相。公孙弘和董仲舒一样,也是学《公羊传》的。所以朝廷中最初建立"五经"博士,传授儒家经典,《春秋》就只有《公羊传》一家。朝廷中既然设了"五经"博士,被选定的学派就成了学官。士人们不通"五经",就不能得到官职,而出任官吏时,要经过策问,对这些策问的回答,又必须根据学官中的学说。于是在当时,大多数士人学《春秋》必然去学《公羊传》,而《左传》因为学了之后对做官无助,所以除了少数有识之士,很少有人去读。甚至原书自汉初收书时入藏国家图书馆后,在社会上流传的复本很少,而藏于朝廷中的《左传》,还是战国时人用古体文字缮写的,所以叫"古文经"。在这时,流通较广的《公羊传》和《穀梁传》已普遍经汉人用当时通行的隶书抄写过,所以被称为"今文经"。

"今文"和"古文"其实只是不同时代的两种字体,本不应产生矛盾。但一涉及儒家的"五经",问题就复杂了。所谓的"今文家",大抵是在汉武帝时已被选定为学官,设立了"'五经'博士"。此后某些学派,也提出自己的理由,挤进了"'五经'博士"之列。如《穀梁传》在汉宣帝时,提出宣帝的祖父戾太子刘据(汉武帝子)爱好《穀梁传》,而且《穀梁传》的始祖穀梁赤是鲁人,和孔子同乡,这样《穀梁传》也被定为学官,增设了博士。可是《左传》没有这个机遇,仍只能在民间被少数人学习。但即使如此,凡能见到此书的,还是十分重视其价值,如司马迁作《史记》,就大量使用《左传》中的史料,这是他自己和后来的班彪、班固父子都明确地说过的。《汉书·儒林传》还记到汉初的张苍、贾谊等名人也曾是《左传》的传人。这些人在汉代的事迹,为大多数人所详知,根本不可能附会捏造。因此《左传》一书在汉以前早已存在是无可争辩的事实。所以在西汉成帝以前,并没有人对《左传》提出过疑问或进行非难。当时作为"古文家"的《左传》学派和作为"今文家"的《公羊传》、《穀梁传》两派基本上相安无事,倒是《公羊传》与《穀梁传》之间时有争论。

《左传》与《公羊传》、《穀梁传》二传间的矛盾,是由刘歆建议为《左传》和《毛诗》、《逸礼》、《古文尚书》等古文经设立学官引起的。原来汉成帝河平年间(前28~前25),刘歆奉命协助他父亲刘向整理国家藏书,见到了古文本的《春秋左氏传》,大为爱好。当时正好有一位丞相史尹咸能治《左传》,刘歆就向尹咸和丞相翟方进学习,质问大义。他认为:"左丘明好恶与圣人同,亲见夫子,而公羊、穀梁在七十子后,传闻之与亲见之,其详略不同。"他曾以此去问父亲刘向,刘向是主张《穀梁传》学说的,却无法说服刘歆。汉哀帝建平元年(前6),刘向去世,刘歆被任为中垒校尉,经过王莽举荐,叫他继承父亲的遗业,主持藏书的整理工作。这时,他就向朝廷提出为"古文经"设学官的问题,但遭到朝廷中一些大臣和已经被任命为学官的太常博士(即"五经"博士)们反对。那些反对者认为他的建议是"改乱旧章,非毁先帝(指武帝、宣帝)所立",还认为《左传》"不传《春秋》"。于是刘歆就作了著名的《移让太常博士书》(全文见《汉书·楚元王附刘歆传》及《文选》)。这篇文章得罪了许多有权势的人。《汉书》本传说:"歆由是忤执政大臣,为众儒所讪,惧诛,求出补吏,为河内太守。以宗室不宜典三河,徙守五原,后复转在涿郡,历三郡守。数年,以病免官,起家复为安定属国都尉。会哀帝崩。"从这段记载看来,刘歆主持校书工作的时间很短。在刘向生前,他只是协助父亲工作。刘向是信奉《穀梁传》的人,自然不会允许他伪造一部《左传》来和《穀梁传》立异。刘向死后,他当然因为守丧不能马上参加校书。再说汉哀帝在位,前后只有六年。他作《移让太常博士书》后,历任了三个郡的太守,又在家病免,重出为安定属国都尉,此时哀帝已死。这段过程少说也得四年以上的时间。刘歆和太常博士争论时,受到大司空师丹的斥责。据《汉书·百官公卿表》,师丹任大司空时间为成帝绥和二年(前7)十月至哀帝建平元年(前6)十月,而刘歆的文章作于哀帝时,离他主持校书时还不到一年。此后不久,他就畏谗求出为河内太守。像《左传》这样一部大书,要在短短几个月内编造出来,本是不可想象的事。何况汉代人写文章一般使用刀或漆书写在竹简上,这很费时间,即使把现成的书抄一遍,在这样短的时间内也难完成。再说当时校理国家藏书,有许多人在参加工作,刘歆更不能在众目睽睽之下,公然伪造古书。要知道在当时社会中伪造"圣经贤传"是可以被判处死刑的。这说明《左传》绝非他伪造。

和刘歆同时人的一些情况,也可以说明《左传》早已存在,并非刘歆伪造。《汉书·儒林传》提到《左传》从汉初至刘歆时的传授情况,当有根据。其中"赵国贯公"是刘歆在《移让太常博士书》中提到的，他在论敌面前自然不能乱说，以免被人揭穿。他曾向尹咸、翟方进问学，见于《汉书·楚元王附刘歆传》，亦见《儒林传》，二者可以互相证明。《儒林传》中还提到了贾护和苍梧人陈钦。贾护是贾谊的九世孙，陈钦即东汉陈元之父。《后汉书·陈元传》："父钦，习《左氏春秋》，事黎阳贾护，与刘歆同时，而别自名家。"更说明《左传》在汉代的传布，不仅仅是由于刘歆，在他以前和同时，已有一些人在研究和学习。甚至像大文学家扬雄，《文心雕龙·铭箴》说他"始范《虞箴》，作卿尹州牧二十五篇"。他这些作品俱存，和《左传·襄公四年》所载《虞箴》确实相像，可见他也读过《左传》。到东汉初，桓谭、王充等杰出思想家都很推崇《左传》。如王充说："公羊高、穀梁寘、胡毋氏皆传《春秋》，各门异户，独《左氏传》为近得实。何以验之？《礼记》造于孔子之堂，太史公，汉之通人也，《左氏》之言与二书合，公羊高、穀梁寘、胡毋氏不合。又诸家去孔子远，远不如近，闻不如见。"(《论衡·案书》)冯衍在他的辞赋和章表中，也屡用《左传》典故。照怀疑《左传》的人说，《左传》是刘歆帮助王莽篡汉而伪造的。果如此，像冯衍、桓谭、班彪、王充等于光武帝重建汉朝后不久，怎敢称赞和引用？至于陈元和贾逵等甚至向光武帝建议为《左传》设立学官，这说明光武帝也不认为《左传》是刘歆伪造。

当陈元、贾逵建议为《左传》设立学官时，曾遭到范升等人反对。范升反对的理由主要为"左氏不祖孔子，而出于丘明"，"且非先帝所存"。他列举《左传》之失十四事，又因《左传》多与《史记》相合，而斥责司马迁"违戾五经，谬孔子言"(《后汉书·范升传》)，却并未说《左传》为刘歆伪造，也没有说《史记·十二诸侯年表》中讲左丘明作传事是刘歆窜入。后来何休作《公羊传解诂》和《左氏膏肓》等，拼命攻击《左传》，却也未说《左传》为伪书。可见从西汉到东汉，并无人说过《左传》是伪书的事。

近代以来有人疑《左传》为刘歆伪作,其最主要的理由即是东汉贾逵为了建议立《左传》为官学,曾向汉明帝说只有《左传》说过汉皇室刘姓是帝尧之后的话,与图谶相合。据怀疑者说,这就是刘歆伪造的证据。因为尧以天下传舜,而王莽自称舜后,应该取代汉朝。这里所说《左传》认为刘氏是帝尧之后,指《文公十三年》记晋士会自秦归晋,家人留于秦的,成了刘氏;《襄公二十四年》记士匄称:"昔匄之祖,自虞以上为陶唐氏。"其实汉朝自称尧后,早在贾逵之前。班彪作《王命论》,在光武帝统一中国之前,已说汉高祖得天下是由于他为"帝尧之苗裔"。贾逵引用此说不过是投帝王所好。至于《左传》说刘氏为尧后,和王莽篡汉并无必然联系。因为古人对姓氏之起源,常有各种说法,有时不免有巧合。以曹姓为例,根据《史记·楚世家》、王符《潜夫论·志氏姓》都说是祝融氏之后。但《三国志·魏志·蒋济传》注云:"魏武作《家传》,自云曹叔振铎之后。"曹植作《武帝诔》亦从此说。曹操经常自比周文王,有人说是以此暗示曹丕代汉。那么自称周文王之后,也可作此理解。然而东汉中平二年(185)所立的《曹全碑》,却已称曹氏为曹叔振铎之后。这时"黄巾"尚未平定,董卓之乱尚未发生,曹操的地位还很低。我们总不能说《曹全碑》的作者已预知二十多年后曹丕要篡汉而为他做舆论准备吧!《左传》中出现刘氏为尧后之说,和刘歆本无关系。要知刘歆表彰《左传》时,正值哀帝抑制王氏势力之际,刘歆焉能预知几年后哀帝就要死去,十几年后王莽就会代汉的事,而预先去窜乱《左传》,为王莽造借口?这真是凭空想象,横加罪名。

所谓《左传》是"刘歆伪造"的说法,只是清末以来才盛行起来的。主此说最力的当数康有为,他著有《新学伪经考》,认为所有的"古文经",包括《周礼》、《左传》等书,都出于刘歆伪造。康有为这样说有他的政治目的。他作《新学伪经考》是为了配合他另一部著作《孔子改制考》的主张,要借孔子的威望来实行变法维新,挽救清末被列强瓜分的危局,其用心是很好的。不过,从学术的角度来看,此说未免牵强和武断。所以连瑞典人高本汉(Karlgren)都已经看出他这些意见其实并非谈学术而是宣扬政治主张。然而到了20世纪的二三十年代,由于"疑古"的学风兴起,康有为的说法又得到胡适、顾颉刚等先生的重视,在学术界产生过不小的影响。当时钱穆先生为此作《刘向歆父子年谱》一文(见1930年6月出版的《燕京学报》第七期和顾颉刚《古史辨》第五册),已经提出了许多强有力的证据,证明《左传》等"古文经"不可能出于刘歆伪造。在今天来看,钱先生的意见基本上可视为定论。

《左传》一书,在西汉初年虽流传不广,但到东汉以后,就得到学者重视。当时贾逵、服虔等人都曾为《左传》作注。到了魏晋以后,人们研究《春秋》,多习《左传》,而很少人学《公羊传》和《穀梁传》。尤其是西晋名臣杜预作《春秋经传集解》,对后人影响更大。东晋南北朝时,南北分立,两地士人习《春秋》,也都读《左传》。不过南方人主要用杜预注,北方人用汉服虔注。唐统一以后,唐太宗命孔颖达作《五经正义》,为杜预注作疏。后来人读《左传》,一般都用杜注孔疏。宋代尽管有人非议"三传",又有胡安国另作《春秋传》,元、明以后甚至定胡传为科举考试的内容,但人们为理解历史和鉴赏文学起见,仍不能废《左传》不读。直到清代,因为"汉学"复兴,《左传》再次受到重视。人们除了读杜注孔疏外,还有人专门辑录贾逵、服虔注的佚文,如洪亮吉的《左传诂》、李贻德的《春秋左传贾服注辑述》等都很有名。刘文淇等的《左传旧注疏证》是未完稿,但颇受学者推崇,此书有好几种刊本,但以科学出版社排印本最完备。今人杨伯峻先生的《春秋左传注》更是一部精审之作,已由中华书局出版;还有沈玉成先生的《左传今译》,亦忠实而晓畅,对读者极有帮助。此外,今人选本如徐中舒先生的《左传选》(中华书局版)、朱东润先生的《左传选》(古典文学出版社版)都很有特色。

四、关于《公羊传》的内容及其在后世的流传

在《春秋》三传中,最先受到汉代朝廷重视的是《公羊传》。从汉武帝到宣帝时,它大约独占官学的地位有半个世纪左右。据《汉书·艺文志》说,作者为齐人公羊子(颜师古注说名高),其人可能生活在战国时代。但今本《公羊传》的成书,却出于汉景帝时的公羊寿和胡毋子之手。西汉著名学者董仲舒和胡毋子都是同门,也是《公羊传》的传人。《公羊传》之被汉武帝看重,和董仲舒的对策分不开。董仲舒在对答汉武帝的策问中曾说:"臣谨案《春秋》之中,视前世已行之事,以观天人相与之际,甚可畏也。国家将有失道之败,而天乃先出灾害以谴告之,不知自省,又出怪异以警惧之,尚不知变,而伤败乃至。以此见天心之仁爱人君,而欲止其乱也。"(《汉书·董仲舒传》)他还说:"孔子作《春秋》,上揆之天道,下质诸人情,参之于古,考之于今。故《春秋》之所讥,灾害之所加也;《春秋》之所恶,怪异之所施也。书邦家之过,兼灾异之变,以此见人之所为,其美恶之极,乃与天地流通而往来相应。此亦言天之一端也。"因此董仲舒宣传《春秋公羊传》,完全是为了维护汉朝的统治。正如司马迁所说:"《春秋》辩是非,故长于治。"(《史记·太史公自序》)《汉书·艺文志》还著录有"《公羊董仲舒治狱》十六篇"。可见他的学说不过是借《春秋》之名来为朝廷服务。为了巩固汉代的统治,他编造了不少荒诞迷信的灾异之说。后来汉代的《公羊传》学说,大抵都是由董仲舒及其弟子们

传授下来的。所以东汉何休作《春秋公羊解诂序》，不管自桓谭、王充以来，多少人对董仲舒的灾异说提出批评，仍强调《春秋》"其中多非常异义可怪之论"。何休还对贾逵主张"《公羊》可夺，《左氏》可兴"极为不满。为此他作了《公羊墨守》、《左氏膏肓》、《穀梁废疾》三书。郑玄针对他的说法作了《发墨守》、《箴膏肓》、《起废疾》来反驳他。这时已到东汉后期，《公羊传》的势力已衰。魏晋南北朝时人习《春秋》，多学《左传》。只有北魏高允据说喜《公羊传》，但亦无这方面著作传世。

唐代以后，《公羊传》虽仍被列为应科举时可供选择的经书之一，并有徐彦为何氏《春秋公羊解诂》作疏，但其书读者不多。宋以后士人对《公羊传》也不大重视。直到清代中叶以后，孔广森、刘逢禄等人，才重新注意此书。至于康有为在否定"古文经"时，提倡"今文经"，由此也对《公羊传》大加表彰。但近代以来学者对《公羊传》的研究著作却并不多。近人廖平的《大统春秋公羊补证》等书，大抵意见偏颇，已很少有人阅读。只有清末陈立作《春秋公羊义疏》被收入《续清经解》，后又被商务印书馆收入《国学基本丛书》，现在中华书局的《清人十三经注疏》中亦准备校点重排。

在今天看来，《公羊传》一书仍有其一定的历史地位。首先，它对《春秋》所记的史事，基本上是逐条解释。由于《春秋》文字过于简略，人们很难了解事情的梗概，在汉初《左传》尚未广泛流布以前，人们阅读《公羊传》，毕竟可以了解不少史事。如《公羊传·隐公元年》记载了隐公和桓公的关系，并且指出了当时的继承制度是"立適（嫡，正妻之子）以长不以贤，立子以贵不以长"的制度。这种制度在我国曾流行了几千年。这段记载，可以帮助我们对古代宗法制度的情况有所了解。同一年的"郑伯克段于鄢"，其中"段"指什么人？"郑伯"为什么要对他用兵？仅读《春秋》条文，是无从知道的，读了《公羊传》至少可以知道共叔段乃郑庄公之弟,由于母亲偏爱才引起兄弟争位之事。《宣公六年》的"晋赵盾弑其君夷獋",《公羊传》说明了真正杀死晋灵公的人是赵穿,及史官将罪名加在赵盾头上的理由,使我们知道事情的真相。《宣公十五年》"初税亩"条,《公羊传》解释了是"始履亩而税",即破坏了井田制的收税办法。《公羊传》的评论虽然是偏于保守的,但它记录了这种税制的变化,反映了社会经济制度的重要变化。这些史料虽然数量不算太多,也没有《左传》翔实,但在汉初《左传》尚未广泛传布之时,人们正是通过《公羊传》,多少了解到一些春秋时代的历史。

《公羊传》中还记载了一些《左传》等其他史书中所没有的史事。如《庄公四年》记齐襄公灭纪国的事。《公羊传》写道:"纪侯大去其国。大去者何?灭也。孰灭之?齐灭之。曷为不言齐灭之?为襄公讳也。《春秋》为贤者讳。何贤乎襄公?复仇也。何仇尔?远祖也。哀公亨(烹)乎周,纪侯谮之。"根据《公羊传》说,这位被"纪侯"谗杀的齐哀公下距襄公已有九世。据《史记·三代世表》,齐哀公与周夷王同时,还在周朝的共和(时周宣王还小,由周公、召公共同执政)元年(前841)以前,年代已无可确考。但此事亦见《史记·齐太公世家》:"哀公时,纪侯谮之周,周烹哀公,而立其弟静,是为胡公。胡公徙都薄姑,而当周夷王之时。哀公之同母少弟山怨胡公,乃与其党率营丘人袭攻杀胡公而自立,是为献公。"司马迁当然读过《公羊传》,他这段记载也可能就是根据《公羊传》。但司马迁当时曾博考典籍,不会随便盲从。我们再看《史记索隐》引宋忠讲到齐献公攻杀胡公之事说:"其党周马繻人将胡公于贝水杀之,而山自立也。"可见汉代人还可以见到一些有关史料,所以不能轻易怀疑《公羊传》的记载,而这种记载,亦可补周史之缺。

当然,《公羊传》的主要内容不是叙述历史,而是对《春秋》中所记的史事进行褒贬评论。这些议论在我们今天看来，自然很难赞同，但它们却表现了西汉前期一些儒家人物的天道观和历史观，作为思想史的材料，它还是很有价值的。

《公羊传》不是文学作品，它对文学影响自然远不如《左传》那么大，但其中有些文字，还是有较高的文学价值。例如《宣公六年》记晋国赵盾与晋灵公的矛盾，记了晋灵公许多无道的事例，其中有些情节和《左传》相同或类似，但表现手法却不一样，而且各有千秋。文中记灵公在台上以弹子打人取乐，及因熊掌不熟杀死掌膳的人，及赵盾进谏之事。这些事亦见《左传·宣公二年》，情节稍有不同。但《公羊传》的记载写赵盾发现死人及看见之后的情景，更为细致。如"赫然死人也"和赵盾见后说了个"嘻"字，都很能传达出他当时的心态，更能给人留下深刻的印象。下面又记到灵公派人行刺赵盾的事，这一段与《左传》内容也相类似而稍有出入。再往下又记灵公伏甲谋害赵盾的事，和《左传》所载情节亦相似，而手法不同，有的评论者认为《公羊传》所载更为生动。文中写赵盾的随从祁弥明暗示赵盾离去，及他杀狗的情节尤其生动。赵盾对晋灵公说"君之獒不若臣之獒也"，虽然是细节，却更添风趣。最后写灵公的伏兵中有人出来救赵盾，此人当即《左传》说的"灵辄"，不过《左传》写他救赵盾后就自己逃亡而去，《公羊传》则未作交代。不管怎样，这一情节显示了赵盾有恩于民众，得到多数人拥护。这一情节也显示了赵盾与晋灵公的矛盾，还是赵盾有理。在《公羊传》中，这样富于文学意味的篇幅还有一些。

《公羊传》对《春秋》的解释，自称为"传经"，即阐明孔子的意思。其实根本目的却是宣传其政治主张，正如骈宇骞、郝淑慧先生在《春秋穀梁经传补注》的《点校前言》中说的，"这一些正好迎合了汉武帝的政治目的的需要"。当然，迎合汉武帝的政治目的，也可以做具体的分析，不一定都不好。例如《公羊传》一开始就强调"大一统"思想,这种思想适应了刚刚建立的中央集权帝国的需要,在当时有一定的积极意义。《文公十二年》对秦缪(穆)公做了表彰,并引了《尚书·秦誓》中的话,肯定他能改过。这在封建社会里也有积极意义。《公羊传》好言"灾异",这当然是迷信,但这种思想亦有其两面性。一方面它强调了"天意"和君权神授,是为帝王的统治辩护;另一方面,它也利用了"灾异"来谏劝君主,如董仲舒的对策中就有这思想。

不过,《公羊传》的内容与帝王要求相符,有时也未必是有意迎合,而是帝王利用了《公羊传》已有的内容。如《汉书·匈奴传》载汉武帝下诏伐匈奴说:"高皇帝遗朕平城之忧,高后时单于书绝悖逆。昔齐襄公复九世之仇,《春秋》大之。"此诏作于太初四年(前101),时《公羊传》早已在士人中盛行。再说此事亦不可能由《公羊传》作者捏造以迎合武帝心意,因为齐襄公是个品行恶劣的人,曾与其妹(鲁桓公夫人)通奸并害死鲁桓公。《公羊传》作者不可能故意找这样一个人作为表彰的对象。倒是《公羊传》中有些内容,确与董仲舒的观点相符。如《宣公十五年》记"螽(蝗的幼虫)生"事云:"螽生不书,此何以书?幸之也。幸之者何?犹曰:'受之云尔。'受之云尔者何?上变古易常,应是而有天灾。"这里说的"变古易常",即是指那年鲁国实行了"履亩而税",改变了古来的"什一而藉"的税制。我们知道董仲舒是力主恢复古代井田制,实行什一而藉的。(见《汉书·食货志》)在他的对策中还说:"故《春秋》变古则讥之。"这说明与董仲舒观点完全一致,很可能是董仲舒陈述《公羊传》的思想,也可能是董仲舒一派学者添加进《公羊传》的文字。

《公羊传》中对一些人物的评论,有时不合春秋时代的史实。如《桓公十一年》记宋国人抓住郑大夫祭仲的事,《公羊传》说是对祭仲的褒扬。因为郑庄公死后,宋国人抓住祭仲,要他废庄公之子忽而立突,祭仲照办了。据《公羊传》说:"祭仲不从其(指宋国人)言,则君必死,国必亡。从其言,则君可以生易死,国可以存易亡,少辽缓之。"因此说他懂得权变。其实当时郑国不比宋国弱,当时两国多次交战,互有胜败,宋国根本不可能灭郑和杀郑君。《桓公十五年》记五月,郑厉公突出奔蔡,昭公忽复归于郑。《公羊传》说突有"夺正"之罪,而忽归国是"复正",似是支持昭公忽的。但忽正是祭仲所逐,已属矛盾。同年九月,厉公忽又进入郑地栎,《公羊传》说"祭仲亡矣","言忽为君之微也,祭仲存则存矣,祭仲亡则亡矣"。其实据《左传》,厉公出亡是由于祭仲专权;而且到桓公十八年,祭仲还在,并去郑国迎立昭公忽之弟子仪。可见《公羊传》作者对春秋的历史知之甚少。

《公羊传》中对另一些人物的褒贬也难令人同意。如《僖公二十二年》,宋、楚泓之战,楚军还没有全部渡河,臣子要求襄公发动攻击,他不听;楚军过河后尚未布好阵,臣子又要求发动攻击,襄公又不听。等楚军布好阵势再开战,宋军大败。《公羊传》说:"故君子大其不鼓不成列,临大事而不忘大礼。"又说:"以为虽文王之战亦不过此也。"宋襄公这种做法显然十分愚蠢,《左传》和《穀梁传》对此都持批判态度,显然是对的。因为既要打仗,就不能讲这种"蠢猪式的仁义道德",这简直是自取灭亡。又如《襄公三十年》记宋共姬遇火灾不肯逃出去,宁可烧死,说是合乎"礼"的,并对此加以表扬。但《左传》对此事却提出了批评,认为已婚妇女不必这样拘谨。从这些例子看,《公羊传》在"三传"中最强调封建的"纲常礼教",较之《左传》的民本思想要远为逊色。

五、《穀梁传》的内容及其在后世的流传

《穀梁传》在历史上似较少受到人们的重视。在汉武帝和昭帝时代的官学中,只有《公羊传》一家;到东汉以后,学者多重《左传》,而

官学则仍为《公羊传》、《穀梁传》二家,然而和《左传》学派争论的却只有《公羊传》一派,可见《穀梁传》在东汉已较衰微。它大约只是在西汉宣帝至平帝期间有较大的势力。魏晋以后习《春秋》者多读《左传》,东晋时代曾经有人认为《穀梁传》"肤浅",不值得立于学官。唐初人作《隋书·经籍志》,在经部《春秋》类的说明中对《公羊传》和《左传》在汉代的传授论述颇详,而对《穀梁传》却很少谈及。不过,从《隋志》所著录的书名看来,《穀梁传》从三国以后,仍有人在研究注释,并提到南朝梁代曾有西汉人尹更始作的注,而且在《旧唐书·经籍志》中,此书又重新出现。但到今天,我们所能见到的古注疏只有东晋范甯注和唐代杨士勋疏。这部书的读者亦不算很多。宋、明以后研究《穀梁传》的人更少。清代经学颇盛,但专门治《穀梁传》的人也很少。较有影响的是清钟文烝的《春秋穀梁经传补注》①。

《穀梁传》一派的始创者,据《汉书·艺文志》说是"穀梁子,鲁人",颜师古注说他"名喜"。但王充《论衡》作"穀梁寘";杨士勋《春秋穀梁传注疏序》说穀梁子"名淑,字元始","一名赤"。(骈宇骞、郝淑慧二先生以为"淑"为"俶"之误,是。因为据《尔雅·释诂》:"俶,始也")"寘"、"俶"和"赤"显然是一声之转。穀梁学派也自称得于孔子弟子卜商,但和《公羊传》一样恐属附会。《穀梁传》和《左传》、《公羊传》一样,亦属长期相传,经过好几代人写定的。宋王应麟《困学纪闻》和清《四库总目》根据此书《隐公五年》有"穀梁子曰"的话,又引《尸子》语,指出如为"穀梁子"自作,不应自引己说;据《汉书·艺文志》尸佼乃战国时人,曾为商鞅之师,商鞅死后逃入蜀。那么《穀梁传》一书,当非"穀梁子"自撰,而是后学所增益或写定。在今天看来,《穀梁传》的成书可能比《公羊传》更晚。如《宣公十五年》云:

---

① 《续清经解》本。中华书局排印,骈宇骞、郝淑慧校点本。

"冬，蝝生，蝝，非灾也。其曰蝝，非税亩之灾也。"按：说"蝝（蝗的幼虫）生"是由于鲁国"履亩而税"所引起的灾异，正是《公羊传》中所说。《穀梁传》对此提出批评，正说明此条作者已见到了《公羊传》。正因为《穀梁传》出现于《公羊传》以后，一些传人已认识到《公羊传》某些论点过于迂腐甚至荒唐，所以立论有所不同。如《隐公元年》的"春王正月"四字，本来就如《左传》所说是"王周"的正月（古人说周朝以十一月为一年之始，与夏历不同，今人对此有怀疑，姑可不论。因为不论这"正月"指夏历正月或十一月，都是周时的历法）。但《公羊传》却大发议论，说"王"字有"大一统"的用意，甚至说"王"指"周文王"，其实当时已到东周，还提"周文王"，真是信口乱说。《穀梁传》对这四字不作解释，其实读者也未始不懂得这句话的意思。又如《僖公二十二年》记宋襄公与楚国战于泓的事，《公羊传》大肆表彰宋襄公那种愚蠢可笑的"仁义道德"，显然很难被读者接受。《穀梁传》则与此相反，认为《春秋》对宋襄公是谴责的，说："泓之战，以为复雩之耻也。雩之耻，宋襄公有以自取之，伐齐之丧，执滕子，围曹，为雩之会，不顾其力之不足而致楚成王，成王怒而执之（楚执宋襄公事见前一年）。故曰：礼人而不答则反其敬，爱人而不亲则反其仁，治人而不治则反其知。过而不改，又之，是谓之过，襄公之谓也。古者被甲婴胄，非以兴国也，则以征无道也，岂曰以报其耻哉！"这样，就从此次战役的性质上否定了宋襄公行为的正义性。接下去，记载了宋臣司马子反（《左传》作"子鱼"）几次建议出击而襄公不听，最后"则众败而身伤焉，七月而死"。《穀梁传》也和《左传》、《公羊传》一样记载了宋襄公那套迂腐可笑的言论的大意，并评论说："人之所以为人者，言也，人而不能言，何以为人？言之所以为言者，信也，言而不信，何以为言？信之所以为信者，道也，信而不道，何以为信？道之贵者时，其行势也。"这就是说，宋襄公那套言论，既不合于宋、楚力量对比的形势,不合时宜,而且因为个人受辱,自不量力去发动战争,本身就不能算"仁义",却以此来美化自己,其实是"言而不信"。这种看法显然比《公羊传》要高明得多。

《穀梁传》对春秋时代某些史事,显然比《公羊传》论述得正确。如前面讲到《公羊传》中对郑国的祭仲大加褒扬,而《穀梁传·桓公十一年》则与之相反,讲到"宋人执祭仲"及"突归于郑"之后,写道:"曰归,易辞也。祭仲易其事,权在祭仲也。死君难,臣道也。今立恶而黜正,恶祭仲也。"《桓公十五年》记"郑伯突入于栎",也没有提到祭仲已亡的事。如果据《左传》的记载来看,《穀梁传》显然比《公羊传》合乎事实,因为《史记·郑世家》记此事,显然和《左传》相同,而《穀梁传》的贬祭仲,应该说和《左传》、《史记》的记载完全一致。《穀梁传》的成书在《公羊传》以后,其作者虽未必能见《左传》,却很可能见到《史记》,据以纠正了《公羊传》之误。又如《公羊传·庄公十年》:"秋,九月,荆败蔡师于莘,以蔡侯献舞归。荆者何?州名也。"《穀梁传》则云:"荆者,楚也。何为谓之荆?狄之也。"这两种说法,显然以《穀梁传》为是。因为"九州"的划分,始见于《尚书·禹贡》,据近人的意见,这种划分实始于战国。以战国州名释《春秋》中"荆"字,当然不正确。即使我们承认《禹贡》为夏代的文章,《公羊传》之说仍无法成立,因为即使春秋时代有了"荆州"的地名,却并无一个政治实体,怎能打败一个国家,俘虏其国君呢?至于以"荆"为楚国,则确切无疑。《诗经》中称楚为荆之例甚多,如《小雅·采芑》称"蠢尔蛮荆","蛮荆来威";《鲁颂·閟宫》曰"荆舒是惩"。后来秦始皇之父庄襄王名叫子楚,秦人讳"楚"字,因此《韩非子》等书多改称"荆"。这些都说明《穀梁传》后出,比《公羊传》在思想及史实方面都有较大的改善。

不过,《穀梁传》记史事毕竟过于简略,对《春秋》的解释往往是讲"褒贬"或"微言大义"的多,讲事实的少。这个毛病和《公羊传》相同。有时它比《公羊传》更简略,例如春秋时代晋、楚两国间的三次大战,在《穀梁传》中都只用一语了之,对《春秋》原文并未增添什么情节。可见它也不是一部具有史学价值的书。在有些时候,它也和《公羊传》一样提倡了愚蠢的礼教。如《襄公三十年》记"宋灾,伯姬卒",也对伯姬宁死不肯夜出避火灾进行表彰,其思想较之《左传》就要落后。又如《成公元年》,《春秋》记"秋,王师败绩于茅戎"。《穀梁传》和《公羊传》都说周王的军队被晋国打败,这也是错的。据《左传》,这一年,晋景公曾派大夫瑕嘉调解周朝和戎人的矛盾。周大夫刘康公想乘戎人不备去攻打他们,结果为戎人所败。又据《史记·十二诸侯年表》,成公三年时齐顷公到晋国,"欲王晋,晋不敢受"。可见这时晋国虽强,仍要利用周天子的名义,不可能去打周天子的军队。《公羊传》、《穀梁传》成书于汉代,对历史已不清楚,才有此误。

《穀梁传》中也有一些篇幅有较高的文学价值。如《僖公十年》载晋国的丽姬陷害世子申生的事,在《左传》和《国语·晋语》中也有记载,大意类似,稍有出入。《左传》、《国语》的记载有些更详,但分散在几处,而《穀梁传》则显得更集中、更简洁,使丽姬的奸恶、申生的愚孝都被表现得更为突出。尤其值得注意的是申生向里克推荐"重耳"(晋文公),这很符合历史的事实。因为里克后来杀奚齐、卓子而又被惠公夷吾所杀,恐即由于此。文中写丽姬"下堂而啼",大呼:"天乎!天乎!"可谓形神逼肖,突现纸上。这比《左传·僖公四年》所写"姬泣曰:'贼由太子'"一语要生动传神得多。

又如《穀梁传·定公十年》写颊谷之会中孔子不畏齐君之强,与齐君展开面对面的交涉,使齐君折服,"来归郓、讙、龟、阴之田"的描写,故事梗概与《左传》亦类似而不记孔子对梁丘据讲的一段议论,显得文字更为简洁。《僖公二年》记虞师、晋师灭夏阳,亦为历来传诵之文,尤其篇末写灭虞之后,"荀息牵马操璧而前曰:'璧则犹是也,而马齿加长矣'",更突出地表现了晋国君臣得意的心态。《僖公元年》记鲁国的公子友击败莒兵于郦,俘杀了莒挐之事。文中写到公子友提议双方不用士卒,由两个主将搏斗,公子友处于劣势,他的左右在旁边叫"孟劳"!"孟劳"是鲁国的宝刀,公子友就拔刀杀了莒挐。《史记·刺客列传》中写荆轲行刺秦始皇时,秦始皇佩剑太长,一时拔不出来,只好"环柱走",这时秦始皇的左右在殿下叫喊"王负剑"。秦始皇由此得以拔出剑来,砍断荆轲的左股。《刺客列传》是《史记》中名篇,而《穀梁传》这一细节描写,与之有异曲同工之妙。《文公十一年》写鲁大夫叔孙得臣击毙长狄的事,颇有夸张成分:"长狄也,弟兄三人,佚宕中国,瓦石不能害。叔孙得臣,最善射者也。射其目,身横九亩。断其首而载之,眉见于轼。"《国语·鲁语下》记吴王夫差伐会稽,得到一节人骨,可装满一车,叫人去问孔子,孔子说是禹当年所杀的防风氏的遗骨。两者相较,《国语》仅显示孔子之博学,而《穀梁传》所写虽有怪异的成分,毕竟突出了叔孙得臣的机智和勇敢。这种夸张,在《春秋》三传中都多少有一些,并不妨害全书的真实性。《穀梁传》中还有一段记载亦颇有名:"季孙行父秃,晋郤克眇,卫孙良夫跛,曹公子手偻,同时而聘于齐。齐使秃者御秃者,使眇者御眇者,使跛者御跛者,使偻者御偻者。萧同侄子处台上而笑之。闻于客,客不说而去,相与立胥间而语。移日不解,齐人有知之者,曰:'齐之患必自此始矣。'"这段文字所记看来是个小事,却引出了晋国纠合鲁、卫、曹诸国大破齐军于鞌的战役。这种文字写得颇显风趣,实则写出了一个严肃的外交礼节问题。唐人陆淳之流指责这种描写为"街谈巷议"。其实这情节在"三传"中皆有记载,只是具体说法互有出入,绝非全无根据。对这种生动文章的指责也说明了陆淳这些人对文学的无知。

《穀梁传》的文章一般比较简短,不像《公羊传》的文字那么拖沓而且用了过多的虚字,令人生厌;它叙事虽不像《左传》那样翔实而富有文采,却以简明见长,亦偶有胜于《左传》处。东晋范甯在《穀梁传注序》中说:"《左氏》艳而富,其失也巫(指讲鬼神事较多);《穀梁》清而婉,其失而短(清钟文烝认为"文简耳,非短也");《公羊》辩而裁,其失也俗(指意见适应流俗,取媚君主)。"这种评论虽对其思想内容而言,移来评论"三传"的文风,似颇合适。唐代大文学家柳宗元在《答韦中立论师道书》中自称其作文"参之《穀梁氏》以厉其气",正是指学习《穀梁传》简洁有力、见解犀利的长处。可见《穀梁传》对我国古代文学特别是散文,有着一定的影响,不应忽视。